BASTEI
LÜBBE

JASON DARKS SONDERAUSGABEN IM TASCHENBUCH-PROGRAMM:

Paperback
73500 Hexenküsse
73501 Voodoo-Land
Jumbo-Bände
73 951 Festival der Blutsauger
73 952 Die Hölle auf Erden
73 953 Grüße aus dem Fegefeuer
73 955 Jenseits der Angst
73 956 Wenn aus Freunden Monster werden
73 957 Hexen – Geister – Teufelsdiener
73 958 Wenn die Hölle dich verschlingt
73 959 Rückkehr aus dem Reich der Toten
73 960 Baphomet II
73 961 Das Schicksal des Templers
73 962 Im Namen des schwarzen Tods
73 963 Hexenfluch
73 964 Der dunkle Gral
73 965 Morganas wilde Meute
Kultausgaben
73 966 Wie alles begann

JASON DARK

Die Welt des JOHN SINCLAIR

DIE CONOLLYS

VIER SPANNENDE KULTGESCHICHTEN

BASTEI LÜBBE

BASTEI LÜBBE TASCHENBUCH
Band 73 967

1. Auflage: Juli 2007

Vollständige Taschenbuchausgabe

Bastei Lübbe Taschenbücher
in der
Verlagsgruppe Lübbe

Lektorat: Rainer Delfs
Titelbild: getty-images/Paul Windsor
Umschlaggestaltung: Tanja Østlyngen
Satz: Wildpanner, München
Druck und Verarbeitung:
Nørhaven Paperback A/S
Printed in Denmark
ISBN 978-3-404-73967-7

Inhalt

SAKURO, DER DÄMON

»Wir alle, die wir hier versammelt sind, bedauern aus tiefstem Herzen den Tod unseres allseits geschätzten Earl Brandon. Möge er in Frieden ruhen.« Der Redner steckte seinen Notizzettel ein, wischte sich mit einem blütenweißen Taschentuch über die Augen und verließ das Pult, um in der ersten Reihe der Trauergäste Platz zu nehmen.

In der geschmückten Trauerhalle war es nach diesen Worten fast totenstill. Nur eine ältere Frau schluchzte leise vor sich hin. Gleich würde von einem Tonband Trauermusik aufklingen und der schwere, mit Blumen und Kränzen geschmückte Sarg in die Verbrennungskammer gleiten.

Vorn in der ersten Reihe saß Kenneth Brandon, der Sohn des Verstorbenen. Sein sonst sonnengebräuntes Gesicht war nur noch eine Maske, und er starrte unentwegt auf den Sarg.

Plötzlich geschah das Unfassbare.

Ein Schrei zerschnitt die Stille.

Jeden, der ihn hörte, packte das kalte Entsetzen.

Der Schrei war aus dem verschlossenen Sarg gekommen!

Als Erster fasste sich Kenneth Brandon. Der junge Mann sprang auf und lief auf den Sarg zu, der sich im selben Moment in Bewegung setzte und auf den Schienen lautlos in Richtung Verbrennungskammer rollte.

Schwere Trauermusik setzte ein.

Kenneth Brandon warf sich auf den Sarg.

»So helft doch!«, schrie er. »Mein Gott, helft! Vater ist nicht tot! Er lebt! Ich habe doch seinen Schrei gehört!«

Kenneth' Fingernägel bohrten sich in die Verzierungen des Deckels, so, als könnten sie das schwere Holz aufkratzen. Blumen und Kränze fielen zur Seite, während der schwere Sarg unaufhaltsam auf die Verbrennungskammer zuglitt.

Die anderen Trauergäste saßen wie festgewachsen auf ihren Plätzen. Sie beobachteten das makabre Schauspiel.

Langsam glitt die Tür der Verbrennungskammer hoch.

Kenneth Brandon starrte auf den Rost, über dem schon die bläulichen Gasflämmchen flackerten. Nur noch Sekunden, dann würden sie den Sarg erfassen.

Jemand schlug mit aller Kraft von innen gegen den Sargdeckel.

»Vater!«

Kenneth' Stimme überschlug sich. Sie hatte nichts Menschliches mehr an sich.

Verzweifelt versuchte der junge Mann den Deckel aufzureißen, setzte seine gesamte Kraft ein.

Vergebens.

Kenneth Brandon rutschte ab und blieb dicht vor dem Ofen schluchzend stehen.

Der Sarg fuhr weiter, begleitet von brausenden Orgelklängen.

Mit einer hilflosen Gebärde streckte Kenneth beide Arme aus, als könne er das unabwendbare Schicksal aufhalten.

Langsam glitt die schwere Schiebetür wieder zu. Kenneth Brandon konnte sehen, wie die ersten Flammen das Holz erfassten.

Und er sah noch etwas anderes.

Eine riesige Gestalt, die triumphierend grinste und die einen Totenkopf unter dem Arm trug. Aus den leeren Augenhöhlen des Totenkopfes tropfte Blut auf den Sarg.

Dann war die Tür zu.

Kenneth Brandons Körper wurde von einem krampfhaften Schluchzen geschüttelt. Der junge Mann war am Ende seiner Nervenkraft. Er hatte etwas gesehen, was es nicht gab, was es nicht geben durfte.

Hilfreiche Hände zogen Kenneth hoch. Jemand setzte ihm eine Flasche an die Lippen. Der Whisky rann wie Feuer durch seinen Hals. Kenneth musste husten. Verstört öffnete er die Augen und sah in das Gesicht von Sheila Hopkins, seiner Verlobten.

»Trink das, Kenneth«, sagte Sheila. »Es wird dir gut tun.«

Der junge Mann schluckte. Dann richtete er sich auf.

Die anderen Trauergäste hatten ihn umringt, starrten ihn mit teils neugierigen, teils entsetzten Blicken an.

Sheila strich ihm sanft über das Haar. »Du musst jetzt gehen«, flüsterte sie. »Du brauchst Ruhe. Es war alles ein wenig zu viel für dich.«

Kenneth schüttelte den Kopf. »Nein«, erwiderte er bestimmt. »Ich hätte mir denken können, dass es so kommt. Der Fluch hat sich erfüllt.«

»Welcher Fluch?«, fragte Sheila.

»Sakuro, der Magier. Seine Rache hat uns eingeholt.«

Kenneth' Stimme klang dumpf, als käme sie aus einem Grab. Die anderen Trauergäste wandten sich schaudernd ab. Sie hatten soeben das Grauen erlebt …

Die Brandons wohnten in einem kleinen Ort an der englischen Südküste.

Ihr Haus stammte noch aus dem vorigen Jahrhundert, war jedoch modernisiert worden und bot jeden erdenklichen Komfort. Eine hohe Steinmauer umschloss das Grundstück, sodass das Haus praktisch von der übrigen Welt abgeschnitten war. Der große Park war verwildert. Bäume, Sträucher und Unkraut hatten einen fast undurchdringlichen Dschungel gebildet. Nur der schmale Weg, der zum Haus hinaufführte, war freigelassen worden.

Das Haus selbst lag auf einem kleinen Hügel. Von den Fenstern an der Westseite hatte man einen weiten Blick über das Meer. Bei klarem Wetter konnte man sogar die französische Küste erkennen.

Sheila Hopkins lenkte an diesem Spätnachmittag ihren metallicfarbenen Jaguar in gewagtem Tempo über die Landstraße. Sheila hatte die Seitenscheibe heruntergekurbelt und steuerte den Sportflitzer nur mit einer Hand.

Das Girl war eine gute Fahrerin. Autofahren gehörte genau wie Reiten und Polo zu ihren bevorzugten Hobbys, die sie sich dank ihres vermögenden Vaters leisten konnte. Offiziell studierte Sheila Kunstgeschichte.

Sie war zweiundzwanzig Jahre alt, hatte hellblondes langes Haar und strahlend blaue Augen. Ihre Nase war ein wenig zu klein, fand sie, doch sonst war sie mit sich zufrieden. Vor allen Dingen was die Figur betraf. Sie war genau dort perfekt, wo es die Männer gerne hatten.

Doch seit drei Monaten interessierte Sheila nur noch ein Mann.

Kenneth Brandon.

Sie hatte ihn auf einer Party kennen gelernt und war von seiner ruhigen, bescheidenen Art fasziniert gewesen. Kenneth war anders als die Typen, die sie vorher gekannt hatte, und er war vor allen Dingen nicht auf ihr Geld aus. Geld interessierte Kenneth nur sekundär. Er war in erster Linie Wissenschaftler. Genau wie sein Vater. Kenneth hatte Archäologie und Physik studiert und war trotz seiner dreißig Jahre schon in Fachkreisen als Kapazität bekannt.

Auch sein Vater war Archäologe und hatte sogar schon eine Reihe von Fachbüchern veröffentlicht, vor allen Dingen über die Geschichte der alten Ägypter und Phönizier. Die Werke hatten in der Fachwelt Aufsehen erregt. Dr. Brandon hatte Theorien aufgestellt, die im ersten Moment unglaublich klangen, die er jedoch schließlich alle bewiesen hatte.

Bis auf eine. Diese Theorie war eine Botschaft des Schreckens, sie war so grauenhaft, dass Dr. Brandon sie nicht veröffentlichen konnte. Er wollte damit noch einige Jahre warten, bis er auch den letzten Beweis hatte und die Welt für seine Ausführung reif genug war. Doch über dieser Arbeit war Dr. Brandon gestorben. Der einzige Mensch, der von seinen Forschungen Bescheid wusste, war Kenneth. Ihm hatte Earl Brandon vertraut. Und Kenneth Brandon hütete sich, ein Wort zu sagen. Auch seiner Verlobten nicht, obwohl sie ihn immer wieder mit Fragen gequält hatte.

All diese Gedanken gingen Sheila durch den Kopf, während sie dem Haus der Brandons entgegenfuhr.

Es dunkelte bereits, als Sheila vor dem großen Eisentor des Grundstücks stoppte.

Das Mädchen schwang sich leichtfüßig aus dem Wagen, drückte den Knopf der Sprechanlage und sagte, als sie Kenneth' Stimme hörte: »Mach auf, Schatz.«

»Moment«, tönte es zurück.

Wenig später schwangen die beiden Flügel des Tores zurück. Sheila startete den Wagen mit durchdrehenden Reifen und zischte den Weg zum Haus hoch.

Kenneth erwartete sie auf der großen Freitreppe.

»Darling!«, rief Sheila, hauchte ihrem Verlobten einen Kuss auf die Wange, hängte sich bei ihm ein und zog ihn mit ins Haus.

Der junge Mann lächelte etwas gequält.

»Was ist mit dir, Kenneth?«, fragte Sheila, als sie die Bibliothek betraten. »Du bist in letzter Zeit so ernst. Denkst du immer noch an deinen Vater?«

Kenneth nickte.

»Mein Gott.« Sheila fasste ihren Verlobten an beide Schultern. »Dein Vater ist tot, Kenneth. Aber das Leben geht weiter. Komm doch endlich darüber hinweg. Was hast du die ganze Zeit gemacht? Gelesen, wie? Da, da.« Das Mädchen deutete auf die Bücherregale, die drei Wände des Raumes einnahmen. »Vergräbst dich hinter alten Schwarten, anstatt auf Partys zu gehen. Wir können jeden Abend woanders sein. Dein Vater ist jetzt fast einen Monat tot, und du ...«

»Sei bitte ruhig, Sheila«, sagte Kenneth Brandon. »Das verstehst du nicht.«

»Wie redest du denn mit mir? So kenne ich dich ja gar nicht.«

»Entschuldige, Sheila. Es war nicht so gemeint, Ich bin eben etwas nervös und überarbeitet.« Kenneth wischte sich mit einer müden Handbewegung über die Augen.

»Überarbeitet, das ist es. Aber das werden wir ändern«, sagte sie bestimmt. »Noch heute Abend. Wir fahren nach Dover und gehen aus. Ich kenne dort ein Restaurant, da gibt es den besten Fisch in ganz England. Und morgen fahren wir für vier Wochen auf das Gut meines Vaters. Er hat uns beide eingeladen. Du wirst sehen, es wird eine herrliche Zeit.«

Kenneth Brandon trat an eines der beiden hohen Fenster und schob die Vorhänge zur Seite. Fast eine Minute starrte er schweigend in die Dunkelheit. Dann sagte er: »Es wird nicht gehen, Sheila. Ich habe noch zu viel zu tun. Ich muss den Nachlass meines Vaters ordnen. Für morgen hat sich unser Rechtsanwalt angesagt. Ich kann hier nicht weg, Sheila. Und ich will auch nicht.«

»Du bist unverbesserlich«, stöhnte Sheila in gespielter Verzweiflung. »Ich habe schon mit deiner Absage gerechnet und mir deshalb einige Sachen mitgebracht. Ich werde nämlich ein paar Tage hier bleiben.«

Kenneth wandte sich um. Er hatte beide Hände in den Taschen seiner eleganten Hausjacke vergraben. Jetzt nahm er sie heraus, und Sheila sah, dass seine Finger zitterten.

»Was ist, Kenneth? Freust du dich nicht?«

»Doch, doch. Aber mir persönlich wäre es lieber, du würdest morgen wieder fahren.«

»Ja, bist du denn von allen guten Geistern verlassen? Willst du mich mit Gewalt loswerden? Oder hast du eine andere?« Sheila funkelte ihren Verlobten wütend an.

»Nichts von alledem«, erwiderte Kenneth düster. »Aber in diesem Haus ist es zu gefährlich für dich. Ich spüre es. Ich bin einem schrecklichen Geheimnis auf die Spur gekommen. Ich möchte dich nicht in diesen Strudel mit hineinziehen.«

»Alles Quatsch«, erwiderte Sheila. »Düsteres Geheimnis. Wir leben doch nicht mehr im Mittelalter. Du gehst heute mit mir essen und damit basta. Anschließend reden wir weiter. Abgemacht?«

»Gut«, stimmte Kenneth Brandon zu. »Ich ziehe mich nur noch eben um.«

Sheila Hopkins war schon fertig. Sie trug ein hellrotes Seidenkleid mit rundem Ausschnitt und eine echte Perlenkette um den Hals.

Sheilas Forschheit war nur gespielt. Sie spürte instinktiv, dass etwas nicht stimmte, dass etwas Unfassbares, etwas Schreckliches auf sie zukommen würde.

Kenneth kehrte zurück. Er trug jetzt einen dunkelblauen Anzug, ein weißes Hemd und eine rote Krawatte. Kenneth

Brandon hielt viel von Lebensstil, im Gegensatz zu anderen jungen Leuten seines Alters.

»Können wir?«, fragte Sheila betont lustig.

»Ja.«

Bis Dover brauchten sie eine halbe Stunde. Das Restaurant lag in einer kleinen Seitenstraße, war von außen unscheinbar anzusehen und nur Kennern bekannt.

Ein Ober in der Tracht der Fischer begleitete die beiden jungen Leute an einen noch freien Tisch.

Kenneth überließ Sheila die Auswahl der Speisen. Das Mädchen entschied sich für in Butter gedünsteten Heilbutt, Salat und einen leichten Weißwein. Kenneth Brandon nahm das Gleiche.

Der junge Mann aß schweigend. Sheila versuchte ein Gespräch in Gang zu bringen, doch Kenneth enthielt sich fast jeglicher Antwort. Schließlich gab das Mädchen es auf.

»Hat es Ihnen geschmeckt, Sir?«, fragte der Ober, als er Kenneth' fast noch vollen Teller wegräumte.

»Doch, doch. Aber ich hatte keinen allzu großen Appetit.«

Kenneth und Sheila blieben noch eine Viertelstunde sitzen, dann zahlten sie und gingen. Die frische Nachtluft draußen tat ihnen gut. Sheila hakte sich bei ihrem Verlobten unter.

»Lass uns noch etwas laufen, ja?«

Kenneth stimmte zu.

Die beiden gingen in Richtung der Klippen. Vom Meer her blies ein frischer Wind. Sheila fröstelte. Kenneth legte seinen Arm um ihre Schultern. Er war mit seinen Gedanken ganz woanders.

Sheila spürte das wohl, denn sie machte sich plötzlich frei und sagte: »Was ist eigentlich mit dir los, Kenneth?«

Der junge Mann wollte gerade zu einer Antwort ansetzen, als er die Gestalt sah. Es war die Gleiche wie damals in der Verbrennungskammer.

Die Gestalt schwebte in der Luft, wurde himmelhoch und streckte eine Hand vor, auf der ein Kopf lag.

Dr. Earl Brandons Kopf!

Das kalte Entsetzen schnürte Kenneth die Kehle zu. Kein Wort drang über seine Lippen.

Und plötzlich verwandelte sich der Kopf seines Vaters, er wurde zu einem Totenschädel, aus dessen leeren Augenhöhlen Blut tropfte.

Dann war der Spuk verschwunden.

Erst jetzt löste sich Kenneth Brandons Spannung in einem Schrei.

»Kenneth!«, hörte er die Stimme Sheilas. »Kenneth! Komm zu dir! Was ist denn?«

Kenneth Brandon wischte sich über die Augen. »Er war wieder da«, flüsterte der junge Mann.

Sheila sah, dass in seinen Augen die nackte Angst flackerte. »Wer war wieder da, Kenneth? Wer?«

Kenneth Brandon starrte seine Verlobte fassungslos an. »Ja, aber hast du ihn denn nicht gesehen? Ich – es war Sakuro, der Magier.«

Sheila schüttelte den Kopf. »Niemand war da, Kenneth. Diesen komischen Sakuro gibt es nur in deiner Fantasie. Komm jetzt, wir fahren nach Hause. Du musst einmal richtig ausschlafen.«

Fast willenlos ließ sich Kenneth Brandon zum Wagen führen. Später, als sie nur noch wenige Meilen von Brandons Haus entfernt waren, sprach Kenneth zum ersten Mal wieder.

»Weißt du, was für ein Gefühl ich habe, Sheila?«

»Nein.«

»Dass ich in dieser Nacht sterben werde.«

Es war bereits Mitternacht, als Kenneth Brandon nach oben in sein Zimmer ging. Sheila schlief bereits. Kenneth hatte sie dazu überredet, sich hinzulegen. Außerdem hatte er ihr eine Schlaftablette in den Drink gemixt.

Kenneth Brandons Zimmer war ein prachtvoll ausgestatteter Raum. Das Mobiliar stammte aus vergangenen Zeiten und war ein Vermögen wert. Eine von der Decke bis zum Boden reichende Glastür mit Butzenscheiben führte auf einen kleinen Balkon.

Kenneth zog die dunkelroten Samtvorhänge vor die Tür, schaltete seine verzierte Nachttischlampe an und legte sich angezogen auf das breite französische Bett. Dicke Bücher stapelten sich auf der Bettdecke. Fast unbewusst griff Kenneth nach einem Buch, das in einen Einband aus Schlangenleder gebunden war. Automatisch schlug er es auf.

Dieses Buch, das sein Vater aus Ägypten mitgebracht hatte, verbarg ein schreckliches Geheimnis.

Vorsichtig blätterte Kenneth es auf. Die Seiten waren dünn und mit der Hand beschrieben.

Kenneth Brandon las. Und je mehr er sich in das Buch vertiefte, umso schneller vergaß er seine Umwelt. Er hatte plötzlich das Gefühl, als würden die Figuren in dem Buch zum Leben erweckt. Kenneth hörte flüsternde Stimmen, sah Schatten durch das Zimmer wischen und fuhr erschreckt zusammen.

Erst jetzt merkte er, dass er in einen Dämmerzustand hinübergeglitten war. Das Buch war ihm aus der Hand gefallen und lag neben ihm auf der Bettdecke. Bis auf das Ticken einer alten Standuhr war es im Zimmer totenstill.

Kenneth fror plötzlich. Aber es war keine Kälte, die von draußen hereinkam, sondern ein innerliches Frieren.

Der junge Mann stand auf. Sein Gesicht war bleich, die Wangen eingefallen. Kenneth griff mit zitternden Fingern nach seiner Zigarettenschachtel. Er steckte sich ein Stäbchen zwischen die Lippen und wollte es gerade anzünden, da hörte er das Geräusch.

Es war ein hohes Kichern.

Kenneth Brandon erstarrte.

Wieder dieses Kichern.

Es kam vom Fenster her.

Jetzt holen sie dich!, schrie es in ihm. Du hast die Dämonen der Vergangenheit geweckt. Nun werden sie sich rächen.

Die Zigarette fiel Kenneth aus dem Mund. Die Vorhänge vor der Tür gerieten plötzlich in Bewegung, teilten sich …

Sakuro, der Dämon aus der Vergangenheit, stand im Raum!

Kenneth Brandon wich zurück. Grauen und Entsetzen packten ihn. Würgende Angst drückte seine Kehle zusammen.

Wieder trug Sakuro den Totenkopf unter dem Arm. Und wieder tropfte aus den leeren Augenhöhlen Blut, das jedoch sofort verschwand.

Langsam glitt der Magier auf den jungen Wissenschaftler zu.

Kenneth Brandon sah in die glühenden Augen des Dämons und wusste, dass er verloren war.

Plötzlich begann Sakuro zu sprechen. In einer Sprache, wie sie früher bei den alten Ägyptern üblich gewesen war.

Kenneth Brandon hatte sich als Archäologe mit alten Sprachen beschäftigt und konnte den Dämon deshalb gut verstehen.

»Du hast die Ruhe der Toten gestört!«, hörte er Sakuro sagen. »Deshalb werde ich dich mitnehmen in das Reich der Schatten und Dämonen. Du wirst sterben und doch nicht sterben. Du wirst zwischen dem Diesseits und dem Jenseits ein grauenvolles Dasein fristen. Genau wie dein Vater!«

Erst jetzt erwachte Kenneth Brandon aus seiner Erstarrung. Mit einem Schrei warf er sich dem Magier entgegen. Seine Faust fuhr hoch. Er wollte sie dem Dämon in das grinsende Gesicht schmettern.

Doch mitten im Sprung traf ihn der Hieb.

Kenneth Brandon wurde von einer unheimlichen Gewalt zurückgeschleudert und krachte auf das Bett.

Über sich hörte er Sakuros teuflisches Lachen. »Du hast versucht, es mit einem Dämon aufzunehmen. Nun wirst du dafür sterben!«

Kenneth Brandon versuchte sich zu bewegen. Vergebens. Er glaubte, von einer Stahlklammer umschlossen zu sein.

Langsam näherte sich Sakuros Fratze seinem Gesicht. Der Geruch von Pech und Schwefel ging von dem Dämon aus.

Höllengeruch!

Kenneth spürte, wie eine eiskalte Hand seinen Körper

berührte. Eine nie gekannte Kälte erfasste ihn, lähmte seine Muskeln und versetzte ihn in eine totenähnliche Starre.

Sakuro wartete noch einige Sekunden und verschwand dann mit ihm genauso lautlos, wie er gekommen war.

Der Dämon hatte sich ein neues Opfer geholt!

Sheila Hopkins erwachte, als der Wind ihr Schlafzimmerfenster zuschlug.

Verwirrt richtete sie sich auf.

Sie brauchte einige Zeit, um zu wissen, wo sie sich befand.

»Mein Gott, habe ich fest geschlafen«, murmelte sie verstört.

Der kalte Nachtwind bauschte die Vorhänge auf und umfächerte ihren nackten Oberkörper.

Das machte Sheila wieder munter. Kurz entschlossen schwang sie sich aus dem Bett, schlüpfte in ihren Morgenmantel und schloss das Fenster.

Ob Kenneth noch schlief? Er war am Abend so komisch gewesen, wollte unbedingt allein schlafen, was sonst noch nie der Fall gewesen war.

Sheila beschloss, in Kenneth' Zimmer zu gehen.

Leise öffnete sie die Tür und tastete in der geräumigen Diele nach dem Lichtschalter.

An den Wänden leuchteten einige Lampen auf. Sie verbreiteten ein warmes Licht.

Über die breite Treppe ging Sheila nach oben. Vor Kenneth' Zimmertür blieb sie stehen.

Eine seltsame Unruhe erfasste das Mädchen. Schließlich gab sich Sheila einen Ruck und klopfte leise an die Zimmertür.

Keine Reaktion.

Kurz entschlossen drückte Sheila die Klinke nach unten. Die Tür schwang zurück.

»Kenneth?«, rief Sheila leise.

Ihr Verlobter gab keine Antwort.

Sie schob sich ganz in den Raum und sah, dass die kleine

Nachttischlampe brannte, entdeckte die Bücher, die auf dem Bett lagen, und eine zertretene Zigarette.

Von Kenneth Brandon fehlte jede Spur.

Erst jetzt sah Sheila, dass die Balkontür sperrangelweit offen stand.

Sollte Kenneth so mir nichts dir nichts verschwunden sein?

Sheila trat auf den kleinen Balkon.

»Kenneth!« Ihre Stimme schallte durch den Park und verhallte irgendwo in der Dunkelheit.

Doch Kenneth Brandon gab keine Antwort. Er konnte nicht mehr antworten.

Jetzt bekam es Sheila Hopkins doch mit der Angst zu tun. Sie rannte zurück in die Diele und riss den Telefonhörer von der Gabel. Mit fliegenden Fingern wählte sie die Privatnummer ihres Vaters.

Als sich Gerald Hopkins verschlafen meldete, sprudelte Sheila sofort mit ihrem Bericht los.

Hopkins ließ seine Tochter reden. Er unterbrach sie nicht ein einziges Mal.

Dann, als Sheila geendet hatte, sagte er nur: »Komm sofort zu mir. Dann werden wir weitersehen.«

»Und was willst du unternehmen, Dad?«

»Scotland Yard einschalten.«

»Die können auch nicht helfen.«

»Doch, Sheila. Ich habe da einen Bekannten, Superintendent Powell. Er ist der Chef einer Sondergruppe, die sich mit rätselhaften Kriminalfällen befasst. Die Leute haben schon gute Erfolge erzielt. So, das wär's. Wirf dich in deinen Wagen und zisch ab. Und pass auf.«

In fieberhafter Hast streifte Sheila ihre Kleidungsstücke über, warf die anderen Sachen kreuz und quer in den Koffer und rannte aus dem unheimlichen Haus.

Sie sah nicht, wie ihr zwei glühende Augen nachstarrten.

Sakuro lag immer auf der Lauer …

Die sechs Schüsse peitschten so schnell hintereinander auf, dass sie fast wie ein einziger klangen.

Die Detonationen hingen noch im Raum, da rief der Trainingsleiter schon: »Klasse, John. Viermal die Zwölf und zweimal die Elf. Du wirst immer besser.«

John Sinclair grinste trocken und legte die Pistole zur Seite. »Dann bin ich wohl fertig, Smitty.«

»Sicher. Aber nächsten Monat sehen wir uns wieder. Und wie ich dich kenne, wirst du dann nur die Zwölf treffen.«

John lachte, winkte dem Trainingsleiter noch mal zu und verließ den Keller.

Diese Schießübungen gehörten genau wie das monatliche Karate- und Judotraining zur Routine des Scotland-Yard-Inspektors. Und das war gut so. Denn die Aufgaben, die John Sinclair übertragen wurden, waren meistens lebensgefährlich.

Zwei Minuten später stand John Sinclair unter der Dusche. Der Scotland-Yard-Inspektor war Anfang dreißig, groß, durchtrainiert, hatte blondes Haar und blaue Augen. Er gehörte innerhalb des Yard zu einer Spezialabteilung, die sich mit außergewöhnlichen Kriminalfällen befasste.

Zehn Minuten später fuhr John mit dem Lift nach oben in sein Büro. Schon auf dem Gang lief ihm ein Kollege entgegen.

»Sie sollen sofort zum Chef kommen, Mr Sinclair. Es ist dringend.«

»Dringend ist an sich gar nichts«, erwiderte John und ließ den ehrgeizigen Kollegen stehen.

Superintendent Powell knetete nervös die fleischigen Hände, als John das Büro seines Chefs betrat.

»Einen wunderschönen guten Tag, Sir«, grüßte John.

»Lassen Sie die Witze. So gut wird der Tag bestimmt nicht werden. Wir bekommen gleich Besuch.«

»Darf man fragen, wer es ist, Sir?«

Powells Augen funkelten hinter den dicken Brillengläsern. »Er heißt ...«

Im selben Moment glühte das rote Licht der Sprechanlage

auf. »Sir Gerald Hopkins ist eingetroffen«, quäkte die Stimme der Sekretärin.

»Bitten Sie ihn herein.«

Powell sah John an.

»Sir Gerald Hopkins hat sehr viel Einfluss. Er hat gute Verbindungen zum Königshaus. Außerdem sind wir im selben Club. Ich weiß nicht, welches Anliegen er hat, John, aber ich habe Sie ihm empfohlen. Also, blamieren Sie mich nicht.«

John Sinclair zuckte nur mit den Schultern.

Dann öffnete sich die Tür, und Sir Gerald Hopkins betrat das Zimmer. Er ging mit ausgestreckter rechter Hand auf Powell zu und sagte mit dunkler, etwas kratziger Stimme: »Ich begrüße Sie, Mr Powell.«

John konnte sich ein Grinsen nicht verkneifen. Hopkins trug ein kariertes Jackett, dazu passende Bundhosen, dicke Strümpfe und an den Füßen richtige Wandertreter. Auf dem Kopf saß eine karierte Schirmmütze. Sir Gerald Hopkins hatte ein gebräuntes Gesicht, das fast nur aus Falten bestand. Über seinen Lippen wölbte sich ein buschiger weißer Schnurrbart.

»Darf ich Sie mit meinem besten Mann bekannt machen, Sir?«, sagte Superintendent Powell. »Es ist Inspektor Sinclair.«

»Sehr erfreut, Inspektor.«

»Sir!« John deutete eine leichte Verbeugung an. Er musste sich beherrschen, um nicht vor Lachen laut loszuplatzen.

Die Männer nahmen in der kleinen Sitzecke Platz.

Sir Gerald Hopkins zog eine Schnupftabakdose aus der Tasche, nahm eine Prise und kam dann zur Sache.

»Es geht in diesem Fall nicht um mich, sondern um meine Tochter oder vielmehr um deren Verlobten. Er ist nämlich verschwunden.«

»Er wird durchgebrannt sein«, meinte John.

»Aber nicht bei meiner Tochter, Inspektor«, knurrte Hopkins.

Powell warf John einen strafenden Blick zu.

»Aber weiter«, sagte Sir Gerald. »Der Verlobte meiner Tochter stammt aus angesehenem Haus und heißt Kenneth Brandon. Er ist der Sohn von Dr. Earl Brandon, der vor kurzem verstorben ist. Meine Tochter hat mir erzählt, dass sich ihr Verlobter nach der Beerdigungsfeier seines Vaters merklich verändert hat. Er hat oft fantasiert und immer von einem Dämon Sakuro gesprochen. Gesehen haben soll er ihn auch. Ja, und dann war Kenneth Brandon eines Tages verschwunden. Das ist eigentlich alles. Meine Tochter Sheila glaubt an ein Verbrechen. Nun, ich habe ihr den Gefallen getan und bin zu Ihnen gekommen.«

Superintendent Powell blickte John Sinclair an. »Was sagen Sie dazu, Inspektor?«

John überlegte erst einen Augenblick, ehe er antwortete.

»Ich habe schon von Dr. Earl Brandon gehört und sogar Berichte von ihm gelesen. Dieser Mann war kein Spinner, das muss ich vorausschicken. Er hat sich mit der Geschichte der alten Ägypter und Phönizier befasst und ist dort auf Sachen gestoßen, die für den modernen Menschen von heute unbegreiflich sind. Einzelheiten kenne ich leider nicht, aber ich glaube, dass Kenneth Brandon nicht so mir nichts, dir nichts verschwunden ist.«

»Was glauben Sie denn, Inspektor?«, schnappte Sir Gerald.

»Das kann ich Ihnen jetzt noch nicht sagen, Sir. Wo kann ich Ihre Tochter erreichen?«

»Sie hält sich augenblicklich in ihrem Apartment hier in London auf. Warten Sie, ich schreibe Ihnen die Adresse auf.«

Sir Gerald Hopkins kritzelte die Anschrift auf einen Zettel. John ließ das Papier in seiner Brieftasche verschwinden.

»Und was haben Sie jetzt vor, Inspektor?«, fragte Sir Gerald.

»Zuerst werde ich mich mal mit Dr. Brandons Vergangenheit beschäftigen.«

Superintendent Powell nickte wohlwollend. »Gut, John. Wenn Sie etwas erreicht haben, lassen Sie es mich sofort wissen, damit ich Sir Gerald Hopkins benachrichtigen kann.«

John stand auf und verabschiedete sich von den beiden

Männern. Noch hielt er den Fall für eine reine Routineangelegenheit. Aber das sollte sich bald ändern …

Wendell Carson war sechsundzwanzig Jahre alt und hatte soeben sein Studium der Archäologie beendet. Er hatte vor einem Jahr unter Dr. Brandons Führung an einer wissenschaftlichen Expedition nach Ägypten teilgenommen und war nun dabei, diese Erkenntnisse für eine Doktorarbeit zu verwenden.

Carson wohnte in Putney, einem Londoner Vorort. Er hatte sich sein kleines Zimmer mit Masken und Figuren aus dem alten Ägypten voll gestopft und fühlte sich zwischen diesen Boten des Altertums recht wohl. Seine Wirtin war in Ordnung, sie hatte auch nichts gegen Damenbesuch einzuwenden.

Es war an einem Freitagabend, als Wendell Carson vom Einkaufen zurückkam und sich wieder seinen Büchern und Aufzeichnungen zuwandte.

Er rückte die Leselampe zurecht und vertiefte sich in seine Arbeit.

Die Zeit verging.

Draußen wurde es dunkel.

Irgendwo klappte eine Tür. Die trübe Gaslaterne draußen vor dem Haus warf einen schwachen Lichtschein in das kleine Zimmer.

Nach vier Stunden machte Wendell Carson die erste Pause. Er stopfte sich seine Pfeife und wanderte in dem Zimmer auf und ab.

Eine seltsame Unruhe hatte ihn gepackt. Das Licht der Leselampe auf dem kleinen Schreibtisch erhellte nur einen begrenzten Kreis. Der Rest des Raumes lag in schummrigem Dämmerlicht.

Die seltsame Unruhe verstärkte sich. Er konnte sich nicht erklären, woher dieses Gefühl kam. Es war auf einmal da.

»Du bist nervös«, murmelte er.

Wendell erinnerte sich an den Rest Whisky, der noch in der Flasche war. Er leerte die Flasche mit einem Zug und stellte sie anschließend auf den Schreibtisch.

Es wurde ihm zwar warm im Magen, doch die Unruhe blieb.

Wendells Blick glitt über die Wände, die zum Teil mit Totenmasken behängt waren.

Diese Masken, sonst starre Gegenstände, schienen plötzlich zu leben. Die leeren Augenhöhlen glühten in einem unheimlichen Feuer, die schrecklichen Gesichter begannen zu zucken.

Wendell wischte sich über die Augen.

»Ich glaube, ich bin betrunken«, flüsterte er.

Wieder starrte er auf die Masken.

Diesmal schienen sie ihn höhnisch anzugrinsen, sich über seinen Zustand lustig zu machen.

Wendell schluckte. Sein Atem ging schnell. Als er mit dem Handrücken über seine Stirn fuhr, merkte er, dass sie schweißnass war.

»Was ist nur los mit mir?«

Wendell Carson taumelte. Ein schwerer Druck lastete auf seiner Brust.

Plötzlich hörte er Stimmen. Sie kamen von irgendwoher.

Wispernd, raunend.

Wendell rannte zur Zimmertür, riss sie auf.

Nichts. Der Flur war leer. Von unten hörte er das trockene Husten seiner Wirtin.

Wendell Carson ging wieder zurück in sein Zimmer.

Die Stimmen blieben. Ja, sie hatten sich sogar verstärkt. Manchmal glaubte Wendell sogar, ein höhnisches Lachen zu hören.

Wendell Carson drehte sich im Kreis und blieb plötzlich wie von einem Blitzschlag getroffen stehen.

Die Wand mit den Masken war leer!

»Nein – nein …«, flüsterte der junge Mann. »Das gibt es doch nicht! Das kann es doch nicht geben!«

Wendell schlug beide Hände über dem Kopf zusammen und warf sich aufs Bett. Er vergrub sein Gesicht tief in den Kissen. Die Angst hatte ihn wie eine Woge überschwemmt.

Eine Warnung kam ihm in den Sinn.

»Der Dämon wird euch mit in sein Reich nehmen«, hatte der alte Mann gesagt, als sie damals die Pyramide betreten hatten.

Wie Hammerschläge dröhnten diese Worte in Wendells Kopf.

Wendell warf sich auf den Rücken und starrte mit weit aufgerissenen Augen in das Halbdunkel.

Plötzlich waren die Stimmen verschwunden. Auch die Masken hingen wieder an ihrem alten Platz.

Wendell Carson richtete sich auf. Jetzt zerrte die Stille im Zimmer an seinen Nerven.

Es war eine drückende und unheilschwangere Stille.

Wendell Carson sah, dass seine Hände zitterten. Langsam erhob er sich von seinem Bett, wankte zum Schreibtisch und griff nach seiner Pfeife, die erloschen war.

Wendell wollte hier raus. Er hatte einfach nicht die Nerven, die kommende Nacht in diesem Zimmer zu verbringen. Er wollte irgendwohin gehen. In eine Kneipe oder in den nahe gelegenen Park.

Zischend flammte das Streichholz auf.

Wendell setzte die flackernde Flamme an den Pfeifenkopf.

In diesem Augenblick fuhr ein kalter Lufthauch durch das Zimmer.

Die Flamme erlosch.

Hinter Wendell Carson ertönte ein leises Lachen.

Der junge Mann blieb wie festgewachsen stehen. Das Grauen machte ihn bewegungsunfähig.

Zwei knochige Hände legten sich von hinten um seinen Hals. Erst jetzt erwachte Wendell Carson aus seiner Erstarrung, wandte sich halb um …

Eine grässliche Dämonenfratze starrte ihn an!

»Sakuro …«, ächzte Wendell Carson noch, dann versank er in eine bodenlose Tiefe …

Mit einem kräftigen Ruck wurde die Tür aufgezogen.

»Mensch, John, alter Eisenfresser, sieht man dich auch mal wieder? Los, komm rein.«

Der Reporter Bill Conolly machte eine einladende Bewegung.

John Sinclair betrat den Wohnraum und setzte sich auf eine mit Manuskriptblättern überladene Couch.

Bill Conolly holte inzwischen was zu trinken.

»Ich schreibe gerade einen Callgirl-Report«, erklärte er die Unordnung. »Sagenhafte Sache, sage ich dir. Aber jetzt mal was anderes.« Bill kippte zwei Fingerbreit Whisky in die Gläser. »Was führt dich überhaupt in meine bescheidenen Gemächer?«

John nahm sein Glas und sagte: »Erst mal Cheerio.«

Die Männer tranken.

Bill flegelte sich in einen Sessel, rieb seine Hände und forderte: »Raus mit der Sprache, Alter.«

John knetete nachdenklich seine Nase.

»Ich bin da einer Sache auf der Spur, bei der ich deine Hilfe brauche, Bill. Kannst du dich an einen gewissen Earl Brandon erinnern? Genauer gesagt, an den Archäologen Dr. Earl Brandon.«

»Hm.« Bill überlegte. Nach einer Weile meinte er: »Der Name kommt mir bekannt vor. Irgendetwas war auch nicht normal bei diesem Kerl. Aber was, zum Teufel?«

»Ich will dir auf die Sprünge helfen.«

John berichtete seinem Freund, was er bisher in Erfahrung gebracht hatte. Er erzählte von der makabren Trauerfeier und von Kenneth Brandons plötzlichem Verschwinden.

Bill Conolly hörte gespannt zu. Schließlich fragte er: »Und weshalb bist du zu mir gekommen?«

»Ganz einfach. Du bist bei allen Zeitschriften und Zeitungen bekannt. Irgendein Blatt wird bestimmt über die Expedition dieses Dr. Brandon einen Bericht geschrieben haben. Tu mir den Gefallen und finde es heraus.«

Bill Conolly, ein freier Reporter, der, wie man so sagt, das Gras wachsen hörte, pfiff durch die Zähne.

»Liegt für mich auch was drin? Du weißt ja, Billyboy muss immer dabei sein.«

»Hast du die Lady Laduga denn schon verdaut?«, fragte John säuerlich.

»Ach, die. Das ist doch mittlerweile einige Wochen her. Ich sehe schon wieder ein neues Abenteuer auf uns zukommen. Und den Kram hier …«, Bill deutete auf die Manuskriptblätter, »… kann ich auch verschieben. So, und jetzt werde ich mal einige Anrufe tätigen, damit du zufrieden gestellt wirst.«

Bill schnappte sich den Telefonapparat.

Nach einer Viertelstunde konnte er einen Erfolg verbuchen. Er warf den Hörer auf die Gabel und sagte: »Ich hab's.«

»Was?«, fragte John.

»Der Bericht von Dr. Brandon. Er ist in der Zeitschrift ›Prisma‹ erschienen. Ein Bote bringt gleich ein Exemplar vorbei. Na, bin ich nicht Klasse?«

»Und wie.«

Eine halbe Stunde später lag die Zeitschrift vor den beiden Männern.

Dr. Brandons Bericht umfasste fünf Seiten. Von der Expedition selbst war gar nicht viel geschrieben, sondern fast nur von den Ergebnissen und Auswertungen. Doch zum Schluss des Berichtes tauchte ein Name auf, der John förmlich elektrisierte. Sakuro, der Magier. Dr. Brandon schrieb von einer Warnung, die ein alter Mann ausgesprochen haben sollte. Mehr nicht.

John blätterte wieder zurück, und zwar dorthin, wo die Namen der Expeditionsteilnehmer aufgeführt waren. Es waren insgesamt fünf Männer. Dr. Earl Brandon, Kenneth Brandon, Dr. Emmet Slater, Wendell Carson und Gregory Seaborg.

John Sinclair notierte sich alle fünf Namen.

»Was willst du denn damit?«, fragte Bill.

John blickte den Freund an. »Fällt dir nichts auf?«

»Nein.«

»Sieh her. Dr. Earl Brandon, der Expeditionsleiter. Verschwunden. Kenneth Brandon, ebenfalls verschwunden. Wer ist der Nächste? Emmet Slater? Oder Wendell Carson?«

»Du meinst also, dass allen Mitgliedern der Expedition Gefahr droht?«

»Ja.«

»Und wer steckt deiner Meinung nach dahinter? Wer profitiert von dem Tod der Leute?«

»Ich weiß es noch nicht, Bill. Aber ich werde es herausfinden.«

»So ganz überzeugt mich die Sache noch nicht«, meinte der Reporter. »Ist mir noch alles zu theoretisch. Gib den Kram ruhig dem nächsten Dorfgendarm. Mehr ist nicht drin.«

»Auf jeden Fall vielen Dank für deine Hilfe«, sagte John Sinclair.

»Du willst schon weg?«

»Was dachtest du denn?«

»Ja, aber …«

»Nichts aber. Ich muss mich hinter meinen Fall klemmen. Im Gegensatz zu dir habe ich nämlich ein ganz anderes Gefühl. Na ja, wir werden sehen.«

Als John im Hausflur war, rief Bill ihm noch nach: »Wenn du wirklich recht hast, lass es mich wissen.«

»Wird gemacht.«

Der erste Name auf Johns Liste lautete Dr. Emmet Slater. Mit ihm wollte der Inspektor den Anfang machen.

Slater wohnte in einem alten Haus in der Kensington Road. Das Haus sah sehr gepflegt aus und hatte vier Stockwerke. Laut Klingelbrett wohnte Dr. Slater im ersten Stock.

John Sinclair schellte vergebens. Dr. Slater war nicht zu Hause.

Eine Nachbarin teilte dem Inspektor schließlich mit, dass der Wissenschaftler schon seit einer Woche in Spanien Urlaub machte.

John bedankte sich für die Auskunft und fuhr hinaus nach Putney, um Wendell Carson zu besuchen. Die Adressen der Männer hatte er sich von seiner Dienststelle geben lassen.

John parkte seinen Bentley vor einem abbruchreifen

Zweifamilienhaus, ging durch den kleinen Vorgarten und wollte gerade schellen, als die Haustür geöffnet wurde.

Eine etwa 45-jährige Frau mit weißblonder Perücke und grell geschminktem Mund trat dem Inspektor entgegen.

»Suchen Sie was?«, fragte sie misstrauisch.

John Sinclair lächelte gewinnend. »Ich möchte gern zu Mr Wendell Carson, wenn's recht ist.«

Die Frau blieb misstrauisch. »Wer sind Sie überhaupt?«

»Mein Name ist Sinclair, Scotland Yard.« John ließ seine Marke aufblitzen.

»Polizei? Und dann noch Scotland Yard? Ja, was hat Carson denn ausgefressen?«

»Gar nichts. Es ist eine reine Routineangelegenheit. Sind Sie mit Mr Carson verwandt, Madam?«

»Nee. Ich bin die Wirtin hier. Aber Mr Carson ist nicht da.«

»Ist er weggegangen?«

»Weiß ich nicht. Er kam gestern Abend nach Hause, und heute Morgen – ich mache ihm nämlich immer das Frühstück – war er weg. Ich weiß auch nicht, wohin. Hab ihn gar nicht gehen gehört. Sein Zimmer sieht auch ziemlich unaufgeräumt aus. Ist sonst gar nicht seine Art.«

John Sinclair wurde hellhörig. Sollte Wendell Carson das Gleiche widerfahren sein wie Kenneth Brandon?

»Darf ich mir das Zimmer mal ansehen?«, fragte John.

»Warum nicht. Kommen Sie mit.«

Die Wirtin führte John in das Haus und ging vor ihm eine altersschwache Treppe hoch.

Sie öffnete die Zimmertür und sagte: »Hier wohnt er.«

John betrat den Raum. Er war klein und mit allerlei fremden Masken und Gegenständen voll gestopft.

»Heute Morgen brannte sogar noch seine Schreibtischlampe«, sagte die Wirtin. »Hoffentlich ist ihm nichts passiert. Man liest ja immer so viel.«

John sah sich sorgfältig in dem Raum um, doch er konnte nichts finden, was auf Wendell Carsons Verschwinden hingedeutet hätte.

»Das Zimmer ist richtig unheimlich. Diese Masken und so. Finden Sie nicht auch?«, fragte die Wirtin.

John nickte.

Ein seltsamer Geruch war ihm in die Nase gedrungen. Süßlich, so wie Leichengeruch. Die Wirtin schien nichts bemerkt zu haben, denn sie plapperte munter weiter. John hörte gar nicht hin.

Nach einigen Minuten verabschiedete er sich wieder, ohne auch nur die Spur eines Hinweises gefunden zu haben. Er gab der Wirtin noch seine Telefonnummer.

»Wenn Mr Carson zurückkommt, rufen Sie mich bitte an.«

»Werde ich machen, Inspektor.«

»Vielen Dank.«

John setzte sich wieder in seinen Bentley und dachte nach. Das war jetzt das zweite Mitglied der Expedition, das so plötzlich verschwunden war. Welches Geheimnis steckte dahinter?

Sakuro.

Dieser Name fiel ihm wieder ein. Sir Gerald hatte ihn erwähnt. Und auch in Dr. Brandons Bericht war davon geschrieben worden. Wer war dieser Sakuro? Ein Dämon? Wenn ja, woher kam er? Fragen über Fragen, auf die John Sinclair eine Antwort finden musste.

Der nächste Mann auf seiner Liste hieß Gregory Seaborg. Dieser Mann war für John im Augenblick unerreichbar, denn eine Anschrift hatte er nicht hinterlassen. Wahrscheinlich lebte er, wie viele Studenten, irgendwo in Soho in einer Kommune. Um ihn dort zu finden, brauchte man eine ganze Kompanie von Polizisten.

Aber irgendwo musste es eine Spur geben. Dr. Brandon! Sicher. Damit hatte alles begonnen. Hier wollte John den Faden aufnehmen. Aber Dr. Brandon wohnte, das wusste John auch, fast zweihundert Meilen von London weg. Der Inspektor blickte auf seine Uhr. Schon Nachmittag. Wenn er sich beeilte, konnte er es bis zum Abend schaffen. Doch vorher wollte er noch an seiner Wohnung vorbeifahren.

John gab Gas. Er brauchte über eine halbe Stunde, bis er seine Bleibe erreicht hatte.

Als er aus dem Wagen stieg, schälte sich ein blondes Mädchen aus einem Sportflitzer. Das langbeinige Geschöpf kam direkt auf John zu.

»Mr Sinclair?«, fragte das Girl.

»In Lebensgröße.«

»Ich hätte Sie gern gesprochen. Mein Name ist Sheila Hopkins.«

Falls John überrascht war, so zeigte er es nicht.

»Aber sicher können Sie mich sprechen«, erwiderte er. »Kommen Sie mit in meine Wohnung. Dort redet es sich besser.«

»Danke, Mr Sinclair.«

John und Sheila fuhren mit dem Lift nach oben. Während der Fahrt sagte das Mädchen kein Wort. John beobachtete Sheila aus den Augenwinkeln.

Er sah, dass sie nervös war. Sheila knetete ihre gepflegten Hände und hatte dunkle Ränder unter den Augen.

In seinem Apartment angekommen, bot John seiner neuen Bekannten einen Platz an, servierte ihr einen Whisky, den sie auch dankend annahm.

»Mein Vater hat mir bereits von Ihnen erzählt«, sagte sie, »und ich glaube, ich kann Ihnen behilflich sein, falls Sie Fragen haben, die Kenneth Brandon betreffen. Wir waren – wir sind schließlich miteinander verlobt.« Sheila biss sich auf die Lippen, und John sah in ihren Augen Tränen glitzern.

»Ich hätte Sie sowieso aufgesucht, Miss Hopkins«, erwiderte er. »Ich habe zum Beispiel heute vor, in das Haus der Brandons zu fahren, um dort vielleicht eine Spur zu entdecken.«

Sheila Hopkins blickte auf. »Die Idee ist gut, Mr Sinclair. Ich werde Sie begleiten. Vier Augen sehen mehr als zwei.«

»Können Sie denn so ohne weiteres weg?«

»Natürlich. Außerdem geht es um Kenneth.«

»Was war Kenneth für ein Mensch?«

Ein verlorenes Lächeln legte sich um Sheilas Lippen. »Kenneth war nicht so wie die anderen. Er war immer ruhig und in sich gekehrt. Mein Geld interessierte ihn nicht. Er liebte mich wirklich. Kenneth kannte außer mir nur seine Arbeit.«

»Hat er viel mit Ihnen über seine Forschungen gesprochen?«, wollte John wissen.

»Nein.«

»Aber den Namen Sakuro hat er erwähnt?«

»Ja. Das war aber erst nach der Beerdigung seines Vaters. Die Trauerfeier damals muss ihm einen Schock versetzt haben. Er muss irgendetwas gesehen haben. Seit diesem Tag hat sich Kenneth verändert. Er wurde noch verschlossener. Mir schien es, als ob er Angst hätte. Angst vor geheimnisvollen Mächten. Ich habe ihn oft gefragt, aber nie eine konkrete Antwort erhalten. Mehr kann ich Ihnen auch nicht sagen, Mr Sinclair.«

»Wie standen Sie denn zu Dr. Earl Brandon?«

»Ich kannte ihn kaum. Kenneth' Vater war durch und durch Wissenschaftler. Er lebte in seiner Welt.« Sheila blickte auf ihre Platinuhr. »Wann wollten Sie denn fahren, Mr Sinclair?«

»Eigentlich sofort«, antwortete John. »Ich möchte mir nur noch eine Zahnbürste mitnehmen. Ich weiß noch nicht, wie lange ich mich in Dr. Brandons Haus aufhalten werde. Sie entschuldigen mich für einen Augenblick.«

Fünf Minuten später war John fertig. Er fuhr mit Sheila nach unten und schlug vor, seinen Wagen zu nehmen. Das Girl war einverstanden.

Die Fahrt dauerte drei Stunden. John hatte unterwegs einmal angehalten, um etwas zu essen. Auch Sheila hatte eine Kleinigkeit zu sich genommen. John merkte, wie das Mädchen langsam auftaute.

Sheila trug einen dunkelroten Hosenanzug aus weichem Nappaleder, der ihre Figur wie ein Etui umschloss. John musste anerkennend feststellen, dass Kenneth Brandon einen guten Geschmack gehabt hatte.

»Weit kann es nicht mehr sein«, sagte John Sinclair.

»Hinter dem nächsten Dorf.«

John steuerte den Bentley mit mäßiger Geschwindigkeit über die Landstraße. Das Seitenfenster des Bentley war ein Stück heruntergekurbelt. Der Wind, der in den Wagen pfiff, brachte den Geruch von Salz und Meer mit.

Zehn Minuten später stoppte John den silbergrauen Bentley vor Dr. Brandons Haus. Sheila Hopkins schwang sich aus dem Wagen und öffnete das Tor.

Dann fuhren sie durch den verwilderten Garten zum Haus hoch.

Sheila war merklich blass geworden. »Es kommt mir alles so unheimlich vor«, sagte sie. »Früher war es ganz anders. Allein hätte ich mich hier wirklich nicht mehr hingetraut.«

»Angst ist wohl das Vorrecht der Frauen«, meinte John und hielt vor der wuchtigen Eingangstür.

Sheila besaß einen Schlüssel.

Im Innern des Hauses roch es muffig. Sheila schaltete erst einmal überall Licht an.

»Jetzt fühle ich mich wohler.«

»Wo hatte denn Kenneth Brandon sein Zimmer?«, erkundigte sich John.

»Oben. Kommen Sie mit. Ich zeige es Ihnen.«

Die breite Treppe war mit wertvollen Läufern ausgelegt. An den Wänden hingen Bilder, die bestimmt ein kleines Vermögen gekostet hatten. Außerdem standen überall auf kleinen Podesten Vasen, Krüge und Töpfe aus der vorchristlichen Zeit. Die wertvollen Gegenstände waren mit Plastikhauben abgedeckt und durch eine Alarmanlage gesichert.

»Dr. Brandon war ein fanatischer Sammler«, erklärte Sheila. »Das meiste steht übrigens in Museen.«

Die Tür zu Kenneth Brandons Zimmer stand halb offen.

Sheila bemerkte Johns fragenden Blick und sagte: »Ich habe alles liegen und stehen lassen und fluchtartig das Haus verlassen. Es war niemand nach mir hier.«

John zuckte mit den Schultern. »Man kann nie wissen.«

Das Zimmer des jungen Brandon sah unordentlich aus. Das Bett war zerwühlt, aufgeschlagene Bücher lagen herum, und auf dem Boden entdeckte John eine zertretene Zigarette.

Langsam ging der Scotland-Yard-Inspektor durch den Raum, trat an das hohe Bücherregal und zog die alten Schriften hervor. Die Bücher waren allesamt in einer Sprache geschrieben, die John nicht verstand.

»Das ist Altägyptisch«, sagte Sheila. »Kenneth konnte es lesen.«

John wollte die Bücher schon wieder wegstellen, als ihm etwas auffiel. Zwischen einigen Werken der griechischen Mythologie entdeckte er einen schmalen Schnellhefter.

John zog ihn hervor. Er schlug ihn auf und fand eine Anzahl eng beschriebener Seiten.

»Wissen Sie, was das ist?«, wandte er sich an Sheila.

Das Girl kam näher, blickte auf den Schnellhefter und schüttelte den Kopf.

»Keine Ahnung. Aber da fällt mir ein, dass Kenneth manchmal von einer Übersetzung gesprochen hat. Er tat dabei immer sehr geheimnisvoll. Vielleicht hängt es damit zusammen.«

»Möglich«, erwiderte John, setzte sich auf die Bettkante und schlug die erste Seite auf.

Die Überschrift sprang ihm förmlich ins Gesicht:

Sakuro, Dämon mit den blutigen Augen

John atmete tief durch. Sheila, die ihm über die Schulter geblickt hatte, stieß einen leisen Schrei aus.

»Ich glaube, wir kommen dem Rätsel langsam näher«, sagte John. »Diese Aufzeichnungen hier werde ich lesen. Und zwar noch in dieser Nacht. Ich …«

»Pst. Haben Sie nicht gehört, Mr Sinclair?«

»Was?«

»Das Stöhnen. Mein Gott.«

Sheila Hopkins stand vornübergebeugt und lauschte. John legte den Schnellhefter zur Seite und spitzte ebenfalls die Ohren.

Da! Jetzt hörte er es auch.

Es war ein grässliches Stöhnen und schien aus der Unendlichkeit zu kommen.

Sheila fasste nach Johns Arm. »Ich habe Angst, Mr Sinclair«, flüsterte sie, »schreckliche Angst.«

Johns Körper spannte sich. Seine Augen suchten das Zimmer ab, tasteten sich in jeden Winkel.

»Sheilaaa!«

Die Stimme klang seltsam dumpf und kam aus unendlicher Ferne.

»Sheila! Rette mich! Ich habe solche Schmerzen! Sheilaaa …«

Das Mädchen schrie auf. Ihre Hände krallten sich in Johns Jackett.

»Das war Kenneth!«, stöhnte sie. »Kenneth Brandon! Mr Sinclair, das war die Stimme meines Verlobten!«

Sheila Hopkins brach zusammen. Bevor sie jedoch auf den Boden fiel, konnte John sie auffangen. Behutsam legte er das Mädchen auf das breite Bett. Er selbst setzte sich auf einen Stuhl und wartete darauf, dass diese unheimliche Stimme wieder erklang.

Aber nichts geschah.

Schließlich griff John Sinclair nach dem Schnellhefter und begann zu lesen.

Je weiter er las, umso mehr faszinierte ihn diese Geschichte. John Sinclair geriet in einen regelrechten Rausch. Er hatte plötzlich das Empfinden, dass er alles, was er las, selbst miterleben würde. Er fühlte sich in die Zeit des alten Ägypten versetzt …

In der großen Tempelhalle war es totenstill. Mit starren Gesichtern standen fünfzig Krieger in den kleinen Nischen, die in das Gestein gehauen waren. Die Männer, nur mit Lendenschurz bekleidet, hielten Lanzen und brennende Fackeln in den Fäusten.

Der dunkelrote Lichtschein zuckte über die mit Öl eingeriebenen Gesichter der Krieger und gab diesen ein dämonisches Aussehen. Mitten in der Tempelhalle stand ein Opferstein. Er war wuchtig, und der helle Fels war an vielen Stellen dunkel von geronnenem Blut.

Auf diesem Stein lag ein Krummschwert, dessen Griff mit Edelsteinen verziert war.

Plötzlich ertönte ein Gong. Zwei große Steinquader schoben

sich an der Stirnseite der Halle wie auf einen geheimen Befehl hin auseinander und gaben einen mannshohen Durchgang frei.

Monotoner Singsang durchdrang die Tempelhalle.

Die Krieger traten zwei Schritte vor und stellten sich so, dass sie dem Eingang zugewandt waren.

Eine seltsame Prozession bewegte sich in der Tempelhalle. Flankiert von sechs muskulösen Bewachern schritt hoch aufgerichtet ein Mann auf den Opferstein zu.

Der Mann steckte in einem blutroten Gewand und hatte sein langes Haar mit einem goldfarbenen Stirnband zusammengebunden.

Dieser Mann war Sakuro!

Vor dem Opferstein blieb die Gruppe stehen.

Die sechs Wächter ließen Sakuro nicht aus den Augen, und auch die Sinne der anderen Krieger konzentrierten sich auf ihn.

Immer noch klang der monotone Singsang durch die Halle. Er steigerte sich noch, und dann betraten die Priester das große Gewölbe. Sie hatten die Hände in die weiten Ärmel ihrer Gewänder gesteckt, hielten die Augen gesenkt und bewegten nur die Lippen.

Die Priester stellten sich hinter den Opferstein.

Alles deutete darauf hin, dass man auf jemanden wartete.

Sakuro wandte langsam den Kopf. Er ließ den Blick über die Menschen schweifen, die bei seiner Hinrichtung zugegen sein würden. Ein spöttisches Lächeln legte sich auf seine Lippen. Sie alle konnten nicht wissen, dass man ihn nicht töten konnte. Vielleicht seinen Körper, doch sein Geist würde weiterleben. In dem Raum zwischen Diesseits und Jenseits, der allein den Dämonen vorbehalten bleibt.

Immer noch sangen die Priester. Es waren Gebete, um die Götter gnädig zu stimmen, damit sie das Opfer annahmen.

Endlich kam der Pharao. Er wurde in einer Sänfte in die Halle getragen. Die nackten Füße der Sklaven klatschten auf den Boden.

»Halt!«, dröhnte die Stimme des Pharao.

Die Sklaven stoppten.

Langsam stieg der Pharao aus der Sänfte. Er war prächtig gekleidet und hatte sein Gesicht mit feuchtem Lehm eingerieben, so wie es das Ritual vorschrieb.

Der Pharao hob die rechte Hand.

Sofort hörte der Singsang der Priester auf.

Stille legte sich über die Tempelhalle.

»Sakuro, sieh mich an!«, dröhnte die Stimme des Pharao.

Langsam wandte sich der Magier um.

Xotorez, der Pharao, ging auf ihn zu. Respektvoll traten die sechs Bewacher zur Seite.

Einen Schritt vor Sakuro blieb der Pharao stehen.

»Du kennst das Urteil der Weisen«, sagte Xotorez. »Die Götter verlangen für den Frevel, den du begangen hast, deinen Tod. Du hast Ira, meine Tochter, geschändet. Dafür wird man dir den Kopf abschlagen und anschließend die Augen ausstechen. So, wie es die Gesetze verlangen.«

Nach diesen Worten des Pharao war es totenstill. Doch durch diese Stille gellte auf einmal das teuflische Gelächter des Magiers. Sakuro breitete beide Arme aus und führte sie in einer weiten Geste wieder zusammen.

»Ich habe deine Worte vernommen, Xotorez«, sagte er, »und ich weiß, dass ich meinem Schicksal nicht mehr entgehen kann. Aber nun höre auch mich an. Du wirst mich töten und doch nicht töten. Mein Geist wird weiterleben, und irgendwann wird dich meine grausame Rache treffen. Ich werde aus dem Jenseits zurückkehren und dich in den Schlund des Verderbens ziehen.« Sakuros Gesicht hatte sich bei diesen Worten zu einer schrecklichen Grimasse verzerrt. Seine Augen, sonst dunkel wie die Nacht, schienen ein unheimliches Feuer zu versprühen, die klauenartig vorgestreckten Hände vollführten geheimnisvolle Bewegungen.

Der Pharao wich unwillkürlich einen Schritt zurück. Angst hatte ihn plötzlich erfasst. Er wusste, Sakuro war kein normaler Mensch, er war ein Dämon, ein Magier, der mit dem Bösen im Bunde stand.

»Und so höre denn meine weiteren Worte!«, gellte Sakuros Stimme. »Sei verflucht! Hahaha.«

Das höhnische Gelächter schnitt den Anwesenden wie Messer in die Ohren.

»Tötet ihn!«, brüllte der Pharao in das Gelächter hinein. »Tötet ihn!«

Sakuros Bewacher griffen zu.

Sie packten den Magier mit harten Griffen und zerrten ihn zu dem Opferstein. Gnadenlos zwangen sie ihn auf die Knie.

Ein dunkelhäutiger Sklave sprang vor und ergriff das Krummschwert.

Zwei Männer drückten Sakuros Kopf mit dem Gesicht auf den Opferstein. Dann ließen sie den Magier los.

Der Sklave hob das Krummschwert, sah zu dem Pharao hin, der die Szene mit unbewegtem Gesicht verfolgt hatte.

Xotorez nickte.

Der Sklave schlug zu. Die Schneide des Krummschwerts pfiff durch die Luft und trennte Sakuros Kopf vom Körper.

Der Körper fiel zurück. Der Kopf blieb auf dem Opferstein liegen. Der Mund war immer noch zu einem grausamen Lachen verzogen, doch die Augen blickten nun starr und leblos.

Einer der Priester trat vor und zog ein Messer. Langsam näherte sich die Messerspitze dem abgetrennten Kopf des Magiers und stach ihm die Augen aus.

Dann traten die Sklaven in Aktion. Sie schafften den Körper Sakuros weg und legten ihn in ein kleines Verlies im hintersten Winkel der großen Pyramide. Anschließend wurde das Verlies zugemauert.

Sakuro geriet in Vergessenheit. Der Körper vermoderte, doch der böse Geist des Magiers überlebte die Jahrtausende …

John Sinclair legte aufatmend den Schnellhefter zur Seite. Der Inspektor spürte, dass er am gesamten Körper schweißnass war. Diese Geschichte hatte ihn mehr mitgenommen, als er zugeben wollte.

Welch schrecklichem Geheimnis waren Dr. Brandon und sein Team auf die Spur gekommen?

Ein leises Stöhnen riss John aus seinen Gedanken. Er wandte den Kopf und sah, dass sich Sheila Hopkins unruhig auf dem breiten Bett bewegte.

John setzte sich auf die Bettkante und strich dem Mädchen über die Stirn.

Verwirrt schlug Sheila die Augen auf. »Was – ist geschehen? Ich war auf einmal ohnmächtig. Weiß auch nicht …« Plötzlich setzte sie sich auf. »Was war mit Kenneth? Ich habe ihn doch gehört, Mr Sinclair.«

John lächelte ihr beruhigend zu und drückte sie sanft auf das Bett zurück.

»Es ist nichts passiert, was Sie ängstigen könnte, Miss Hopkins.«

»Aber die Stimme …«

»Ja, die habe ich auch vernommen, Miss Hopkins.«

Sheilas Augen füllten sich mit Tränen. »Kenneth, er ist doch nicht tot, Mr Sinclair. Ich habe ihn doch gehört. Er lebt. Mein Gott, er lebt. Mr Sinclair, wir müssen ihn finden. Sofort. Kommen Sie.«

Sheilas Hände krallten sich in Johns Jackenärmel. Das Mädchen war äußerst erregt. Sie hatte das schreckliche Erlebnis noch längst nicht überwunden.

»Wir werden Ihren Verlobten nicht suchen. Wenigstens jetzt noch nicht«, schränkte John ein.

»Warum nicht? Nennen Sie mir den Grund! Sie verheimlichen mir etwas!«, schrie Sheila.

»Gut, ich will es Ihnen erzählen. Aber Sie müssen die Nerven bewahren. Versprechen Sie mir das, Sheila?«

»Ja.«

»Ich habe, während Sie schliefen, den Schnellhefter durchgeblättert und die Geschichte gelesen. Ich werde sie Ihnen später einmal erzählen. Ich kann Ihnen nur so viel sagen, dass Ihr Verlobter nicht tot, aber auch nicht lebendig ist.«

Sheila sah John ungläubig an. »Wie soll ich das verstehen?«

»Sie werden es wohl nicht verstehen, Sheila. Ich kann es auch nicht begreifen. Sie müssen sich jedoch mit den Gegebenheiten abfinden. Kenneth lebt in einer Zwischenwelt. In einem Raum zwischen Diesseits und Jenseits. Ich habe mich mit unerklärlichen Dingen, die auf dieser Welt geschehen, befasst. Ich habe alte Schriften gelesen und herausgefunden, dass es Dinge gibt, die unser Verstand einfach nicht begreifen kann. Kenneth Brandon, Ihr Verlobter, lebt im Reich der Dämonen.«

»O Gott.«

Sheila Hopkins begann hemmungslos zu schluchzen. John ließ sie eine Zeit weinen.

Schließlich, als sie sich beruhigt hatte, fragte sie: »Wie kann man Kenneth denn helfen? Wie können wir zu ihm kommen, Mr Sinclair?«

John zuckte mit den Schultern. »Wahrscheinlich gar nicht. Dieses Reich der Dämonen ist nicht mit normalen Maßstäben zu messen. Es ist nicht drei-, sondern vierdimensional. Wenn Sie verstehen, was ich meine. Es ist zwar überall, aber trotzdem nicht greifbar. Wir können es nicht sehen, nicht fassen, nicht fühlen.«

»Das schon, Mr Sinclair. Aber entschuldigen Sie meine dumme Frage: Gibt es zu diesem Reich denn keinen Eingang? Kein Tor oder irgendetwas?«

John Sinclair wirkte sehr nachdenklich. »Ihre Frage, Miss Hopkins, ist gar nicht mal so dumm. Ich habe in einer alten Legende mal gelesen, dass es irgendwo auf dieser Welt Eingänge zu dem Reich der Dämonen geben soll. Wo die aber sind, stand nicht in dem Buch.«

»Mr Sinclair, diese Eingänge müssen wir unbedingt finden. Verstehen Sie? Dann können wir Kenneth vielleicht retten.«

John lächelte ein wenig müde. »Machen Sie sich keine Illusionen, Miss Hopkins. Das wird uns wohl kaum gelingen. Es wäre zu unwahrscheinlich.«

»Aber Sie glauben doch daran, dass es solche Tore gibt?«

John nickte. »Tore jedoch nur im übertragenen Sinn.«

»Dann ist es gut. Mr Sinclair, ich möchte nicht hier bleiben. Lassen Sie uns fahren. Bitte!«

John sah auf seine Uhr. »Es ist weit nach Mitternacht.«

»Trotzdem. Im nächsten Dorf bekommen wir bestimmt noch Zimmer. Ich kenne dort einen Gasthausbesitzer persönlich.«

»Na ja. Mir soll's recht sein«, stimmte John schließlich zu.

»Danke.«

Sheila schwang die Beine aus dem Bett.

»Ich will mich nur noch im Bad ein wenig frisch machen, Mr Sinclair.«

»Gut, ich warte.«

Sheila stand auf, strich sich über das Gesicht und machte sich auf den Weg ins Bad.

Wenig später zerriss Sheilas gellender Schrei die Stille.

John sprang blitzschnell auf und raste nach draußen auf den Flur.

»Sheila!«

»Hier«, wimmerte das Mädchen.

John sah sich um und entdeckte eine offen stehende Tür am Ende des Flurs.

Das Badezimmer.

Wie der Blitz rannte John darauf zu.

Sheila lehnte mit dem Rücken an der gekachelten Wand. Sie hatte ihr Gesicht in beide Hände vergraben und schluchzte hemmungslos.

Johns Blick glitt gedankenschnell durch das Badezimmer und …

Fast stockte ihm der Herzschlag.

Neben der Wanne lag ein junger Mann.

Es war Kenneth Brandon …

John kannte den Wissenschaftler von einer Fotografie her, die ihm Sheila gezeigt hatte.

Langsam ging der Inspektor auf Kenneth zu.

Brandon lag auf der Seite, das Gesicht der Wanne zugewandt.

Vorsichtig drehte John ihn auf den Rücken und zuckte gleichzeitig entsetzt zurück.

Kenneth Brandon hatte keine Augen mehr!

Jemand hatte sie ihm ausgestochen!

John Sinclair zog scharf die Luft ein. Bilder tauchten vor seinen Augen auf. Er sah die Szene, die er vor einer halben Stunde noch gelesen hatte, ganz genau vor sich.

Ein Sklave hatte Sakuro die Augen ausgestochen.

Und jetzt dieses.

Grauenhaft, unbegreiflich.

John deckte Kenneth Brandons Gesicht mit seinem Körper ab, damit Sheila dieser Anblick erspart blieb. Dann fühlte er nach dem Herz des Mannes.

Es schlug nicht mehr.

Aber war Kenneth Brandon wirklich tot? Oder ging es ihm vielleicht wie seinem Vater?

John begann zu überlegen. Kurz vor der Verbrennung war dieser grässliche Schrei aus dem Sarg gedrungen. Die Trauergäste hatten angenommen, dass in dem Sarg ein Scheintoter gelegen hatte.

Aber kann ein Mensch wie Kenneth, dem man beide Augen ausgestochen hatte, überhaupt noch leben?

John holte einen kleinen Spiegel aus der Tasche und hielt ihn gegen den Mund des Mannes.

Die Fläche blieb klar.

Auch bei leisestem Atmen hätte sie beschlagen müssen.

Der Scotland-Yard-Inspektor stützte sich am Rand der Wanne hoch.

Sheila hatte ihren Schock noch immer nicht überwunden.

John legte seinen Arm um ihre Schultern. »Kommen Sie, Sheila.«

Das Mädchen schüttelte den Kopf. »Aber Kenneth. Wir können ihn doch nicht einfach so liegen lassen. Wir müssen etwas tun. Er ist …«

»Ich werde meine Dienststelle anrufen, Miss Sheila«, sagte John. »Wir haben Spezialisten, die sich mit Ihrem Verlobten beschäftigen werden.«

Sheila blickte John aus tränennassen Augen an. »Ja, ist er denn nicht tot?«

»Ja und nein. Aber das erkläre ich Ihnen später. Ich muss jetzt telefonieren.«

»Im Flur steht ein Apparat. In der kleinen Nische dahinten auf dem Tisch.«

»Danke.«

»Ich werde mit Ihnen gehen, Mr Sinclair. Freiwillig bleibe ich keine Sekunde länger allein.«

»Das kann ich verstehen.« John nahm den Hörer auf und fragte: »Kann man von hier aus durchwählen?«

»Ja.«

Mit dem rechten Zeigefinger wählte John die erste Zahl. Die zweite Zahl.

Und plötzlich erlosch das Licht.

Sheila Hopkins schrie leise auf. Zitternd presste sie sich gegen John Sinclair.

»Was immer geschieht, Miss Hopkins, behalten Sie vor allen Dingen die Nerven und bleiben Sie immer bei mir.«

John hatte unwillkürlich leise gesprochen.

»Ja«, hauchte das Girl.

Irgendjemand musste die gesamte Stromversorgung lahm gelegt haben, denn auch das Telefon gab keinen Laut mehr von sich.

Die rabenschwarze Finsternis lag wie ein Teppich in dem Haus.

»Was werden Sie jetzt tun?«, flüsterte Sheila.

»Erst mal abwarten. Und vor allen Dingen hier stehen bleiben, Miss Hopkins.«

»Meinen Sie, dieser Sakuro kommt?«

»Vielleicht«, erwiderte John.

John versuchte seine Nerven zu beruhigen, achtete auf jedes Geräusch.

Doch zunächst geschah nichts.

Dann, nach einigen Minuten, spürten John und Sheila einen kalten Hauch, der über ihre Körper glitt.

»Was ist das?«, flüsterte Sheila ängstlich.

»Sakuro kündigt sein Kommen an.«

Dann knarrte eine Tür. Es war die zum Badezimmer.

Johns Kopf ruckte herum. Er trat einen Schritt vor, um besser sehen zu können.

Im selben Augenblick fühlte er einen grässlichen Schmerz. Er hatte das Gefühl, eine Stahlklammer würde ihn zerdrücken. Neben ihm stöhnte Sheila auf.

John sah einen Mann aus dem Badezimmer kommen.

Kenneth Brandon! Die leeren Augenhöhlen waren auf John gerichtet.

Der Inspektor wollte irgendetwas sagen, doch seine Stimme war auf einmal weg.

Statt dessen drang ein grässliches Gelächter an seine Ohren. Die ganze Welt schien plötzlich zu schwanken, sich zu drehen.

John konnte sich nicht mehr halten. Er fiel in einen endlosen Schacht.

Doch bevor er das Bewusstsein verlor, sah er Sakuro. Der Dämon grinste ihn höhnisch an. Er hielt einen Totenkopf unter dem Arm, aus dessen leeren Augenhöhlen langsam das Blut tropfte …

John Sinclair stöhnte auf. Sein gesamter Körper schien in flüssiger Lava zu liegen. Das Atmen wurde zu einer Qual.

Langsam öffnete der Inspektor die Augen. Verschwommen sah er über sich ein Gesicht.

Es gehörte Sheila Hopkins.

John versuchte zu lächeln, doch es wurde nur eine Grimasse daraus.

»Mr Sinclair! Mr Sinclair!«, hörte er Sheilas besorgte Stimme. »Bitte, kommen Sie zu sich!«

»Ist ja schon gut«, ächzte John und versuchte sich aufzurichten.

Es ging so einigermaßen.

John sah sich um und stellte fest, dass er auf dem Flur gelegen hatte. Das Tischchen war umgefallen. Das Telefon lag daneben.

Durch ein Fenster fiel helles Tageslicht in den Flur.

John wischte sich über die Augen. Dann fragte er: »Wie lange bin ich überhaupt bewusstlos gewesen?«

»Keine Ahnung, Mr Sinclair. Aber es ist schon bald Mittag«, erwiderte Sheila.

»Und Sie? Was ist mit Ihnen geschehen?«

Sheila Hopkins lächelte plötzlich. »Nichts. Ich hatte ein herrliches Erlebnis. Ich habe mit Kenneth gesprochen. Es war wunderbar. Er hat gesagt, dass er mich bald holt. In seine Welt. Sie ist schön, Mr Sinclair. Sie haben recht gehabt mit Ihren Vermutungen. Es gibt noch eine Welt zwischen dem Diesseits und dem Jenseits.«

Wenn John nichts auf die Beine gebracht hätte, diese Worte schafften es.

»Sheila!«, schrie er. »Sind Sie wahnsinnig?«

»Nein. Glücklich.«

John Sinclair stand auf. Er packte das Mädchen an beiden Schultern und schüttelte es hin und her.

»Kommen Sie zu sich, Sheila. Es gibt keinen Kenneth Brandon mehr. Er ist tot, verstehen Sie?«

»Nein, Mr Sinclair. Er lebt in der anderen Welt«, erwiderte das Mädchen bestimmt.

Und sie hatte nicht einmal unrecht. Aber wie konnte John ihr nur klar machen, dass Kenneth Brandon für sie unerreichbar war?

Wahrscheinlich gar nicht. Sheila Hopkins steckte schon zu sehr in Sakuros Bann, um überhaupt noch logisch denken zu können.

Der Inspektor fasste das Mädchen am Arm. »Kommen Sie!«

»Wohin?«

»Wir fahren wieder nach London.«

»Nein. Ich bleibe hier. Kenneth wird mich bald holen.«

»Sie kommen mit!«, sagte John hart.

»Wie Sie wünschen. Kenneth wird mich überall finden.«

John Sinclair atmete tief ein. Verlier nur nicht die Nerven, Junge, sagte er sich. Das ist dieser Sakuro nicht wert.

Fünfzehn Minuten später saßen sie in Johns Bentley. Sheila sprach kein Wort. Nur in ihren Augen lag ein seltsames Leuchten. Das Mädchen war mit ihren Gedanken in einer anderen Welt.

Fast brutal rammte John Sinclair die Gänge in das Getriebe. Das nächtliche Abenteuer hatte ihn mehr mitgenommen, als er zugeben wollte.

Ihm war schleierhaft, warum Sakuro ihn nicht getötet hatte. Vielleicht sollte er auch nur gewarnt werden. Möglich war alles.

John hatte kurz vor der Abfahrt noch einmal im Bad nachgesehen. Doch von Kenneth Brandon hatte jede Spur gefehlt.

Der Inspektor war nur von einem Vorhaben beseelt. Er musste Sheila Hopkins aus Sakuros Klauen befreien. Aber dazu brauchte er sie noch. Und zwar als Köder. Während der Fahrt formte sich langsam ein gewagter Plan in Johns Gehirn.

In London fuhr er sofort zum New-Scotland-Yard-Gebäude. Er lieferte Sheila bei dem besten Psychologen zur Untersuchung ab und ließ sich dann bei seinem Chef melden.

Superintendent Powell fixierte John Sinclair durch seine dicken Brillengläser.

»Man hat lange nichts mehr von Ihnen gehört. Ich konnte Sir Gerald Hopkins nur schwer beruhigen.«

John grinste etwas spöttisch. »Das kann ich mir denken. Und was ich Ihnen zu berichten habe, Sir, ist auch nicht gerade dazu angetan, um ruhig schlafen zu können.«

Superintendent Powell nahm einen Schluck Mineralwasser und sagte sehr knapp: »Lassen Sie es hören.«

John erzählte. Ausführlich. Er ließ nicht die geringste Kleinigkeit aus.

Sein Chef nickte hin und wieder. Dann, als John geendet hatte, fragte er: »Was haben Sie nun vor?«

Der Inspektor erläuterte seinen Plan. Powell hatte noch einige Bedenken, und John musste seine ganze Redekunst aufbieten, um den Superintendent zu überzeugen.

Schließlich war Powell einverstanden. Ehe John das Zimmer

verließ, sagte er noch: »Sir Gerald Hopkins wird von Ihrem Plan nichts erfahren, Inspektor.«

»Und wenn er wissen will, wo seine Tochter ist?«

»Werde ich ihm schon das Passende erzählen. Und noch etwas. Geben Sie auf sich acht, John. Sie haben es mit einem Gegner zu tun, der mächtiger ist als alle bisherigen.«

»Wird schon schiefgehen, Sir.«

Anschließend fuhr John Sinclair in die medizinische Abteilung, die in einem Nebentrakt des Scotland-Yard-Gebäudes liegt.

John musste noch warten, ehe er Professor Snyder sprechen konnte.

Der Professor hatte Sheila untersucht. John hoffte, von ihm schon erste Ergebnisse erfahren zu können.

»Nun, Professor, wie sieht es aus?«

Der Psychologe nahm seine Goldrandbrille ab und strich sich über das schüttere Haar.

»Man kann schwer etwas sagen, Inspektor. Die Patientin steht unter einem hypnotischen Einfluss. So viel ist klar. Aber es ist keine normale Hypnose, wie wir sie kennen. Es ist irgendetwas Unbekanntes. Ich tippe auf eine Art von Fernhypnose. Um Ihnen allerdings genauer Auskunft geben zu können, muss ich Miss Hopkins noch einige Tage untersuchen.«

»Das wird kaum gehen.«

»Ich verstehe Sie nicht, Inspektor.«

»Ich brauche das Mädchen.«

»Unmöglich, in ihrem Zustand …«

»Gerade in ihrem Zustand, Professor. Und es kann durchaus möglich sein, dass Miss Hopkins geheilt wiederkommt.«

Professor Snyder lächelte spöttisch. »Sie gestatten, Inspektor, dass ich Ihren Worten nicht so recht glauben kann.«

»Das kann ich mir vorstellen«, erwiderte John. »Trotzdem muss ich das Mädchen haben. Es hängt viel von ihr ab. Ist Miss Hopkins transportfähig? Ich meine, ist sie in der Lage, einen Flug von ungefähr fünf bis sechs Stunden zu überstehen?«

»Ja«, antwortete Professor Snyder. »Allerdings lehne ich jede Verantwortung ab.«

»Das kann ich verstehen. Übrigens ist es durchaus möglich, dass wir noch in dieser Nacht fliegen.«

»Ich halte Sie nicht auf, Inspektor. Aber darf ich fragen, wohin die Reise geht?«

»Nach Ägypten, Professor.«

»Ägypten?« Der Psychologe runzelte die Stirn. »Was wollen Sie denn da?«

»Das kann ich Ihnen nicht genau sagen. Auf jeden Fall keinen Urlaub machen.«

»Komm rein, alter Junge«, sagte Bill Conolly und grinste etwas verlegen.

John zog die Augenbrauen hoch. »Ist was? Du bist so komisch.«

»Ich habe Besuch.«

»Verstehe.«

»Trotzdem, komm rein.«

»Ist sie wenigstens hübsch?«, fragte John.

»Kannst dich ja gleich selbst davon überzeugen.«

Bills Besuch war schwarzhaarig und hatte die Figur eines Mannequins. Das Girl saß auf der Couch, hielt ein Glas mit Whisky in der Hand und hatte die Beine hochgelegt.

»Hallo«, sagte die Schöne, als John in das Zimmer trat.

John stellte sich vor und wandte sich dann an den Reporter. »Kann ich dich einen Augenblick allein sprechen?«

»Nicht nur einen Augenblick. Komm, Dana«, sagte Bill zu dem Girl, »die Pflicht ruft.«

Dana zog zwar einen Schmollmund, doch sie gehorchte.

Fünf Minuten später waren die beiden Männer allein.

»Hättest du deinen Besuch angekündigt …«, fing Bill an.

John winkte ab. »Dazu war gar keine Zeit.«

»Hoppla, wo brennt's denn?«

»Bill, ich brauche deine Hilfe.«

»In einem neuen Fall?«, schnappte der Reporter.

»Ja.«

»Los, lass hören.«

John berichtete. Als er fertig war, sagte Bill Conolly: »Allerdings bin ich mir über meine Rolle in dieser Sache nicht klar.«

»Ganz einfach. Du sollst mit auf Sheila Hopkins aufpassen. Das Mädchen schwebt in Gefahr.«

Bill grinste. »Genau das, was mir Spaß macht.«

»Freu dich nicht zu früh. Es kann verdammt gefährlich werden.«

»Unsinn. Wann geht's los?«

»Noch heute Nacht. Flugkarten habe ich schon bestellt.«

»Auch für mich?«

»Sicher. Dreimal Kairo. Hin- und Rückflug.«

»Schön, dann werde ich packen.«

Innerhalb einer halben Stunde war Bill fertig. In Johns Bentley fuhren die Männer zum Scotland-Yard-Gebäude. Bill blieb im Wagen sitzen, während John in die psychiatrische Abteilung fuhr.

Professor Snyder ließ Sheila Hopkins nur ungern gehen.

»Sie wissen, welche Verantwortung Sie auf sich laden«, betonte er noch mal.

»Ja«, erwiderte John, nahm Sheila am Arm und fuhr mit ihr nach unten.

Das Mädchen machte wieder einen halbwegs normalen Eindruck. Nur die roten Flecken im Gesicht zeugten davon, dass sie unter einer inneren Erregung stand.

»Wo bringen Sie mich hin, Mr Sinclair?«

»Wir unternehmen eine kleine Reise. Mit dem Flugzeug.«

»Ohne mich vorher zu fragen?«

»Es geschieht in Ihrem Interesse.«

Als sie den Lift verließen und auf den Gang hinaustreten wollten, blieb Sheila plötzlich stehen.

»Ich will jetzt auf der Stelle wissen, was Sie mit mir vorhaben.«

»Wir fliegen nach Ägypten. Genauer gesagt nach Kairo. Und von dort aus geht es weiter bis in die Nähe von Sakkara.«

Sheilas Lider flackerten. »Sie wollen in die Pyramide, die auch Dr. Brandon mit seinen Leuten betreten hat?«

»Ja. Ich will zu Sakuros Grab.«

Sheila presste die rechte Hand vor den Mund. John spürte, wie die Angst in ihr hochkroch.

Er konnte das Mädchen nicht einfach zwingen, mitzufliegen. Wenn Sheila nicht wollte, dann sah es schlecht aus. Nur sie allein hatte den Kontakt zu Sakuro.

»Sie werden dort Ihren Verlobten finden«, sagte John.

»Kenneth?« Sheilas Augen begannen plötzlich zu leuchten. »Ja, ich komme mit.«

John fiel ein Stein vom Herzen. Wenn er nur wüsste, was sich in dem Mädchen abspielte. Aber so war er auf Vermutungen und seine Intuition angewiesen.

Bill Conolly war von der Schönheit des Mädchens beeindruckt und gab dies auch offen zu.

Sheila lächelte jedoch nur und verhielt sich schweigsam.

Sie fuhren noch an ihrer Wohnung vorbei, und Sheila Hopkins packte das Nötigste in einen kleinen Koffer.

Dann ging die Fahrt zum Flughafen Heathrow. Bis zum Start der Maschine hatten sie noch eine Stunde Zeit.

Nach einer Weile entschuldigte sich das Mädchen für einen Augenblick.

»Was hältst du von ihr?«, fragte John seinen Freund.

Bill zuckte mit den Schultern. »Macht an sich einen ruhigen Eindruck. Der Kenner würde sagen, eine Frau zum Heiraten.«

»In dem letzten Punkt stimme ich dir zu. Allerdings der ruhige Eindruck, den du von ihr hast, ist eine Täuschung. Sheila Hopkins muss innerlich aufgewühlt sein wie das Meer bei Windstärke zehn.«

Bill grinste seinen Freund an. »Von Psychologie habe ich keine Ahnung.«

John sah auf seine Uhr. »Wo sie nur bleibt?«, murmelte er.

Billy Conolly drehte sich halb um und blickte in Richtung der Toiletten. »Da kommt sie ja. Verdammt, John, was ist das denn?«

Blitzschnell drehte John den Kopf und hatte plötzlich das Gefühl, in einem Irrenhaus zu sein.

Sheila Hopkins ging langsam durch die Tischreihen. In der linken Hand hielt sie ihre Handtasche und in der rechten einen Totenkopf, aus dessen Augenhöhlen tropfenweise das Blut floss …

Jetzt erst entdeckten auch die anderen Wartenden Sheila Hopkins. Schreie wurden laut. Zwei ältere Ladys erlitten einen Ohnmachtsanfall.

John Sinclair sprang auf und lief mit langen Sätzen auf Sheila zu.

Er erreichte das Mädchen, als die ersten Gäste panikartig davonrannten.

»Sheila!«, rief John und fasste nach dem Totenkopf.

Im selben Augenblick wurden die bleichen Knochen unter Johns Berührung zu Staub, der so feinkörnig war, dass er von den Ventilatoren zum Teil weggeweht wurde. Auch das Blut war verschwunden.

Die ersten Sicherheitsbeamten liefen mit schussbereiten Waffen auf sie zu. Mit ihnen erreichte auch Bill Conolly den Inspektor.

»Was ist hier geschehen?«, schnarrte ein dürrer Mann, wohl Anführer der Truppe.

»Nichts«, sagte John leise und zeigte seinen Ausweis. »Kümmern Sie sich bitte um die beiden ohnmächtigen Ladys.«

»Jawohl, Sir.«

John und Bill begleiteten Sheila Hopkins zu ihrem Tisch. Der Reporter war bleich wie ein Bettlaken. »Teufel«, flüsterte er, »da wird ja noch was auf uns zukommen.«

John nickte nur. Er winkte dem Mixer hinter der Bar zu und bestellte Cognac. Der Mann brachte mit zitternden Fingern drei Schwenker.

»Trinken Sie«, sagte John leise zu Sheila.

Das Mädchen gehorchte. Dann begann sie zu erzählen.

»Ich weiß auch nicht, was auf einmal los war. Ich wusch mir gerade die Hände, da spürte ich eine seltsame Kälte, und plötzlich stand Kenneth, mein Verlobter, vor mir. Er sprach davon, dass ich bald bei ihm sein werde, und dann bin ich gegangen. Weshalb ist es hier so leer, Mr Sinclair?«

»Das erzähle ich Ihnen später.«

Sheila schien von den weiteren Vorgängen gar nichts mitbekommen zu haben. Es war auch besser so.

Fünfzehn Minuten später saßen sie bereits in der Maschine nach Kairo.

Es sollte ein Flug in die Hölle werden …

»He, Mann, pennen Sie?«, fragte der Schaffner und stieß den Reisenden, der ganz allein im letzten Abteil der U-Bahn saß, leicht an der Schulter an.

Der junge Mann rührte sich nicht.

»Da schlag doch einer …«, knurrte der Schaffner und fasste fester zu.

Diesmal bewegte sich der Mann. Aber nicht so, wie es sich der biedere Bahnbeamte gedacht hatte.

Der Fremde kippte im Zeitlupentempo nach rechts, fiel mit der Schulter auf die Kante der Sitzbank und rollte auf den Boden.

Erschreckt sprang der Schaffner einen Schritt zurück. Sein Gesicht wurde plötzlich leichenblass.

Es dauerte einige Zeit, ehe er sich gefangen hatte, sich bückte und den Mann herumdrehte.

Glanzlose Augen starrten ihn an.

»Der ist ja tot«, flüsterte der Schaffner.

Wie von Furien gehetzt, rannte er aus dem Wagen. An der nächsten Station, es war die vorletzte, machte er Meldung.

»Wir holen ihn an der Endstation raus«, sagte sein Kollege.

Dann fuhr der Zug weiter. Aber der Schaffner traute sich nicht mehr in den letzten Wagen und musste auch noch an der Endstation zehn Minuten warten, ehe zwei Sanitäter mit einer Bahre kamen.

»Wohin bringt ihr ihn denn?«, fragte der Schaffner.

»Erst mal ins Leichenschauhaus«, erwiderte der eine Sanitäter, ein dicker Kerl, der dauernd schwitzte.

Mit zwei Handgriffen hatten die Männer den Toten auf die Bahre gelegt und zogen ab.

Der völlig verstörte Schaffner blieb zurück.

Oben am Ausgang wartete ein Krankenwagen auf die Männer. Die Sanitäter schoben die Bahre in den Fond und setzten sich nach vorn ins Führerhaus.

»Verdammt jung noch, der Knabe«, meinte der Fahrer.

Sein korpulenter Kollege hob nur die Schultern. »Den einen trifft's früh, den anderen spät. Was soll's. Und jetzt fahr los. Ich will mich noch den Rest der Nacht hinlegen.«

»Hoffentlich kommst du dazu.«

Der Weg zum Leichenschauhaus war nicht sehr weit.

Ein grauhaariger Pförtner hatte Nachtdienst. Er kannte die beiden Sanitäter bereits, öffnete sofort das Tor und ließ den Wagen auf den Innenhof fahren.

Durch eine Eisentür gelangte man ins Haus.

An der Backsteinwand war eine altmodische Klingel installiert.

Der Dicke schellte.

»Dass wir auch immer den Seiteneingang nehmen müssen«, knurrte er.

Nach einer Minute öffnete ihnen der alte Joe. Er hatte die sechzig schon überschritten und fast sein ganzes Leben hier gearbeitet.

»Wen bringt ihr denn da wieder an?«, knurrte er.

»Wissen wir auch nicht«, antwortete der dicke Sanitäter brummig. »Komm, lass uns rein! Wir wollen den Kerl endlich loswerden.«

Der alte Joe brabbelte etwas in seinen Bart und ging vor.

Die Sanitäter folgten mit der Leiche.

Sie erreichten die Kühlkammer. Rechts und links waren Laden in die Wände eingelassen, in denen die Leichen aufbewahrt wurden. An der Stirnseite des Raumes gab es eine Wanne und mehrere Spülbecken. Hier wurden die Toten gewaschen.

»Legt ihn erst mal auf den Tisch«, sagte der alte Joe.

Die beiden Sanitäter gehorchten schweigend und verabschiedeten sich dann.

»Viel Vergnügen mit den Toten«, wünschte der Dicke noch.

Der alte Joe kicherte hohl. »Leichen sind die harmlosesten Geschöpfe der Welt. Sie können einem nichts mehr tun ...«

Nachdem die Sanitäter verschwunden waren, machte sich der alte Joe an die Arbeit. Zuerst räumte er die Taschen des Toten leer. Ein Schlüsselbund, ein paar Pfundnoten, etwas Kleingeld. Eine Schachtel Zigaretten und ein Feuerzeug brachte er zu Tage. Der Leichenwärter trug alles sorgfältig in eine Liste ein. Zum Schluss nahm er die Brieftasche des Toten. Es war ein zerfleddertes Ding aus Kunstleder.

Der Ausweis fiel dem alten Joe in die Hände.

»Wendell Carson«, buchstabierte er den Namen des Toten. Auch den trug er in die Liste ein. Dazu alle übrigen persönlichen Daten.

Danach machte er erst mal Pause. Aus seiner alten Aktentasche kramte er zwei Sandwichs und eine Thermosflasche mit Tee hervor.

Es machte dem alten Joe nichts aus, dass einige Meter weiter ein Toter auf dem Tisch lag. Das war er schon gewohnt.

Der Alte kaute schmatzend vor sich hin. Er hatte gerade den letzten Bissen hinuntergespült, da drang ein schabendes Geräusch an seine Ohren.

Gemächlich wandte er sich um und hätte sich beinahe verschluckt, als er sah, was sich vor seinen Augen abspielte.

Der Tote lebte!

»Das gibt es doch nicht«, flüsterte der alte Joe und starrte wie hypnotisiert auf den Mann, der langsam die Beine vom Tisch schwang.

Da verlor der alte Joe die Nerven.

Laut schreiend rannte er nach draußen und alarmierte den schlafenden Nachtportier.

Als der schließlich mit einem Gummiknüppel bewaffnet die Leichenkammer betrat, war der Tote verschwunden. So, als hätte es ihn nie gegeben.

Selbst seine Habseligkeiten hatte er mitgenommen.

»Das verstehe, wer will«, flüsterte der alte Joe und musste sich setzen, da seine Knie auf einmal weich wie Pudding wurden.

Wendell Carson jedoch hatte sich in einer Nische verborgen gehalten und kletterte nun, nachdem der Portier sein Häuschen verlassen hatte, über das Gitter.

Sein nächstes Ziel war der Flughafen. Sakuro, der Dämon, hatte ihn nach Ägypten gerufen.

Er würde diesem Befehl folgen ...

John Sinclair wusste von Sheila Hopkins, welchen Weg Dr. Brandons Expedition damals genommen hatte. Ferner war dem Mädchen auch bekannt, in welchem Hotel die Männer in Sakkara übernachtet hatten.

Das Hotel hieß Mahib und war angeblich das beste Haus am Ort. Es lag in der Stadtmitte, direkt an der Hauptstraße.

Sheila, John und Bill hatten sich am Bahnhof einem altersschwachen Taxi anvertraut, das sie bis vor den Hoteleingang fuhr.

Der Kasten hatte fünf Stockwerke und schien auch aus der altägyptischen Zeit zu stammen.

John bezahlte den Driver mit englischer Währung, was diesem ein freudiges Grinsen entlockte.

Es gab eine kleine Hotelhalle mit einem zerkratzten Holzpult als Rezeption.

Ein alter Mann mit einem ehemals weißen Turban auf dem Kopf und einem fleckigen Anzug um den dünnen Körper saß auf einem Stuhl und schlief.

John schlug auf die Klingel.

Der Alte schreckte hoch, rieb sich den Schlaf aus den Augen und sah die Neuankömmlinge misstrauisch an.

»Wir hätten gern drei Zimmer«, sagte John. Er sprach Englisch.

Zum Glück konnte der Alte ein paar Brocken. »Geht nicht«,

fistelte er. »Wir haben nur noch ein Doppel- und ein Einzelzimmer.«

John blickte Bill Conolly an. »Machen wir es so?«

»Klar.«

Der Inspektor wandte sich wieder an den Alten. »Gut, dann geben Sie uns, was da ist. Was kostet es?«

Der Alte nannte den Preis.

John bezahlte für eine Woche im Voraus.

Die Zimmer lagen im zweiten Stock. Einen Lift gab es in dem Haus nicht. Wäre auch sehr verwunderlich gewesen.

Ein Bad im Zimmer gab es auch nicht. Nur jeweils eine Etagendusche.

»Ich lasse Ihnen natürlich den Vortritt, Sheila«, sagte Bill Conolly.

»Nein, vielen Dank. Aber duschen Sie mal zuerst, Bill. Ich möchte mich etwas hinlegen.«

»Wie Sie wünschen.«

Die Einrichtung der Zimmer bestand aus einem Metallbett und einem wurmstichigen Schrank. Im Doppelzimmer standen die Betten übereinander. Reste aus ehemaligen Armeebeständen.

Bill Conolly verzog sich unter die Dusche.

John setzte sich auf die Bettkante und sortierte seine Gedanken.

Morgen früh wollten sie zu der Pyramide aufbrechen. Mit einem Jeep war das eine Fahrt von zwei Stunden. Sheila Hopkins hatte sich bisher gut gehalten. Sie hatte keinen weiteren Anfall mehr bekommen. Im Gegenteil, sie schien fast wieder so zu sein wie früher.

John drückte die Zigarette aus und trat ans Fenster. Draußen wurde es langsam dunkel. Sie waren von Kairo aus fast einen ganzen Tag mit dem Bummelzug unterwegs gewesen, und die Hitze hatte ihnen verdammt zugesetzt.

In den Räumen lastete eine unerträgliche Schwüle. Von draußen drang der Lärm der Hauptstraße nach oben. Irgendwo in der Ferne rief ein Muezzin mit klagender Stimme zum Gebet.

Bill Conolly kam zurück und schimpfte über die Dusche.

»Hast du was anderes erwartet?«, erkundigte sich John.

»Eigentlich ja.«

»Optimist.«

Während Bill in ein frisches Hemd schlüpfte, fragte er: »Hast du heute Abend noch was vor?«

»Ich wollte mir eigentlich ein wenig die Stadt ansehen. Und mal so herumhorchen. Vielleicht kann ich etwas erfahren.«

»Brauchst du mich dazu?«

»Nein, nein, Bill«, lachte John. »Leg dich ruhig aufs Ohr. Du versäumst nichts.«

»Ich hau mich dann hin. Bin nämlich hundemüde.«

John hatte bereits die Türklinke in der Hand. »Dann bis später.«

»Viel Vergnügen.«

Als John nach unten kam, wieselte ihm der dürre Portier entgegen. Der Kerl stank jetzt richtig bösartig nach Knoblauch. Na ja, kommen wenigstens keine Vampire, dachte John mit bissigem Humor.

»Wünschen der Gentleman eine Frau? Ein Mädchen vielleicht? Ganz jung, wunderbar.« Der Alte schürzte die Lippen.

»Keines von beiden«, sagte John Sinclair. »Und jetzt lassen Sie mich in Ruhe.«

Der Portier vollführte einen Bückling und verzog sich.

Draußen war es schon dunkler geworden. Die Autos fuhren mit Licht, und ein paar Geschäfte hatten ihre spärlich vorhandene Beleuchtung eingeschaltet.

John wandte sich nach links in Richtung Altstadt. Er musste an die Warnungen denken, die man ihm oft gesagt hatte. »Gehen Sie nie als Europäer allein in die arabischen Viertel. Die Messer sitzen dort verflixt locker.« Aber das galt wohl mehr für Kairo und die Hafenstadt Alexandria.

Schon bald quetschte sich John durch die engen Gassen. Es herrschte so viel Betrieb, dass man kaum den festgetrampelten Lehmboden sehen konnte. Vor den niedrigen Steinhäusern rechts und links der Gassen saßen Händler und boten laut schreiend ihre Waren an. Man konnte alles bekommen. Angefangen von Datteln und Feigen bis zu wirklich wunderschönem Schmuck und Töpferwaren. John Sinclair war nahe daran, seine eigentliche Aufgabe zu vergessen, so sehr faszinierte ihn diese fremdartige Umgebung.

Zwangsläufig wurde John von dem Menschenstrom weiter geschoben, in immer engere Gassen und Winkel hinein.

Plötzlich fasste eine knochige Hand nach seiner rechten Schulter.

Der Inspektor wandte sich um und sah, dass die Hand aus einem Perlenvorhang hervorlugte, hinter dem bei genauerem Hinsehen auch ein Gesicht zu erkennen war.

»Ich bin Farah, die Wahrsagerin«, hörte John eine zischelnde Stimme. »Komm in mein Haus, Fremder. Ich werde dir die Zukunft aus der Kugel lesen.«

John wusste selbst nicht, weshalb er hineinging. Vielleicht weil ihn das Mystische, das Okkulte schon von Berufs wegen interessierte.

Mit leisem Klirren schlug der Perlenvorhang hinter dem Inspektor zu.

John befand sich in einem Raum, in dem ein offenes Feuer brannte. Der dünne Rauch zog oben in der Decke durch ein Luftloch ab.

John hatte das Gefühl, als hätte er eine andere Welt betreten. Der Lärm von draußen war nur noch gedämpft zu hören. Ein süßlicher Geruch kitzelte Johns Nase.

Das Feuer brachte genügend Helligkeit, um die Frau, die John ins Haus gezogen hatte, besser erkennen zu können.

Sie war uralt. Runzeln und Falten bedeckten ein Gesicht, in dem nur die Augen klar und scharf blickten. Die Alte trug ein dunkles Gewand mit dreiviertellangen Ärmeln, aus denen dünne Arme und gichtgekrümmte Hände hervorschauten.

»Komm zu mir«, wisperte die Alte mit einer Fistelstimme. »Die alte Farah wird dich in die Zukunft sehen lassen.«

Seltsamerweise beherrschte die Greisin die englische Sprache.

John Sinclair folgte der Alten in eine Ecke des Raumes, in der ein Tisch und zwei Stühle standen.

Auf der Tischplatte stand eine bunt schillernde Glaskugel.

»Setz dich, Fremder.«

John gehorchte.

Die Alte nahm ihm gegenüber Platz und betrachtete den Inspektor stumm. Schließlich sagte sie: »Du hast gute Augen, Fremder. Es gibt nur noch wenige Menschen, die gute Augen haben. Lass dir das von der alten Farah gesagt sein. Ich habe schon viel in meinem Leben gesehen, und ich sehe auch in die Zukunft. Merke dir eins, mein Sohn, die alte Farah weiß alles. Gib mir deine Hand.«

John, der bisher noch keinen Ton gesagt hatte, schob seinen Arm über die Tischplatte.

Die Alte fasste sein Handgelenk mit unerwartet festem Griff. Sie starrte auf die Linien in Johns Handfläche und murmelte Worte in einer unbekannten Sprache.

Dann sah sie den Inspektor fest an.

»Deine Linien deuten auf ein gefahrvolles Leben hin«, flüsterte sie. »Der Tod und die Geister sind oft deine Begleiter. Sei auf der Hut, denn deine Gegner sind stark, sehr stark.«

Die Alte ließ Johns Hand los und blickte in die Kugel.

»Ich sehe Gestalten. Grässliche Wesen aus der Finsternis, die auf dich zukommen. Sie wollen dich vernichten. Du bist gezwungen, gegen sie zu kämpfen.« Die Stimme der Frau steigerte sich, wurde schrill. »Du wirst …« Die Alte stockte.

»Was werde ich?«, fragte John, der nass geschwitzt war.

»Ich weiß es nicht. Es ist auf einmal weg. Ganz plötzlich war es nicht mehr da. Ich sehe nichts mehr. Du bist ein besonderer Mann, Fremder. Wer bist du? Nenne mir deinen Namen.«

»John Sinclair.«

»Was machst du? Ich habe böse Geister und Dämonen gesehen. So etwas ist mir erst zweimal in meinem langen Leben passiert. Das erste Mal vor fast vierzig Jahren und das zweite Mal vor ein paar Monaten.«

»Vor ein paar Monaten?« John horchte auf.

»Ja. Es war ein Professor bei mir. Ein sehr gebildeter Mann.«

»Hieß der Professor etwa Brandon?«

Die Alte sah John überrascht an. »Ja, so war sein Name. Aber woher kennst du ihn?«

»Der Professor ist tot«, erwiderte John. »Er ist auf unerklärliche Weise gestorben. Ich will das Rätsel seines Todes aufklären.«

Die Alte sah John mit starrem Blick an. »Hüte dich«, sagte sie leise, »du begibst dich in große Gefahr. Der Professor wollte nicht auf meine Warnungen hören. Er hat mich ausgelacht, als ich ihm sagte, er solle nicht in den Tempel gehen. Doch er wollte Sakuro besiegen, hat nicht an den grässlichen Fluch gedacht. Sein Tod ist keine Überraschung für mich. Ich hatte ihn schon vorausgesehen. Deshalb höre auf meine Worte, junger Mann. Geh nicht zu dieser Grabstätte! Der Fluch wird auch dich treffen!«

John schüttelte den Kopf. »Ich muss aber hin. Ich kann nicht anders. Es gehört zu meiner Aufgabe.«

»Ich verstehe dich nicht.«

John Sinclair erklärte ihr die Zusammenhänge.

Farahs Gesicht verdüsterte sich. Hinzu kam noch der zuckende Feuerschein, der wirbelnde Schatten auf ihr Antlitz zauberte.

»Trotzdem«, sagte die Alte, nachdem John geendet hatte. »Kehre um, geh nicht zu dem Grabmal. Denke daran, was dem Professor passiert ist. Es sollte dir als Warnung dienen.«

»Ich kann nicht mehr zurück«, erwiderte John Sinclair.

»Aber Sakuro ist stärker. Er kommt aus dem Dämonenreich. Wie willst du ihn besiegen?«

»Ich weiß es noch nicht. Außerdem muss ich das Mädchen aus seinem Einfluss befreien.«

»Ich sehe schon, ich kann dich nicht umstimmen«, sagte die alte Farah. »Ich will dich aber auch nicht ungeschützt in dein Verderben rennen lassen. Warte hier auf mich. Ich bin in wenigen Minuten wieder da.«

Die Alte stand auf und verschwand durch einen zweiten Perlenvorhang.

Es dauerte noch nicht einmal zwei Minuten, da war sie schon wieder zurück. Sie hielt etwas in der Hand, was John noch nicht genau erkennen konnte.

Ganz dicht trat die alte Farah an John heran. Sie öffnete ihre Finger, und John sah ein ovales Amulett auf ihrem Handteller liegen.

»Nimm dies«, sagte die Wahrsagerin mit leiser Stimme. »Es ist ein Amulett, das sich schon seit Jahrhunderten im Besitz unserer Familie befindet. Ich habe es noch nie einem Fremden gezeigt. Du bist der Erste, der es sieht und dem ich es geben werde. Es wird dich schützen vor den Mächten der Finsternis. Pass gut darauf auf. Verlier es nicht. Es ist wertvoller als alle Schätze dieser Welt! Nimm es.«

John fasste das Amulett vorsichtig an. Es war für seine Größe ziemlich schwer, beste Silberarbeit. Auf der einen Seite konnte John rätselhafte Zeichen und kleine, ineinander verschlungene Figuren erkennen. Auf der anderen Seite entdeckte John eine Götzenfigur.

»Das ist Ra, der Sonnengott«, klärte ihn die Alte auf. »Er wird siegen über die Mächte der Finsternis. Aber nun häng das Amulett um deinen Hals und nimm es nie ab.«

John zog die kleine silberne Kette, die an einer Öse an der Oberseite des Amuletts hing, auseinander. Wenig später baumelte der seltsame Talisman vor seiner Brust.

John bedankte sich bei der alten Farah und fragte nach dem Preis.

Doch die Wahrsagerin lehnte ab. Sie bat John nur noch einmal um einen Besuch.

Der Scotland-Yard-Inspektor versprach, vorbeizukommen.

Draußen empfing ihn wieder die brodelnde, lärmerfüllte Altstadt.

John fand sein Hotel relativ schnell. Trotzdem war es schon bald Mitternacht, als er die kleine Hotelhalle betrat.

Hinter der Rezeption stand immer noch der gleiche dürre

Kerl. Es war sogar ein neuer Gast eingetroffen. Ein noch junger Mann. Ebenfalls Engländer.

John hörte, wie der Portier den jungen Mann nach seinem Namen fragte.

»Ich heiße Wendell Carson«, sagte dieser …

John Sinclair, der schon halb auf der Treppe stand, zuckte wie unter einem Peitschenhieb zusammen.

Wendell Carson! Dieser Name hatte ihn förmlich elektrisiert. Genauso hieß der Student, der zu Dr. Brandons Expedition gehört hatte.

Der Portier bemerkte Johns Zögern. »Ist irgendetwas, Mr Sinclair?«

»Nein, nein.«

John stieg weiter die Stufen hoch. Einmal blickte er sich noch kurz um und sah, dass Wendell Carson ihm nachstarrte.

John ging hinter dem ersten Treppenabsatz in Deckung und wartete ab.

Schon bald hörte er Wendell Carson die Treppe hochkommen.

John huschte in den Flur der ersten Etage und stellte sich in eine Türnische.

Er ließ den Studenten vorbeigehen und schlüpfte erst dann wieder aus seiner Deckung.

Ein Stockwerk höher betrat Wendell Carson den Flur, in dem die Zimmer lagen.

Sieh mal an, dachte John. Es waren also doch noch mehr Räume frei.

Er wartete ab, bis die Tür klappte. Dann huschte er zwei Treppenabsätze höher.

Oben auf dem Flur brannte wie auch in den anderen Etagen nur eine trübe Lampe. Der Schein reichte kaum aus, um die Zimmernummern erkennen zu können.

Unter einem Türspalt entdeckte John einen schmalen Lichtstreifen. Das musste Carsons Zimmer sein. Es war das erste auf der rechten Seite.

Der Inspektor überlegte, ob er den jungen Mann zur Rede stellen sollte, doch er entschied sich dann, es auf morgen zu verschieben.

John Sinclair ging zurück in sein Zimmer. Bill schlief den Schlaf des Gerechten.

John setzte sich auf die Bettkante und betrachtete im Licht seiner kleinen Kugelschreiberlampe nachdenklich das Amulett.

Ob es ihm helfen würde?

Langsam wurde John Sinclair müde und war plötzlich eingenickt.

Das hässliche Knarren einer Tür auf dem Flur weckte ihn schlagartig auf. Jemand hatte sein Zimmer verlassen und war auf den Gang getreten.

Aber wer?

Wendell Carson?

Durchaus möglich.

John ließ die Lampe wieder in die Tasche gleiten, war mit zwei Schritten an der Zimmertür und zog sie einen Spalt auf.

Mit einem Auge lugte John in den Gang.

Er hatte richtig getippt. Wendell Carson hatte sein Zimmer verlassen.

Er schlich auf Zehenspitzen über den Gang und blieb vor einer anderen Tür stehen.

Vor Sheila Hopkins' Zimmertür!

John, der von Wendell Carson nur den Rücken sah, erkannte, dass der junge Mann den Arm hob, um an Sheilas Tür zu klopfen.

Dreimal klang das hohle Pochen an Johns Ohr.

»Miss Hopkins«, flüsterte Carson. »Miss Hopkins. Hören Sie mich?«

»Einen Augenblick«, vernahm John wenig später Sheilas Stimme. Und dann: »Wer ist denn da?«

»Wendell Carson.«

Ein erstickter Schrei folgte.

»Ich muss Sie sprechen, Miss Hopkins. Unbedingt. Ich habe unten im Anmeldebuch Ihren Namen gelesen. Öffnen Sie. Bitte!«

Es dauerte noch einige Sekunden, ehe der Schlüssel herumgedreht wurde.

Dann stand Sheila Hopkins auf der Türschwelle. Das Mädchen trug über ihrem langen Nachthemd einen dunkelroten Morgenrock.

Wendell Carson schlüpfte in den Raum, und Sheila schloss die Tür sofort wieder ab.

John interessierte sich natürlich brennend dafür, was Carson Sheila Hopkins mitzuteilen hatte. Deshalb klopfte er nur wenig später gegen die Tür des Mädchens.

»Machen Sie auf, Miss Hopkins! Ich bin es, John Sinclair.«

»Ja, natürlich. Einen Moment noch.«

»Sie brauchen Mr Carson erst gar nicht zu verstecken. Ich weiß sowieso, dass er bei Ihnen ist.«

John hörte rasche Schritte, und dann wurde die Tür geöffnet.

Wendell Carson lehnte an der Wand. Er hatte die Hände in seine Hosentaschen geschoben und machte ein trotziges Gesicht. John fiel die unnatürliche Blässe auf, die trotz der mäßigen Beleuchtung zu erkennen war.

»Mr Carson ist ein alter Bekannter von mir«, versuchte Sheila zu erklären.

»Ich weiß«, winkte John ab. »Ich kenne seinen Namen aus den Akten. Außerdem habe ich versucht, ihn in London zu erreichen, aber Mr Carson war nicht aufzufinden. Einfach spurlos verschwunden. Und hier trifft man sich wieder. Seltsam, nicht?«

»Was erlauben Sie sich?«, regte sich der junge Mann auf. »Wer gibt Ihnen überhaupt das Recht, sich in meine persönlichen Angelegenheiten …«

»Mr Sinclair ist von Scotland Yard«, sagte Sheila schnell.

»Na und? Wir sind hier in Ägypten und nicht in England.«

»Wenn ich ein Verbrechen verhindern kann, spielen Grenzen keine Rolle«, erwiderte John. »Und Sie, Mr Carson, werden mir jetzt einige Fragen beantworten.«

»Ich denke gar nicht daran.«

»Aber Wendell«, mischte sich Sheila ein. »Es geht hier um Kenneth. Wir wollen wissen, was mit ihm geschehen ist. Ihr beide wart gute Freunde. Du musst doch auch an seinem Schicksal interessiert sein.«

»Vielleicht ist er es gar nicht«, sagte John leise.

Wendell Carson bleckte die Zähne. Innerhalb von Sekunden wurde sein Gesicht zur hässlichen Fratze.

»Wendell!«, rief Sheila erschreckt.

Der junge Mann löste sich von der Wand und ging langsam auf Sheila zu, die ängstlich zurückwich.

John Sinclair ahnte schon, was folgen würde. Er sprang blitzschnell zwischen die beiden.

»Mit dir werde ich auch fertig«, zischte Carson. »Menschen können mir nichts mehr anhaben. Ja, ihr habt richtig gehört. Ich bin kein Mensch mehr. Ich bin Sakuros Diener. Der Diener eines Dämons. Genau wie Kenneth. Und ich werde euch mitnehmen in unser Reich.«

Wendell Carson streckte den Arm vor, um John zu packen.

Im selben Augenblick drosch der Inspektor seine Handkante auf Carsons Gelenk.

Der Schlag hätte einem normalen Menschen den Arm gebrochen. Nicht bei einem Dämon.

Es war, als ginge der Hieb durch Carsons Arm hindurch.

Erst jetzt spürte John die eisige Kälte, die ihm schon einmal zu schaffen gemacht hatte.

Hinter sich hörte er Sheila Hopkins flüstern: »Komm, Wendell, bring mich zu Kenneth. Schnell!«

Und dann geschah das Unfassbare.

Wendell Carson ging einfach durch John Sinclair hindurch. So, als wäre der Inspektor gar nicht vorhanden.

John merkte, wie die Kälte von unten her in seine Beine kroch, wie sie seine Knie erreichte, höher stieg …

Er war dem Dämon wehrlos ausgeliefert. Er würde genau wie die anderen in eine totenähnliche Starre verfallen, aus der ihn nur Sakuro selbst befreien konnte.

Jetzt hatte die Kälte bereits seine Hüften erreicht.

Hinter seinem Rücken stöhnte Sheila Hopkins auf. Welch grausames Spiel trieb der Dämon mit ihr?

Noch konnte John seine Arme bewegen.

Mit einem Ruck riss er sich das Hemd auf, packte die Kette und zog sie über den Kopf.

»Sieh her, Carson«, stöhnte John Sinclair und ließ das Amulett an seiner ausgestreckten rechten Hand baumeln.

Hinter ihm ächzte Carson auf.

John schwang das Amulett hin und her und spürte auf einmal, dass er sich wieder frei bewegen konnte.

Blitzartig war die Kälte verschwunden.

John wandte sich um, hielt das Amulett jetzt in der offenen Handfläche.

Wendell Carson wand sich am Boden.

Mit aufgerissenen Augen stierte er auf Johns Hand.

Schritt für Schritt ging John Sinclair auf den Dämon zu.

»Nein«, flüsterte Carson und versuchte, sein Gesicht hinter den angewinkelten Armen zu verbergen.

Doch John Sinclair kannte keine Gnade.

Er zog den Dämon zu sich heran, dessen Macht jetzt gebrochen war.

Dann drückte er das Amulett gegen Wendell Carsons Brust.

»Aaahhh!« Ein grässlicher Aufschrei gellte durch das kleine Zimmer.

John Sinclair lief ein eiskalter Todeshauch den Rücken hinab.

Das Amulett brannte sich wie ein heißes Eisen in die Brust des Dämons.

Carson sank zurück.

Kleine, bläulich zuckende Flammen sprangen plötzlich aus seinem Körper, hüllten ihn ein wie ein Kranz.

Wendell Carson verbrannte im Höllenfeuer.

Als John Sinclair sich umwandte, sah er Bill Conolly und den Portier im Türrahmen stehen.

Sheila Hopkins lag auf dem Boden und hatte beide Hände gegen ihre Ohren gepresst.

»Mein Gott, John, was war das?«, flüsterte Bill Conolly.

»Du hast soeben den Tod eines Dämons miterlebt«, erwiderte John leise.

»Ich – verstehe nicht.«

»Sheila hatte Besuch. Von einem gewissen Wendell Carson, der auch zu der damaligen Expedition gehört hat.«

»Und – er war …?«

»Ja, er war ein Dämon.«

»Mir ist das unbegreiflich«, stöhnte Bill.

»Ich werde gleich versuchen, dir eine Erklärung zu geben. Aber zuerst müssen wir uns um das Mädchen kümmern.«

Sheila Hopkins war immer noch vollkommen fertig. John und Bill legten sie auf das Bett.

»Holen Sie Kognak!«, herrschte John den kreidebleichen Portier an.

»Sofort, sofort.«

Bill Conolly deutete auf Johns Hand. »Was ist das denn?«

»Ein Amulett. Ich habe es heute Abend von einer alten Wahrsagerin bekommen. Es hat mir das Leben gerettet. Die Alte hatte mir gesagt, dass dieses Amulett vor Geistern und Dämonen schützt. Sie hatte recht.«

Der Portier kehrte mit einer halb leeren Flasche Kognak zurück.

»Geben Sie her«, sagte John. »Und dann lassen Sie uns allein.«

Der Portier dienerte rückwärts gehend aus dem Raum.

John Sinclair flößte Sheila ein wenig von dem Getränk ein.

Es half.

Sie öffnete die Augen. Tief atmete sie durch.

Verwirrt blickte sie auf die beiden Männer. »Was ist nur so plötzlich geschehen?«, fragte sie leise. »Wendell Carson, was ist mit ihm passiert? Warum hat er so grässlich geschrien? Mehr habe ich nicht mitbekommen.«

»Wendell Carson ist tot. Er war ein Dämon«, sagte John.

Sheila Hopkins begann plötzlich zu weinen. »Dann ist Kenneth auch verloren«, stieß sie schluchzend hervor.

»Ja«, sagte John leise. Er ließ das Mädchen weinen.

»Was muss sie nur durchgemacht haben!«, meinte Bill Conolly mitfühlend. »Und was wird noch alles auf sie zukommen? Aber du bist mir eine Erklärung schuldig, John.«

»Gut. Ich kann mir nur vorstellen, dass dieser Sakuro die Menschen in einen Scheintod versetzt, aus dem nur er allein sie aufwecken kann. Sie sind praktisch seine Sklaven.«

»Möglich ist alles«, erwiderte Bill. »Nur, weshalb musste Dr. Brandon sterben, wenn er doch auch Sakuro gehörte?«

»Ich weiß es nicht. Noch nicht«, schränkte John ein.

»Du willst trotz allem, was passiert ist, in die Pyramide?«, erkundigte sich der Reporter.

»Natürlich.«

»Und Sheila?«

»Ist meiner Meinung nach bei uns am sichersten.«

Bill zuckte mit den Schultern. Was er heute gesehen hatte, war schon dicht an der Grenze gewesen.

Und dabei war dies erst der Anfang.

Es sollte noch viel schlimmer kommen …

Die Pyramide lag abseits der normalen Touristenstraßen.

»Es ist besser, wenn wir einen Jeep nehmen«, hatte Sheila Hopkins vorgeschlagen. »Dr. Brandon und sein Team sind damals auch mit solch einem Wagen zu der Grabstätte gefahren.«

Das Mädchen war wieder gut in Schuss. Sie hatte sogar die restlichen Stunden der Nacht geschlafen.

Den Jeep besorgte John am anderen Morgen. Außerdem eine Karte der näheren Umgebung sowie Tropenkleidung und Pechfackeln. Diese nur als Sicherheit, falls die Taschenlampen ausfielen.

Der Weg zur Pyramide wurde, als sie die Straße verlassen mussten, beschwerlich.

Der Jeep ackerte über handtuchbreite Feldwege, die zumeist aus Sand und losem Geröll bestanden.

John, der hinter dem Lenkrad saß, fluchte das Blaue vom Himmel herunter.

Es war jetzt schon unerträglich heiß. Gnadenlos brannte die Sonne auf die Einöde. Das Wasser lief Sheila und den beiden Männern nur so am Körper herunter.

»Wie weit ist es noch?«, fragte John den neben ihm sitzenden Bill Conolly.

Der Reporter blickte auf die Karte. »Meiner Schätzung nach fünfzehn Meilen, wenn man dieser Zeichnung hier glauben kann.«

Noch fünfzehn Meilen Schüttelei. Ein hartes Stück Arbeit. John schaltete einen anderen Gang ein und biss die Zähne zusammen.

Sheila, die auf dem Rücksitz saß, wurde am meisten durchgerüttelt. Doch das Mädchen hielt sich tapfer.

»Ob wir Kenneth noch retten können?«, fragte sie plötzlich.

»Hoffnung besteht immer«, erwiderte John, obwohl er selbst nicht daran glaubte.

Am Horizont im Westen waren die Kegel einiger Pyramiden zu sehen. Dorthin führte auch eine Straße.

»Warum wird unsere Pyramide eigentlich nicht von Touristen besucht?«, fragte Bill die hinter ihm sitzende Sheila.

»Soviel ich weiß, ist das Grabmal verflucht. Einheimische trauen sich nicht in dessen Nähe. Kenneth sagte mir mal, dass die Menschen manchmal einen Rauchpilz über der Pyramide gesehen haben. Es hieß dann, die Götter seien wieder auf die Erde gekommen. Schrecklich, diese Vorstellung.«

Die weitere Fahrt verlief schweigend. Der Jeep gab sein Bestes, quälte sich verbissen durch oft knietiefen Sand.

Schließlich tauchte die gesuchte Pyramide in der Ferne auf.

»Hoffentlich ist das keine Fata Morgana«, brummte Bill.

Es war keine.

Das Grabmal wurde immer größer, und schließlich konnte man sogar schon die Figuren vor dem Eingang erkennen.

Es waren Statuen der altägyptischen Götter. In Stein gehauen und haushoch standen sie wie ein drohendes Mahnmal.

John schaltete den Motor aus. Blubbernd kam der Jeep zum Stehen.

Die nachfolgende Stille war direkt unheimlich. Kein Lufthauch regte sich in der heißen, flirrenden Luft. Selbst der heiße Wind, der meist in der Wüste weht, schien sich gelegt zu haben.

John stieg als Erster aus dem Wagen. Seine Gelenke waren steif vom langen Sitzen. Ein paar Lockerungsübungen machten ihn jedoch schnell wieder fit.

Langsam ging er auf die in Stein gehauenen Götzenfiguren zu. Der Sand knirschte leise unter seinen Fußsohlen.

»Wo ist denn hier der Eingang?«, hörte er Bill hinter sich fragen.

»Wir stehen direkt davor.«

»Wie?«

John streckte die Hand aus. »Sieh dir den mittleren Quader an. Das ist das Tor.«

»Wie sollen wir den denn wegschieben?«

»Sie brauchen nur an der richtigen Stelle zu drücken, dann ist es kein Problem«, erklärte Sheila.

»Kennen Sie die Stelle?«

»Nein, aber sie ist sicher leicht zu finden.«

»Na, ich weiß nicht.«

Inzwischen hatte John schon damit begonnen, den riesigen Quader abzutasten. Sicher, der Stein maß in der Höhe bald vier Meter, aber John ging von der Überlegung aus, dass der Öffnungsmechanismus in normaler Körperhöhe zu finden sein musste. Denn irgendwie mussten die Menschen früher in die Pyramide gelangt sein.

Gemeinsam tasteten sie Zoll für Zoll die untere Hälfte des Quaders ab.

Schließlich schrie Sheila auf. »Ich hab's.«

Tatsächlich. Sie hatte einen kleinen Spalt in der fast glatten Felswand entdeckt und lehnte sich nun gegen den Quader.

Fast lautlos schwang der Stein zur Seite.

Eine dunkle Öffnung wurde sichtbar.

Bill lief zum Jeep und holte die Fackeln. Die anderen Sachen hatten sie schon bei sich.

John schlüpfte als Erster in das Innere der Pyramide.

Muffige, aber kühle Luft empfing ihn.

John wusste aus Berichten, dass die Pyramiden irgendwo kleine Schächte hatten, durch die Luft eindringen konnte.

Der Inspektor knipste die Lampe an, die an seiner Brust baumelte.

Der Lichtstrahl fraß sich in die totale Finsternis und riss Fledermäuse aus ihrem Schlaf.

Aufgeregt flatterten sie um die Köpfe der Menschen.

Sheila Hopkins duckte sich ängstlich.

Bill und das Mädchen hatten jetzt auch ihre Lampen eingeschaltet. Die scharf gebündelten Strahlen erhellten einen relativ breiten Gang, der schnurgerade in das fast unerforschte Innere der Pyramide führte.

Der große Quader war wieder in seine ursprüngliche Lage zurückgeglitten.

John holte ein Päckchen Streichhölzer aus der Tasche. Das Ratschen des Zündholzes an der Reibfläche klang in der lastenden Stille doppelt laut.

Die kleine Flamme flackerte.

»Von irgendwo kommt Luft«, sagte Bill. Seine Stimme klang seltsam hohl und rief bei Sheila eine Gänsehaut hervor.

Das Zündholz verlosch.

»Weiter«, sagte John.

Hintereinander schlichen sie den Hauptgang entlang. Sheila Hopkins ging in der Mitte.

Nach einigen Minuten wurde der Gang schmaler und gabelte sich schließlich.

»Wohin?«, fragte Bill Conolly.

»Wir gehen nach rechts«, entschied John.

Schritt für Schritt drangen sie weiter vor. Das Licht der Lampen huschte über die Wände und riss allerlei Malereien und in Fels gehauene Fabelwesen aus der Dunkelheit.

»Eine Fundgrube für die Wissenschaftler«, flüsterte Sheila.

Auf einmal wurde der Gang wieder breiter, und dann versperrte plötzlich eine Wand den weiteren Weg.

»Mist«, knurrte Bill. »Wir hätten doch lieber nach links gehen sollen.«

John tastete die Wand ab. Sie war glatt wie ein Kieselstein.

»Wieder zurück«, sagte Bill.

Plötzlich griff Sheila nach Johns Arm.

»Mr Sinclair. Hören Sie nichts?«

John konzentrierte sich, atmete mit offenem Mund.

Er blickte Sheila an. »Tut mir leid, ich kann nichts feststellen. Du vielleicht, Bill?«

Der Reporter schüttelte den Kopf.

»Aber, Mr Sinclair. Sie müssen es doch hören. Dieses Singen. Die berauschende Musik. Sie ist herrlich, wunderbar. Ich muss zu ihr. Ich muss dorthin, woher das Singen kommt.«

Das Mädchen rannte los.

»Sheila!«, schrie John.

Sie hörte nicht.

»Verdammt«, fluchte der Inspektor und rannte dem Girl nach. Er hatte Sheila Hopkins schnell eingeholt und riss sie an der rechten Schulter zurück.

Sheila Hopkins wehrte sich. Sie schlug mit beiden Fäusten nach John und traf ihn auf die Oberlippe.

Der Inspektor lockerte seinen Griff.

Sheila nutzte diese Chance und rannte weg.

»Kenneth, ich komme!«, rief sie. »Ich komme!«

John durfte das Mädchen jetzt nicht ohne Schutz lassen. Mit Pantersätzen hetzte er hinter ihr her.

Noch zwei Meter, dann hatte er sie.

In diesem Augenblick war Sheila verschwunden.

John Sinclair verdankte es nur seinem Instinkt und Reaktionsvermögen, dass es ihm nicht so erging wie Sheila.

Er sah das Loch im Boden im letzten Moment.

Der Inspektor stieß sich ab, hechtete über das Loch hinweg und verwandelte den Sprung in eine Rolle vorwärts.

Sheilas gellender Schrei brannte ihm dabei in den Ohren.

John war sofort wieder auf den Beinen. Zum Glück war das Glas der Lampe bruchsicher, und sie funktionierte demnach genau wie vorher.

»Sheila!«, rief John.

Doch da war keine Sheila Hopkins mehr. Und auch keine Falltür.

Nur der glatte Boden.

John wischte sich über die Stirn.

»Ich spinne doch nicht«, murmelte er.

Er bückte sich und untersuchte die Stelle, an der Sheila verschwunden war.

Ohne Erfolg.

John biss sich auf die Lippen. Sakuro hatte seinen ersten Sieg errungen.

Mit schnellen Schritten ging John Sinclair den Gang zurück. Er musste jetzt erst mit Bill Conolly zusammen das Mädchen suchen.

»Bill!«, schrie er. »Komm!«

Doch Bill Conolly antwortete nicht.

Schließlich hatte John die Stelle erreicht, wo der Gang zu Ende war.

»Bill?«

Keine Antwort.

Der Reporter war ebenfalls verschwunden!

John spürte, wie sich sein Magen zusammenzog. Er hatte auf einmal das Gefühl, dass diese Pyramide sein Grab werden könnte.

Die weiteren Ereignisse bestärkten ihn darin, denn plötzlich hörte er eine dröhnende Stimme.

»Sakuro holt sie alle – alle – alle …«

Das Echo der unheimlichen Stimme geisterte durch die Gänge und ließ eine eiskalte Gänsehaut über John Sinclairs Rücken rieseln …

Dunkelheit!

Drohende, grauenhafte Dunkelheit.

»Ich will hier raus«, flüsterte Sheila Hopkins mit tränenerstickter Stimme. »Ich will hier raus, ich will …«

Ihre Stimme versagte.

Die zurückliegenden Ereignisse fielen Sheila wieder ein. Wie im Zeitraffer sah sie alles noch mal genau vor sich.

Sie war plötzlich weggerannt. Warum?

Kenneth! Ja, er hatte sie gerufen. Und dann der rasende Fall. Sekundenbruchteile später der Aufprall und die folgende Ohnmacht. Nahmen die Schrecken denn kein Ende?

Sheila stöhnte gequält auf und betastete vorsichtig ihren Körper.

Zum Glück hatte sie sich nichts gebrochen.

Langsam beruhigte sich das Mädchen wieder, konnte endlich normale Gedanken fassen.

»Mr Sinclair, Mr Conolly!«, rief Sheila leise.

Keine Antwort.

Sheila rief noch einmal die Namen ihrer beiden Begleiter.

Wieder ohne Erfolg.

Angst kroch in ihr hoch. Angst, in diesem Loch lebendig zu sterben.

»Licht! Ich will Licht!«, flüsterte Sheila und tastete mit fliegenden Fingern nach ihrer Brust.

Die Taschenlampe. Sie war noch da.

Sheila setzte sich auf. Ihr Atem ging schneller, als sie den Schalter betätigte, um die Lampe anzuknipsen.

Nichts!

Die Lampe brannte nicht.

Für Sheila ging eine Welt unter.

In einem plötzlichen Verzweiflungsanfall warf sie die Taschenlampe von sich.

Ein heller Strahl stach in den Raum.

Die Lampe brannte.

Irgendetwas musste sich wohl, als Sheila in die Tiefe gestürzt war, verklemmt haben und hatte sich durch die heftigen Bewegungen wieder gelöst.

Auf allen vieren kroch Sheila Hopkins auf die Taschenlampe zu. Sie nahm sie in beide Hände, als hätte sie Angst, das wertvolle Stück wieder zu verlieren.

Jetzt konnte Sheila Hopkins ihr Gefängnis genauer untersuchen.

Sie befand sich in einem Verlies, kaum größer als ein normaler Keller. Die Wände bestanden aus dicken Steinen, in die allerlei Zeichen geritzt worden waren.

Langsam ließ Sheila Hopkins die Lampe kreisen.

Die Wände waren nackt.

An der vierten Wand stand ein Sarkophag.

Die Lampe zitterte in Sheilas Hand, als sie den Steinsarg anleuchtete.

Das Mädchen konnte nicht ahnen, dass vor mehr als zweitausend Jahren Sakuro in diesem Verlies eingemauert worden war. Dass der Sarkophag ihm als letzte Ruhestätte gedient hatte.

Mit unsicheren Schritten ging Sheila auf den Steinsarg zu. Der schwere Deckel war mit Sprüchen und schrecklichen Figuren bemalt, die trotz der langen Zeit noch gut zu erkennen waren.

Das Mädchen leuchtete den Sarkophag Stück für Stück mit der Taschenlampe ab.

Ihr fiel auf, dass der schwere Deckel etwas schräg auf dem Unterteil lag.

Sollte etwa …?

Sheila trat unwillkürlich einen Schritt zurück. Ihre Lippen bebten, und eine Gänsehaut strich über ihren Rücken.

Hatte Sakuro von hier aus seinen Rachefeldzug begonnen? Hatte ihn Dr. Brandon vielleicht freigelassen? Wenn ja, wie war der Wissenschaftler wieder an die Außenwelt gelangt?

Auf einmal wollte es Sheila genau wissen.

Sie hängte sich die Lampe wieder vor die Brust und griff mit beiden Händen nach dem schweren Deckel.

Sheila setzte ihre gesamte Kraft ein, um den Deckel anzuheben.

Sie schaffte es nicht.

Erschöpft hielt sie inne. Ihre Lungen arbeiteten wie ein Blasebalg. Die Arme zitterten wie Espenlaub.

Nach einigen Minuten hatte sie wieder so viel Kraft gesammelt, um es erneut zu versuchen. Diesmal stemmte sie sich gegen den Deckel, wollte ihn von dem Unterteil des Sarkophags schieben.

Das Mädchen keuchte vor Anstrengung. Die Adern traten ihr wie dicke Stränge hervor.

Jetzt.

Millimeter für Millimeter bewegte sich der schwere Steindeckel, rutschte ein Stück an das Fußende des Sarkophags und gab den Blick in das Innere frei.

Sheila Hopkins leuchtete in den freigewordenen Spalt.

Ein grinsender Totenschädel starrte sie an!

Aufschreiend taumelte Sheila zurück, unfähig, einen klaren Gedanken zu fassen. Sie riss beide Hände vor das Gesicht und schrie, schrie, schrie.

Doch der Schrecken sollte noch lange kein Ende nehmen.

Durch die gespreizten Finger sah Sheila, wie der schwere Sarkophagdeckel Stück für Stück zur Seite geschoben wurde, das Übergewicht bekam und auf den Boden prallte, wo er in viele Teile zerbrach.

Eine knöcherne Hand schob sich langsam über den Rand des Sarkophags.

Der Hand folgte ein Arm, ein Stück Schulter und dann der hässliche Totenschädel.

Unendlich langsam stieg ein Skelett aus dem Sarg.

Sheila Hopkins' Schreien war in ein leises Wimmern übergegangen. Langsam sackte das Mädchen in die Knie.

Der Schein der Taschenlampe beleuchtete erbarmungslos die Szene, die sich vor ihren Augen abspielte.

Mit den abgehackten Bewegungen eines Roboters kam das Skelett auf die wehrlose Sheila Hopkins zu …

Bill Conolly sah John Sinclair verschwinden.
Der Reporter drehte sich um und machte sich nochmals an die Untersuchung der Wand.
Er fuhr mit seinen Händen über den glatten Stein – und zuckte wie elektrisiert zusammen.
Bills Hände steckten in der Wand!
Der vorher harte Stein war weich wie Pudding geworden.
Der Reporter bekam es mit der Angst zu tun. Er wollte seine Hände aus der breiigen Masse herausziehen, doch die andere Kraft war stärker.
Stück für Stück wurde Bill in die Wand gezogen.
Verzweifelt versuchte sich der Reporter zu befreien, strampelte mit den Beinen, riss sich bald die Arme aus den Gelenken.
Ohne Erfolg.
Die unheimliche Kraft war stärker.
Bill steckte bereits bis zu den Schultern in der Wand, sah die schwarze Drohung jetzt dicht vor seinen Augen.
Bill Conolly verlor die Nerven.
Ein aus höchster Verzweiflung geborener Schrei, der jedoch nach Sekundenbruchteilen schon erstickt wurde, entrang sich seiner Kehle.
Dann war Bills Kopf nicht mehr zu sehen.
Der Reporter verschwand im Schlund der Hölle.

»Neiiin!«
In panischer Angst schüttelte Sheila Hopkins den Kopf, als die Knochenfinger des Skeletts ihre Schulter berührten. Eine andere Hand griff in ihr Haar, zog den Kopf zurück.
Sheila starrte genau auf den schrecklichen Totenschädel. Die Taschenlampe brannte immer noch und zeigte jede Einzelheit des Skeletts.
Der Totenschädel näherte sich Sheilas Gesicht, die freie Hand des Skeletts holte zu einem Schlag aus.
Da geschah etwas Seltsames.

Eine dröhnende Stimme hallte durch das enge Verlies. Worte in einer Sheila unbekannten Sprache wurden gesprochen.

Das Skelett ließ ihr Haar los und zog sich zurück.

Sheila, die alles nur halb mitbekommen hatte, lag auf dem Boden und wimmerte. Sie war mit ihrer Nervenkraft am Ende. Sie hatte mehr durchgemacht, als ein normaler Mensch aushalten kann.

»Sheila!«, drang wieder diese Stimme an ihr Ohr. »Sheila Hopkins!«

Das Mädchen blickte auf – und sah Sakuro.

Der Dämon stand in ihrem Verlies, einen Totenkopf unter den Arm geklemmt. Blut tropfte aus den Augenhöhlen des Schädels.

Sakuro selbst trug einen dunkelroten Umhang. Sein Gesicht, sonst schrecklich anzusehen, war wie aus Stein gemeißelt. Es war das Gesicht eines Asketen. Dunkle, fast schwarze Augen, eine etwas gekrümmte schmale Nase und ein schmallippiger Mund rundeten dieses Bild ab.

»Was – was hat das alles zu bedeuten?«, stammelte Sheila.

Sakuro verzog die strichdünnen Lippen. »Ich will es dir erklären, wie ich es auch schon Dr. Brandon gesagt habe. Als man mich vor Tausenden von Jahren köpfte, wusste niemand, dass man Sakuro nicht töten kann. Man mauerte mich hier in dieses Verlies ein. Mein Körper vermoderte im Laufe der Zeit, doch mein Geist entschwand, wurde aufgenommen in die Welt der Dämonen, in den Raum zwischen Diesseits und Jenseits. Doch Pharao Xotorez hatte mich damals verflucht, und so konnte ich nur im Reich der Dämonen leben, konnte nicht zurück in die normale Welt. Bis Dr. Brandon kam. Er drang in die Grabkammer ein, machte damit den Fluch wirkungslos und gab mir die Freiheit.«

»Aber dann war Dr. Brandon ja Ihr Retter!«

»Ja, er war es.«

»Und warum haben Sie ihn umgebracht?«

»Er wollte nicht mein Diener sein. Genau wie sein Sohn. Ich habe Dr. Brandon in einen Scheintod versetzt und ihn erst wieder davon erlöst, als er mit seinem Sarg in die Verbrennungskammer rollte.«

Sheila Hopkins stockte der Atem über so viel Grausamkeit.

»Was willst du noch wissen?«, fragte Sakuro.

»Und Kenneth. Was ist mit Kenneth geschehen?«, flüsterte Sheila.

»Noch nichts. Ich habe ihn nur in meine Gewalt gebracht. Genau wie Wendell Carson. Die beiden und Dr. Brandon waren die Grabschänder, während die anderen nicht mit in das Innere der Pyramide gegangen sind. Kenneth Brandon ist mein Diener. Genau wie du meine Dienerin sein wirst.«

»Nein!«, schrie Sheila. »Niemals!«

Sakuro stieß ein teuflisches Lachen aus. »Du kannst dich nicht wehren. Du bist in meiner Gewalt. Hier unten herrsche ich.«

»Ich bin nicht allein. Ich habe Freunde, die nach mir suchen werden. Sie werden mich finden, und dann …« Sheilas Stimme überschlug sich.

»Deine Freunde sind auch in meiner Gewalt. Sie werden diese Grabstätte nicht mehr als normale Menschen verlassen. Sie werden nur noch mir gehorchen.«

»Das glaube ich Ihnen nicht. Das …«

»Ich werde es dir beweisen. Und dann kannst du dich sogar freiwillig entscheiden, ob du meine Dienerin werden willst.«

Sheilas Augen irrten hin und her. Ihr Blick blieb auf dem Skelett haften.

Sakuro bemerkte es wohl und sagte: »Mein Urkörper wird jetzt für mich eine andere Aufgabe übernehmen. Er wird einen deiner Begleiter töten.«

»Nein«, hauchte Sheila, »nicht, bitte nicht. Ich tue alles, was Sie wollen.«

»Wirst du auch meine Dienerin werden?«

»Ich …«

»Ja oder nein.«

»Ja.«

Sakuro lachte zynisch. »Du lügst. Ich spüre es, wenn Menschen lügen. Aber damit rettest du deinen Freund erst recht nicht. Sein Schicksal ist schon bestimmt. Ich werde dich jetzt mitnehmen und dir etwas zeigen, was deinen Entschluss, mir nicht zu dienen, bestimmt ändern wird. Steh auf!«

Sheila gehorchte.

Sakuro trat neben sie und hob die Hand.

Ein Stein im Mauerwerk der Wand begann sich plötzlich zu drehen und gab einen Ausgang frei.

»Geh vor«, sagte Sakuro.

Sheila folgte seinem Befehl.

Der Dämon führte Sheila durch unzählige Gänge, bis sie in eine große Halle gelangten.

In der Halle war es hell. Fackeln, die in eisernen Halteringen an den Wänden steckten, brannten flackernd.

Sheila Hopkins blickte sich um.

Und dann sah sie etwas, was sie nie mehr in ihrem Leben vergessen würde …

Die Stille war erdrückend.

John Sinclair hörte seinen eigenen Herzschlag überlaut pochen. Der Inspektor hatte plötzlich das Gefühl, lebendig begraben zu sein.

John löschte die Lampe, konzentrierte sich auf jedes Geräusch. Würde Sakuro kommen, um ihn zu holen?

Und was war mit Bill Conolly geschehen?

Ein schwaches Leuchten erregte Johns Aufmerksamkeit. Es kam von vorn aus dem Gang.

John wartete ab.

Das Leuchten wurde stärker, eine Gestalt schälte sich aus der Dunkelheit.

Ein Skelett!

John glaubte seinen Augen nicht zu trauen. Er dachte an eine Einbildung, an eine Halluzination.

John Sinclair schloss die Augen, öffnete sie wieder. Dann schaltete er die Lampe an.

Der Strahl schnitt durch die Dunkelheit und traf die bleichen Knochen des Skeletts.

Noch wenige Meter, dann hatte die unheimliche Figur John erreicht.

Der Inspektor sah, dass das Skelett etwas in der Hand hielt.

Ein silbrig glänzendes Schwert.

John wich zurück.

Der Fall des Hexers kam John wieder in den Sinn. Damals hatte er auch gegen Tote ankämpfen müssen.

Das Skelett hob den knochigen Arm mit dem Schwert. Es war klar, dass es John den Schädel spalten wollte.

Das Schwert sauste durch die Luft.

John Sinclair wich gedankenschnell zur Seite. Das tödliche Instrument verfehlte ihn nur um wenige Millimeter.

Der Inspektor überwand seinen Ekel und drosch die geballte Faust auf den blanken Schädel des Skeletts.

Der Knochenmann klappte zusammen.

John trat mit der Fußspitze zu und trennte einen Arm vom Körper des Skeletts.

Dann griff er sich das Schwert.

Mit verbissenem Gesichtsausdruck schlug er auf das Knochengestell ein, zerstückelte es in unzählige Teile.

Doch dann geschah etwas Schreckliches.

Die Teile bewegten sich, schwebten aufeinander zu, formten sich zu einem neuen Körper.

John Sinclair kämpfte mit dem Mut der Verzweiflung gegen dieses unheimliche Phänomen. Immer wieder fegte er die einzelnen Knochen auseinander, immer wieder wuchsen sie zusammen.

Und plötzlich wurde John klar, dass er diesen Kampf niemals gewinnen konnte.

Da fiel ihm das Amulett ein.

John warf das Schwert weg, griff in die Hosentasche und holte das Amulett hervor.

Das Skelett wollte gerade wieder einen neuen Angriff starten.

John Sinclair hielt das Amulett zwischen Daumen und Zeigefinger.

Es war sein letzter Versuch.

Das Skelett stoppte.

Es war, als sei es gegen eine unsichtbare Wand gelaufen. Die ausgestreckten Knochenarme fielen zurück, die Beine knickten ein.

Das Skelett sank zu Boden.

Der unheimliche Gegner war besiegt. John sah, wie die Knochen plötzlich zerfielen.

Was zurückblieb, war Asche.

Der Inspektor lehnte sich gegen die Wand. Er war einer Erschöpfung nahe.

John Sinclair ging den Weg zurück, den er gekommen war.

Und da sah er auch wieder das Loch, durch das Sheila verschwunden war.

Hier musste das Skelett hervorgeklettert sein.

John leuchtete mit der Lampe in die Tiefe. Der Strahl geisterte durch das leere Verlies und riss den Sarkophag aus der Dunkelheit.

John sah aber auch die dunkle Öffnung in der einen Wand des Verlieses.

Der Inspektor zögerte keine Sekunde länger, sondern sprang nach unten.

Er kam gut auf und lief sofort auf die Öffnung in der Wand zu.

Ein schmaler Gang nahm den Inspektor auf.

Was würde ihn am Ende des Ganges erwarten?

Bill Conolly schwamm durch eine unendliche Leere. Er wusste nicht, wo oben oder unten war, hatte jegliches Gefühl für die Dimensionen verloren.

Bill befand sich auf der Schwelle zwischen dem Diesseits und dem Jenseits. Er war durch das Eindringen in die Wand in eine andere Welt gelangt, die er nun unbewusst durchquerte.

Ein harter Schlag riss ihn wieder in die Wirklichkeit zurück.

Bill öffnete die Augen.

»Oh, mein Kopf«, stöhnte er.

Bill Conolly lag auf dem Rücken, die Arme fest an den Körper gepresst.

Der Reporter wollte sich bewegen. Es ging nicht. Sein Körper war in eine Starre gefallen. Bill konnte nicht einmal den kleinen Finger rühren, geschweige denn aufstehen.

Nur sein Geist funktionierte einwandfrei.

Auch konnte er sprechen, hören, fühlen …

Bill stellte fest, dass er etwas erhöht lag. Über ihm wölbte sich eine haushohe Decke. Flammenschein zuckte über sein Gesicht.

Bill drehte die Augen ein wenig und konnte einige Fackeln erkennen, die an den Wänden der Halle befestigt waren.

Kein Mensch war in der Nähe.

Mensch? Gab es überhaupt noch Menschen in diesem riesigen Kerker?

Bill glaubte fast selbst nicht mehr daran.

Und was war mit Sheila Hopkins geschehen? Lebte sie noch? Und John? Wo mochte er stecken?

Je mehr Bill Conolly über diese Probleme nachdachte, umso verzweifelter kam ihm die eigene Lage zu Bewusstsein.

Plötzlich hörte er Schritte.

Sie waren in seinem Rücken aufgeklungen, näherten sich langsam und schleppend.

Ein Schatten fiel über Bill Conollys Körper.

Der Reporter hielt den Atem an.

War das sein Ende?

Der Unbekannte ging um ihn herum, stellte sich an das Fußende.

Jetzt erkannte Bill den Mann.

Es war Kenneth Brandon!

Brandon trug einen langen schwarzen Umhang. Sein Gesicht war eingefallen und bleich. Die Augen lagen tief in den Höhlen und waren seltsam rot.

Wie Blut, dachte Bill schaudernd.

Lange betrachtete Kenneth Brandon den reglos liegenden Reporter. Schließlich sagte er: »Auch du wirst zu uns gehören.«

Bill atmete tief ein. Er versuchte seiner Stimme einen festen Klang zu geben, als er fragte: »Wie soll ich das verstehen?«

»Du bist in Sakuros Grabmal eingedrungen. Keinem Fremden ist das je ungestraft gelungen. Du wirst bald zu uns gehören und genau wie ich Sakuros Diener werden.«

»Ich denke nicht daran«, knurrte Bill.

Kenneth Brandon lächelte wissend. »Das habe ich auch gesagt. Ich wollte vor Sakuro fliehen, aber er hat mich und meinen Vater sogar in London aufgespürt. Meinen Vater hat er grausam bestraft. Und als das geschehen war, wusste ich, dass ich Sakuro nicht mehr entkommen konnte. Genau wie Wendell Carson, einer meiner besten Freunde.«

»Carson ist tot«, sagte Bill.

»Ich weiß. Und der Mann, der ihn getötet hat, wird eine besonders schreckliche Strafe erleiden.«

Bill war klar, dass mit diesem Mann nur John Sinclair gemeint sein konnte.

»Aber was ist mit Ihrer Verlobten?«, wechselte der Reporter das Thema.

»Sie ist nicht mehr mit mir verlobt. Sie ist ein Mensch. Und Menschen sind die größten Feinde der Dämonen. Sakuro wird sie in unser Reich holen. Genau wie dich. Es geschieht nach einem alten Zeremoniell. Dir wird der Kopf abgeschlagen. Du bist tot und doch nicht tot. Unter den magischen Kräften des Dämons wirst du in alle Ewigkeiten weiterleben im Reich der Dämonen und Geister. Du kannst so oft du willst auf diese Welt zurückkehren, aber nie als normaler Mensch. Du wirst die Menschen hassen lernen. Du wirst sie vernichten, wo immer du sie triffst.«

Bei den letzten Worten hatte sich Brandons Gesicht verändert. Die Augen waren plötzlich verschwunden, statt dessen konnte Bill nur noch leere Höhlen erkennen, die sich jedoch langsam mit Blut füllten.

»Die Stunde der Vergeltung kommt«, murmelte Kenneth Brandon und zog unter seinem Umhang ein Krummschwert hervor.

Mit seltsamen Bewegungen ließ er das Schwert über Bill Conolly kreisen. Dabei murmelte er unablässig Worte in einer Bill fremden Sprache.

Der Reporter bemerkte, wie die Steifheit in seinen Gliedern plötzlich nachließ. Er versuchte, einen Arm zu heben. Es klappte. Auch in die Beine strömte wieder Gefühl. Bill kam es vor, als würden seine Adern wieder neu mit Blut gefüllt.

Kenneth Brandon trat zurück.

»Steh auf!«, befahl er.

Bill bewegte seinen Oberkörper. Es ging, wenn auch etwas schwerfällig, aber immerhin.

»Geh zum Opferstein«, sagte Kenneth Brandon und deutete mit dem Arm auf einen Felsklotz genau in der Mitte der Halle.

Bill setzte sich in Bewegung. Etwa einen Meter entfernt ging er an Kenneth Brandon vorüber.

Und plötzlich explodierte Bill Conolly. Er warf sich aus der Bewegung herum, um Kenneth Brandon die Faust ins Gesicht zu schmettern.

Der gnadenlose Schlag traf Bill an der rechten Schläfe.

Der Reporter blieb mitten in der Bewegung stehen und wurde zurückgeschleudert. Mit dem Rücken zuerst knallte er auf den harten Boden.

»Du kannst gegen uns nicht bestehen«, sagte Kenneth Brandon nur. »Und nun geh.«

Ächzend stand Bill Conolly auf. Seine rechte Gesichtshälfte brannte wie Feuer.

»Knie dich vor dem Stein auf den Boden!«, befahl Kenneth Brandon.

Siedend heiß fielen Kenneth Brandons Worte dem Reporter wieder ein.

»Dir wird der Kopf abgeschlagen.«

Bill blickte auf den Stein, der dunkel von geronnenem Blut war.

Fast automatisch ließ er sich auf die Knie fallen. Er hörte Schritte und hob den Kopf.

Kenneth Brandon kam auf ihn zu. Aus seinen Augen tropfte das Blut und hinterließ dicke rote Spuren in seinem Gesicht.

Bill Conolly spürte auf einmal eine innerliche Leere. So, als wäre ihm alles egal. Er konnte nicht wissen, dass dieses Gefühl von Kenneth Brandons magischen Kräften herrührte.

Wie von selbst legte Bill Conolly seinen Kopf auf den Opferstein.

Kenneth Brandon hob das Schwert.

Bill Conolly schloss mit seinem Leben ab …

Sheila Hopkins verlor fast den Verstand.

»Kenneth!« Der gellende Schrei zerriss die Stille in der Tempelhalle.

Und dieser Schrei war es, der Kenneth Brandon zögern ließ.

Bill Conolly erfasste diese winzige Chance. Er rollte sich einfach zur Seite.

Im selben Augenblick schlug Kenneth Brandon zu.

Die tödliche Klinge des Krummschwertes pfiff durch die Luft, verfehlte Bill Conollys Kopf nur um Millimeter, knallte auf den Stein und brach singend auseinander.

Fassungslos starrte Kenneth Brandon auf die Klinge.

»Kenneth!« Sheila Hopkins hielt es nicht mehr länger aus. Sie rannte auf ihren Verlobten zu.

»Bleib, wo du bist, Sheila!«, brüllte Bill.

Das Mädchen hörte nicht, wollte sich ihrem Verlobten in die Arme werfen.

Sheila hatte vergessen, dass Kenneth Brandon ein Dämon war.

Er packte das Mädchen und schleuderte es wutentbrannt von sich. Dann wandte er sich Bill Conolly zu.

In diesem Moment griff Sakuro ein.

Er, der bisher im Hintergrund der Tempelhalle gestanden hatte, hob beide Arme.

Sofort blieb Kenneth Brandon stehen.

Sheila, die wimmernd am Boden lag, kämpfte sich auf die Beine und taumelte auf Bill Conolly zu, der sie schützend in seine Arme schloss.

»Kenneth – was ist nur los mit ihm?«, flüsterte Sheila. »Das Blut in seinen Augen! Es ist schrecklich. Ich glaube, er will mich töten.«

Bill gab keine Antwort. Er wusste, dass Sheila recht hatte.

Sakuro ergriff das Wort. Er baute sich vor Sheila Hopkins und Bill Conolly auf und sprach mit einer Stimme, die den beiden Menschen Angstschauer über den Rücken laufen ließ.

»Ihr könnt dem irdischen Tod nicht entrinnen. Es gibt keinen Ausweg mehr. Sakuro braucht Diener. Ihr werdet in den Kreis der Dämonen einkehren und dort für alle Zeiten weiterleben. Auseinander!«

»Nein!« Bill Conollys Stimme klang fest. »Sie müssen uns schon einzeln holen!«

Sekunden später dröhnte Sakuros Lachen durch die Halle.

»Ihr jämmerlichen Gestalten!«, rief er. »Was wollt ihr schon gegen mich ausrichten? Passt auf. Ich werde euch meine Macht demonstrieren!«

Sheila und Bill sahen mit Schrecken, wie sich Sakuros Gesicht verwandelte. Die Haut über den Wangenknochen spannte sich, die Augen verschwanden, wurden zu leeren Knochenhöhlen, die sich langsam mit Blut füllten.

Währenddessen löste sich Sakuros Gestalt vom Boden, wurde riesig und schwebte in der großen Tempelhalle.

Gleichzeitig spürten Sheila und Bill die eisige Kälte, die sie plötzlich umfangen hielt, ihre Muskeln lähmte und sie hart wie Stein werden ließ.

»Euer Ende ist gekommen!«, verkündete Sakuro mit Stentorstimme. »Bald seid ihr in meinem Reich!«

Namenloses Grauen hatte Sheila und Bill gepackt. Sie sahen genau in die Totenfratze des Dämons und wussten, dass sie verloren waren.

Sie standen bereits auf der Schwelle zum Dämonenreich …

»Sakuro!«

Die Stimme peitschte durch die Halle und brach sich hundertfach als Echo an den Wänden.

Der Dämon wandte sich um.

John Sinclair stand in der Halle.

In der linken Hand hielt er ein Schwert, in der rechten sein Amulett.

Das Amulett brannte wie Feuer auf Johns Handteller. Magische Kräfte wurden frei und erreichten den Dämon.

Sakuro wankte zurück. Innerhalb von Sekunden verwandelte er sich wieder in einen normalen Menschen.

»Dein Ende ist gekommen«, sagte John und ging auf den Dämon zu.

Doch er hatte nicht mit Kenneth Brandon gerechnet, der ihm den Weg abschnitt.

John Sinclair sah die Bewegung und fuhr herum.

Brandon befand sich mitten im Sprung, als ihn die übernatürlichen Kräfte des Amuletts erreichten.

Sein Aufschrei war schrecklich.

Es schien, als würde Kenneth Brandon gegen eine unsichtbare Wand springen. Er wurde zurückgeschleudert und krachte auf den Opferstein. Abwehrend hielt der Dämon beide Arme vorgestreckt, um dem Einfluss des Amuletts zu entgehen.

Er schaffte es nicht. Die andere Kraft war stärker.

Der Dämon begann zu winseln, wand sich wie ein Wurm auf dem Boden.

John nahm das Schwert und stieß es mit aller Macht in die Brust des Unheimlichen.

Kein Tropfen Blut quoll hervor.

Kenneth Brandon krallte seine Hände um die Schneide. Sein Gesicht war grauenhaft entstellt, der Mund zu einem lautlosen Schrei geöffnet.

Und dann schossen plötzlich kleine blaue Flammen aus dem Körper des Dämons. Sie wuchsen rasch.

John wusste, dass es nun mit Kenneth Brandon endgültig zu Ende war. Der Diener des Dämons brannte im Höllenfeuer.

Schließlich war nur noch sein Kopf vorhanden.

Es war ein grässliches Bild.

Und plötzlich verwandelte sich der Kopf des Dämons. Für Sekunden schälte sich Kenneth Brandons Gesicht aus dem Höllenfeuer. Ein Gesicht, das allen Schmerz zeigte, den Kenneth Brandon erlitten hatte.

Ein klagender Laut drang noch aus dem Mund des Sterbenden, dann war es vorbei.

Vom Grauen geschüttelt, wandte sich John Sinclair ab.

»Mein Gott, John«, hörte er eine bekannte Stimme.

Der Inspektor zuckte mit den Schultern. »Es ist vorbei, Bill. Der Fluch ist gebrochen.«

Bill Conolly und auch Sheila Hopkins, die beide aus ihrer Erstarrung erlöst worden waren, kamen auf John zu.

Sheila sah den Inspektor fragend an.

»Ist er – ist …?«

»Ja, Ihr Verlobter ist tot.« John deutete auf die Asche am Boden. »Endgültig tot.«

»O mein Gott.« Sheila verbarg ihr Gesicht in beiden Händen.

»Und Sakuro?«, fragte Bill.

»Verdammt!« John ruckte herum. »Sakuro ist verschwunden.«

Bill Conolly sah den Freund ernst an. »Dann ist die Geschichte noch längst nicht zu Ende?«

»Ich fürchte, nein.«

»Und was machen wir jetzt?«

»Erst mal von hier verschwinden. Sheila braucht Ruhe.«

»Ich werde bei ihr bleiben«, sagte Bill und legte seinen Arm um die Schultern des Mädchens. »Kennst du den Ausgang?«

»Ja.« John blickte sich um. »Sag mal, wie kommen eigentlich unsere Fackeln an die Wände?«

»Frag mich nicht. Ich weiß es nicht. Ich war plötzlich weg. Die Wand – ja.« Bill schlug sich gegen die Stirn. »Jetzt fällt es mir wieder ein. Ich bin durch die Wand gezogen worden.«

»Im Ernst?«

»Wenn ich es dir doch sage.«

John schüttelte den Kopf. »Es ist unglaublich.«

»Was meinst du?«

»Dass es auf dieser Welt Stellen gibt, durch die man in eine andere Dimension geschleust werden kann. Zum Beispiel in das Dämonenreich. Ich habe so etwas schon mal in einem Buch gelesen, wollte es aber nie glauben.«

Bill Conolly nickte.

»Komm«, sagte John Sinclair, »sehen wir zu, dass wir hier rauskommen.«

Sie fanden den Rückweg. Die Fackeln ließen sie da. Sie brauchten sie nicht mehr.

Draußen empfing sie die grelle Sonne.

Sheila, die sich wieder einigermaßen erholt hatte, atmete tief ein.

»Es ist herrlich, wieder auf der Welt zu sein.«

Die beiden Männer stimmten ihr zu. Und doch hatte John Sinclair ein komisches Gefühl.

Denn Sakuro lebte …

Wochen vergingen!

Wochen, in denen nichts geschah. John Sinclair hatte bereits den Namen Sakuro so gut wie vergessen und sich in andere Aufgaben gekniet.

Dann kam jener schicksalsschwere Montag.

Sir Gerald Hopkins, Alleininhaber der Hopkins Chemical, hatte ein neues Zweigwerk gebaut. Die Produktion sollte morgen schon anlaufen, und aus diesem Grund hatte der Industrielle zu einer Feier ins Londoner Hilton eingeladen.

Vertreter der Wissenschaft, der Industrie und der hohen Politik waren gekommen, um Sir Gerald Hopkins, der enorm viel Einfluss besaß, ihre Reverenz zu erweisen.

Man hatte den großen Konferenzraum gemietet und wartete nun mehr oder weniger gespannt auf Sir Geralds Erscheinen.

Der Industrielle saß zu diesem Zeitpunkt in der von ihm

reservierten Hotelsuite und las noch einmal seine Rede durch.

Das dezente Summen des Telefons unterbrach ihn in seiner Arbeit.

»Ja?«, knurrte Sir Gerald leicht verärgert.

»Aber Dad«, klang eine helle Stimme aus dem Hörer. »Wenn ich dich so höre, kann ich direkt sehen, dass du schlechte Laune hast.«

»Jetzt nicht mehr, Sheila«, sagte der Industrielle. »Ich dachte, es wäre wieder einer dieser schrecklichen Reporter, die ...«

»Sag nichts gegen Reporter, Dad«, unterbrach ihn seine Tochter. »Schließlich ...«

»Stimmt«, lachte Sir Gerald. »Ich hatte ganz vergessen, dass du mit einem Reporter befreundet bist.«

»Sogar mehr als das«, erwiderte Sheila.

»Nanu, das sind ja Neuigkeiten. Darf man schon gratulieren?«

»Ach, Unsinn. So weit ist es noch nicht. Du weißt doch ...«, die Stimme des Mädchens wurde schlagartig ernst, »... dass ich Kenneth so leicht nicht vergessen kann.«

»Ja, mein Kind. Schade, dass du nicht hier bist. Wir hätten uns nachher noch einen netten Abend gemacht und dann ...«

»Geh du mal lieber ins Bett«, sagte Sheila lachend. »In deinem Alter braucht man viel Schlaf. Also, mach's gut, Dad. Wir sehen uns in einigen Tagen.«

»Lass es dir gut gehen, Kleines«, sagte Sir Gerald und legte mit einem wehmütigen Lächeln den Hörer auf.

Sheila war sein Ein und Alles. Seit dem Tod ihrer Mutter lebte er nur noch für sie. Das Mädchen war schon in Ordnung. Wenn er daran dachte, was sie alles durchgemacht hatte ...

Sir Gerald schüttelte den Kopf. Es war ein Wunder, dass seine Tochter überhaupt noch lebte.

Und doch bereitete Sheila Sir Gerald einige Sorgen. Wen würde sie einmal heiraten? Vor allen Dingen, war dieser Mann dann in der Lage, den riesigen Betrieb weiterzuführen?

Sir Gerald erhob sich und zog seine Smokingjacke über. Dann

nahm er die Papiere an sich, trat noch einmal vor den Spiegel, um sein Aussehen zu überprüfen, nickte zufrieden und verließ die Suite.

Der Hotelflur war mit dicken Teppichen ausgelegt. Sir Geralds Schritte waren kaum zu hören, als er auf den Lift zuging.

Plötzlich streifte ein kalter Hauch seinen Nacken.

Der Industrielle drehte sich unwirsch um, um zu sehen, ob jemand hinter ihm ging.

Nichts.

Wird wohl irgendwo Durchzug sein, dachte Sir Gerald.

Doch hier irrte er sich.

Es war kein Durchzug, der ihn gestreift hatte, sondern Sakuros Todeshauch …

Einer der vier Aufzüge stand offen.

Sir Gerald Hopkins schob die Türen mit einem leichten Druck auseinander, setzte seinen Finger auf den Knopf zum Erdgeschoss, ließ sich auf die gepolsterte Bank nieder und gondelte abwärts.

Unten in der Halle wurde er schon erwartet. Wie hungrige Wölfe stürzten sich die Reporter auf ihn, bombardierten den Industriellen mit Fragen.

Sir Gerald wehrte alles ab.

»Hören Sie sich meine Ausführungen an, und kommen Sie anschließend zur Pressekonferenz.«

»Aber dann ist es zu spät für die Morgenausgabe!«, rief einer schrill.

»Das ist nicht mein Bier, Gentlemen. So, und nun lassen Sie mich bitte durch.«

Die Reporter machten nur widerwillig Platz.

Sir Gerald durchquerte die Halle und wandte sich nach links, dem Konferenzraum zu.

Er war bis auf den letzten Platz gefüllt. Schließlich wusste man, was man einem Mann wie Sir Gerald schuldig war.

Die Anwesenden klatschten dezent Beifall, als der Industrielle durch den Mittelgang zum Rednerpult schritt.

Kameras surrten, Blitzlichter flammten.

Jetzt hatte Sir Gerald das Pult erreicht. Ein Hausdiener brachte ihm ein Glas Wasser.

Sir Gerald legte die Unterlagen zurecht und begann mit akzentuierter Stimme zu sprechen. Der Industrielle gehörte zu den Personen, die durch ihre Worte die Zuhörer faszinieren konnten. Er sagte nichts Überflüssiges, sondern redete immer Klartext.

Etwa zehn Minuten waren vergangen, als Sir Gerald wieder diesen kalten Hauch im Nacken spürte. Er schüttelte sich unwillkürlich und wollte nach dem Glas Wasser greifen, um einen kleinen Schluck zu trinken.

Der Arm blieb mitten in der Bewegung stehen.

Sir Gerald Hopkins spürte plötzlich eine eisige Kälte, die an den Beinen anfing und bald seinen gesamten Körper erfasste.

Er wollte noch etwas sagen, doch nur ein Krächzen drang über seine Lippen.

Unruhe machte sich unter den Zuhörern breit.

»Schnell einen Arzt. Seht doch!«, rief jemand.

Gebannt starrte alles auf das Rednerpult. Bis auf das Surren der Fernsehkameras, die jede Einzelheit festhielten, war es totenstill im Konferenzraum.

Dann brach Sir Gerald zusammen.

Tumult entstand.

Zwei Männer liefen auf das Rednerpult zu. Zuhörer, die von Beruf Arzt waren.

Sie kümmerten sich sofort um den am Boden liegenden Sir Gerald.

Einer zog ihm das linke Augenlid hoch. »Exitus«, sagte er.

»Da kann man nichts mehr machen«, meinte sein Kollege. »Hat sich wohl ein wenig übernommen, der gute Sir Gerald. Na ja, in seinem Alter kein Wunder. Ich bestelle einen Leichenwagen. Bleiben Sie so lange hier.«

»Einverstanden.«

Nein, keinen Leichenwagen!, wollte Sir Gerald schreien, doch kein einziger Laut drang aus seiner Kehle.

Sir Gerald Hopkins bekam alles mit, was um ihn herum

geschah. Er hörte jedes Wort, sah sogar in die Gesichter der Neugierigen, die ihn teils mit höhnischen, teils mit mitleidigen Blicken betrachteten.

»Der Leichenwagen ist da«, murmelte jemand.

»Tja«, sagte ein anderer, »so kann es gehen. Erst oben und dann im Sarg.«

Zwei Männer hoben Sir Gerald auf und legten ihn in einen Kunststoffsarg. Knirschend wurde der Deckel zugeschraubt.

Sir Gerald Hopkins wurde weggebracht.

Sakuro hatte den ersten Teil seiner Rache hinter sich gebracht …

Kopfschüttelnd legte Sheila Hopkins den Hörer auf. »Typisch Dad«, sagte sie. »Immer nur die Arbeit im Kopf.«

»Ein Glück, dass du nicht genauso bist«, grinste Bill und legte eine neue Schallplatte auf den Teller.

Einschmeichelnde Tanzmusik füllte den elegant eingerichteten Raum.

»Darf ich bitten, junge Lady?«, fragte Bill galant.

»Wenn Sie mir nicht zu nahe kommen, mein Herr.«

Bill Conolly lachte und nahm Sheila in die Arme.

Sie bewegten sich im Takt der leisen Musik. Sheila und Bill waren sich im Laufe der Zeit nähergekommen, hatten sich besser kennen und lieben gelernt. Die schrecklichen Abenteuer waren vergessen. Sakuro war nur noch ein böser Traum.

»Ach, ist das herrlich«, flüsterte Sheila. »Warum kann es nicht immer so sein?«

»Das liegt nur an dir«, erwiderte Bill lächelnd. »Wir könnten zum Beispiel heiraten.«

»Lass bitte das Thema«, bat Sheila. »Du weißt, wie ich zu dir stehe, aber ich muss Kenneth Brandon erst richtig vergessen. Gib mir noch einige Wochen Zeit, ja?«

»Ungern.«

»Wirst es schon noch erwarten können, unter den Pantoffel zu kommen.«

»So schlimm wird's schon nicht werden.«

»Sag das nicht. Ich bin eine ...«

Was sie genau war, erfuhr Bill nie, denn gerade in diesem Augenblick schrillte das Telefon.

»Verflixt«, knurrte der Reporter. »Kann man denn nicht mal in Ruhe einen angenehmen Abend verbringen? Heb gar nicht erst ab.«

»Doch, Bill. Ich werde aber sagen, ich hätte keine Zeit.«

Sheila löste sich aus Bills Armen und schnappte sich den Hörer.

Bill wollte gerade an die Bar gehen, um sich einen Drink zu mixen, als er sah, wie Sheila schwankte.

Mit drei Schritten war Bill neben ihr.

»Was ist denn?«

Sheila gab keine Antwort, sah ihn nur mit schreckensstarren Augen an. Der Hörer fiel aus ihrer Hand und schlug gegen das kleine Telefontischchen.

»Was ist denn los?«, fragte Bill erregt.

»Vater, er ist – er ist ...« Sheila konnte nicht mehr weiterreden. Sie sackte plötzlich zusammen. Bill konnte sie gerade noch auffangen und in einen Sessel setzen.

Dann nahm er den Hörer.

»Hallo!«, rief er. »Melden Sie sich.«

Nichts. Die Leitung war tot.

Bill füllte ein Glas fingerbreit mit Kognak und gab Sheila davon zu trinken.

Sie war blass wie ein Leichentuch. Nur langsam fand sie die Sprache wieder.

»Was ist genau geschehen?«, wollte Bill wissen.

»Vater ist tot«, flüsterte Sheila. »Er ist während der Rede zusammengebrochen. Es ist schrecklich.« Sheila begann hemmungslos zu schluchzen.

Bill Conollys Gesicht wurde zu einer Maske. Sir Gerald Hopkins war kerngesund gewesen, so viel wusste er. Es schien undenkbar, dass dieser Mann so einfach zusammenbrach. Nein, dahinter musste etwas anderes stecken.

Sakuro!

Sie hatten ihn schon fast vergessen. Nun traf sie seine Rache doppelt schwer. Die schrecklichen Ereignisse der Vergangenheit fielen Bill Conolly wieder ein. Und plötzlich bekam der Reporter Angst. Angst um Sheilas und um sein Leben.

Entschlossen griff er zum Telefonhörer.

»Wen willst du anrufen?«, fragte Sheila leise.

Bill wandte sich um und sah sekundenlang in ihr tränennasses Gesicht.

»John Sinclair«, erwiderte er.

»Du glaubst, dass Vaters Tod etwas mit den Vorfällen der Vergangenheit zu tun hat?«

»Das glaube ich allerdings.«

Als Bill John Sinclairs Nummer wählte, sah er, dass seine Hände zitterten. So sehr hatte ihn die Geschichte mitgenommen.

John meldete sich sofort.

»Du musst sofort bei Sheila Hopkins vorbeikommen«, sagte Bill. »Sir Gerald ist tot.«

»Ich komme«, versprach John Sinclair.

Fünfzehn Minuten später war er da.

Bill erzählte mit wenigen Worten, was genau passiert war.

John hörte aufmerksam zu und sagte zum Schluss nur ein Wort: »Sakuro.«

Bill nickte. »Daran haben wir auch schon gedacht.«

»Nehmen die Schrecken denn gar kein Ende?«, fragte Sheila gequält. »Mein Gott, wir haben doch nichts getan. Warum lässt man uns nicht in Ruhe?«

Darauf konnten die beiden Männer auch keine Antwort geben.

»Wen habt ihr denn diesmal?«, fragte der Mann in dem Leichenschauhaus die beiden Sargträger.

»Irgendein hohes Tier. Ist während 'ner Rede zusammengeklappt. Herzschlag wird vermutet. Nur gut, dass es die Geldsäcke auch mal trifft. Darin sind sie mit uns gleich. Nur kriegen die noch 'nen besonders schönen Sarg. Aber den fressen im Laufe der Zeit auch die Würmer.«

»Recht hast du«, stimmte ihm der Leichenwärter bei.

Die Männer schraubten den Sargdeckel auf und betteten Sir Gerald Hopkins in eine Lade.

»Der wird morgen noch obduziert, habe ich gehört«, meinte einer der Sargträger. »Sie wollen die genaue Todesursache feststellen. Als ob das jetzt noch wichtig wäre. Na ja, wir hauen auf jeden Fall ab.«

Sir Gerald konnte jedes Wort verstehen. Die Sätze brannten sich förmlich in sein Gehirn fest.

Du wirst obduziert!

Bei lebendigem Leib aufgeschnitten!

Sir Gerald war allein in der Leichenhalle. Der Wärter hatte sich zurückgezogen, nachdem der Tote in die Lade gelegt worden war.

Und plötzlich übermannte Sir Gerald die Panik.

Er wollte schreien, seine ganze Not hinausbrüllen, doch kein Ton drang aus seiner Kehle. Er lag wirklich dort wie ein Toter.

Dann geschah etwas Seltsames.

Sir Hopkins hörte eine Stimme, sah eine grässliche Fratze, aus deren Augen Blut tropfte.

»Ich bin Sakuro, der Dämon«, hörte er eine Stimme. »Ich habe dich in mein Reich geholt. Du bist dazu ausersehen, Angst und Schrecken zu verbreiten. Du wirst mithelfen, meine Rache zu vollenden. Die Rache an deiner Tochter und ihren beiden Freunden John Sinclair und Bill Conolly. Bist du dazu bereit?«

»Ja«, sagte Sir Gerald in Gedanken.

Das Letzte, was er von dem Dämon noch hörte, war ein grässliches Lachen.

Dann war Sir Gerald wieder allein.

Allein mit achtzehn anderen Toten.

»Nein, keine Obduktion«, sagte John Sinclair am anderen Morgen zu seinem Chef, Superintendent Powell.

»Und warum nicht?«

»Weil Sir Gerald Hopkins gar nicht tot ist.«

Powells Lippen kräuselten sich zu einem amüsierten Lächeln. »Das müssen Sie mir näher erklären, John. Immerhin hat ein Arzt seinen Tod bestätigt. Sind Sie schlauer als die Ärzte?«

»Das nicht, Sir. Aber ich habe diesen Fall von Beginn an bearbeitet. Sie haben meinen Bericht gelesen. Und ich will dazu noch Folgendes sagen …«

John teilte dem Superintendent seine Meinung mit. Schließlich stimmte Powell zu.

»Gut, John. Ich werde es durchdrücken. Und was gedenken Sie statt dessen zu unternehmen?«

John antwortete mit einer Gegenfrage: »Wo wird Sir Gerald aufgebahrt?«

»Auf seinem Landsitz, soviel ich weiß. Dazu gehören auch ein Privatfriedhof und eine Leichenhalle.«

»Das passt alles ausgezeichnet«, freute sich John. »Und jetzt erkläre ich Ihnen meinen Plan.«

John Sinclair redete zehn Minuten. Dann hatte er seinen Chef überzeugt.

»Aber was geschieht mit seiner Tochter, dieser Sheila Hopkins?«, fragte Sir Powell.

»Die ist in sicherer Obhut«, lächelte John. »Mein Freund Bill Conolly kümmert sich um sie. Ihr kann nichts passieren.«

Dachte John Sinclair …

Zwei Tage vergingen.

Tage, an denen Sheila Hopkins nicht zur Ruhe kam. Erbschaftsangelegenheiten mussten geregelt werden.

Bill Conolly kümmerte sich um das Mädchen, so gut er konnte. Doch er musste sich auch mal in seiner Redaktion blicken lassen und dort nach dem Rechten sehen.

So kam es, dass die beiden meistens abends zusammen waren.

Sheila Hopkins sah schlecht aus. Sie hatte in den paar Tagen einige Pfunde verloren, und unter ihren Augen lagen dicke Ränder. Sie kam abends meistens todmüde nach Hause.

Bill Conolly hatte sich bei ihr einquartiert. Er schlief auf der Couch im Wohnzimmer.

Als Sheila gegen 20 Uhr nach Hause kam, hatte er schon einen Drink gemixt.

»Trink den«, sagte er. »Er wird dir gut tun.«

Sheila bedankte sich mit einem Lächeln.

»Ich bin hundemüde, Bill«, sagte sie gähnend und ließ sich in einen Sessel fallen. Sie schleuderte die Schuhe von den Füßen und legte die Beine hoch. »Wenn doch nur schon alles vorbei wäre.«

Bill legte ihr fürsorglich die Hand auf die Schulter. »Morgen ist die Beerdigung, und dann hast du alles überstanden.«

Bill spürte, dass eine Gänsehaut über Sheilas Rücken lief. »Woran denkst du?«

Das Mädchen sah Bill ängstlich an.

»An Dr. Brandons Beerdigung. An den Schrei aus dem Sarg. Ob Vater auch schreien wird?«

Bill lachte. Es wurde allerdings ein gequältes Lachen. So ganz wohl fühlte er sich in seiner Haut auch nicht.

»Am besten du gehst schlafen, Sheila«, sagte er.

Das Mädchen nickte. »Ja, das glaube ich auch.«

Sheila stand auf und hauchte Bill einen Kuss auf die Lippen. »Gute Nacht. Schlaf gut.«

»Du auch.«

Sheila verschwand in ihrem Schlafzimmer, während Bill sich noch einen Drink mixte.

Sheila kleidete sich aus, schminkte sich ab und ging dann zu Bett. Doch an Schlaf war nicht zu denken. Zu viel kreiste in ihrem Kopf herum. Die Geschehnisse in der Pyramide fielen ihr wieder ein, die unheimlichen Vorgänge in Dr. Brandons Haus, all dies war nicht gerade dazu angetan, sie tief und fest schlafen zu lassen.

Der kleine Zeiger der Uhr rückte schon auf die Zehn vor,

als Sheila endlich in einen leichten Halbschlaf fiel. Doch die schrecklichen Träume verfolgten sie weiter, ließen ihr keine Ruhe.

Schweißgebadet wachte sie auf.

Ein kalter Lufthauch streifte ihr erhitztes Gesicht. So wie damals in Dr. Brandons Haus.

Panik erfasste das Mädchen. Sie wollte das Licht anknipsen, doch ihre Arme waren wie gelähmt. Mit brennenden Augen versuchte sie die Dunkelheit zu durchbohren. Angst schnürte ihre Kehle zusammen. Zischelnde Stimmen drangen an Sheilas Ohren. Sie glaubte, ihren Namen zu hören.

Da! Jetzt ganz deutlich.

»Sheila …«

Es war die Stimme ihres Vaters!

Sie klang seltsam leise, fast wie ein Wehlaut.

»Dad?«, fragte Sheila zitternd.

»Sheila – komm zu mir, komm zu deinem Vater. Ich leide grässliche Schmerzen. Komm …«

»Ja, Dad«, raunte Sheila. »Ich komme. Warte auf mich, Dad.«

Plötzlich konnte sie sich wieder bewegen. Sheila schwang die Beine aus dem Bett, schlüpfte in ihre Schuhe und warf sich einen leichten Mantel über das Nachthemd. Dann nahm sie ihre Handtasche und schlich in die kleine Diele.

Bill Conollys leises Schnarchen drang aus dem Wohnzimmer an ihr Ohr.

Sheila Hopkins öffnete vorsichtig die Wohnungstür und verließ ihr Apartment. Mit dem Lift fuhr sie direkt bis in die Tiefgarage, wo ihr Jaguar stand.

Als sich die Aufzugstüren öffneten, hörte sie Stimmen.

Sheila schlüpfte aus dem Lift und versteckte sich hinter einer Säule.

Keine Sekunde zu früh. Ein Pärchen ging Arm in Arm auf den Lift zu.

Sheila wartete, bis die Luft rein war, und lief dann zu ihrem Jaguar. Die Wagenschlüssel befanden sich in der Handtasche.

Wenig später röhrte der Jaguar aus der Tiefgarage.

Mit unbewegtem Gesicht hockte Sheila hinter dem Steuer. Es war, als würde ein innerer Drang sie vorantreiben.

Das Mädchen fuhr mit schlafwandlerischer Sicherheit.

Ihr Ziel war das Landhaus, wo ihr Vater aufgebahrt wurde.

Sheila Hopkins schaffte die Strecke über die fast leeren Straßen in knapp eineinhalb Stunden.

Als sie das große schmiedeeiserne Tor aufschloss, zitterten ihre Finger nicht ein bisschen.

Eine seltsame Ruhe hatte sie erfasst.

Sheila steuerte den Jaguar den gepflegten Kiesweg hoch und stoppte neben der Kapelle, hinter der sich direkt der kleine Privatfriedhof anschloss.

Die Tür der Kapelle war offen.

Sheila drückte die eiserne Klinke hinunter.

Knarrend schwang die schwere Tür auf.

Eine Gänsehaut lief dem Mädchen über den Rücken.

Langsam betrat sie das Innere der Kapelle.

Auf einem Podest an der Stirnseite der Halle stand der Sarg. Er war offen. Sechs dicke brennende Kerzen in schmiedeeisernen Leuchtern flankierten ihn und erhellten den unheimlichen Raum mit flackerndem Lichtschein.

Schritt für Schritt ging Sheila weiter. Ein seltsames Lächeln lag um ihre Lippen.

Am Fußende des Sarges blieb sie stehen. So konnte sie ihrem Vater direkt ins Gesicht schauen.

Sir Hopkins sah aus, als ob er schliefe. Er hatte die Augen geschlossen und beide Hände über der Brust gekreuzt. Er trug ein kostbares Totenhemd und um den Hals ein kleines Medaillon mit dem Bild seiner verstorbenen Frau.

Der teure Sarg war mit rotem Samt ausgelegt und hatte vergoldete Griffe.

»Vater«, sagte Sheila leise. »Ich bin gekommen, Vater. Hörst du mich?«

Der Tote gab keine Antwort.

»Vater!« Sheilas Stimme wurde drängender. »Bitte, gib doch Antwort!«

Es war ein makabres Bild. Ein Mädchen, das mit einem Toten sprechen wollte. Dazu der flackernde Kerzenschein und die knarrende Tür, die im Wind hin und her schwang.

Sheila Hopkins ging vorsichtig um den Sarg herum und betrat das kleine Podest. Sie streckte ihre rechte Hand aus und strich sanft über das Gesicht ihres Vaters.

»Vater«, flüsterte sie. »So hör mich doch. Bitte, du hast mich gerufen. Vater, ich flehe dich an.«

Und plötzlich geschah das Unglaubliche.

Der Tote schlug die Augen auf!

Im ersten Moment schreckte Sheila zurück, doch dann lächelte sie.

»Dad, du bist nicht tot. Ich habe es gewusst. Ich habe es immer gewusst. O Gott.«

Sheila Hopkins brach vor dem Sarg in die Knie.

Sie sah nicht, wie ihr Vater sich aufrichtete. Erst als er mit der Hand in ihr Haar fasste, hob Sheila den Kopf.

»Vater!« Ihr Schrei gellte durch die kleine Kapelle, brach sich an den weißen Wänden und hing noch lange als Echo in der Luft.

Sir Gerald Hopkins war zu einem Dämon geworden!

Die Haut von seinem Gesicht war zum Teil weggeplatzt, sodass die blanken Knochen hervortraten. Seine Augen waren mit Blut gefüllt, das langsam an seinem grässlichen Gesicht hinablief.

Sir Gerald richtete sich auf.

»Ich bin Sakuros Diener«, sagte er, »und ich habe dich hierher gelockt, um dich in das Reich der Dämonen zu holen. Komm!«

Sir Geralds Hände griffen nach Sheila.

Sheila erkannte im letzten Augenblick die Gefahr und warf sich zurück. Sie rollte von dem kleinen Podest, riss drei Kerzen um und stieß sich schmerzhaft den Rücken.

Dieser Schmerz brachte sie wieder richtig in die Wirklichkeit zurück.

Sheila kam auf die Beine und rannte in Richtung Ausgang.

Plötzlich blieb sie stehen, als wäre sie gegen eine unsichtbare Wand gelaufen.

Vor der Tür stand Sakuro!

Ein dumpfes Geräusch riss Bill Conolly aus dem Schlaf.

Verwirrt fuhr der Reporter hoch. Der Blick auf die Uhr zeigte ihm, dass er erst eine Stunde geschlafen hatte.

Was hatte ihn geweckt?

Bill stand auf und machte Licht.

Argwöhnisch sah er sich im Zimmer um. Dann hatte er die Ursache des Geräusches entdeckt.

Das Klappfenster war durch einen Windstoß zugefallen. Bill trat an die Scheibe und legte den Hebel richtig herum.

Er war mit einem Mal hellwach. Der Reporter ging in die Diele und blieb vor Sheilas Tür stehen.

Ob das Mädchen schon schlief?

Bill legte sein Ohr an die Füllung.

Nichts. Keine Atemzüge.

Der Reporter biss sich auf die Unterlippe, gab sich einen Ruck und klopfte leise gegen das Holz.

»Sheila! Schläfst du schon?«

Keine Antwort.

Bill wurde nervös, Entschlossen drückte er die Türklinke hinunter und betrat das Zimmer.

Sheilas Bett war leer.

Bill sah es im durch das Fenster fallenden Mondlicht.

Eisige Finger schienen plötzlich über den Rücken des Reporters zu laufen. Bill Conolly ahnte Schreckliches und handelte sofort.

Er rannte zurück ins Wohnzimmer, schnappte sich das Telefon und wählte mit fliegenden Fingern John Sinclairs Nummer.

Der Inspektor war schnell am Apparat. Er hatte noch nicht geschlafen.

»Hier ist Bill«, sprudelte der Reporter hervor. »John, du musst augenblicklich kommen. Sheila Hopkins ist verschwunden!«

»Verdammt!«, klang es zurück. Dann: »Ich bin in zehn Minuten bei dir, Bill.«

John Sinclair hielt Wort. Nach neun Minuten stoppte er den Bentley mit kreischenden Reifen vor dem Apartmenthaus.

Bill Conolly stand schon auf dem Bürgersteig.

»Hast du eine Ahnung, wo sie stecken kann?«, fragte er, als er sich auf den Beifahrersitz warf.

»Ja, ich kann es mir denken«, erwiderte John. »Sie wird in dem Landhaus sein, wo ihr Vater aufgebahrt ist.«

»Au, verflixt«, flüsterte Bill, merklich blass geworden. »Hoffentlich kommen wir nicht zu spät ...«

Sakuros Lächeln war teuflisch. Unter den rechten angewinkelten Arm hatte er einen Totenkopf geklemmt, der Ähnlichkeit mit Kenneth Brandons Gesicht aufwies und aus dessen Augen Blut tropfte.

»Sakuros Rache wird jeden treffen«, sagte er und ging langsam auf Sheila zu.

Sheila wich zurück. Bis an den Sarg. Sie schüttelte in panischem Entsetzen den Kopf und stammelte sinnlose Worte.

Da legten sich zwei eiskalte Klauenfinger um ihren Hals, und eine Stimme zischte: »Die Dämonen warten auf dich!«

Es war die Stimme ihres Vaters.

Es war das Letzte, was Sheila Hopkins mitbekam.

Dann wurde sie ohnmächtig.

»Da rechts muss es sein«, sagte Bill Conolly. »Pass auf, John.«

John Sinclair schaltete zurück, verminderte die Geschwindigkeit.

Die Scheinwerfer rissen ein Grundstück aus der Dunkelheit, das durch ein schmiedeeisernes Gitter zur Straße hin abgegrenzt war.

Ein offenes Tor kam in Sicht.

John bremste ab, riss den Bentley in eine Rechtskurve und jagte ihn den Kiesweg hoch, der zum Haus führte.

»Der Tote befindet sich in seiner privaten Kapelle«, sagte der Inspektor.

Bill klebte mit den Augen fast an der Frontscheibe.

»Fahr mal nach links. Da steht ein kleineres Haus. Moment, da ist ja auch Sheilas Jaguar!«

John Sinclair ließ seinen Wagen hinter dem Jaguar ausrollen.

Die Männer sprangen nach draußen.

John erreichte als Erster die dicke Eichentür der Kapelle. Sie stand einen Spaltbreit offen.

»Halt du dich noch zurück«, raunte John seinem Freund zu.

»Gut.«

John zog die Tür vorsichtig auf. Gerade so weit, dass er in das Innere des Hauses huschen konnte.

John Sinclair stockte der Atem. Die Szene, die sich vor seinen Augen abspielte, war unbegreiflich.

Sir Gerald Hopkins saß aufrecht in seinem Sarg. Sein Gesicht war zu einer hässlichen Fratze entstellt, und aus den Augenhöhlen tropfte das Blut.

Drei Kerzen spendeten ein flackerndes, unheimliches Licht.

Und John Sinclair sah Sakuro, seinen Todfeind. In seiner Armbeuge klemmte ein Totenkopf.

Der Dämon hatte sich gebückt und legte soeben seine Hände unter Sheila Hopkins' Schulterblätter.

»Sakuro!«, sagte John Sinclair nur.

Der Dämon wirbelte herum.

Als er John erkannte, krallten sich seine Finger zusammen, und ein Wutschrei drang über seine Lippen.

»Das Spiel ist endgültig aus, Sakuro!«, peitschte Johns Stimme.

Schritt für Schritt ging er auf den Dämon zu. Die Hände hielt er auf dem Rücken, so, als wolle er etwas verbergen.

Sakuro bleckte die Zähne. »Du bist ein Mensch. Und ein

Mensch hat noch nie einen Dämon besiegt. Ihr kommt aus einer anderen Welt. Aus einer dreidimensionalen Welt. Doch im Reich der Dämonen gibt es keine Dimensionen. Versuch es nur. Versuche mich anzufassen!«

John Sinclair blieb stehen.

»Den Fehler werde ich nicht begehen, Sakuro. Ich weiß, dass du körperlos bist, für unsere Waffen unantastbar. Aber sieh her!«

John nahm blitzschnell die Hände nach vorn und öffnete die Finger.

Das Amulett starrte den Dämon an.

Sakuros Gesicht zuckte. »Nimm das weg!«, schrie er. »Los, nimm das weg! Die Schmerzen! Oh!«

Der Dämon wankte in der Halle umher und griff sich an die Kehle.

Der Totenkopf wurde auf einmal zu Asche.

»Aaahhh!« Ein schauriger Aufschrei ließ John Sinclair eine Gänsehaut über den Rücken laufen.

Sir Gerald Hopkins hatte geschrien.

Die magischen Strahlen des Amuletts hatten ihn als Ersten erreicht. Ihn, der längst nicht die Kraft eines Sakuro besaß.

Er warf sich in dem Sarg hin und her, und plötzlich schlugen kleine Flämmchen aus seinem Körper.

Die Schreie, die Sir Gerald ausstieß, waren grauenhaft.

Sakuro war in eine Ecke geflüchtet. Nach draußen konnte er nicht, denn hier versperrte ihm John Sinclair den Weg.

John sah, wie der Dämon verzweifelt gegen die Kraft des Amuletts ankämpfte, wie er seine höllischen Fähigkeiten wach rief. Sakuros Augen glühten. Seine Lippen murmelten Beschwörungsformeln, die Hände vollführten magische Bewegungen.

Es war ein erbitterter und lautloser Kampf.

Das Amulett in Johns Hand begann zu glühen, doch seltsamerweise verspürte der Inspektor keinen Schmerz.

Was würde stärker sein?

Sakuros dämonische Kraft oder die des Amuletts?

Auf einmal fiel Sakuro auf die Knie. Sein Blick irrte weg, glitt hinüber zu dem Sarg, wo Sir Gerald Hopkins soeben unter schrecklichem Wimmern sein dämonisches Leben aushauchte.

Und da wusste John Sinclair, dass er gewonnen hatte.

»Sieh mich an, Sakuro, bevor du endgültig ausgelöscht wirst!«

Johns Worte trafen den Dämon wie Keulenschläge.

Er hob sein Gesicht, das langsam anfing zu faulen.

»Du wirst nie mehr auf die Erde zurückkehren, Sakuro. Stirb endlich!«, schrie John.

Und als wären diese Worte ein Zeichen gewesen, zuckten plötzlich wieder die kleinen Flämmchen des Höllenfeuers aus dem Körper des Dämons und fraßen sich in Sekundenschnelle weiter.

Aber noch etwas anderes geschah.

Eine Rauchwolke puffte auf.

Sie wirbelte durcheinander, fand sich wieder zusammen und wurde zu einem Gesicht.

Zu Sheila Hopkins' Gesicht!

Der Dämon hatte das Mädchen schon fast in seinen Klauen gehabt. Doch die magische Kraft des Amuletts hatte ihm dieses Opfer wieder entrissen.

Grässliche Schreie hallten durch die kleine Kapelle. Schreie, wie sie John noch nie gehört hatte.

Und dann war alles vorbei.

Der Rauch verzog sich so schnell, wie er gekommen war.

Zurück blieb – ein Skelett!

John stieß die Knochen mit dem Fuß an. Sie zerfielen sofort zu Staub.

Langsam ging John auf die ohnmächtige Sheila Hopkins zu. Als er sie fast erreicht hatte, knarrte hinter ihm die Tür.

Bill Conolly betrat die Leichenhalle.

»Das glaubt uns niemand«, flüsterte der Reporter. »Ich habe alles mit angesehen, John. Was ist mit Sheila? Ist sie …?«

»Nein, Bill, sie lebt!«

»Dem Himmel sei Dank.«

Bill kniete sich nieder, hob Sheila auf und verließ mit ihr den unheimlichen Ort.

John Sinclair warf noch einen Blick in den Sarg. Ein Häufchen Asche war alles, was von Sir Gerald Hopkins zurückgeblieben war.

Der Inspektor wandte sich ab.

Als er zufällig auf seine rechte Hand sah, zuckte er zusammen.

Das Amulett war verschwunden!

John fand keine Erklärung. Er konnte nur Vermutungen anstellen.

Vielleicht war die letzte Auseinandersetzung so stark gewesen, dass sie über die magischen Kräfte des Amuletts gegangen war. Wer konnte das wissen?

John Sinclair ging nach draußen und atmete tief die kühle Nachtluft ein. Nach den durchstandenen Gefahren kam sie ihm wie ein Geschenk des Himmels vor.

Ein silbrig schimmernder Mond schickte seine Strahlen auf die Erde.

Drei Tage später …

John saß in seinem Büro und unterschrieb gerade den Bericht über den Fall Sakuro, als Bill Conolly hereinplatzte.

»Hallo, alter Junge!«, rief er leutselig. »Weißt du schon das Neueste?«

John lächelte amüsiert. »Nein.«

»Ich werde mich bald verloben.«

»Das hatte ich mir fast gedacht.«

»Wieso?« Bills Gesicht nahm einen enttäuschten Ausdruck an.

»Was mit dir und Sheila los war, sah doch ein Blinder mit dem Krückstock«, griente John. »Apropos, Sheila. Wie geht es ihr?«

»Blendend. Ich komme gerade aus dem Sanatorium. Die Ärzte sagen, Sheila ist wieder völlig in Ordnung. Sowohl psychisch als auch physisch. Sie wird morgen entlassen.«

»Na, das freut mich zu hören. Und wie ist es mit dir? Wirst du jetzt Industriekapitän?«

»Nee, John, ich bleibe bei meinem Job. Der ganze Laden wird in eine AG umgewandelt. Du siehst also, dein Freund Bill steht dir weiterhin zur Verfügung.«

»Und was wird deine Verlobte dazu sagen?«, fragte John.

»Nun, äh, sie ...«

»Was ist denn?«, unterbrach John ihn.

»Sie wird einverstanden sein«, erwiderte Bill schnell.

John wiegte den Kopf. »Ich weiß nicht so recht.«

»Wetten?«, schnappte Bill.

»Nur nicht!«, rief John Sinclair. »Du bist schließlich jetzt ein reicher Mann und ich nur ein kleiner Inspektor von Scotland Yard, der mit jedem Cent rechnen muss.«

ENDE

SCHACH MIT DEM DÄMON

Es fing alles so harmlos an.

Die Schatten der Dämmerung hatten einen strahlenden Herbsttag abgelöst. Doch jetzt, gegen Abend, kam schon die Nachtkühle auf. Über den Wiesen tanzten die Mücken, während der Wind bereits die ersten gelben Blätter von den Bäumen wehte.

Bill Conolly, früher Starreporter und heute nur noch gelegentlich für die großen Magazine in aller Welt tätig, betrat seinen großen Wohnraum. Er hatte Holz geholt und wollte mit seiner Frau Sheila einen gemütlichen Abend am Kamin verbringen, im Schaukelstuhl, bei knisterndem Feuer und einem guten Buch.

Seit Bill verheiratet war, führte er das Leben eines normalen Ehemannes, wenn er auch manchmal aus dem Alltag ausbrach und mit seinem besten Freund John Sinclair auf Dämonenjagd ging. Doch das geschah selten, dafür sorgte schon Sheila, dieses blonde, liebevolle Wesen, das Bills Herz in Flammen gesetzt hatte.

Bill Conolly stapelte die Holzscheite in einen Eisenkorb und wischte sich die Hände sauber. Aus den Lautsprechern der Stereoanlage erklang leichte Musik. Schlager, die gerade in waren.

Bill ging in die Knie und legte einige Holzstücke fachmännisch auf den Kaminrost. Eine Gasanlage sorgte dafür, dass sie sich schnell entzündeten.

Schon bald prasselten die Flammen. Ihr zuckender Schein tauchte das Zimmer in gemütliches Licht. Bill knipste noch zwei Wandleuchten an, zog sich den Schaukelstuhl ein Stück näher an den Kamin und begann zu lesen. Er vertiefte sich in einen Reisebericht, den ein deutscher Forscher über die Osterinseln geschrieben hatte. Das Buch fesselte den hoch gewachsenen Mann so sehr, dass er die Schritte nicht hörte, die sich ihm näherten. Er schlug soeben eine Seite um, da legten sich zwei Hände über seine Augen.

Bill ließ das Buch sinken. »Wer ist da?«, fragte er gespielt überrascht.

»Rate mal«, erklang eine weiche weibliche Stimme.

»Keine Ahnung!« Bill musste grinsen. Er schwang seine Arme über den Kopf, legte beide Hände auf eine schmale Wespentaille und fühlte unter seinen Fingern die Seide eines Kleides.

»Wenn mich nicht alles täuscht, steht hinter mir meine Herrin und Gebieterin und Bettgespielin in einer Person«, sagte Bill.

»Schuft!« Die Hände verschwanden von Bills Augen. »Mich so zu bezeichnen. Bettgespielin, wie sich das anhört!« Sheila Conolly trat um den Stuhl herum und setzte sich auf Bills Schoß.

Bill legte die Hände um Sheilas Körper. Das Buch rutschte zu Boden. Es war ihm egal. Dicht vor seinen Augen schimmerten Sheilas verlockende Lippen. Obwohl Bill nun schon einige Zeit verheiratet war, übte Sheila noch immer die Faszination auf ihn aus wie am Tag der Hochzeit. Sie war eine Frau, von der viele Männer nur träumen konnten.

Das lange Haar erinnerte an reifen Kansas-Weizen. Es fiel bis auf die Schultern und legte sich dort in eine Außenrolle. Sheila hatte ein fein geschnittenes Gesicht, an dem die Kosmetikindustrie mit ihren Cremes und Wässerchen höchstens etwas verschlimmern konnte, und volle, naturrote Lippen. Ihre Figur konnte sich ebenfalls sehen lassen. Sheila Conolly war ein Typ, der in alten Jeans und T-Shirt ebenso sexy wirkte wie im weit ausgeschnittenen Abendkleid.

Bill war stolz auf seine Frau, und Sheila war stolz auf ihn.

An diesem Abend trug sie ein langes Hauskleid im Country Look. Der Rock war bunt, von der Taille ab geschwungen und nicht angekräuselt. Das Oberteil schmiegte sich eng an den Körper. Die kurzen, wie aufgebläht wirkenden Ärmel standen im krassen Widerspruch dazu.

Sheilas Zeigefinger fuhr über Bills Lippen. »Es wird ein wunderbarer Abend«, flüsterte sie. »Nur wir beide. Ich habe mich schon seit Stunden darauf gefreut.«

Bill verzog das Gesicht. Dabei legte sich seine Denkerstirn in Falten. Es sah lustig aus. »Du vergisst den Knilch, der uns heute noch das Geschenk bringen soll«, sagte er. »Der Knabe lässt sich verdammt viel Zeit.« Bill blickte auf seine Uhr. »Schon sieben durch. Wenn er in einer Stunde noch nicht hier war, rufe ich an.«

Sheila lächelte. »Er wird schon noch kommen.«

»Hoffentlich.«

Das Geschenk, von dem Bill Conolly gesprochen hatte, war etwas ganz Besonderes. Sheila hatte es zufällig in einem Antiquitätenladen gesehen und war sofort hingerissen gewesen.

Bei diesem Geschenk handelte es sich um ein Schachspiel aus dem sechzehnten Jahrhundert. Die Figuren waren aus kostbarem Elfenbein geschnitzt und kosteten ein kleines Vermögen.

Sheila hatte das Spiel trotzdem gekauft. Sie und Bill brauchten auf den Shilling nicht zu schauen. Sheila hatte von ihrem Vater mehrere chemische Fabriken geerbt. Sie selbst hatte sich aus dem Geschäft zurückgezogen und überließ das Management erfahrenen Fachleuten. Mit Erfolg, wie Sheila an den Gewinnspannen merkte.

Das Schachspiel war nicht für sie, sondern für John Sinclair. Er hatte am nächsten Tag Geburtstag, und da John ein Freund des königlichen Spiels war, würde ihm dieses Geschenk sicherlich eine riesige Freude bereiten.

Die Feier sollte in Johns Apartment stattfinden, und geladen waren all seine Freunde. Männer und Frauen, auf die sich der Geisterjäger hundertprozentig verlassen konnte, die er selbst aber auch niemals im Stich lassen würde.

Bill Conolly zündete sich eine Zigarette an. Gelassen blies er den Rauch in die knisternden Flammen, während Sheilas Kopf an seiner linken Schulter ruhte.

»Ich wollte, es wäre immer so«, sagte sie leise.

»Wie meinst du das?«

»Ich liebe diese Abende, das ruhige gemütliche Leben, und wünsche mir, dass es immer so bleiben wird.«

»Aber warum soll sich daran etwas ändern?«

Sheila nahm den Kopf hoch. »Du lügst, ohne rot zu werden, Bill«, sagte sie. »Denk mal an die schrecklichen Auseinandersetzungen, die hinter dir liegen. Die Kämpfe mit Dämonen und was weiß ich für Höllenpack. Das ist noch längst nicht vorbei.«

Bill drückte die Zigarette im Aschenbecher aus. »Was kann ich dafür?«

»Du darfst dich eben gar nicht erst mit solchen Dingen beschäftigen«, erwiderte Sheila mit bestechender weiblicher Logik.

Der Türgong unterbrach das Gespräch.

»Das wird der Knabe sein«, vermutete Bill und schob Sheila sanft von seinem Schoß. »Ich mache auf.«

Mit langen Schritten durchquerte der Reporter den großen Raum und die Diele, dann stand er vor der Haustür. Durch die Sprechanlage erkundigte er sich, wer draußen war.

Es war tatsächlich der Mann mit dem Geschenk.

»Sie können hereinkommen«, sagte Bill und drückte auf einen Knopf. Das Eingangstor zu seinem Grundstück glitt automatisch zur Seite.

Bill erwartete den Überbringer vor der Haustür. Der Mann musste erst noch den großen Vorgarten durchqueren, in dem bereits die Laternen brannten und um deren helle Lichtinseln Hunderte von Mücken ihre seltsamen Tanzspiele aufführten.

Der Besitzer des Geschäftes überbrachte persönlich das Geschenk.

Der Mann hieß Octavio und war für Bills Geschmack ein unsympathischer Bursche. Er trug einen schwarzen Mantel, der ihm fast bis zu den Knöcheln reichte. Der Schädel war eiförmig, und nur den Hinterkopf schmückten noch einige hellgraue Haare. Octavio ging leicht vornübergeneigt. Hart stach die Raubvogelnase aus seinem Gesicht hervor. Augenbrauen hatte der Mann keine mehr, dafür aber einen sichelförmigen Bart, der an den Mundwinkeln herabhing und nur die schmale Unterlippe zu erkennen gab.

Mr Octavio hatte die Arme ausgestreckt. Das wertvolle Geschenk trug er auf beiden Händen. Es war wohl verpackt.

»Bitte sehr, Mr Conolly«, sagte der Händler und ließ sich das Paket von Bill abnehmen.

Bill fasste es behutsam und stellte es in der geräumigen Eingangsdiele auf einen kleinen Tisch. Dann nahm er den schon vorbereiteten Scheck und überreichte ihn dem Händler.

Octavio steckte das Papier ein, ohne überhaupt einen Blick darauf zu werfen. Er sah nur Bill an, und der Reporter glaubte, ein wissendes Lächeln um die Mundwinkel des Gegenübers spielen zu sehen.

»Ist noch etwas?«, fragte Bill.

»Eigentlich nicht.«

»Sondern?«

»Ich wünsche Ihnen nur viel Spaß beim königlichen Spiel«, sagte der Mann mit einem Unterton in der Stimme, der Bill stutzig werden ließ. Der Reporter entgegnete jedoch nichts, auch nicht, als sich Octavio umdrehte und grußlos dem Tor entgegenging.

Bill wartete, bis er den Mann nicht mehr sehen konnte. Dann kehrte er zurück ins Haus.

Sheila erwartete ihn bereits. Da sie mit dem Rücken zum Kamin stand, warf der Widerschein der Flammen kupferfarbene Reflexe auf ihre goldblonde Außenrolle. Sie sah bezaubernd aus.

Bill stellte das Paket ab.

Sheilas Lächeln gerann, als sie in das Gesicht ihres Mannes blickte. »Ist etwas geschehen?«

Bill winkte ab. »Dieser Octavio ist ein komischer Kerl. Der hat mich angesehen, als wollte er mich fressen. Und dazu hat er noch gegrinst. Seltsam.«

Sheila trat auf ihren Mann zu und legte ihm beide Hände auf die Schultern. »Mein lieber Bill, du siehst mal wieder Gespenster. Jeder Mensch ist anders. Das müsstest du doch eigentlich am besten wissen.«

Bill hob die Schultern. »Schon – aber …«

»Kein aber, mein Schatz.« Sheila Conolly zog ihren Mann mit sanfter Gewalt zu dem Fell. Sie hatte es auf den Boden gelegt und darauf mehrere Kissen. Bill sah, dass an Sheilas Kleid schon einige Knöpfe offen standen, und er wusste Bescheid.

Das, was ihn jetzt erwartete, ließ ihn das Schachspiel vergessen …

Beinahe lautlos rollte das Tor über die Schiene und glitt hinter Octavio ins Schloss.

Der Händler drehte sich um, verstaute beide Hände in seinen Manteltaschen und lächelte. Es war ein böses, wissendes und teuflisches Lächeln zugleich. Denn er, Octavio, hatte dem Reporter eine Bombe ins Haus gebracht.

Eine magische Bombe allerdings, deren Wirkung jedoch nicht minder schrecklich sein würde als die einer von herkömmlicher Bauart.

Der Händler ging nicht sofort zu seinem Wagen. Er warf noch einen Blick durch die armdicken Gitterstäbe des Tores auf das Haus.

Octavio sah Licht durch die Büsche schimmern, sehr schwach nur, und bald wurde es völlig finster.

Erst jetzt wandte sich der Händler ab.

Mit gemessenen Schritten ging er durch die ruhige Villenstraße. Niemand beobachtete ihn, kein Mensch befand sich um diese Zeit auf dem Bürgersteig. Die Villen – sie lagen meist innerhalb parkähnlicher Grundstücke – waren von der Straße her kaum zu sehen. Mauern und wuchtige Bäume bildeten einen richtigen Schutzwall.

Doch Octavio war das egal. Er kümmerte sich um andere Sachen, hatte viel größere Pläne.

Er erreichte seinen Wagen. Es war eines dieser altmodischen hochrädrigen Taxis, die – schon ausgemustert – zu Liebhaberpreisen verkauft wurden. Octavio hatte seinen Wagen ersteigert. Er fühlte sich nur in solch einem Gefährt wohl.

Der Händler selbst fuhr nicht. Er hatte einen Diener eingestellt. Der Mann hieß Malko, war Fahrer, Leibwächter und Putzfrau in einer Person. Er hatte Octavio im Innenspiegel gesehen und öffnete ihm die Tür.

Der Händler stieg ein. Zufrieden grinsend ließ er sich auf den Beifahrersitz sinken.

Malko drehte den Kopf. »Hat alles geklappt?«, fragte er. Seine Stimme klang nicht lauter als ein Flüstern, obwohl er normal sprach. Malko hatte einen Stimmbandschaden. Überhaupt war er ein seltsamer Typ. Auf seiner Stirn befand sich eine schlecht verheilte, fingerdicke Narbe. Sie zog sich waagerecht von einer Stirnseite zur anderen. Die Augen versteckte Malko hinter einer dunklen Brille, die Nase war flach und sah aus wie ein Kieselstein. Der große Malko hatte ein fliehendes Kinn und einen kleinen, fast runden Mund. Er hielt sich stets gebeugt, und so entstand der Eindruck, dass die Natur Malko auch noch mit einem Buckel versehen hatte.

Octavio warf die Tür ins Schloss. »Fahr los«, sagte er.

Malko startete. Er war kein besonders guter Fahrer, und der Wagen ruckte beim Start an.

Der Händler wurde nach vorn geworfen und fluchte. »Pass doch auf, du Idiot!«, zischte er.

Malko entschuldigte sich.

Er steuerte das hochrädrige Taxi durch das abendliche London auf den Stadtteil Chelsea zu. Während der Fahrt sprach keiner der Männer ein Wort.

Erst als sie das Geschäft erreicht hatten, erkundigte sich Malko: »Haben Sie noch Arbeit für mich?«

»Nein!«

Malko ließ seinen Boss aussteigen und lenkte den Wagen dann in eine Garage. Die Einfahrt befand sich im Erdgeschoss des Nachbarhauses, direkt neben dem Antiquitätenladen.

Octavio schloss die gut gesicherte Tür auf. Unter dem Holz verbarg sich eine Panzerplatte, und auch das Schloss war so gut wie einbruchssicher.

Im Dunkeln betrat der Händler sein Geschäft. Die kleine Glocke, die normalerweise den Besuch eines Kunden ankündigte, hatte er abgestellt.

Es war nicht völlig ruhig in dem Geschäft. Irgendwo knackte und knarrte immer etwas. Die Bohlen des Fußbodens ächzten unter Octavios Gewicht.

Durch eine Tür hinter dem breiten, aber ziemlich kurzen

Holztresen verschwand der Händler in einem Nebenzimmer, das als Büro eingerichtet war.

Octavio machte Licht. Der Widerschein spiegelte sich auf einem alten Stahlschrank. Der Schreibtisch hätte ebenfalls schon in ein Museum gehört und der Stuhl mit den hohen Armlehnen auch. Nur das Telefon war neu.

Der Händler ließ sich in den Sessel fallen. Beide Hände legte er auf den Schreibtisch und schloss die Augen. Er war zufrieden mit sich. Die Weichen waren gestellt, um John Sinclair und dessen Freunde ein für alle Mal von dieser Welt verschwinden zu lassen ...

Das Feuer im Kamin war fast heruntergebrannt. Nur noch ein paar sparsame Flammen flackerten auf. Hin und wieder zerplatzte ein Holzspan, und glühende Funken flogen der Kaminöffnung entgegen.

Bill saß im Schaukelstuhl. Er nippte an seinem Bourbon. Ab und zu warf er einen Blick auf Sheila, die es sich auf dem Fell bequem gemacht hatte. Ein flauschiger blauweißer Morgenmantel hüllte ihren Körper ein.

Bill trank in langsamen Schlucken. Eiswürfel schlugen mit melodischem Klingen gegeneinander.

»Schon elf Uhr«, sagte Sheila. »Ich glaube, es wird Zeit.« Sie räkelte sich und kuschelte sich dann enger in den Bademantel.

Bill lächelte. Er hob dabei die Schultern. »Was soll's? Uns treibt doch niemand.«

»Trotzdem, ich bin müde.« Sheila setzte sich. Der Mantel klaffte auseinander und gab zwei makellose Beine frei.

»Und das Paket?«, fragte Bill.

Sheila runzelte die Stirn.

»Das Geschenk für John«, hakte der Reporter nach. »Du wolltest es mir noch zeigen und dann in Geschenkpapier einwickeln. Du hast es mir selbst gesagt.«

Sheila zog einen Flunsch. »Ehrlich gesagt, dazu bin ich zu müde. Ich zeige es dir morgen.«

»Faulpelz.« Bill stemmte sich aus seinem Stuhl. »Dann werde ich die Figuren eben selbst auspacken.«

»Tu das. Ich gehe schon ins Bett.« Sheila begann zu gähnen. Sie ließ sich von Bill hochziehen, hauchte ihm einen Kuss auf den Mund und flüsterte: »Es war schön, Darling.«

»Das ist es doch immer.«

»Aber heute besonders.« Sheila löste sich von ihm und verließ das Zimmer.

Bill trank sein Glas leer. Der Reporter holte eine Schere und begann die Kordeln, die um das Papier gewickelt waren, aufzuschneiden.

Zum Vorschein kam ein graubrauner Karton. Er hatte die Form eines großen Würfels. Bill öffnete die beiden oberen Papphälften und holte das hölzerne Schachbrett hervor.

Die schwarzen und weißen Felder schimmerten matt. Bei näherem Hinsehen erkannte Bill Motive, die in die Felder eingearbeitet worden waren.

Der Reporter runzelte die Stirn. Solch ein Schachbrett hatte er noch nie gesehen. Normalerweise waren die Felder glatt und ohne irgendwelche Zeichen. Aber hier …

Bill war zu müde, um sich noch genauer mit dem Schachbrett zu beschäftigen. Er holte stattdessen die kleine Kiste mit den Figuren aus dem Karton hervor.

Die Kiste war mit Samt ausgeschlagen. Die schwarzen und weißen Spielfiguren – aus Elfenbein geschnitzt – lagen nach Farben getrennt.

Bill fiel zuerst der weiße König in die Hand. Er war etwa so groß wie eine Männerhand, trug eine Krone auf dem Kopf und hatte ein so kunstvoll geschnitztes Gesicht, dass Bill das Gefühl hatte, die Figur würde leben.

Er strich mit dem Finger darüber. Die Figur fühlte sich seltsam warm und weich an. Nachgiebig.

Bill legte sie beiseite, nahm die Dame in die Hand.

Bei ihr hatte er das gleiche Gefühl. Während der König ein Zepter in der Hand hielt, trug die Dame um den Hals eine Holzkette mit winzigen, kaum zu erkennenden Diamantsplittern.

»Das ist ein Ding«, flüsterte Bill ehrfurchtsvoll, »so etwas habe ich noch nie gesehen.« Er sah sich die Dame genau an. Der Künstler, der diese Figuren geschnitzt hatte, war ein wahrer Meister seines Fachs gewesen. Er hatte ihnen Leben eingehaucht. Ja, Bill schien es, als würden die Figuren im Licht der Wandlampen ein regelrechtes Eigenleben entwickeln.

Der Reporter wischte sich über die Augen. »Ich glaube, ich brauche auch eine Mütze voll Schlaf«, murmelte er.

Dann nahm er die anderen Figuren zur Hand.

Die Türme. Sie sahen völlig normal aus. Zylinderförmig und mit einer Zinne versehen.

Die Läufer. Auch normal. Sie unterschieden sich in nichts von anderen Schachfiguren.

Die Springer! Hier hatte der Meister wieder seine Klasse bewiesen. Er hatte Tiere geschnitzt, so echt und so lebensnah, als würden sich die Elfenbeinfiguren im Galopp befinden. Auf den Rücken der Pferde saßen Reiter und schwangen ihre Schwerter.

Bill legte die Figuren wieder in den Kasten.

Blieben noch die Bauern.

Bill Conolly nahm eine dieser kleinsten Figuren in die Hand, die nur halb so groß waren wie die anderen. Er drehte sie in den Fingern und stieß im nächsten Augenblick eine Verwünschung aus.

Die Bauern trugen Lanzen in den Händen, die vorn so spitz waren, dass sich der gute Bill die Haut unterhalb des Nagels aufgerissen hatte.

»Sind ja lebensgefährlich, die Dinger«, knurrte der Reporter. Er sah in das Gesicht der Figur. Hier waren Augen, Mund und Nase nur angedeutet. Der Schnitzer hatte sich mit ihnen nicht so viel Mühe gegeben. Aber es waren ja nur Bauern.

Bill Conolly packte die Figuren wieder ein.

»Kommst du, Bill?«, hörte er Sheilas Stimme.

»Ja, gleich.« Der Reporter lutschte das Blut von seinem rechten Zeigefinger, klappte die Kiste wieder zu und verließ den Raum. Vorher löschte er noch das Licht und ging zum Schlafzimmer.

Sheila hatte schon die Betten aufgeschlagen. Bill warf noch einen Blick in den Schlafraum und sagte lächelnd: »Ich gehe nur noch ins Bad.«

»Aber beeil dich, Darling. Ich will nicht ohne dich einschlafen.«

Bill deutete einen Kuss an und verschwand. Der Finger blutete noch immer. Ein ziehender Schmerz pulste durch seine Hand. Bill wunderte sich, dass diese kleine Wunde so lange blutete. Das war ihm bei ähnlichen Verletzungen noch nie passiert. Er hatte gutes Heilfleisch.

Im Bad fand Bill ein Pflaster und klebte es auf die Wunde. Dann stieg er noch kurz unter die Dusche. Er trocknete sich gar nicht richtig ab, sondern zog seinen dicken flauschigen Bademantel über.

Sheila schlief bereits, als er das gemeinsame Schlafzimmer betrat. Auch Bill legte sich hin.

Er löschte das Licht.

Jetzt, wo er abschalten konnte, fühlte er wieder das Ziehen im Finger. Bill meinte sogar, der Zeigefinger wäre etwas angeschwollen.

Er dachte nicht mehr an die kleine Verletzung und versuchte zu schlafen.

Es gelang ihm nicht.

Unruhig wälzte er sich von einer Seite auf die andere. Neben ihm atmete Sheila tief und gleichmäßig. Er beneidete seine Frau um ihren gesunden Schlaf.

Bill hatte die Tür offen gelassen. So war es nicht völlig finster. Der Reporter konnte Umrisse erahnen. Er begann das alte Spiel und zählte Schäfchen. Schlaf fand er trotzdem nicht.

Waren es zwei oder drei Stunden, die Bill wach gelegen hatte? Er vermochte es nicht zu sagen. Irgendwann fiel er dann in einen tiefen Schlummer, einen fast bewusstlosen Zustand, der Bill einen Traum bescherte und ihm den Schweiß aus den Körperporen trieb.

Bill sah sich als Schachfigur. Auf einem riesigen Brett. Von allen Seiten drangen sie auf ihn ein. Die Reiter auf ihren

Pferden, gefolgt von den Bauern. Der König und die Dame trieben ihre Vasallen an. Alle hatten nur ein Ziel.

Sie wollten Bill Conolly töten!

Die Bauern trieben ihn in die Enge. Lanzen flogen auf ihn zu. Bill wich aus, sprang zur Seite, doch es flogen immer mehr Lanzen heran. Er wurde an der linken Schulter getroffen, an der Hüfte. Eine Lanze streifte seinen Hals.

Bill fiel zu Boden.

Dann stand der König persönlich vor ihm. Sein Gesicht hatte sich verändert. Es war zu einer dämonischen Fratze geworden, mit glühenden Augen und einem riesigen Maul.

Der König hielt ein Schwert in der Hand. Hoch schwang er es über dem Kopf.

»Ich töte dich, Bill Conolly! Ich töte dich!«

Er schlug zu.

»Neiiinnn!«, schrie Bill, setzte sich im Bett auf und war wach.

Licht blendete ihn.

Sheila Conolly hatte es angeknipst. Besorgt blickte sie ihren Mann an. »Was ist, Bill? Was ist los? Warum hast du geschrien?«

Bill schüttelte den Kopf und rieb sich über die schweißnasse Stirn. Er musste sich erst wieder beruhigen. Seine Stimme klang heiser, als er sagte: »Ich hatte da einen Traum. Einen Albtraum. Grauenhaft.«

»Aber der ist jetzt vorbei«, erwiderte Sheila beruhigend. »Du brauchst keine Angst mehr zu haben.«

Bill atmete keuchend. Er musste Sheila den Traum einfach erzählen. »Das Schachbrett«, flüsterte er.

»Was war damit?«

»Ich – ich war eine Schachfigur. Und die anderen Figuren lebten. Bauern, die Dame, der König. Sie alle liefen auf mich zu, wollten mich töten. Mein Gott.« Bill vergrub sein Gesicht in beide Hände.

»Soll ich dir ein Glas Wasser holen?«, fragte Sheila fürsorglich.

»Nein, nein, nicht nötig. Danke.« Der Reporter ließ sich wieder zurückfallen. Ziellos starrte er gegen die Decke. Dann sagte er: »Gebe Gott, dass dieser Traum niemals in Erfüllung geht …«

Ich betrat das Bad und knipste Licht an. Augenblicklich sah ich mein Spiegelbild. Ein ziemlich mieses, muss ich ehrlich gestehen.

Das ist er also, stellte ich fest. Der berühmte Geisterjäger, Feind aller Dämonen und finsteren Mächte.

Im Schlafanzug sehen alle Menschen irgendwie gleich aus. Auch ich, John Sinclair, jüngster Oberinspektor bei Scotland Yard, ziemlich groß, blond, blaue Augen.

Im Augenblick war ich müde. Ich streckte mir selbst die Zunge heraus. Sie war belegt. Ich gähnte und stellte mir vor, jetzt irgendwo auf einer einsamen Berghütte zu sein und die Nebelschwaden zu beobachten, die aus den Tälern stiegen.

Leider war ich es nicht, sondern befand mich in meiner Wohnung. Ich hatte Geburtstag. Jawohl, ich war mal wieder reif. Aus diesem Grund hatte ich auch einen Tag Urlaub genommen. Mit dem heutigen Freitag sollte es ein verlängertes Wochenende werden. Mit einer Feier am heutigen Abend.

Geburtstag! Wie sich das anhörte. Als Kind hatte ich mich darauf gefreut, aber wenn man das dreißigste Lebensjahr überschritten hat, dann beginnt man schon nachzudenken. Ich kenne Leute, die sagen kurz und knapp: Mit dreißig ist der Lack ab! Ich gehöre nicht zu den Pessimisten, obwohl ich eigentlich dankbar sein musste, dass ich diesen Geburtstag noch feiern konnte. Wenn ich so an die vergangenen Jahre denke, dann läuft mir nachträglich noch eine Gänsehaut über den Rücken.

Zu viel war auf mich eingestürmt. Ich hatte mich mit den schlimmsten Dämonen herumgeschlagen.

Ich scheuchte die trüben Gedanken fort und stieg aus meinem Schlafanzug.

Dann hüpfte ich unter die Dusche.

So etwas macht mich immer munter.

Zehn Minuten überließ ich meinen Körper den Wasserstrahlen, und gerade als ich aus der Kabine stieg, klingelte das Telefon.

Der erste Gratulant?

Tropfnass ging ich in den Livingroom. Beim fünften Klingeln hob ich ab.

»Sinclair!«

Die Männerstimme am anderen Ende der Leitung begann zu lachen. »Sie haben heute Geburtstag?«

Mir schwante schon Böses. »Ja«, erwiderte ich. »Und?«

»Es wird Ihr letzter Geburtstag sein, Sinclair. Noch heute werden Sie zur Hölle fahren. Es ist Schluss, vorbei!«

Klick. Der Anrufer hatte eingehängt.

Ich starrte auf den Hörer. Wenn das kein Geburtstagsgruß war. Von meinen Haaren tropfte das Wasser. Es rann auf den Teppich und wurde dort aufgesaugt. Ich wischte mir über die Stirn und legte den Hörer auf die Gabel. Ich fühlte, wie die Spannung sich in meinem Körper breitmachte.

Okay, man wollte mich also wieder mal umbringen. Wer, wusste ich nicht. Aber die Unbekannten hatten einen Fehler gemacht. Sie hatten mich gewarnt, und so konnte ich meine Vorbereitungen treffen.

Ich begann mich anzuziehen. Ich versuchte so etwas wie ein freudiges Geburtstagsgefühl zu entwickeln, doch das war nicht drin. Zu deutlich war die Warnung gewesen.

Es schellte.

Das konnte eigentlich nur Suko sein.

Suko war Chinese und zu meinem Freund geworden, nachdem wir gemeinsam den Schwarzen Drachen besiegt hatten, einen Dämon, der in London sein Unwesen getrieben hatte. Suko wohnte nebenan in einem kleinen Apartment und war immer zur Stelle, wenn ich Unterstützung brauchte. Ich hoffte, ihm irgendwann mal eine Stelle bei Scotland Yard verschaffen zu können. Zurzeit unterstützte Bill Conolly ihn finanziell.

Vorsichtig geworden, blinzelte ich durch den Spion.

Tatsächlich stand Suko vor der Tür. Er hatte sein breites

Gesicht zu einem Lächeln verzogen, und als ich öffnete, gratulierte er mit einer Herzlichkeit, die ich dem alten Kämpen gar nicht zugetraut hätte.

»Komm rein«, sagte ich und schloss die Tür. Wir hatten verabredet, gemeinsam zu frühstücken.

»Man hat mir schon einen Geburtstagsgruß geschickt«, klärte ich Suko auf.

»Wer hat denn angerufen?«

»Ein unbekannter Freund. Er hat versprochen, mich noch heute zur Hölle zu schicken.«

Suko erstarrte mitten in der Bewegung. »Stimmt das?«

»Ich mache keine Scherze.«

»Erzähl.«

Ich berichtete.

Sukos Gesicht hatte einen ungläubigen Ausdruck angenommen. »Wer kann das nur sein?«, murmelte er.

Ich zuckte mit den Schultern. »Da braut sich irgendwas zusammen. Na ja, wir werden sehen. Aber lass uns erst mal frühstücken. Das haben wir uns verdient.«

Das Frühstück schmeckte mir nicht. Die Drohung des Anrufers hing wie ein unsichtbares Schwert über meinem Kopf. Auch Suko war der Appetit vergangen. Er trank nur zwei Tassen Tee und schob den Teller von sich.

»Ein toller Geburtstagsanfang«, stellte er fest.

»Nicht meine Schuld«, sagte ich. Meine Gedanken kreisten immer noch um den Telefonanruf. Ganz plötzlich entschloss ich mich, ins Büro zu fahren.

Suko zog ein überraschtes Gesicht, als ich ihm meine Entscheidung mitteilte.

»Ich denke, du hast Urlaub«, sagte er nur.

»Ich bin in ein paar Stunden wieder zurück«, erwiderte ich. »Aber ich will trotzdem die letzten Fälle noch einmal durchgehen. Vielleicht findet sich dort ein Anhaltspunkt.«

Suko grinste säuerlich. »Und was soll ich sagen, wenn jemand anruft und dir wirklich gratulieren will?«

»Sag ihm, ich wäre geplatzt!«

»Okay, mach ich.«

Mit dem Lift fuhr ich in die Tiefgarage. Dort stand mein silbergrauer Bentley. Ein Klassewagen. Die Sitze waren aus schwarzem Leder, das Cockpit des Schlittens holzverkleidet.

Der Wagen sprang wie immer sofort an. Ich lenkte ihn die Einfahrt hoch und reihte mich in den Londoner Vormittagsverkehr ein.

Ich ließ mir Zeit. Als ich den Wagen auf dem Parkplatz abstellte, war es zehn Uhr. Ich fuhr hoch zu meinem Büro und traf eine überraschte Glenda Perkins an.

»Ihr Chinese sagte mir schon, dass Sie auf dem Weg hierher sind«, berichtete sie und hatte vor Aufregung rote Wangen. »Ich wollte es gar nicht glauben.«

»Dafür sehen Sie mich jetzt«, erwiderte ich.

Glenda war meine Sekretärin. Ein bildhübsches Girl, mit schwarzen Haaren und dunklen Augen.

Sie streckte die Hand aus. »Dann – dann darf ich Ihnen herzlich zum Geburtstag gratulieren, Mr Sinclair«, stotterte sie ein wenig verlegen.

Ich nahm die Hand und zog Glenda näher. Dann bedankte ich mich mit zwei Küssen auf die Wangen.

Glenda und ich kannten uns schon eine Weile lang. Ich wusste, dass das schöne Girl in mich verliebt war.

Da wurde die Tür aufgerissen, und Superintendent Powell, mein direkter Vorgesetzter, betrat das Büro. Verblüfft blieb er stehen und runzelte die Stirn.

»Aha«, sagte er nur.

Glenda kiekste auf, ihr Kopf wurde noch roter, und sie verdrückte sich in eine Ecke.

Ich grinste. »Miss Perkins hat mir nur zum Geburtstag gratuliert«, erklärte ich meinem Chef. »Und ich habe mich bedankt. In allen Ehren, versteht sich.«

Auch Superintendent Powell gratulierte mir. Seine Augen hinter der dicken Brille strahlten. Selten habe ich ihn so menschlich gesehen. »Alles Gute«, wünschte er. »Und weiterhin viel Erfolg, John!«

»Danke, das kann ich brauchen.«

Powell war nicht nur ein hervorragender Stratege, sondern auch ein Menschenkenner. Er merkte sofort, dass etwas mit mir nicht stimmte. »Gehen wir in Ihr Büro«, schlug er vor.

Wir hatten uns bisher im Vorzimmer aufgehalten. Ich schloss hinter uns die Tür.

Powell setzte sich auf den Besucherstuhl, und ich nahm hinter meinem Schreibtisch Platz.

»Sie sind doch nicht aus purer Anhänglichkeit zum Yard herausgekommen«, sagte der alte Fuchs.

»Nein.« Ich legte die Hände gegeneinander. »Heute Morgen habe ich einen besonders netten Geburtstagsgruß erhalten.«

Ich erzählte von dem Anruf.

Powell zeigte sich beunruhigt. »Und?«, fragte er. »Haben Sie eine Vermutung?«

»Ja, deswegen bin ich ja hier. Ich möchte noch einmal die Akten der letzten Fälle durchsehen. Vielleicht findet sich dort ein Anhaltspunkt.«

Powell verstand mich. Er forderte die Akten an.

Zwei Stunden verbrachte ich mit meinem Chef beim Studium der Papiere. Heraus kam dabei nichts.

Schließlich klappte ich den letzten Ordner zu. »Vielleicht hat sich auch nur jemand einen Scherz erlaubt«, sagte ich und versuchte ein Lächeln.

Das war mir wohl misslungen, denn das Gesicht meines Gegenübers blieb ernst.

»Nein, John, das war kein Scherz. Soll ich Polizeischutz für Sie beantragen?«

Ich hob beide Hände. »Um Himmels willen, nein. Ich bin doch kein Politiker oder Industrieller.«

»Aber für unser Land ebenso wichtig.«

Ich grinste nur müde. »Themenwechsel«, sagte ich. »Haben Sie es sich überlegt? Kommen Sie heute Abend zur Geburtstagsfeier?«

»Nein, John. Ich habe eine unaufschiebbare Verabredung in meinem Club, da muss ich unbedingt hin. Aber falls es nicht zu spät wird, schaue ich noch vorbei.«

»Ich würde mich freuen.«

Superintendent Powell stand auf und verabschiedete sich von mir mit Handschlag. »Und geben Sie höllisch auf sich acht«, sagte er zum Abschied eindringlich.

»Ich werde mir eine kugelfeste Hornhaut wachsen lassen.«

»Spotten Sie nicht, John.« Powell verschwand.

Dafür betrat Glenda mein Büro. »Hat er noch was gesagt?«, erkundigte sie sich aufgeregt.

»Ja«, erwiderte ich mit ernstem Gesicht.

»So, was denn?« Glendas Augen wurden groß.

»Er fragte, wann wir Hochzeit feiern. Er würde dann schon anfangen zu sammeln.«

Glenda holte tief Luft. Dabei hob sich ihr nicht unbeträchtlicher Busen. »Sie – Sie sind unmöglich!«, rief sie und lief aus dem Büro. Die Tür knallte ins Schloss.

Kopfschüttelnd blickte ich der Kleinen nach. Und dann dachte ich daran, wie gut es doch war, nicht verheiratet zu sein.

Der erste Gast am frühen Abend war Jane Collins. Jane war Privatdetektivin. Ich hatte sie zusammen mit Bill Conolly bei einem Fall kennen gelernt, der uns nach Rumänien geführt hatte. Inzwischen waren wir befreundet, und viele bezeichneten uns längst als Liebespaar.

Sie trat auf wie immer: strahlend, sexy – eine Klasse für sich. Sie hielt einen überdimensionalen Blumenstrauß in der rechten und ein kleines Päckchen in der linken Hand.

Mit einem Geburtstagslied auf den Lippen betrat sie meine Wohnung.

»Happy birthday to you …!«

Ich fühlte mich wie bestellt und nicht abgeholt und wurde tatsächlich rot.

Suko hielt sich im Hintergrund und schmunzelte.

Dann gratulierte mir Jane. Sie legte Blumen und das Päckchen ab und nahm mich in die Arme.

Warme Lippen pressten sich auf die meinen. Ich konnte spüren, dass Jane unter ihrem Kleid keinen BH trug. Ein prickelndes Gefühl durchströmte meine Adern.

Jane war eine fantastische Frau. Ihr blondes Haar hing glatt bis auf die Schultern und war in der Mitte gescheitelt. Sie hatte einen verlockenden Mund und einige Sommersprossen um die reizende Nase herum. Beim Betrachten ihrer Figur konnte es einem Mann schon schwindlig werden.

Wenn ich mal heirate, dann nur Jane Collins. Aber dazu müsste ich meinen gefährlichen Beruf aufgeben. Mit der Gefahr, dass meine Frau schnell zur Witwe wird, kann ich nicht leben.

Jane, die aussieht wie ein Fotomodell, ist die beste und cleverste Privatdetektivin, die ich kenne. Es gibt kaum einen Fall, den sie nicht gelöst hat.

Erst Sukos Räuspern trennte uns.

»Nun macht mal Pause, ihr Turteltauben«, sagte er.

Etwas atemlos traten wir zurück. Jane schnappte sich die Blumen und ging auf die Suche nach einer geeigneten Vase. »Pack schon mal aus«, bat sie und wies im Hinausgehen auf das Päckchen.

Jane hatte es in buntes Geschenkpapier eingewickelt.

Ich nahm das Päckchen und verzog mich in den Livingroom. Es hatte ungefähr die Größe einer Zigarrenkiste, war nur etwas flacher.

Ich wickelte das Geschenk aus, und zum Vorschein kam eine dunkle Schatulle mit einem kleinen Hebel an der Vorderseite, den man hochdrücken musste.

Ich schob ihn mit dem Daumen in die Höhe.

Der Deckel klappte nach oben.

Der Schock traf mich völlig unvorbereitet.

In der Schatulle lag ein Farbfoto. Mit brutaler Deutlichkeit zeigte das Bild eine blonde Frau, die von mehreren schrecklich aussehenden Gestalten festgehalten wurde. Und vor der Frau stand ein Dämon, der ein Schwert in der Hand hielt und ihr damit den Kopf abschlagen wollte.

Nicht das Motiv war es, das mich so erschreckte.
Nein, es war die Frau.
Ich kannte sie. Sehr gut sogar.
Es war keine andere als Jane Collins!

Scharf zog ich den Atem ein. Ich spürte den Schweiß auf meiner Stirn und sah, dass meine Hände zitterten.

Dieses Bild! Wie kam es in die Schatulle? Hatte Jane es dort hineingelegt?

Das konnte ich mir einfach nicht vorstellen.

»John! Was ist?«, hörte ich die Stimme der blonden Privatdetektivin. »Kommst du nicht? Oder gefällt dir mein Geschenk nicht?«

»Doch, doch«, hörte ich mich sagen. »Es gefällt mir schon.«

»Das klingt aber gar nicht überzeugend.« Ich hörte Schritte und wandte den Kopf.

Jane trat auf mich zu. In der Hand hielt sie eine Vase mit einem Blumenstrauß. Es waren gelbe Rosen. Jane blieb neben mir stehen. Ich roch ihr Parfüm. Yves Saint Laurent. Eine Duftmischung, die mir gefiel. Fruchtig und ein wenig herb.

»Die Münzen«, sagte Jane, »du kannst dir überhaupt nicht vorstellen, wie lange ich nach ihnen gesucht habe, und jetzt zeigst du nicht einmal eine Reaktion. Komisch finde ich das doch.«

Ich räusperte mich. »Und das Bild?«, sagte ich.

»Welches Bild?«

»Das in der Schatulle!«

»Sag mal, spinnst du?« Jane fasste nach meinem Kopf und drehte ihn so, dass ich in die Schatulle hineinblicken konnte.

Und dort lagen – drei Münzen!

Kein Foto.

Sekundenlang war ich sprachlos. Ich hörte das laute Trommeln meines eigenen Herzschlags. Er dröhnte mir direkt in den Ohren. Das Blut stieg mir zu Kopf.

»Ein Bild«, sagte ich mit schwerer Zunge, »ich habe ein Bild in der Schatulle gesehen. Ein gestochen scharfes Hochglanzfoto. Es zeigte dich im Kreise von Dämonen, und der Anführer war dabei, dir den Kopf abzuschlagen.«

Jane Collins trat unwillkürlich einen Schritt zurück. Mit gerunzelter Stirn blickte sie mich an. Wir kannten uns schon länger und wussten, was wir voneinander zu halten hatten. Jane war über meinen Job genau informiert, und sie wusste auch, dass ich bei all den schrecklichen Dingen, die ich erlebt hatte, mit beiden Füßen auf dem Boden der Tatsachen geblieben war. Ich war kein Fantast und kein finsterer Exorzist. Wenn ich Jane mitteilte, was ich gesehen hatte, dann glaubte sie mir das auch.

»Das Foto muss sich aufgelöst haben«, murmelte ich. »Vor Sekunden noch lag es auf den Münzen. Und jetzt ist es verschwunden.«

»Schwarze Magie?«, warf Jane Collins fragend ein.

»Wahrscheinlich.«

Drei, vier Sekunden schwiegen wir. Dann meinte Jane: »Man will dir an den Kragen, John!«

»So ist es.« Ich erzählte der Detektivin von dem Anruf am heutigen Morgen.

Jane wurde blass. »Sei ja vorsichtig«, warnte sie. »Mit den Dingen ist nicht zu spaßen. Sie scheinen dich zu beobachten.«

»Auch dich«, fügte ich schnell hinzu.

»Vielleicht. Anders kann ich mir das Foto nicht erklären. Ich hatte mir die Feier auch etwas anders vorgestellt.«

Ich legte beide Arme auf die Schultern des Mädchens.

»Trotzdem, Jane, wir wollen uns den Abend nicht verderben lassen. Entschuldige meine Reaktion vorhin, aber ich war ziemlich geschockt. Das kannst du dir ja vorstellen. Die Münzen sind übrigens eine Wucht.«

»Ach, hör auf, John.«

Ich führte sie zu meiner Sesselgruppe. »Komm, nimm erst einen Drink. Sag nur Suko nichts von der Sache.«

Jane nahm Platz. »Ich gebe dir mein Wort, John.«

»Was willst du trinken?«, erkundigte ich mich.

»Martini.«

»Schon fertig!«, rief Suko. Er kam aus der Küche, hielt ein Tablett mit beiden Händen und stellte es vor Jane auf den niedrigen Tisch. Der Martini war so, wie Jane ihn mochte. Trocken und mit einer Olive.

»Du bist der perfekte Gastgeber, Suko«, lobte die Detektivin den Chinesen.

»Danke für die Blumen.«

»Cheers!« Jane hob das Glas.

Während sie sich mit Suko unterhielt, schenkte ich mir einen Scotch ein.

Wir prosteten uns zu. Janes und meine Blicke trafen sich. Die Detektivin lächelte zwar, doch in ihren Augen las ich die stumme Angst.

Da schellte es.

»Das werden Sheila und Bill sein«, sagte Jane, »und wie immer – zu spät.«

»Ich mache schon auf«, sagte ich, stellte das Glas ab und ging zur Tür meiner Apartmentwohnung.

Im Flur stand tatsächlich das Ehepaar Conolly.

»John, du alter Henker!«, rief mein Freund Bill und breitete die Arme aus. Er wollte mir regelrecht um den Hals fallen, doch das ließ Sheila nicht zu. »Augenblick mal, erst bin ich dran.«

Zum zweiten Mal an diesem Abend spürte ich weiche Frauenlippen. Diesmal allerdings auf beiden Wangen. Ich schloss die Augen und flüsterte: »Sag mal, kannst du deinen Mann nicht wegschicken?«

»Lüstling!«, knurrte Bill.

»Was höre ich da? Lüstling?« Jane Collins tauchte in der Tür auf. »Wer ist der wilde Knabe?«

Wir lachten und gingen in meine Wohnung.

»Rate mal, was wir dir mitgebracht haben!«, rief Bill und schwenkte das Paket über seinem Kopf.

Ich hob die Schultern.

»Das rätst du nie. Wetten?«

»Pack schon aus!«, forderte ich.

Bill und Sheila schüttelten die Köpfe. »Das musst du selbst tun, mein lieber John«, sagte Sheila.

»Okay.« Abermals machte ich mich daran, ein Paket zu öffnen. Dabei konnte ich ein ungemütliches Ziehen in Höhe der Magengegend verspüren. Nach außen hin jedoch wirkte ich unbekümmert und lachte.

Atemlose Spannung. Die Blicke der Gäste starrten abwechselnd mich und das Paket an.

Und dann holte ich das Schachspiel hervor.

Im ersten Moment war ich baff. Noch nie hatte ich solch ein fantastisches Spiel gesehen. Es war beste handwerkliche Arbeit und musste ein kleines Vermögen gekostet haben.

Sheila und Bill kannten meine heimliche Leidenschaft für das Schachspiel, auch wenn mir mein Job nicht immer die Zeit ließ, ein paar Partien durchzuspielen.

»Mensch«, sagte ich, »ihr seid verrückt, ihr beiden.«

Bill, der alte Haudegen, wurde verlegen. Er räusperte sich. »Gefällt es dir denn wenigstens?«

»Da fragst du noch?«

Ich bedankte mich aus vollem Herzen für die wirklich gelungene Überraschung.

Dann nahmen wir einen Begrüßungsschluck. »Auf den Geisterjäger«, rief Bill Conolly. »Erzfeind aller Dämonen und finsteren Horrorwesen. Mögest du noch dreimal so alt werden und – Mensch, hab ich einen Durst«, lachte der Reporter.

Wir tranken.

Ich hatte ein kaltes Büfett kommen lassen und in der Küche aufgebaut.

Jane Collins und ich bedienten uns. Jane trug eine hellrote Bluse, einen passenden bunten Schal dazu und einen weiten, schwingenden Rock.

»Denkst du noch an das Bild?«, fragte sie mich leise.

»Ja«, erwiderte ich und legte ein geräuchertes Forellenfilet auf den Teller.

Jane nahm von dem Salat. »Und? Hast du schon nach einer Erklärung gesucht?«

Ich häufte ein wenig Sahnemeerrettich auf den Teller. »Nein, noch nicht. Aber ich werde auf der Hut sein, darauf kannst du dich verlassen, mein Schatz.«

»Was turtelt ihr denn hier herum?« Bill Conolly drängte sich zwischen uns. Er lachte und war in Form wie selten.

Ich blickte ihn grinsend an. »Sag mal, streikt deine Frau in der Küche?«

»Wieso?«

Ich deutete auf den Teller, den Bill in der Rechten hielt. »Der quillt bald über.«

»Ha, ha.« Bill lachte hämisch. »Ich muss mich ja schließlich satt essen. Außerdem brauche ich eine gute Unterlage. Ich habe mir nämlich vorgenommen, dir die Flaschen leer zu trinken.«

»Gut, dass ich nichts eingekauft habe.«

»Geizhals«, brummte Bill und verzog sich in den Livingroom.

Suko hatte heute die Oberaufsicht. Mein chinesischer Freund stand am Kopfende des Büfetts, hatte die Hände auf dem Rücken verschränkt und grinste.

Ihm gefiel die Feier.

Mir eigentlich auch. Wenn da nur nicht die verdammte Sache mit dem Bild und dem Anruf gewesen wäre.

Nicht im Entferntesten ahnte ich, dass die magische Bombe ganz woanders tickte …

Mitternacht rückte näher. Die Stimmung wurde immer besser. Ich hatte meine Nachbarn schon gewarnt und konnte so die Musik etwas lauter drehen.

Bill war in Hochform.

Als die Abbas ihre Hits schmetterten, sang er lauthals mit.

Sheila, Jane, Suko und ich amüsierten uns köstlich über den angeheiterten Bill.

Noch zwanzig Minuten bis Mitternacht …

»Bald ist dein Geburtstag vorbei«, klagte Jane und legte mir einen Arm auf die Schulter. Auch über ihren Pupillen lag schon ein leichter Schleier. Fahrtüchtig war sie auf keinen Fall mehr. Aber sie hatte sowieso vorgehabt, bei mir zu übernachten.

Es sollte das schönste Geburtstagsgeschenk für mich werden, hatte sie mir versprochen.

Ich hatte mich mit dem Trinken zurückgehalten. Immer wieder dachte ich an die Warnung, und je näher Mitternacht heranrückte, umso nervöser wurde ich.

Hin und wieder hatte ich mit Jane oder Sheila getanzt, doch ich war mit meinen Gedanken nie ganz bei der Sache.

Das merkte auch Suko. Er kam zu mir, als ich eine Schallplatte wechselte.

»Anscheinend bedrückt es dich, dass du ein Jahr älter wirst«, sagte er und nippte an seinem Orangensaft.

Ich legte den Tonarm auf die Platte und hob den Kopf. »Das ist es nicht allein«, gab ich zurück.

»Der Anruf?«

»Ja.«

Suko spielte den Optimisten. »Bis jetzt ist ja nichts geschehen«, sagte er. »Vielleicht war das auch nur ein dummer Scherz.«

Ich musste an das Foto denken und schüttelte den Kopf. »Nein, Suko, es war kein Scherz.«

Bill gesellte sich zu uns. Sein Gesicht war gerötet, die Augen leuchteten. »He, ihr trüben Tassen, jagt euch mal ein paar Drinks durch die Gurgel. Hinterher heißt es wieder, der Conolly war als Einziger blau.« Bill lachte lauthals. Dann wechselte er fast übergangslos das Thema. »Weißt du was, John, ich habe Lust, eine Partie Schach mit dir zu spielen. Komm, wir weihen das Spiel ein.«

»Aber nicht jetzt!«

Bill ließ nicht locker. Er fasste meinen Arm und zog mich zum Schachbrett hin.

Ich hatte es auf einen kleinen Tisch gestellt und die Figuren fein säuberlich aufgebaut. Es sah so harmlos aus, wie es da stand. Und ich merkte nichts. Kein sechster Sinn warnte mich. Ich nahm einen Springer in die Hand. »Eine sagenhafte Arbeit«, murmelte ich. »Wunderbar.«

»Ja, da hat Sheila einen guten Griff getan«, lobte Bill seine Frau. »Allein die Zeichen auf den Feldern.«

Ich bückte mich.

Bill Conolly hatte recht. Die Felder waren tatsächlich mit sehr feinen Schnitzereien versehen. Das konnte nur ein wirklicher Künstler geschaffen haben.

Ich sah mir die Zeichen genauer an. Regelrechte Motive konnte ich nicht erkennen. Ich entdeckte ein Durcheinander von Linien und Strichen. Außerdem war die Beleuchtung nicht so gut, dass ich sämtliche Einzelheiten erkennen konnte.

Bill schlug mir auf die Schulter. »Ich merke schon, mein Lieber, du hast keine Lust.«

Ich stellte die Figur wieder auf das zugehörige Feld. »Du bist mir nicht böse, Bill?«

»Nein, heute an deinem Ehrentag lasse ich mir alles gefallen.« Er blickte auf sein leeres Glas. »Teufel, ich brauche noch einen Drink.« Bill drehte sich um und rief nach seiner Frau. »Darling, reich mir die Flasche. Nach dir der einzige Halt in meinem Dasein!«

Ich musste lachen. Der gute Bill war wieder in Form.

Noch fünf Minuten bis zur Tageswende …

Ich kannte den Brauch. Um Mitternacht würden wir uns alle noch einmal zuprosten und auf den anstoßen, der den nächsten Geburtstag feierte. Es war warm in meiner Wohnung. Ich hatte mein Jackett inzwischen ausgezogen und auch die Krawatte in die Ecke gefeuert, schwitzte aber trotzdem.

»Ich mache mich nur ein wenig frisch«, sagte ich zu Suko und ging zum Bad.

Jane Collins lächelte mir zu. Sie knabberte an einer Salzstange.

»Denk an die Kalorien, Mädchen«, sagte ich und hob warnend den Zeigefinger.

Jane vollführte einen gekonnten Augenaufschlag und bog mit einer akrobatisch anmutenden Bewegung das Kreuz durch.

»Muss ich wirklich aufpassen?«, erkundigte sie sich mit einem verschmitzten Lächeln.

»Du darfst nicht alles so wörtlich nehmen, Darling!«

Sie lachte, und ich verschwand in der kleinen Diele.

Im Bad war es kühler. Ich schlüpfte aus meinem Oberhemd und drehte den Kran des Waschbeckens auf.

In einem fingerdicken Strahl strömte das Wasser aus der Öffnung. Ich ließ mir das eiskalte Nass über die Hände laufen und wusch mir flüchtig den Oberkörper.

Zufällig fiel mein Blick auf die Uhr.

Sechzig Sekunden vor Mitternacht …

Ich griff zum Handtuch, trocknete mich ab und sprühte noch etwas Achselspray. Dann zog ich das Hemd wieder über und wandte mich zur Tür.

Da hörte ich den Schrei!

Für Bruchteile von Sekunden stand ich starr. Dann schlug ich die Hand auf die Türklinke, wollte aus dem Bad stürmen und prallte gegen die Tür.

Sie war verschlossen! Eine magische Sperre hinderte mich daran, das Bad zu verlassen …

Superintendent Powell war der Prototyp eines Engländers. Er ließ nichts auf die Queen kommen, trug nur Anzüge aus schweren, teuren Stoffen und liebte vor allen Dingen das Clubleben.

In wie vielen Clubs er Mitglied war, konnte er selbst nicht einmal sagen. Als ehemaliger Offizier traf er sich monatlich mit seinen alten Kameraden bei Whisky, Gin und dünnem Bier. Und da wich selbst ein Mann wie Powell von seinen Prinzipien ab.

Er trank Alkohol.

Zwei Gläser am Abend. Ein Glas Bier und einen doppelstöckigen Scotch.

Drei Stunden hielt Powell es im Club aus. Es wurde über den Tod eines alten Kameraden gesprochen. Der ehemalige Colonel war vor acht Tagen gestorben und hatte noch in Indien gedient. Seine Orden waren in einer Glasvitrine des Clubs ausgestellt.

»War ein feiner Kerl, der alte McDonald«, sagte Powell und hob sein Glas.

Die Veteranen tranken auf ihren toten Kameraden.

Superintendent Powell hatte ein schlechtes Gewissen. Sein bester Mann feierte heute Geburtstag, und er, Powell, war nicht da. Der Superintendent entschloss sich, noch hinzufahren. Er hatte zwar nicht direkt zugesagt, aber er wollte John den Gefallen doch tun.

Nach außen hin war Powell zwar ein alter Brummbär, aber unter der rauen Schale schlug ein weiches Herz. Vor allen Dingen für John Sinclair.

Powell stellte sein leeres Glas auf dem Tablett des Butlers ab. »Ich werde gehen«, sagte er zu dem Mann. »Bitte holen Sie mir meinen Mantel, Charles!«

»Sehr wohl, Sir!«

Charles verschwand.

Einer von Powells Clubkameraden hatte die Worte des Superintendenten gehört. »Du willst tatsächlich schon weg?«, erkundigte er sich.

»Ja, Will.«

Der schnauzbärtige William Patten grinste. »Hast du irgendwo eine kleine …?«

Powell schüttelte den Kopf. »Nein, aus dem Alter bin ich heraus.«

Patten wiegte den Kopf. »Man kann nie wissen, alter Junge. Sieh mich an. Ich habe das auch gedacht. Aber dann bin ich eines Tages in meine alte Sauna gegangen, und siehe da, die hatten eine neue Besatzung. Girls aller Rassen und Hautfarben. Ich bin wieder richtig munter geworden. Wenn du willst, kann ich dir die Adresse geben. Sie ist ein Geheimtipp.«

»Danke, Will, kein Bedarf.«

Patten schlug Powell auf die Schulter. »Mach's gut, alter Junge. Bis zum nächsten Mal.«

Der Butler kam mit der Garderobe. Er half Powell in den Mantel und reichte ihm den Stockschirm. Danach begleitete er den Superintendenten zur Tür.

Ein Taxi stand vor dem Club immer bereit.

Powell winkte es heran. Er warf noch einen Blick auf die Uhr. Zwanzig Minuten vor Mitternacht. Wie er John kannte, war die Feier erst jetzt richtig im Gange.

Der Wagen kam. Kies spritzte unter den Reifen weg. Das Clubgebäude lag in einem kleinen Park. Zwei Laternen streuten vor dem Eingang ihr Licht in die Dunkelheit.

»Wohin, Sir?«, fragte der Fahrer, als Powell eingestiegen war.

Der Superintendent gab John Sinclairs Adresse. Er ahnte nicht, was ihn dort erwartete …

Der Tonarm des Plattenspielers schwang automatisch zurück. Die Musik verstummte.

Sheila Conolly stand aus ihrem Sessel auf. »Ich lege eine neue Platte auf«, sagte sie.

»Aber ein Stimmungslied«, rief Bill ihr zu. Er schwenkte sein Glas.

Sheila musste auf ihrem Weg zum Plattenspieler an dem Schachbrett vorbei.

Plötzlich blieb sie stehen. Direkt neben dem Spiel. Ihre Augen wurden groß. Sie beugte den Kopf und wurde bleich.

Jane Collins hatte etwas bemerkt. »Was ist los?«, fragte sie.

Sheila holte tief Luft. »Das Spiel – die – die Figuren«, flüsterte sie, »sie bewegen sich …«

»Unmöglich!« Jane Collins raste los wie ein Sprinter aus den Startlöchern. Und auch Bill war misstrauisch geworden. Augenblicklich erinnerte er sich an seinen Traum. Das Gefühl einer drohenden, sich nähernden Gefahr beschlich ihn.

Er wollte die Frauen warnen, sich nicht mit dem Spiel zu beschäftigen, da war es schon zu spät.

Jane Collins stieß einen Schrei aus. Er klang erstickt, so als würde sie keine Luft mehr bekommen.

Die Detektivin wankte. Sie wollte sich an Sheila festhalten. Im selben Augenblick puffte mitten aus dem Brett eine Rauchwolke hoch.

Die einzelnen Schachfiguren wurden durch die Luft gewirbelt, vergrößerten sich innerhalb von Sekundenbruchteilen. Schreckliche Fratzen schälten sich aus dem Nebel.

Bill Conolly sah eine Rauchwand auf sich zuschießen. Er wollte noch fliehen, doch da hatte ihn der Rauch schon eingehüllt.

Etwas Grauenhaftes, Unbegreifliches geschah.

Der Reporter schrumpfte, immer kleiner wurde er.

Gewaltige Kräfte pressten seinen Oberkörper zusammen. Stechende Schmerzen rasten hinauf in sein Hirn und explodierten in einem furiosen Wirbel. Längst hatten Bills Füße den Kontakt mit dem Boden verloren. Er sah sich eingekesselt von einer Anzahl Schachfiguren. Die sonst so kleinen Bauern kamen ihm vor wie Ungeheuer. Wild schwangen sie ihre Lanzen.

Ein Springer ritt auf ihn zu.

Der Reporter schrie wie am Spieß. Er war jetzt nur noch so groß wie ein Männerarm. Verzweifelt drückte er sich in eine Sesselecke. Das Whiskyglas kam ihm so groß vor wie ein Putzeimer.

Und Bill schrumpfte weiter.

Bis er so groß war wie eine Schachfigur. Verzweifelt rutschte der Reporter auf dem Sesselstoff herum. Vier Bauern verfolgten ihn. Sie kreisten ihn ein.

Drohend wiesen die Lanzenspitzen auf seine Brust. Bills Hilfeschreie waren zu einem Gewimmer abgeflacht. Er sah in die flachen Gesichter der lebenden Figuren. Augen glühten in dämonischem Feuer.

Das ist das Ende!, schoss es dem Reporter durch den Kopf.

Doch er irrte sich.

Urplötzlich tauchte eine riesige Gestalt vor dem Sessel auf. Bill sah einen schwarzen langen Mantel, ein zu einer triumphierenden Grimasse erstarrtes Gesicht, zwei kalte Augen und einen Mund, der sich zu einem widerlichen Grinsen verzogen hatte.

Octavio!

Der Antiquitätenhändler war zurückgekehrt, um Rache zu üben.

Jetzt streckte er die Hand aus. Sie war beinahe so groß wie Bill Conolly, drohend schwebte sie über seinem Kopf.

Ein Befehl. In einer Sprache gesprochen, die Bill noch nie gehört hatte.

Die Bauern traten zurück. Die Lanzenspitzen verschwanden aus Bill Conollys Nähe.

Abermals ein Befehl.

Im selben Augenblick durchfuhr ein gewaltiger Orkan das Zimmer. Jedenfalls hatte Bill das Gefühl.

Der Wind erfasste den Reporter, riss ihn hoch und schleuderte ihn gegen eine riesige Wand, die ihn aufsaugte wie ein trockener Schwamm das Wasser.

Bill Conolly war durch ein Dimensionstor verschwunden.

Genau wie seine Frau Sheila, die Detektivin Jane Collins, Suko, der Chinese, und das höllische Schachspiel.

Teil eins von Octavios grausamem Plan hatte geklappt!

Ich warf mich gegen die Tür!

Immer wieder prallte ich gegen das Holz. Mit dem Erfolg, dass ich mir eine Schulterprellung zuzog. Ich hörte die Schreie und biss mir vor Wut die Lippen blutig, weil ich so hilflos war und nichts tun konnte.

Ich wusste nicht, was mit meinen Freunden geschah, mir war nur klar, dass sie sich in höchster Lebensgefahr befanden.

Wieder rüttelte ich an der Klinke. Ich musste einfach etwas tun, ich konnte nicht ruhig stehen bleiben und abwarten.

Erfolglos!

Ich war dazu verdammt, auf Rettung zu warten. Auf eine Person, die den magischen Ring brach.

Ich selbst hatte kein magisches Amulett bei mir oder irgendeinen Gegenstand, mit dem ich den dämonischen Kräften entgegentreten konnte.

Man hatte mich ja gewarnt. Ich hätte vorsichtiger sein müssen, hätte meine Wohnung absichern sollen.

Hätte – hätte …

Damit war mir auch nicht geholfen. Vor allen Dingen nicht mit Vorwürfen.

Wieder rüttelte ich an der Klinke und warf mich gegen das Holz.

Wie katapultiert flog ich in die Diele, konnte mich nicht mehr fangen, verlor das Gleichgewicht und stürzte.

Eine Wand stoppte mich. Sofort sprang ich wieder auf die Füße. Die Tür zum Livingroom war zugefallen. Ich hetzte darauf zu, riss sie auf und erstarrte.

Der Raum war leer!

Sheila, Jane, Bill und Suko – sie waren verschwunden. Wie vom Erdboden verschluckt.

Ich spürte, wie meine Knie zitterten. Vom Magen her stieg ein dicker Kloß hoch und setzte sich in meiner Kehle fest. Ich sagte irgendetwas, verstand jedoch die krächzenden Laute selbst nicht.

Was war geschehen?

Langsam ging ich in mein Wohnzimmer. Die Stille zerrte an meinen Nerven. Schritt für Schritt durchwanderte ich den Raum.

Wo waren meine Freunde?

Ich sah sogar in meiner Verzweiflung unter der Couch nach, obwohl es sinnlos war, so etwas zu tun. Aber die anderen konnten sich doch nicht in Luft aufgelöst haben!

Oder doch?

Ich dachte an meinen Job und daran, was ich schon alles erlebt hatte. Ich hatte Tote aus Gräbern steigen sehen, hatte gegen die schrecklichsten Schauergestalten gekämpft.

Warum sollten nicht auch Menschen verschwinden können?

Aber einfach so?

Irgendwo musste es einen Bezugspunkt geben, jeder Dämon hinterließ eine Spur, wenn er einmal auftauchte.

Mein Verstand begann wieder kühl und sachlich zu arbeiten. Gewissenhaft durchsuchte ich das Zimmer.

Und dann fiel es mir auf.

Das Schachbrett war verschwunden.

Nachdenklich stand ich vor dem leeren Tisch.

Mir wurde klar, dass Bill Conollys Geschenk wie ein Katalysator gewirkt haben musste. Ein Katalysator, der einen Kontakt mit der Dämonenwelt beschleunigte.

Das war des Rätsels Lösung.

Ich zuckte zusammen, als es an der Wohnungstür schellte. Das Summen riss mich aus den trüben Gedanken. Ich ging zur Tür.

Durch die Sprechanlage hörte ich, dass Superintendent Powell, mein Chef, unten wartete!

Wäre die Feier normal verlaufen – ich hätte mich riesig über seinen Besuch gefreut. So aber musste ich ihn mit einer Lage konfrontieren, die jegliche Festtagsstimmung wegblasen würde.

Powell kam mit dem Lift. Lächelnd ging er durch den Flur, blieb jedoch ruckartig stehen, als er in mein Gesicht sah.

»Was ist geschehen?«, fragte er.

»Kommen Sie erst einmal herein, Sir!« Ich gab den Weg frei und folgte meinem Chef in die Wohnung.

Powell zog den Mantel nicht aus. »Wo sind die anderen?«, fragte er sofort. »Schon gegangen?«

»So kann man es auch nennen«, erwiderte ich mit belegter Stimme. Dann berichtete ich, was meiner Meinung nach vorgefallen war.

»Irgendwie muss dieses verfluchte Schachspiel mit dämonischen Mächten in Verbindung stehen. Und ich glaube sogar fest daran, dass es von ihnen selbst hergestellt worden ist.«

»Und warum?«

»Um mich zu vernichten. Darum allein geht es, Sir. Die Mächte der Finsternis scheinen zum Sturmangriff geblasen zu haben. Sie wollen es endlich wissen.«

Powell nickte nachdenklich. »Was wollen Sie unternehmen, John? Oder geben Sie auf?«

Ich schaute meinen Chef an wie einen Geisteskranken. Powell schien zu bemerken, was in mir vorging, denn er hob beschwichtigend die rechte Hand.

»Regen Sie sich bitte nicht auf, John. Ich möchte, dass Sie mich richtig verstehen. Sie sind mein bester Mann und haben Ihre Fälle bisher erstklassig gelöst. Aber wenn irgendeine Seite jetzt eine Hetzjagd auf Sie beginnt, dann ist Ihr Leben aufs Höchste gefährdet. Und ich möchte meinen besten Mann nicht verlieren. Lieber setze ich Sie irgendwo anders ein, John. Ich hoffe, wir haben uns verstanden.«

Sicher, ich verstand meinen Chef. Ich begriff genau, was er meinte. Und doch konnte ich ihm nicht zustimmen. Meine Arbeit bezeichnete ich schon längst nicht mehr als Job, nein, für mich war es eine echte Aufgabe. Ich habe mir vorgenommen, die Mächte der Finsternis zu bekämpfen, wo immer ich sie treffe. Ich wusste genau, dass der oberste Dämon, Satan also, zu einem Generalangriff angesetzt hatte. Er wollte die Welt beherrschen. Und er hatte Zeit. Fünfzig Jahre, zum Beispiel, spielten für ihn keine Rolle. Es gab nur wenige Menschen auf dem Erdball, die von dieser Bedrohung wussten. Zu den Leuten zählten ich und auch meine Freunde. Sie im Stich zu lassen, das käme für mich nie in Frage. Das sagte ich auch meinem Chef.

Powell lächelte schmal. »Ich habe gewusst, dass Sie so reagieren würden, John. Vergessen wir das Thema.«

Ich nickte. »Wollen Sie einen Whisky?«, fragte ich.

»Ja bitte.«

Ich holte eine Flasche und zwei Gläser. Wir tranken schweigend. Dann setzte Powell das Glas ab und sagte: »Und jetzt?«

»Ich muss der Spur des Schachspiels nachgehen«, antwortete ich. »Das ist die einzige Möglichkeit.«

Powell verzog das Gesicht. »Wissen Sie denn, wo Bill Conolly das Spiel gekauft hat?«

»Leider nicht.«

»Dann wird es verdammt schwer.«

Ich strich nachdenklich über meine Stirn. »Vielleicht finde ich eine Spur in Bills Haus. Eine Rechnung, eine Quittung, was weiß ich.«

Powell nickte. »Das ist eine Möglichkeit«, gab er zu. »Ich werde Leute abstellen, die Ihnen helfen, den Fall zu klären.«

»Das erledige ich lieber allein.«

»Warum?«

»Es ist ja nur ein vager Verdacht. Ich möchte nicht, dass irgendwelche Polizisten die Wohnung auf den Kopf stellen. Außerdem gäbe das zu viel Aufsehen. Und das sollten wir doch beim momentanen Stand der Dinge tunlichst vermeiden.«

»Wie Sie meinen«, sagte Powell. »Wann wollen Sie anfangen, John?«

»Jetzt. Noch in dieser Nacht. Zum Glück habe ich von Bills Haus einen Zweitschlüssel. Ich …«

Das Telefon summte.

Wie hypnotisiert starrten Powell und ich gleichzeitig auf den Apparat.

»Erwarten Sie einen Anruf?«, fragte mich mein Chef.

Ich schüttelte den Kopf, als ich schon auf dem Weg zum Telefon war, und nahm den Hörer ab.

»Ja«, sagte ich vorsichtig.

Zuerst hörte ich nichts. Nur ein entferntes Rauschen war in der Leitung.

»Melden Sie sich!«, rief ich.

Lachen. Zuerst leise, dann lauter, hämischer und triumphierender. »Sinclair?«, vernahm ich eine fragende Stimme.

»Ich bin es.«

»Das ist gut, sehr gut sogar. Vermissen Sie niemanden? Zum Beispiel Ihre Freunde?«

»Was haben Sie mit ihnen angestellt?«

»Bis jetzt noch nichts. Ich habe sie nur an einen sicheren Ort gebracht. Sie würden sich wundern, wenn Sie Ihre Freunde sehen könnten. Sie haben sich ein wenig verändert. Ich werde mit Ihnen spielen. Noch. Aber …«, der unbekannte Anrufer legte eine kleine Kunstpause ein, »… wenn es mir in den Sinn kommt, werde ich eine Person töten und sie Ihnen zuschicken.«

Der Anrufer sprach im Plauderton. Er redete glatt und sicher, als spräche er über das Wetter. Ich war im Augenblick unfähig, ein Wort zu verlieren. Hart umspannten die Finger meiner rechten Hand den Hörer. Weiß und spitz traten die Knöchel hervor. In mir tobte eine ungeheure Wut, weil ich meinen Gegner nicht kannte.

»Sind Sie noch dran?«

»Ja«, erwiderte ich gepresst.

»Gut, dann hören Sie weiter zu, Geisterjäger.« Das letzte Wort sagte der Anrufer verächtlich. »Wir haben Ihre Freunde selbstverständlich nicht umsonst entführt, sondern uns etwas dabei gedacht. Wir wollen Sie. Endlich. Aber vorerst lassen wir Sie schmoren. Unternehmen Sie nichts. Warten Sie unseren nächsten Anruf ab. Dann entscheidet sich alles. Haben Sie mich verstanden?«

»Ich habe alles gehört!«

»Wunderbar.« Der Unbekannte lachte noch einmal und legte dann auf.

Auch ich ließ den Hörer auf die Gabel sinken. Langsam wandte ich mich um.

Superintendent Powell wirkte in seinem Sessel wie ein Denkmal. Er sah elend aus, aber mir erging es wahrscheinlich nicht besser. Der Anruf hatte ganz schön an meinem Nervenkostüm gezerrt. Wir waren hilflos wie kleine Kinder, mein Chef und ich. Hinter uns stand eine der mächtigsten Polizeiorganisationen der Welt. Und wir konnten nichts tun.

Die Dämonen hielten alle Trümpfe in der Hand.

»Was ist geschehen?« Superintendent Powells Stimme riss mich aus meinen schweren Gedanken.

Ich holte tief Luft. »Man hat mir Bedingungen gestellt«, erwiderte ich leise.

»Und?«

»Ich soll mich ruhig verhalten und nichts unternehmen. Sie setzen sich wieder mit mir in Verbindung.«

»Sie«, sagte Powell. »Sind das mehrere?«

»Nein. Es war ein Anrufer.«

»Haben Sie etwas aus der Stimme herausgehört? Kam sie Ihnen vielleicht bekannt vor?«

»Nein.«

»Könnte es unter Umständen ein Gangster gewesen sein? Schließlich sind Entführungen modern geworden. Auch in diesem Fall müssen nicht unbedingt dämonische Kräfte am Werk gewesen sein.«

»Und die magische Sperre?«, warf ich ein.

»Die hatte ich vergessen.« Powell stützte beide Hände auf die Sessellehne und stemmte sich hoch. Wie ein Vater legte er mir die Hand auf die Schulter. »Was werden Sie tun, John? Sich den Anordnungen fügen, oder machen Sie weiter?«

Der alte Kampfeswille flammte wieder in mir auf. »Ich mache weiter, Sir. Ich weiche nicht von meinem Plan ab. Ich werde zu Bills Haus fahren und nach Spuren suchen. Es hört sich zwar geschwollen an, aber ich sage Ihnen, Sir, John Sinclair gibt nicht auf. Nicht, solange noch ein winziger Funken Hoffnung besteht.«

Es ging schon auf halb drei morgens zu, als ich meinen Bentley vor Bills Grundstück ausrollen ließ. Nichts regte sich. Die Straße lag ruhig und abgeschieden vor mir. Auch von den Häusern war nichts zu sehen. Kein Licht schimmerte durch das schon bunt werdende Laub der Bäume.

Ich blieb einige Minuten in meinem Wagen sitzen und beobachtete die Umgebung. Es konnte durchaus sein, dass auch meine Gegner das Haus unter Kontrolle hielten.

Diesmal war ich bewaffnet, ich trug meine mit geweihten Silberkugeln geladene Beretta. Ein an einer Kette hängendes Silberkreuz lag auf meiner Brust. Zusätzlich hatte ich mir noch eine Gnostische Gemme eingesteckt, ein Talisman, der Dämonen abschreckte.

Als ich sicher war, nicht beobachtet zu werden, verließ ich den Bentley. Ich musste über die Mauer klettern, da das Tor geschlossen war. Geduckt lief ich durch den großen Garten. Eine Taschenlampe hatte ich ebenfalls mitgenommen.

Dann stand ich vor der Haustür. Aufgeschreckt verschwand ein Eichhörnchen hinter einem Busch.

Ich schloss die Tür auf. Das Licht der Taschenlampe wies mir den Weg zum Arbeitszimmer. Ich wusste, wo mein Freund Bill Rechnungen und persönliche Schreiben aufbewahrte. Er hatte sich dafür einen kleinen Sekretär, ein gut erhaltenes Stück aus dem achtzehnten Jahrhundert, gekauft.

Der Sekretär war verschlossen. Mit einem Dietrich fummelte ich ohne Gewissensbisse an dem Schloss herum. Ich konnte mir das rechtlich erlauben, denn hier lag ein Notfall vor.

Das Schloss leistete nicht lange Widerstand.

Die Schublade knarrte, als ich sie aufzog. Unter einigen anderen Papieren fand ich den Hefter mit den Rechnungen.

Ich legte die Lampe so, dass ihr Licht auf den Hefter fiel. Dann schlug ich ihn auf.

Die Rechnung lag gleich zuoberst.

Beinahe hätte ich einen Pfiff ausgestoßen, so überrascht war ich. Fein säuberlich war die Adresse des Antiquitätenladens auf die linke obere Hälfte des Briefbogens gedruckt.

Ich las den Namen Octavio. Nur ihn, nichts weiter, keinen Vornamen. Das Geschäft lag in Chelsea, einem vornehmen Londoner Wohnort.

Ich klappte den Hefter wieder zu und verstaute ihn in der Schublade. Die genaue Adresse hatte sich in meinem Gedächtnis festgesetzt. Nie mehr würde ich sie vergessen.

Rasch verließ ich das Haus und rannte mit langen Schritten durch den Garten.

Ich hatte ein neues Ziel.

Den Antiquitätenladen in Chelsea ...

In der Unterwelt nannte man ihn den Aal. Mit richtigem Namen hieß er Mike Bonetti, war zweiunddreißig Jahre alt und hatte schon eine Karriere als Einbrecher hinter sich. Bonetti arbeitete nur auf eigene Rechnung. Er gehörte keinem Syndikat an, verkaufte aber hin und wieder seine Dienste. Und die weit unter Preis, denn nur so war Bonetti sicher, von den Bossen auch in Ruhe gelassen zu werden.

Bonettis Vater stammte aus Sizilien, seine Mutter aus Manchester. Heute lebten beide nicht mehr. Vater Bonetti hatte der lange Arm der sizilianischen Mafia gepackt, und die Mutter war aus Gram über den Tod ihres Mannes in die Themse gegangen. Damals war Mike gerade dreizehn Jahre alt gewesen. Er hatte lernen müssen, sich durchzuschlagen.

Und wie.

Zuerst räumte er kleine Lebensmittelläden aus. Bis man ihn fasste und für drei Jahre in eine Jugendstrafanstalt steckte. Dort brachte man ihm Tricks bei, die er noch nicht kannte. Bonetti war ein gelehriger Schüler. Außerdem schwor er sich, sich nie mehr fassen zu lassen. Diesen Schwur hatte er bis heute gehalten.

In der Erfolgsleiter war er immer weiter nach oben gestiegen. Und dann hatte er sich spezialisiert. Auf Antiquitätenläden.

Schon mancher Händler hatte fassungslos am frühen Morgen vor seinen leeren Regalen gestanden, während die Kunstwerke schon auf dem Schwarzen Markt verhökert wurden.

Auch in dieser Nacht arbeitete Mike Bonetti nicht auf eigene Rechnung. Er hatte einen Auftraggeber, und dieser wollte unbedingt einen Standspiegel haben, der in Octavios Antiquitätenladen stand.

Fünftausend Pfund sollte der Aal für den Job erhalten.

Und dafür riskierte der gute Mike schon mal etwas.

Er ging methodisch vor, seine Zeit waren die frühen Morgenstunden. Dann tauchte er wie ein Schatten auf, huschte in die entsprechenden Läden, räumte seine Beute weg und war wieder verschwunden.

Zum Abtransport der Ware stand ihm ein Ford-Kombi zur Verfügung.

Die nahe Kirchturmuhr schlug dreimal, als Bonetti seinen Wagen ein Stück vor Octavios Haus abstellte. Er hatte sich die Gegend am Vortag schon einmal angesehen und festgestellt, dass er keine großen Schwierigkeiten haben würde. Er konnte ohne weiteres durch einen Hintereingang in das Haus gelangen.

Bonetti sprang aus seinem Kombi. Kein Laut war zu hören, als er über den Bürgersteig ging. Die Kreppsohlen waren weich und nachgiebig. Bonetti hatte eine schlanke Figur. Er war schwarzhaarig und hatte einen ziemlich dunklen Teint. Seine Nase sprang wie ein Erker aus dem schmalen Gesicht, und auf der Oberlippe wuchs ein strichdünnes Bärtchen.

Der Aal erreichte das Haus.

Er blieb stehen, drückte sich in den Schatten der Hauswand und blickte sich suchend um. Kein Mensch war auf der Straße zu sehen, niemand beobachtete ihn.

Bonetti war zufrieden. In dieser Gegend schliefen die Leute um drei Uhr morgens. Es gab keine Nachtbars und keine Tingeltangel, die rund um die Uhr geöffnet hatten, wie weiter nördlich, wo Soho lag.

Eine Einfahrt zum Hinterhof war für den Dieb direkt eine Einladung. Bonetti tauchte in den dunklen Schlauch. Auf eine Taschenlampe verzichtete er. Ein Mann wie der Aal fand sich auch im Dunkeln zurecht.

Er gelangte in einen Hinterhof.

Schemenhaft hoben sich die Umrisse eines Garagenbaus ab. Weit über den nur zweistöckigen Häusern spannte sich der Nachthimmel. Vereinzelt blinkten ein paar Sterne.

Plötzlich sah Bonetti die glühenden Augen. Im ersten Moment stutzte er, doch als er ein Fauchen vernahm und die Katze dicht an seinen Beinen vorbeistrich, umspielte ein Grinsen seine Lippen.

Der Aal wandte sich der Hintertür zu.

Aus der Innentasche seiner Lederjacke holte er das Einbrecherbesteck. Die Werkzeuge waren zwar aus Metall, doch drei Viertel der Teile waren mit einer Kunststoffschicht überzogen, sodass ein allzu lautes Klirren vermieden wurde.

Mike Bonetti war ein echter Profi. Beinahe lautlos öffnete er die Tür und huschte in das Haus.

Eine Bleistiftlampe blitzte auf. Nadelfein durchdrang der Strahl die Dunkelheit, beschrieb einen Kreis und blieb an einem Türschloss haften.

Der Aal nickte zufrieden. Die Tür, die er entdeckt hatte, führte zu den Verkaufsräumen. Sie war abgeschlossen, doch für den gewieften Einbrecher bildete sie kein Hindernis.

Mike schlich in den Verkaufsraum. Lauschend stand er da. Es war nicht völlig ruhig. Irgendwo knackte und knarrte immer etwas. Die Schaufenster hatten nicht einmal ein Gitter und waren auch nicht abgedeckt worden. Der Händler musste sich verdammt sicher fühlen.

Sein Pech.

Mike Bonetti suchte den Spiegel. Er bewegte sich zwischen den einzelnen Teilen so sicher, als wäre er in dem Laden zuhause. Nicht einmal stieß er irgendwo gegen.

Den Spiegel fand er nicht.

Bonetti wurde unruhig. Sollte ihn sein Auftraggeber geleimt haben? Kaum, denn wer solch eine Summe ausgab, der spielte auch mit ehrlichen Karten.

Bonetti hatte ein Foto von dem Spiegel gesehen, und verkauft hatte der Händler das Ding auch nicht, wie er wusste.

Der Aal überlegte.

Draußen auf der Straße fuhr ein Wagen vorbei. Die beiden Lichtlanzen der Scheinwerfer streiften die Schaufenster.

Bonetti duckte sich. Dann war der Wagen verschwunden.

Der Einbrecher dachte nicht im Traum daran, aufzugeben. Noch nie war er ohne Beute verschwunden, und auch hier würde es nicht anders sein.

Er entdeckte die Tür, die zu Octavios Privaträumen führte.

Ein dünnes Grinsen umspielte die Lippen des Mannes, als er sich das Türschloss im Licht der kleinen Lampe ansah.

Kein Problem für ihn. Er hatte die entsprechenden Werkzeuge ja dabei.

Die Tür schwang völlig lautlos auf. Der Einbrecher konnte nur immer wieder über die Sorglosigkeit des Antiquitätenhändlers den Kopf schütteln. Wie dieser Mann seine wertvollen Verkaufsobjekte sicherte, das war schon fast strafbar.

Allerdings ahnte der gute Mike Bonetti nichts von den magischen Fallen, die auf einen ungebetenen Besucher warteten. Octavio hatte sich wohl gesichert, doch auf seine ganz spezielle Weise.

Der Dieb betrat das kleine Arbeitszimmer.

Und er sah den Spiegel.

Das heißt, eigentlich nur halb, denn die obere Hälfte war mit einer Decke verhängt. Die beiden Füße und die Holzplattform, auf der der Spiegel stand, schauten hervor.

Auf Zehenspitzen näherte sich der Aal dem wertvollen Gegenstand.

Mit der rechten Hand zog er an der Decke. Sie glitt zu Boden und gab die Spiegelfläche frei.

Der Einbrecher trat unwillkürlich einen halben Schritt zurück. Er hatte ja schon zahlreiche Spiegel gesehen, aber solch ein Stück war ihm noch nie unter die Augen gekommen.

Er leuchtete mit der Taschenlampe auf den Spiegel. Der Strahl wurde aber nicht reflektiert, sondern schien in der Fläche zu verschwinden, so als würde er absorbiert.

Seltsam …

Und über noch etwas wunderte sich Mike Bonetti. Das Spiegelglas hatte ein Muster. Es waren kleine Kästchen oder Felder, ähnlich wie bei einem Schachbrett. Manche Felder waren etwas dunkler. Andere wiederum glänzten in einem matten Weiß.

Bonetti hob die Schultern. Ein seltsamer Spiegel, dachte er.

Die einzelnen Felder waren genau abgetrennt. Die winzigen Trennungslinien schienen aus Goldfäden zu bestehen, sie glitzerten im Licht der Lampe.

Für einen Moment dachte Bonetti daran, den Spiegel mitzunehmen und ihn auf eigene Rechnung zu verkaufen, doch dann verwarf er den Gedanken wieder. Er hatte doch nicht die Beziehungen, um den Gegenstand an den richtigen Mann zu bringen.

Mike Bonetti klemmte sich die Lampe zwischen die Zähne und wollte seine Hände um den geschwungenen Rahmen des Spiegels legen.

Er stockte mitten in der Bewegung.

Ein Geräusch in seinem Rücken hatte ihn gewarnt.

Blitzschnell kreiselte der Dieb herum.

Vor ihm stand Malko, der hünenhafte Leibwächter des Antiquitätenhändlers …

Die riesige Gestalt schien das gesamte Büro einzunehmen. So jedenfalls kam es Mike Bonetti vor. Er wusste, dass er entdeckt worden war. Er brach dennoch nicht in Panik aus, sondern gab sich ganz ruhig. Er hatte schon ähnliche Situationen überstanden.

Mike Bonetti nahm die Taschenlampe aus den Zähnen und hob die rechte Hand. »Okay, Freund«, sagte er, »mach nur keine Dummheiten!«

Der Mann vor ihm stieß ein Knurren aus. »Was hast du hier zu suchen?« Seine Stimme klang heiser und zischend, sie war kaum zu verstehen.

»Mir gefiel der Spiegel!«

»Du wolltest ihn stehlen. Gib es zu!«

Bonetti hob die Schultern. »Nun ja, die Sache war die …« Fieberhaft suchte er nach einer Ausrede. Und ausgerechnet jetzt fiel ihm keine ein. Es war wie verhext. Seine Chancen sanken. Gegen die körperliche Kraft des Hünen konnte er nie im Leben etwas ausrichten. Der Kerl würde ihm mit einem einzigen Griff sämtliche Rippen brechen, und durch einen blitzschnellen Ausfall an ihm vorbeizuhuschen war auch nicht drin. Der Typ nahm die Breite der Tür ein.

»Hat Sinclair dich geschickt?«, zischte Malko. »Los, rede!«

»Wer ist Sinclair?«

Malko glitt einen Schritt vor und schlug ansatzlos zu. Er hatte noch nicht einmal viel Kraft in den Hieb gelegt, doch Mike Bonetti krümmte sich. Er hatte auf einmal das Gefühl, sich übergeben zu müssen. »Ich – ich kenne keinen Sinclair«, würgte er. »Ehrlich …«

Malko fasste in Bonettis Haarschopf und zog den Einbrecher hoch. Es sah spielerisch aus, wie der Mann mit hartem Griff den Aal packte.

Dann warf er ihn gegen den provisorischen Panzerschrank. »Mach den Mund auf, du Dreckskerl, oder du kommst hier nicht mehr lebend raus.«

Mike Bonetti lag auf dem Bauch. In seinem Körper tobte noch der Schmerz. Der Aal konnte nicht viel einstecken. Mühsam hob er den Kopf. »All right, Mister, ich erzähl es dir.«

»Aber halte dich an die Wahrheit.«

»Ich sollte den Spiegel hier mitgehen lassen. Man hat mich angerufen und eine gewisse Summe hinterlegt.«

»Wer hat dich angerufen? Sinclair?«

»Ich kenne keinen Sinclair!«, heulte der Dieb. »Wirklich nicht.«

»Rede weiter.«

»Wie schon gesagt, ich sollte den Spiegel mitnehmen und ihn meinem Auftraggeber überreichen. Das ist alles.«

»Wo sollte das geschehen?«

»Im Hyde Park.«

»Und wann?«

»Noch heute. Gleich nachdem ich den Spiegel mitgenommen hatte. Ich schwör's Ihnen, Mann!«

Malko überlegte. Er war keine Leuchte, aber er hatte Instinkt. Und Octavio hatte ihn eingeweiht. Malko wusste, dass sich sein Brötchengeber in einer anderen Dimension aufhielt und er im Augenblick unerreichbar war. Stellte sich jetzt nur die Frage, wer solch ein großes Interesse an dem Spiegel hatte. Wer außer Sinclair konnte noch Verdacht geschöpft haben? Oder sagte dieser Dieb die Wahrheit, dass er einfach einen Liebhaber für den Spiegel gefunden hatte?

Für Malko eine verdammte Situation, die er jedoch auf seine spezielle Weise entschied. Er sprang plötzlich vor und riss Mike Bonetti vom Boden hoch.

»Sind Sie wahnsinnig!«, brüllte der Dieb. Verzweifelt versuchte er, sich aus dem Griff zu befreien, doch ohne Erfolg. Er hämmerte Malko die Faust ins Genick, strampelte mit den Füßen, schrie und konnte das Unheil doch nicht verhindern.

Wuchtig schleuderte Malko ihn auf den Spiegel zu.

Kein Splittern, kein Klirren – nichts.

Mike Bonetti tauchte in den Spiegel hinein wie ein Stein in Wasser. Nur ein höhnisches Gelächter begleitete ihn.

Aus! Jetzt ist es aus!, schrie es in Mike Bonettis Gehirn. Er sah die Spiegelfläche dicht vor sich, rechnete schon damit, dass ihm die Scherben die Haut zerschneiden würden, und tauchte ein.

Ja, er verschwand in der Fläche.

Tausende von Empfindungen stürzten auf Mike Bonetti gleichzeitig ein. Er hörte Stimmen, unendlich weit weg. Konnte sogar Namen verstehen. Jemand rief den Namen Bill. Es war eine Frauenstimme. Ein Mann antwortete. Dann war es wieder ruhig. Dafür vernahm Mike ein monotones Brausen, das sich zu einem Dröhnen steigerte und seine Trommelfelle zu zerreißen drohte. Farben zuckten vor seinen Augen auf. Er hatte das Gefühl, in einer Zentrifuge zu stecken, die sich mit rasender Geschwindigkeit drehte.

Auf einmal war alles vorbei. Mike Bonetti konnte wieder klar sehen. Und er blickte in das Büro des Antiquitätenhändlers!

Aber wie war das möglich? Er war doch in den Spiegel getaucht! Hinein in eine unbegreifliche Welt, die …

Seine Gedanken stockten.

Jemand drehte im Büro das Licht an.

Es war der hünenhafte Kerl, den Mike eigentlich bisher noch nie richtig zu Gesicht bekommen hatte. Malko hatte das Licht angeknipst.

Jetzt drehte er sich um.

Eine Sonnenbrille verdeckte die Augen. Breit lief eine rote Narbe über die Stirn. Der Kerl fletschte die Zähne wie ein Raubtier. Es sollte wohl so etwas wie ein Grinsen werden. Mike jagte diese Grimasse Schauer über den Rücken.

Mike Bonetti spürte alles, sah alles und konnte alles empfinden. Und doch war etwas anders geworden.

Und mit einem Mal ahnte der Dieb, was geschehen war.

Es traf ihn wie ein Stromstoß, so unwahrscheinlich und schrecklich war es.

Er, Mike Bonetti, steckte in dem Spiegel, war zu einem Teil dieses Stücks geworden. Eine schreckliche Vorstellung!

Mike spürte sein Herz hämmern, das Blut rauschte in seinen Ohren. Irgendein Reflex zwang ihn, den Spiegel verlassen zu wollen.

Er schaffte es nicht.

Er konnte nicht einmal den kleinen Finger rühren.

Mike Bonetti lebte und war doch tot. Ein Albtraum, eine Vision? Nein, eine Tatsache!

Malko wandte sich dem Spiegel zu. Einen Schritt davor blieb er stehen. »Kannst du mich verstehen?«

Mike Bonetti versuchte zu sprechen oder zu nicken. Beides war ihm unmöglich.

Malko winkte ab. »Ist auch nicht so wichtig. Hauptsache, du kannst mich hören. Es wird gleich etwas geschehen, was du dir in deinen kühnsten Träumen nicht vorstellen kannst. Aber du hast es dir selbst zuzuschreiben. Du hättest einfach deine Gier zügeln und nicht in dieses Haus kommen sollen. Jetzt ist es zu spät!«

Malko wandte sich wieder ab, nahm einen Stuhl und setzte sich. Aber verkehrt herum, sodass er die Arme auf die Lehne legen konnte. Er griff in die Tasche, holte einen Kaugummi hervor und schob ihn sich zwischen die Zähne.

Grinsend wartete er ab.

Zuerst geschah nichts. Steif und bewegungslos hing Mike Bonetti in dem Spiegel. Er glaubte schon, dass alles Bluff gewesen sei, da spürte er das stechende Ziehen, das im Nu seinen ganzen Körper erfasste.

Es war grausam.

Weit waren die Augen des Diebes geöffnet. Er sah in das Zimmer, und urplötzlich verzerrte sich die Perspektive. Die Gegenstände wurden größer, und auch der Kerl auf dem Stuhl wuchs.

Was war los, was war geschehen?

Mike Bonetti begriff nichts mehr. Nur das gemeine Ziehen

hielt weiterhin an. Er hatte das Gefühl, Arme und Beine würden auseinandergerissen. Der Erdboden rückte immer näher. Wie ein Felsen ragte das rechte Bein Malkos vor ihm auf.

Und dann war alles vorbei.

Mike Bonetti fiel.

Er fiel aus dem Spiegel, prallte zu Boden, stieß sich schmerzhaft die Schultern und schrie. Für ihn war es ein Schrei, in Wirklichkeit jedoch nicht mehr als ein Wimmern.

Der magische Spiegel hatte Mike Bonetti verkleinert. Er war zusammengeschrumpft auf die Größe einer Schachfigur.

Malko stand auf.

Er lachte mit dröhnender Stimme. Triumphierend und gemein in einem.

Mike Bonetti riss den Kopf in den Nacken. Vor ihm stand ein Riese. Er konnte kaum in das Gesicht des Mannes schauen.

»Na, du Zwerg!«, vernahm er eine Stimme. Sie schien aus der Luft zu kommen. Malko bückte sich, krümmte die Finger und stieß den Dieb mit den Knöcheln an.

Mike purzelte zu Boden. Er stieß sich an dem Stuhlbein.

Wieder lachte Malko. Er genoss die Hilflosigkeit des Zwerges. »Lange habe ich auf diese Gelegenheit warten müssen. Endlich kann ich den Spiegel einmal ausprobieren. Endlich habe ich meinen Spaß, du mieser Wurm.« Malko hob Mike Bonetti hoch und setzte ihn neben dem Spiegel auf den Boden.

Der Dieb hatte die Tragweite seiner körperlichen Veränderung noch gar nicht begriffen. Sein Gehirn war zu sehr damit beschäftigt, die vergangenen schrecklichen Vorgänge zu verdauen und einzustufen.

Doch völlige Klarheit sollte Mike Bonetti gar nicht erst bekommen.

Malko wollte seinen sadistischen Spaß.

»So, du dreckiger Einbrecher. Zu einem Wurm bist du geworden, und deshalb werde ich dich auch zertreten wie einen Wurm.«

Er lachte grausam und hob langsam den rechten Fuß …

Die Leere, der Fall in die unendliche Tiefe, das Gefühl der Hoffnungslosigkeit, der Angst und des Schreckens – es hatte irgendwann ein Ende.

Urplötzlich und ohne Übergang.

Als Erster war Suko wieder voll da. Er hatte die beste Kondition. Suko lag auf der Seite. Behutsam richtete er sich auf.

Bill, Sheila und Jane Collins lagen noch auf dem Rücken. Seltsam sahen sie aus. Sie waren nicht größer als eine Männerhand. Ihre Kleidung war mitgeschrumpft. Eigentlich boten sie einen spaßigen Anblick. Doch dem Chinesen war wahrlich nicht nach Lachen zumute.

Er blickte sich um.

Eine düstere Landschaft umgab sie. Sie befanden sich auf einer weiten Ebene, die in der Ferne von dem dunkelroten Himmel fast berührt wurde. So jedenfalls erschien es Suko. Der Untergrund war sandig, aber doch ziemlich fest. Verstreut lagen einzelne Steine herum. Aus seiner Perspektive sah schon ein normaler Ziegelstein so groß aus wie ein Felsbrocken.

Die Luft war heiß und stickig. Aber zu atmen. Und das allein war wichtig. Es gab keinen Wind. Nicht ein Staubkorn tanzte in der Luft, kein Insekt flog.

Suko spürte beinahe körperlich die beklemmende Atmosphäre, die ihn und seine Freunde umgab.

Die Gedanken des Chinesen wanderten zurück. Er erinnerte sich wieder an die Geburtstagsfeier. Sie hatten getrunken, gelacht, getanzt. John Sinclair war kurz aus dem Zimmer gegangen – und dann …

Suko erinnerte sich noch an die Rauchwolke. Dieser magische Rauch hatte sie umfangen und hineingezogen in ein Karussell des Schreckens.

Sie waren zu Zwergen geworden und durch ein Dimensionstor in das Reich der Dämonen verschleppt worden.

Ja, es gab dieses Reich, und Suko war auch sicher, dass es nur eines unter vielen war.

Er kam sich vor wie auf einem fremden Planeten. Keine

Sonne, keine Sterne – nur dieser endlose Himmel, der alles zu erdrücken schien.

»Wo sind wir hier?« Bill Conollys Stimme ließ den Chinesen herumfahren.

Der Reporter hatte sich aufgesetzt. Er wischte sich mit der Hand über die Stirn, schien seine Gedanken zu ordnen, und dann kehrte auch bei ihm die Erinnerung zurück.

Aus weit geöffneten Augen blickte er Suko an. »Wir sind in …«

Suko unterbrach ihn. »Nein, die Hölle wird anders sein.«

Bill stand auf. Er sah die beiden Frauen, die noch in tiefer Bewusstlosigkeit lagen.

Dann blickte er wieder den Chinesen an. »Und wie kommen wir hier heraus?«, fragte er krächzend.

»Ich weiß es nicht, Bill.«

»Aber John. Er müsste uns doch holen.«

»Glaubst du im Ernst, er weiß, wohin man uns verschleppt hat?«, fragte Suko.

»Er wird es erfahren«, erwiderte der Reporter bestimmt.

»Und warum?«

»Weil es für unsere Entführung ein Motiv geben muss. Ganz einfach. Die Mächte der Finsternis haben uns entführt, um John Sinclair damit zu treffen. Ich kann mir gut vorstellen, dass sie auf einen Tausch aus sind. John gegen uns. Das liegt auf der Hand.«

Suko nickte langsam. »Da kannst du recht haben, Bill. Es musste ja mal so kommen.«

»Und was tun wir jetzt?«, fragte Bill. Er deutete mit dem Arm einen Halbkreis an. »Sieh dich doch mal um. Dieses schreckliche Land. Wohin sollen wir gehen? Weiter hinein in die Einöde?«

»Es wäre immerhin eine Möglichkeit.«

Bill Conolly lächelte verloren. »Für uns beide ja, aber mit den Frauen …« Er machte einen Gedankensprung. »Hätte Sheila doch nur dieses verdammte Schachspiel nicht gekauft.«

»Es war Schicksal.«

Bill runzelte die Stirn. »Wie meinst du das, Suko?«

»Der Plan muss von langer Hand vorbereitet gewesen sein. Vielleicht hat jemand Sheilas Gedanken gesteuert, ich weiß es nicht, Bill.«

Der Reporter senkte den Blick. »Und dabei hätte ich gewarnt sein müssen.«

»Wieso?«

»Ich hatte einen Traum. Einen grässlichen Albtraum. Ich sah mich als Schachfigur von den anderen Spielfiguren eingekreist. Man hatte mich mit Lanzen bedroht und wollte mich töten. Und kurz davor erwachte ich. Schweißgebadet. Ich …«

Plötzlich zuckte Bill zusammen.

»Der Traum, Suko, er kann Wirklichkeit werden. Weißt du, wie groß wir sind?«

»Ja, wie Schachfiguren.«

»Dann sind wir verloren.«

Suko legte dem Reporter die Hand auf die Schulter. »Seit wann gibst du so schnell auf, mein lieber Bill? Du und John habt doch schon ganz andere Sachen geschaukelt.«

»Ja, aber in unserer normalen Größe. Nein, Suko, diesmal werden wir uns aus eigener Kraft nicht mehr befreien können. Für uns ist doch schon eine Fliege ein kleines Ungeheuer.«

Die beiden Frauen wurden wach. Es geschah zur selben Zeit. Verwundert blickten Jane Collins und Sheila um sich.

Bill erklärte ihnen mit knappen Worten, wo sie waren.

Sheila begann zu weinen.

Jane, die mehr vertragen konnte, wurde nur blass. Aber auch in ihren Augen lasen Bill und Suko Angst.

Suko versuchte Trost zu spenden. »Noch ist ja nichts verloren«, sagte er und bemühte sich, seiner Stimme einen glaubwürdigen Klang zu geben. »Wir müssen uns eben auch innerlich auf unsere Größe einstellen. Das ist alles.«

Jane Collins stand auf. Sie wirkte mit ihrem langen blonden Haar wie eine kleine zerbrechliche Gliederpuppe. »Ich habe das Gefühl zu träumen«, flüsterte sie. »Und dabei weiß ich genau, dass es Wirklichkeit ist. Schrecklich.«

Bill Conolly hatte Sheila umfasst. Er redete beruhigend auf sie ein.

Suko stand neben den beiden. Seine Blicke schweiften über die unheimliche Landschaft.

Plötzlich nahm sein Gesicht einen bestürzten Ausdruck an.

Vor ihm – vielleicht drei normale Schritte entfernt – hatte sich etwas geregt. Die sandige Oberfläche geriet dort in Bewegung. Etwas schälte sich aus dem Boden.

Ein halbrunder Körper mit sechs Beinen wurde sichtbar. Dann zwei Facettenaugen, die die vier Menschen anstarrten.

Eine Spinne!

Normalerweise hätte Suko dieses Tier mit einem Fußtritt zerquetscht. Aber jetzt und hier wurde die Spinne zu einer lebensgefährlichen Bedrohung.

Hinter dem Chinesen stieß Sheila einen Schrei aus. Auch sie hatte das Tier gesehen.

Suko wandte hastig den Kopf. »Seid ruhig und versteckt euch hinter irgendeinem Felsen. Bill, komm du zu mir!«

Die beiden vom Äußeren her ungleichen Freunde wollten den Kampf gegen die giftige Sandspinne aufnehmen …

Ich kannte mich gut aus in Chelsea. Die Straße, in der sich das Geschäft befand, lag im Norden von Chelsea, nahe den Chelsea Barracks.

Ich lenkte den Bentley durch den nachtdunklen Vorort. Meine Gedanken beschäftigten sich immer noch mit meinen Freunden. Was war mit ihnen geschehen? Wo befanden sie sich jetzt?

Ich hoffte, einen Teil des Rätsels noch in den nächsten Stunden lösen zu können.

Mein Ziel war schnell gefunden. Ich schaltete zurück und ließ den Silbergrauen langsam über die Fahrbahn rollen.

Ich kam an einem parkenden Ford-Kombi vorbei, passierte auch das Haus des Händlers und lenkte den Bentley dann an den Bürgersteig.

Ich stieg aus.

Die Straße war typisch für Chelsea. Ältere Wohnhäuser, manche schon fünfzig Jahre alt, säumten die Fahrbahn. Diese Häuser waren – das wusste ich – von innen längst renoviert worden. Chelsea gehörte zu den bevorzugten Wohngegenden. Die Mieten waren entsprechend hoch.

Ich ging die paar Schritte zurück zu Octavios Geschäft.

Niemand begegnete mir. Still und verlassen lag die Straße im fahlen Licht des Halbmondes. Einige Häuser weiter brannte im zweiten Stock hinter einem Fenster ein Licht. Der helle Schein wirkte direkt wie ein Fremdkörper.

Octavios Laden hatte zwei Schaufenster. Gesichert war keines. Keine eisernen Rollläden, keine elektrische Warnanlage hinter Glas – nichts. Dieser Octavio musste sich verflucht sicher fühlen.

Ich starrte durch die Scheibe – und sah einen Lichtschimmer. Er drang durch eine spaltbreit offen stehende Tür, deren Umrisse ich im Hintergrund des Raumes erkannte. Der Lichtstreifen fiel auf eine alte Truhe und streifte auch noch die Vorderseite einer zweitürigen Kommode.

Ich gratulierte mir dazu, dass ich einen Blick durch das Fenster geworfen hatte. Dadurch war ich gewarnt. Es befand sich demnach noch jemand in dem Geschäft.

Der Besitzer selbst?

Ich grübelte nicht lange herum, sondern suchte nach einem Weg, um in den Laden einzudringen.

Die Eingangstür war verschlossen. Und läuten wollte ich auch nicht.

Die Einfahrt bot sich nahezu an. Sie führte auf einen Hinterhof, in dem ein Garagenbau stand. Ich wich einigen Aschkübeln aus und stand dann vor der Hintertür.

Und die war offen.

Seltsam …

Ein unangenehmes Prickeln überfiel mich. Es trat immer dann auf, wenn mir etwas nicht geheuer war, wenn Gefahr und Verdruss in der Luft lagen.

Ich stieß die Tür auf. Lautlos schwang sie zurück. Kein Knarren verriet mich.

Meine Augen hatten sich inzwischen auf die herrschenden Lichtverhältnisse eingestellt, sodass ich Umrisse erkennen konnte und nicht völlig blind in den mir unbekannten Gang hineinschlich.

Wieder sah ich den Lichtschimmer.

Vorsichtig bewegte ich mich durch den Verkaufsraum. Es war gar nicht einfach, den wild durcheinander stehenden Gegenständen auszuweichen, aber ich schaffte es trotzdem, einigermaßen lautlos voranzukommen.

Dann hörte ich eine Stimme.

Sie klang rau und unbeherrscht.

Ich ging noch einige Schritte vor und konnte deutlich die Worte verstehen, die gesagt wurden.

»So, du dreckiger Einbrecher. Zu einem Wurm bist du geworden, und deshalb werde ich dich auch zertreten wie einen Wurm!«

In meinem Hirn klingelte die Alarmglocke.

Ich hatte ähnliche Worte mehr als einmal vernommen. Und immer dann war ein Mensch in Lebensgefahr gewesen.

Schon stand ich an der Tür und riss sie auf.

Ein hünenhafter Kerl war von dem Geräusch aufgeschreckt worden und federte herum.

Zwei, drei Sekunden hatte ich Zeit, mir die Szene, die sich meinen Augen bot, einzuprägen.

Der Kerl vor mir sah zum Fürchten aus. Übergroß, ein kantiges Gesicht, und er trug trotz der Helligkeit im Zimmer eine Sonnenbrille auf der Nase. Eine Narbe verlief quer über die Stirn.

Und ich sah den Zwerg.

Er hockte auf dem Boden, nicht größer als eine Spielpuppe. Angst leuchtete in seinen Augen. Er stieß ein klägliches Wimmern aus. Nur schwach verstand ich seine Worte. »Zertreten wollte er mich. Zertreten!«

Der Hüne griff an. Mit der Attacke überraschte er mich. Er zog den Kopf ein und wollte mich über den Haufen rennen.

Wie eine Bombe prallte er gegen mich. Sein eisenharter

Schädel grub sich in meine Magengrube. Ich wurde zurückkatapultiert, hinein in den Verkaufsraum. Dabei umklammerte mich der Riese mit beiden Armen, sodass ich das Gefühl hatte, mein Kreuz würde brechen.

Eine Wand stoppte uns. Ein altes Rad, ungefähr so groß wie ein Autoreifen, rutschte aus der Halterung und fiel nach unten. Wir bekamen beide etwas ab. Mein Gegner mehr als ich.

Mir riss die Nabe den Jackettkragen entzwei, dem Hünen donnerte das schwere Rad in den Nacken. Mit lautem Getöse polterte es zu Boden.

Mein Gegner stöhnte und ließ mich los. Er taumelte zurück. Durch die offene Tür fiel so viel Licht, dass ich den Kerl erkennen und mich auf ihn einstellen konnte.

Ich schlug mit der Rechten zu, traf ihn hart. Er flog weiter zurück. Die Sonnenbrille rutschte ihm von der Nase, hing aber noch an den Ohren.

Er sah ulkig aus, gab sich aber längst noch nicht geschlagen. Ein Tritt fegte mir die Beine weg. Ich schlug einen halben Salto und krachte zu Boden.

Mein Gegner brüllte triumphierend. Ich rollte mich herum, sah, dass er das Rad hochgehoben hatte und es über seinem Kopf schwang. Im nächsten Moment würde er mir damit den Schädel zerschmettern.

Meine Beine schienen sich selbstständig zu machen. Zugleich schnellten sie vor.

Der Riese musste den Tritt voll nehmen. Er rollte mit den Augen, stieß gurgelnde Laute aus, wankte zurück und ließ das verdammte Rad los.

Zum zweiten Mal krachte es zu Boden.

Da war ich schon auf den Füßen, packte einen herumliegenden Holzknüppel und ging auf den Kerl los.

Der Mann schien unbesiegbar zu sein. Den ersten Schlag unterlief er glatt, den zweiten blockte er ab und setzte mir die Faust genau auf den Solarplexus.

Ich hatte das Gefühl, als seien Weihnachten und Ostern auf einen Tag gefallen.

Ich hörte alle Engel singen. Der Knüppel wurde mir aus der Hand gewirbelt und durchschlug die Scheibe eines Geschirrschranks.

Dann war der Bulle wieder da. Mit einem Fußtritt fegte er einen Stuhl zur Seite, der ihm im Weg stand. Er hatte beide Fäuste zusammengelegt und wollte sie mir von oben auf den Kopf dreschen. Ein Hammerschlag, wie das Bud Spencer immer in seinen lustigen Hau-drauf-Filmen vorführt.

Ich steppte zur Seite. Trotz der Schmerzen war ich schnell genug.

Der Schlag – er hätte sicherlich den berühmten Ochsen gefällt – zischte an mir vorbei.

In derselben Sekunde brüllte mein Gegner auf. Er hatte genau in einen Nagel geschlagen. Das Ding stand schräg aus der Wand, war rostig und ziemlich lang.

Jetzt hatte der Riese mir nichts mehr entgegenzusetzen. Er verzog das Gesicht, tanzte von einem Bein aufs andere und hielt sich die verletzte Hand.

Ich wartete, bis sich mir eine Gelegenheit bot.

Dann schlug ich wohl dosiert zu.

Der Hüne bekam einen glasigen Blick, seufzte noch einmal und fiel zu Boden.

Staub wallte auf, als er die Holzdielen berührte.

Ich atmete auf. Erst jetzt folgte die Reaktion. Schwindel packte mich. Ich musste mich irgendwo festhalten, um nicht umzukippen.

Durchatmen konnte ich noch nicht richtig, der Schlag auf den Solarplexus hatte mich zu sehr geschafft.

Zwei Minuten gönnte ich mir Pause. Dann kümmerte ich mich um den Niedergeschlagenen.

Die Wunde sah übel aus. Mit einem Taschentuch verband ich sie. Wenn sich der Knabe keine Blutvergiftung holen wollte, musste er so rasch wie möglich zu einem Arzt.

Handschellen brauchte ich ihm nicht anzulegen. Er würde auch so noch eine Weile schlafen. Schließlich kannte ich meinen Punch.

Ich ging in den Nebenraum und kümmerte mich um den Zwerg. Er war verschwunden.

»He, Mister!«, rief ich. »Zeigen Sie sich. Ich tue Ihnen nichts.«

Er kam tatsächlich. Ängstlich kroch er links hinter dem Schreibtisch hervor.

Die Szene sah lächerlich aus, aber zum Teufel noch mal, mir war wirklich nicht zum Lachen zumute. Dieses Menschlein war von irgendeiner dämonischen Kraft verkleinert worden, und ich hatte das bange Gefühl, dass es meinen Freunden ebenso ergangen war.

Ich bückte mich, hob den Mann hoch und setzte ihn auf die Schreibtischplatte.

»Nun erzählen Sie mal«, sagte ich.

Er zitterte noch immer vor Angst. »Wer sind Sie?«, erkundigte er sich mit heller Stimme.

»Mein Name ist John Sinclair. Ich bin Oberinspektor bei Scotland Yard.« Zur Unterstreichung meiner Worte zeigte ich ihm den Ausweis.

Die Angst aus seinen Augen verschwand. Er atmete sichtlich erleichtert auf.

»So, jetzt sind Sie aber dran«, sagte ich. »Berichten Sie, was geschehen ist.«

Zuerst sagte er seinen Namen. Und dann brach es aus Mike Bonetti hervor. Er redete sich alles von der Seele, und als er vom Spiegel zu sprechen begann, fing er an zu weinen.

Ich versuchte ihn zu trösten, es gelang mir kaum.

»Den Besitzer des Ladens haben Sie hier nicht gesehen?«, wollte ich wissen.

»Nein, damit kann ich Ihnen nicht helfen.«

Ich stand von meinem Stuhl auf und sah mir den Spiegel genauer an. Der äußere Rahmen unterschied sich in keiner Weise von normalen Spiegeln. Nur das Glas – falls es überhaupt ein solches war – hatte eine andere Färbung.

Es war matt, leuchtete aber irgendwie von innen.

Ich dachte nach.

Dieser Spiegel hatte eine besondere Funktion. Er war eine Nahtstelle zum Dämonenreich, wirkte wie ein Tor, durch das man nur hindurchzugehen brauchte, und schon war man in einer anderen Welt.

Nur der Rückweg war oft versperrt.

Ich sah diese Spiegel nicht zum ersten Mal. Niemand wusste eigentlich so recht, woher sie stammten und wie alt sie waren. Es gab sie – und damit fertig. Manche Spiegel waren schon Tausende von Jahren alt, und sie zeigten nicht die Spur von Verfall. Es gab Sagen und Legenden, die von uralten Sternenvölkern erzählten, die der Erde in grauer Vorzeit Besuche abgestattet hatten. Angeblich hatten sie Requisiten und Dinge zurückgelassen, die einen Beweis ihrer Existenz liefern sollten.

Aber das waren alles nur Vermutungen. Genaues wusste keiner zu sagen.

Das Muster des Spiegels berührte mich eigenartig. Normalerweise waren die Flächen immer glatt, aber hier war die gesamte Spiegelfläche in kleine Quadrate aufgeteilt.

Augenblicklich kam mir das Schachbrett wieder in den Sinn. Auch dieses Spiel musste ein Tor ins Dämonenreich sein.

Ich hob meinen rechten Arm, streckte den Zeigefinger aus und berührte die Spiegelfläche.

Der Finger traf auf Widerstand, er stieß nicht durch, wie ich es bei anderen transzendentalen Toren erlebt hatte.

Doch dieser Widerstand war nicht stark. Er gab nach. Die Fläche erschien mir wie eine weiche, gallertartige Masse. Als ich stärker zudrückte, wollte sich die Masse um meinen Finger schließen.

Hastig zog ich ihn zurück.

Mir kam eine andere Idee.

Ich öffnete die Knöpfe meines Oberhemdes, zog die schmale Kette über den Kopf und hielt das Kreuz in der Hand. Es war kein normales Kreuz. Äußerlich ja, doch die Kräfte der weißen Magie wohnten darin.

Ich hielt die Kette umfasst, sodass das Kreuz vor meinen gekrümmten Fingern baumelte. Langsam bewegte ich die Hand auf den magischen Spiegel zu.

Ich spürte förmlich, wie sich eine Aura zwischen Kreuz und Spiegel aufbaute. Die Luft schien zu vibrieren, zu flimmern, als stünde sie unter Hochspannung.

Leicht erwärmte sich die Kette. Diese Wärme ging von dem Kreuz aus, das mit den Kräften des Bösen zusammenprallte.

Dann berührte es die Spiegelfläche.

Etwas Unheimliches geschah.

Die matte Farbe verschwand. Von einer Sekunde zur anderen wurde die Spiegelfläche strahlend hell. Fast musste ich die Augen schließen, so sehr blendete mich der Schein.

Die Fläche glitzerte, leuchtete, pulsierte.

Und ich konnte in sie hineinsehen.

Ich sah eine Landschaft. Öde, trostlos, verlassen. Ein düsterer roter Himmel spannte sich über dem wüstenartigen Gebiet. Felsblöcke ragten wie Finger in die Luft.

Ich trat noch einen Schritt näher an den Spiegel heran und beugte meinen Kopf etwas vor, um besser in die Fläche hineinsehen zu können.

Das unheimliche Land schien in einer unendlichen Ferne zu liegen. Sämtliche Bezugspunkte verschwanden. Ich konnte nicht sagen, ob es zehn, hundert oder tausend Meter entfernt war.

Ich sah alles deutlich und klar und doch so weit entfernt.

Plötzlich hatte ich das Gefühl, mein Herzschlag würde aussetzen. So einsam und verlassen war das Land doch nicht. Menschen befanden sich darin. Winzige Menschen.

Menschen, die ich kannte.

Suko, Bill, Sheila und Jane …

Und sie waren in Gefahr. Klar und deutlich zeigte mir der Spiegel, dass sich der Sand bewegte und eine Spinne daraus hervorkroch.

Ich ballte die Hände zu Fäusten, sah, wie die Spinne auf Suko und Bill zulief.

Schnell, viel zu schnell.

Die beiden Frauen rannten weg.

»Suko!«, stöhnte ich. »Suko …«

Da hörte ich den Schrei. Er drang jedoch nicht aus dem Spiegel, sondern war hinter mir ertönt.

Der Schrei riss mich aus meiner Benommenheit. Mit einer blitzschnellen Bewegung wirbelte ich herum.

Der Hüne stand in der Tür. Er war früher aus seiner Bewusstlosigkeit erwacht, als ich angenommen hatte. Blutunterlaufen waren seine Augen. In der rechten Hand hielt er einen langen Speer.

»Ich werde dich töten!«, stieß er mit heiserer Stimme aus. »So wahr ich Malko heiße …«

Malko stürmte los.

Wild, ungezügelt. Ein Kraftpaket. Den Speer hielt er jetzt mit beiden Fäusten umklammert. Seine Wunde schien ihn nicht zu stören.

Mike Bonetti flüchtete schreiend in die hinterste Ecke des Zimmers.

Und ich erwartete den Angriff.

Gedankenschnell riss ich einen kleinen leeren Schreibmaschinentisch hoch, hielt ihn als Deckung vor mich und sprang gleichzeitig zur Seite. Mit aller Kraft schleuderte ich den Tisch auf Malko zu.

Er traf ihn in Höhe der Hüfte.

Malko griff an. Der Speer wischte an mir vorbei. Die Spitze war aus Eisen. Es hatte die Jahrhunderte überstanden und würde auch mich aufspießen, wenn ich nicht achtgab.

Malko stieß einen Wutschrei aus und drehte sich um die eigene Achse, um gleich darauf wieder zuzustoßen.

Diesmal führte er den Stoß von oben nach unten. Er hätte mir glatt den Fuß festgenagelt.

Ich sprang hoch. Die Spitze raste dicht neben meinem großen Zeh in den Boden. Holz splitterte.

Ich packte den Speer, aber auch Malko griff zu.

Ich zog den Speer zur Seite, riss ihn aus den Bohlen und wollte Malko mit der flachen Seite der Spitze abermals ins Reich der Träume schicken.

Ich war nicht schnell genug. Der Riese flog gegen mich. Er drückte mich auf den Schreibtisch, klemmte den Speer zwischen seinem und meinem Körper ein.

Ich stand so dicht vor ihm, dass ich seinen heißen Atem spürte. Er knurrte wie ein hungriger Wolf. Seine beiden Pranken suchten meinen Hals.

Jetzt wurde es kritisch.

Ich ließ den Speer los, hob beide Hände. Sie glitten zwischen seine Arme. Mit einem gewaltigen Ruck versuchte ich die Umklammerung zu sprengen.

Es klappte nicht. Malko hatte zu viel Kraft. Langsam wurde mir die Luft knapp. Ich sah in Malkos Augen die Mordlust funkeln. Der Kerl würde so lange zudrücken, bis ich nicht mehr lebte.

Für einen Moment überflutete mich die Panik, dann hatte ich mich wieder gefangen.

Die Schreibtischplatte war nicht sehr breit. Bis jetzt hatte ich mich Malko entgegengestemmt, doch von einem Augenblick zum anderen gab ich dem Druck nach und ließ mich nach hinten fallen. Gleichzeitig gelang es mir, meine Beine anzuziehen. Malko hatte mir ausreichend Platz gelassen, so konnte ich ihm die Knie in den Leib drücken, ihn gleichzeitig hochstemmen und mich fallen lassen.

Beide bekamen wir das Übergewicht.

Malko brüllte vor Wut auf. Er konnte seinen Griff nicht länger halten. Wir fielen vom Schreibtisch. Der Hüne segelte noch über mich hinweg. Ich stieß mir die Schulter, rollte mich wieder ab und gelangte auf die Füße.

Gierig saugte ich die Luft ein. Dieser Malko war kein gewöhnlicher Gegner. Er schien schier unüberwindlich zu sein.

Und er gab nicht auf.

Ehe ich reagieren konnte, hatte er sich wieder den verdammten Speer geschnappt. Er kreiselte damit herum, suchte mich.

Ich sprang aus dem unmittelbaren Gefahrenbereich, geriet dadurch in die Nähe des Spiegels.

Malko nahm einen letzten wütenden Anlauf.

Aufbrüllend warf er sich in meine Richtung. Gleichzeitig schleuderte er mit aller Kraft den Speer.

Ich ließ mich instinktiv fallen.

Hautnah wischte die Waffe über mich hinweg. Und in der nächsten Sekunde flog Malko auf mich zu.

Wie ein Tier sprang er mich an.

Ich war nur froh, dass Malko nichts von Kampftechnik verstand, sondern sich nur auf seine Kraft verließ.

Meine Reaktion erfolgte ganz automatisch.

Beine an den Körper ziehen, ihn auffangen und nach hinten weghebeln.

Es gelang.

Schreiend flog Malko durch die Luft. Ich sah ihn nur als Schatten. Er hatte so viel Schwung, dass er vor dem Spiegel nicht mehr auf den Boden prallte.

Er fiel dagegen. Nein – er fiel hinein!

Er folgte dem Speer, der ebenfalls den Weg durch den Dämonenspiegel genommen hatte.

Ich wälzte mich herum, und obwohl sich die Szene blitzschnell abspielte, kam sie mir wie eine Zeitlupenaufnahme vor.

Ich sah Malko in den Spiegel eintauchen. Kaum hatte er die Fläche berührt, da verkleinerte er sich. Der Spiegel nahm ihn auf, trieb ihn in die endlose Weite der Dimensionen.

Kein Schrei, kein Laut drang mehr an meine Ohren.

Aus weit aufgerissenen Augen verfolgte ich Malkos Flug. Er schwebte wie ein Vogel.

Weiter, immer weiter …

Ich sah ihn mit Armen und Beinen rudern. Eine andere schreckliche Dimension hatte ihn aufgenommen, geschluckt wie meine vier Freunde.

Dann wurde die Fläche des Spiegels matter. Die Landschaft verwischte. Nur noch ein paar Farben schimmerten nach. Als auch dies vorüber war, sah ich wieder die graue Fläche mit den zahlreichen Kästchen. Sonst nichts.

Ich erhob mich ächzend. Meine Beine zitterten. Ich fühlte

mich wie ein Kind, das laufen lernte. Dazu schmerzte mein Hals. Was ich hier erlebt hatte, war der reinste Horror. Über meinen Rücken lief eine Gänsehaut.

Mit einer automatisch wirkenden Bewegung strich ich mir eine Haarsträhne aus der Stirn.

»Das darf doch nicht wahr sein«, vernahm ich Mike Bonettis Stimme.

Ich blickte den Zwerg an. »Doch«, sagte ich tonlos, »es ist wahr.«

»Und was kann man dagegen tun?«, fragte er mich.

Ich hob die Schultern. »Keine Ahnung. Tut mir leid, ich weiß es nicht. Noch nicht.« Dabei sah ich ihn ratlos an.

Die Spinne war schnell.

Schneller, als Suko angenommen hatte. Im letzten Augenblick wich der Chinese der Angreiferin aus.

Dann tauchte Bill Conolly auf. Er hatte die Frauen in Sicherheit gebracht und wollte Suko nun zur Seite stehen.

Der Chinese war gestürzt. Er rollte sich ein paar Mal über den Boden und sprang auf, als er Bill in seiner Nähe sah.

»Wir müssen Deckung suchen!«, rief der Reporter. Er ließ die Spinne dabei keinen Augenblick aus den Augen. Die hatte sich gedreht. Ihre Facettenaugen suchten die beiden Gegner, die sie unbedingt vernichten wollte.

Deutlich konnte Bill die feinen Härchen auf den Beinen sehen. Sie standen hoch, glichen einer Bürste.

Der Reporter und Suko hetzten auf einen Stein zu, der für sie die Größe eines Felsens hatte.

Augenblicklich nahm die Sandspinne die Verfolgung auf. Sie war schnell, schneller als die beiden Zwerge.

Bill Conolly riskierte einen Blick über die Schulter und erschrak. Riesengroß sah er die giftige Spinne vor sich.

»Suko!«, brüllte er. Mit einem letzten verzweifelten Satz warf er sich vorwärts.

Die beiden vorderen Beine der Spinne drohten Bill Conolly

umzuwerfen, doch sie verfehlten ihn. Dicht hinter Bills Hacken berührten sie den Sand.

Suko hatte den Schrei vernommen.

Er kreiselte herum, bückte sich, hob einen auch für ihn kleinen Stein auf und schleuderte ihn der Spinne gegen die Fresswerkzeuge.

Das Insekt war für einen Augenblick abgelenkt. Die Zeit reichte Suko und Bill, um sich in Deckung zu werfen.

»Wo sind die Frauen?«, keuchte Suko.

»Erst einmal in Sicherheit.«

Der Chinese wischte sich Schweiß und Staub von der Stirn. »Verdammt, Bill, ohne Waffen können wir auf die Dauer nichts gegen die Spinne ausrichten.«

Bill nickte. In seinen Augen stand pure Verzweiflung. »Aber was sollen wir tun? Wir können doch nicht ewig vor dieser verfluchten Spinne wegrennen.«

»Achtung! Sie kommt!« Sukos Warnruf unterbrach Bills Ausführungen.

Die Spinne kroch über den Stein, hinter dem die beiden Freunde lagen. Zuerst war nur ein riesiger Schatten zu sehen, dann tauchten die beiden vorderen Beine auf, und anschließend sahen sich Bill und Suko von den schrecklichen Augen fixiert.

»Jetzt hat sie uns!«, flüsterte Bill. »Wir – wir kommen nicht mehr weg!« Selten hatte der Reporter solch eine Angst gehabt. Normalerweise konnte ihn nichts so leicht erschüttern, aber seit er zu einem Zwerg geworden war, hatte sich auch seine Psyche völlig verändert. Hinzu kam noch der schreckliche Traum, in dem sich Bill als Schachfigur gesehen hatte. Beides zusammen war auch für einen Mann wie Bill Conolly zu viel.

Die Spinne zögerte. Es schien, als weide sie sich an der Angst ihrer Opfer. Sie wusste, dass sie nicht mehr entkommen konnten. Auch wenn sie davongelaufen wären, die Spinne hätte sie immer mit einem Sprung einholen können.

Bill und Suko standen geduckt da.

Der Chinese versuchte eine letzte Rettungsaktion vorzuschlagen. »Wenn sie springt, flitzen wir gleichzeitig nach links und rechts weg. Hast du verstanden, Bill?«

Der Reporter nickte nur. Sprechen konnte er nicht.

Doch da geschah etwas, was die beiden Männer an ihrem Verstand zweifeln ließ.

Etwas flog auf sie zu. Vielleicht der berühmte Rettungsstrohhalm.

Der Gegenstand schwebte jetzt über ihnen. Er schien aus einer unendlichen Ferne zu kommen und prallte nicht weit von Suko und Bill entfernt in den Sand.

Es war ein Speer!

Er war ebenfalls verkleinert, aber immerhin eine Waffe.

Der Chinese erfasste die Chance innerhalb eines Herzschlags. Er warf sich zur Seite und riss den Speer, der mit der Spitze im Boden steckte, heraus.

»Suko! Da kommt noch jemand!« Bills Stimme gellte auf.

Der Chinese riss den Kopf in den Nacken.

Er sah einen Menschen, klein wie sie. Er schwebte auf sie zu, ruderte mit Armen und Beinen und hatte den Mund weit aufgerissen.

Dieser Mensch war Malko.

Der Dimensionsspiegel hatte ihn verkleinert und in das Dämonenreich hineingeschleudert.

Malko landete dicht neben dem Stein, auf dem die Spinne hockte. Er fiel auf den Rücken. Sein Gesicht spiegelte das ungeheure Grauen wider, das er auf seiner Reise durch die Dimensionen erlebt hatte.

Die Spinne reagierte sofort. Sie sah, dass sie mit dieser neuen Beute leichtes Spiel haben würde.

Suko schrie Malko noch eine Warnung zu – er hatte das Unheil kommen sehen –, aber es war bereits zu spät.

Die Spinne ließ sich fallen.

Genau auf Malkos Körper.

Der Zwerg schrie, doch der Schrei wurde erstickt, als er das Spinnenbein auf sein Gesicht zurasen sah.

Keine Chance für ihn.

Die Spinne traf.

Suko und Bill wandten sich ab. Die Spinne beschäftigte sich mit dem Opfer auf ihre Art. Nachdem sie Malko getötet hatte, aktivierte sie ihre Drüsen. Sie produzierte einen klebrigen Faden und begann damit, den Toten zu umschnüren.

»Jetzt nichts wie weg!«, rief der Reporter. »Die Chance war nie so günstig.«

Er wollte laufen, doch Suko hielt ihn fest. »Einen Augenblick noch«, bat der Chinese. »Bleib du bei den Frauen, ich komme sofort nach.«

»Was hast du vor?«

»Wirst du schon sehen.«

Bill Conolly ging nur zögernd.

Suko machte eine unwirsche Armbewegung.

Die Spinne war noch immer mit ihrem Opfer beschäftigt. Sie hatte an den anderen jegliches Interesse verloren.

Vorläufig jedenfalls …

Suko schlug einen Bogen. Er hatte den Speer nicht vergessen, der kurz vor dem Toten auf sie zugefallen war. Woher er so plötzlich gekommen war, interessierte den Chinesen nicht. Die Hauptsache war, dass er jetzt eine Waffe in der Hand hielt.

Suko nahm hinter dem Stein Deckung.

Die Spinne vor ihm arbeitete verbissen. Immer weiter spann sie ihr Netz. Suko konnte sie nicht sehen, er hörte aber, wie sie sich hin- und herbewegte.

Der Chinese klemmte sich den Speerschaft zwischen die kräftigen Zähne. Die Waffe war etwa doppelt so groß wie zwei aufeinander gestellte Nähnadeln. Suko packte mit beiden Händen die Kante des oberen Steins und zog sich mit einem Klimmzug hoch. Er schaffte es erst beim zweiten Versuch, als seine Fußspitzen in schmalen Rissen Halt fanden.

Dann lag er auf dem Stein.

Den Speer nahm er jetzt in die rechte Hand. Er hielt den Schaft etwa in der Mitte umfasst, balancierte die Waffe aus und nickte dann zufrieden.

Die Spinne war noch immer voll beschäftigt. Hastig und

arbeitsam lief sie immer wieder um ihr Opfer herum. Sie hatte ein breitflächiges Netz gewebt, unter dem der Oberkörper des Toten schon fast verschwunden war.

Suko richtete sich auf. Er blieb in einer knienden Stellung. Mit der linken Hand stützte er sich ab, den rechten Arm hob er etwa in Schulterhöhe.

Suko wusste genau, worauf es ankam. Wenn er die Spinne beim ersten Wurf nicht richtig traf, dann war er verloren.

Er fühlte sich wie ein Held aus einer chinesischen Sage, der mit Monstern und Ungeheuern kämpfte.

Da! Jetzt hatte die Spinne den Chinesen entdeckt.

Sofort ließ sie von ihrem Opfer ab, wandte sich dem neuen Angreifer zu.

Sie drehte den Kopf.

Die beiden Facettenaugen schillerten und schimmerten, waren auf Suko fixiert.

In diesem Augenblick war der Chinese eiskalt. Er atmete noch einmal tief ein, sah, dass die Spinne wenige Sekunden lang auf dem Fleck stand, und schleuderte den Speer mit aller Kraft.

Die kleine Waffe zischte durch die Luft.

Und traf!

Mit Wucht drang sie in das rechte Auge der Spinne und zerstörte es. Bis zur Hälfte steckte der Schaft in dem Spinnenauge.

Das Tier konnte plötzlich nichts mehr sehen. Es kreiselte herum, zerriss das eben noch so kunstvoll angefertigte Netz, wühlte mit den sechs Beinen den Sand auf, fiel sogar auf den Rücken und blieb dann still liegen.

Suko, der Chinese, atmete auf. Er kletterte von dem Stein, ging auf die Spinne zu und riss den Speer aus deren Auge.

Die Spinne rührte sich nicht mehr. Der Speer musste einen lebenswichtigen Nerv getroffen haben. Suko war stolz darauf, dass er so gut gezielt hatte. Es hätte auch ganz anders ausgehen können.

Unwillkürlich warf er einen Blick zu dem düsteren Himmel empor.

Von dort oben waren der Speer und der Mensch herabgefallen, aus einer ungeheuren Entfernung. Der Mensch war gelandet und hatte sich doch nichts getan.

Da musste schwarze Magie im Spiel gewesen sein!

Suko hielt seine rechte Hand als Schalltrichter an den Mund. »Bill!«, rief er. »Bill, so melde dich!«

Nur schwach kam die Antwort. Suko ging in die Richtung, aus der er die Stimme gehört hatte.

Er fand Bill und die beiden Frauen in einer Mulde hocken. Ängstlich sahen sie ihm entgegen.

Suko winkte ab. »Alles klar«, sagte er, »ihr könnt beruhigt sein. Die Spinne lebt nicht mehr.«

Allgemeines Aufatmen. Die beiden Frauen fielen sich glücklich lächelnd in die Arme.

»Fragt sich nur, wie es weitergehen soll«, sagte der Reporter. »Hast du eine Idee, Suko?«

Der Chinese schüttelte den Kopf. »Nein. Die Karten in diesem Spiel hat ein anderer verteilt. Und den müssen wir suchen.«

Bill blickte den Freund verdutzt an. »Wie willst du das denn machen?«

»Ganz einfach. Wir bleiben nicht hier, sondern marschieren los.« Suko lächelte und sah an sich hinab. »Marschieren ist natürlich zu viel gesagt. Wir gehen. Irgendwann werden wir ja hoffentlich auf irgendwen treffen. Oder hast du einen anderen Vorschlag?«

»Nein.«

Selten in meinem Leben hatte ich mich so mies gefühlt. Wie viele Fälle hatte ich schon gelöst? Ich wusste es nicht mehr. Und zum Henker auch, mir war es egal.

Ich hatte versagt.

Ja, ich fühlte mich als Versager. Man hatte meine Freunde entführt, und ich, der berühmte Geisterjäger John Sinclair, hockte in einem Zimmer und hätte mich an liebsten in ein Mauseloch verkrochen.

Ich wusste nicht, wo ich anfangen sollte. Die anderen hielten sämtliche Trümpfe in der Hand.

Ich starrte auf den Spiegel und sah ihn doch nicht. Wie mochte es in diesen Augenblicken Suko, Jane, Sheila und Bill ergehen? Ich hatte sie gesehen, für einen kurzen Augenblick nur, und dazu noch als Zwerge.

Das war einfach zu viel.

Ich hörte neben mir ein Hüsteln. Es war Mike Bonetti. Ich hatte ihn auf den Tisch gesetzt.

»Es tut mir leid«, sagte der kleine Mann.

Ich lächelte schmerzlich. »Sie können doch nichts dafür.«

»Trotzdem.«

»Ihre Lage ist doch viel schlimmer«, erinnerte ich ihn.

»Meinen Sie, dass ich nie mehr meine normale Gestalt annehmen werde?«, fragte er mich. In seiner Stimme schwang trotz allem noch etwas Hoffnung mit.

»Ich weiß es nicht.«

»Also unmöglich.«

»Das würde ich nicht sagen.«

Mike lachte. »Ich habe es mir ja selbst zuzuschreiben«, sagte er. »Ich hätte hier nicht einbrechen sollen. Aber das Geld lockte, und bisher bin ich auch nie erwischt worden. Ausgerechnet heute hat es mich erwischt. Doppelt und dreifach.«

»Kannten Sie den Laden denn hier?«, wollte ich wissen.

»Kennen ist zu viel gesagt. Ich habe ihn mir wohl schon mal angesehen. Ich weiß auch, wie der Besitzer aussieht, das ist aber auch alles.«

»Sie haben nie mit ihm gesprochen?«

»Nein. Ich werde mich hüten.«

»Aber er wohnt hier?«, bohrte ich weiter.

Der kleine Mensch nickte. »Ja. Soviel ich weiß, in der ersten Etage. Wieso? Versprechen Sie sich etwas davon?«

Ich stand auf. »Möglicherweise schon. Ich sehe mir die Räume einmal an.«

Mike Bonetti blickte mich aus flehenden Augen an. »Bitte, Sir, nehmen Sie mich mit. Ich will hier nicht allein sein.«

Ich sah auf den Zwerg nieder. »Okay, kommen Sie.« Ich nahm ihn und steckte ihn in meine rechte Jacketttasche. Es war schon ein komisches Gefühl. Immer wieder musste ich einen Blick auf das kleine Lebewesen werfen.

Doch dann überlegte er sich es anders. Wir waren noch unten im Laden, als er wieder hinauswollte. »Ich warte doch lieber hier«, sagte er. »Wenn Sie dort oben in eine Auseinandersetzung geraten, würde ich Sie nur behindern.«

»Ist gut.« Ich nahm ihn aus der Tasche und setzte ihn in einen Sessel. Er verkroch sich in die letzte Ecke, so konnte er am wenigsten entdeckt werden.

Ich schaltete erst einmal das Licht ein und suchte dann den Weg zum Treppenhaus. Gefunden war er schnell. Ich musste durch eine schmale Tür und stand in dem muffig riechenden Flur.

Die Birne an der Decke war mit Fliegendreck verklebt. Die Wände starrten vor Schmutz. Von dem schulterhohen Sockel war die meiste Farbe bereits abgeblättert. Nein, mit diesem Haus war wirklich kein Staat zu machen. Das Eisengeländer hatte schon Rost angesetzt.

Unangefochten gelangte ich in die erste Etage.

Die Wohnungstür stand offen.

Ich zog meine Beretta aus dem Holster und hielt sie in der rechten Hand. Die Waffe war mit geweihten Kugeln geladen. Diese Geschosse hatten schon manchen Dämon zum Teufel geschickt.

Mit dem Fuß kickte ich die Tür auf, schlich in die dahinter liegende Wohnung und begann mit der Durchsuchung.

Trotz intensiver Bemühungen fand ich nichts.

Wenn man mal von der ärmlichen Einrichtung absah, waren die Zimmer leer. Ich konnte nur immer wieder den Kopf schütteln. Selten hatte ich jemanden erlebt, der in solch einem schmutzigen Loch hauste. Dabei kam mir ein Verdacht. Vielleicht wohnte dieser Octavio gar nicht hier? Nach außen hin hatte er zwar die Wohnung gemietet, doch tatsächlich hielt er sich woanders auf.

Diese Folgerung schien mir gar nicht so unwahrscheinlich zu sein.

Ich kehrte der Wohnung wieder den Rücken zu und ging die Treppe hinunter.

Auf der zweitletzten Stufe lag er.

Mike Bonetti.

Tot!

Jemand hatte dem kleinen Mann den Hals umgedreht!

Sie marschierten durch die endlos scheinende, wüstenartige Ebene. Suko ging voran, die beiden Frauen folgten, und Bill bildete den Schluss.

Es war eine Qual. Sie schienen sich kaum von der Stelle zu bewegen.

Den Himmel überzog noch immer ein düsteres Rot. Es spannte sich wie ein Bogen von einem Ende zum anderen. Die Weite des albtraumhaften Landes wirkte bedrückend.

Sheila war es, die zuerst den Mut verlor. Urplötzlich ließ sie sich fallen. »Geht ohne mich. Ich will nicht mehr!«

Sofort war Bill bei ihr. Er hob Sheila an, fasste ihr unter beide Achseln. »Wir müssen, Darling. Bitte, komm.«

»Aber ich …«

Jane Collins drängte den Reporter zur Seite. »Lass mich das mal machen. Ihr Männer seid viel zu ungeschickt.«

Jane sprach auf Sheila Conolly ein. Bill stand daneben wie ein begossener Pudel.

Suko war schon ein Stück vorausgegangen, hatte aber angehalten und wartete.

»Was ist mit Sheila?«, rief er Bill zu.

Der Reporter hob die Schultern. »Sie will nicht mehr.« Er sah Suko verzweifelt an. Seine Augen waren an den Rändern rot entzündet, die Lippen aufgesprungen.

Den anderen erging es nicht besser.

Durst quälte sie. Diese Trockenheit saugte ihnen den letzten Rest Feuchtigkeit aus dem Körper. Der Zeitpunkt war eigentlich abzusehen, wann auch die Männer nicht mehr weiter konnten. Und nirgendwo ein Hoffnungsschimmer. Nur die weite, schier endlose Ebene.

Lebewesen hatten sie keine mehr gesehen. Trotzdem hielt Suko immer noch seinen Speer in der Hand. Er war sicher, dass er ihn noch einmal brauchen würde.

Sheila quälte sich wieder auf die Füße. Bill ging zu ihr und stützte sie.

»Wenn nicht bald etwas geschieht, ist sie am Ende«, flüsterte Jane dem Reporter ins Ohr.

Bill Conolly nickte nur.

Sheila hatte die schwächste Konstitution von ihnen. Jane Collins, die Detektivin, war durch ihre harten Einsätze immer im Training. Außerdem absolvierte sie zwischenzeitlich ihr Judo- und Karatetraining, während Sheila das Leben einer normalen Durchschnittsfrau führte.

Sie gingen weiter.

Ihre Schritte wurden schleppender, schwerfälliger. Bill hatte das Gefühl, als säße Blei in seinen Oberschenkeln. Immer wieder leckte er sich die spröden Lippen, aber selbst die Zunge war kaum noch mit Feuchtigkeit behaftet.

Am besten hielt sich noch Suko. Der Chinese war ein Kraftpaket und Konditionsbündel. Er ging noch genauso elastisch und federnd wie zu Beginn des Marsches.

Sukos Gedanken kreisten um John Sinclair. Der Chinese konnte sich einfach nicht vorstellen, von mir im Stich gelassen zu werden. Er war aber Realist genug, um sich einzugestehen, dass die Chance, aus dieser Hölle wieder herauszukommen, verdammt gering war.

Die Zeit verging.

Niemand sprach ein Wort. Und irgendwann änderte sich die Landschaft.

Suko bemerkte es zuerst. Er wies nach vorn. »Da, seht!«

Schwer atmend und erschöpft blieben die anderen stehen.

Eine Albtraumlandschaft tat sich vor ihnen auf. Bleiche Schädel bildeten ein riesiges Karree. Knochen verbanden die

Schädel miteinander. An einer Stelle nur gab es eine Öffnung, ähnlich einem Tor. Aber das Tor sah schrecklich aus. Es war ein übergroßer Totenschädel, durch dessen Maul man schreiten musste.

Sheila begann zu schreien. »Ich will nicht mehr weiter!«, wimmerte sie. »Lasst mich hier. Lasst mich hier sterben!«

Bill sah keine andere Möglichkeit. Er musste Sheila zur Besinnung bringen. So schlug er ihr ins Gesicht. Dabei hätte er sich am liebsten selbst die Hand abgehackt.

Die Methode half aber.

Sheila hörte auf zu schreien, starrte ihren Mann sekundenlang verständnislos an, lächelte dann und sagte: »Es tut mir leid, Bill. Ich habe mich wohl dumm benommen.«

Bill strich ihr über das Haar. »Nein, Sheila, das hast du nicht.«

»Ich gehe als Erster«, entschied Suko. »Wartet hier.«

Ehe ein anderer eine Antwort geben konnte, war der Chinese schon in dem Schädeltor verschwunden.

Atemlos verharrten die Freunde.

Nichts geschah.

Bill Conolly biss sich auf die Lippen. »Sollen wir nicht versuchen, das Knochenfeld zu umgehen?«

Er wartete eine Antwort gar nicht erst ab, sondern machte sich auf den Weg. Er ging geradewegs auf einen der Knochen zu.

Für ihn war es ein schreckliches Gefühl, von den leeren Augenhöhlen der Schädel angeglotzt zu werden.

Und dann erhielt er plötzlich einen Schlag. Eine magische Falle war zugeschnappt.

Dicht vor der Knochenmauer wurde Bill zurückgeschleudert. Er fiel zu Boden und verlor für wenige Sekunden die Besinnung. Als er wieder klar sehen konnte, kniete Jane neben ihm.

»Lass es sein, Bill«, flehte sie.

Der Reporter nickte und erhob sich ächzend. Er fasste die beiden Frauen an den Händen. Gemeinsam gingen sie auf das Schädeltor zu. Weit klappte der Rachen auf. Die stumpfen Zähne des Oberkiefers bildeten eine Linie.

»Ich hab so eine Angst«, hauchte Sheila.

Bill drückte ihre Hand stärker.

Sie durchschritten den Schädel.

Unbehelligt ...

Suko erwartete sie bereits. Er stand auf seinem Speer gestützt und sah sie ernst an. »Seht mal, wo wir gelandet sind«, sagte der Chinese.

Die drei blickten sich um.

Bill Conolly war am meisten geschockt. Er konnte es kaum fassen. Das war unmöglich – und doch eine Tatsache.

Sie standen auf einem für sie riesigen Schachbrett!

Bill Conollys schrecklicher Albtraum schien Wirklichkeit zu werden ...

Der kleine Mensch bot einen entsetzlichen Anblick. In mir stieg der heiße Zorn hoch.

Mike Bonetti hatte keinem Menschen etwas getan. Warum also dieser sinnlose Mord?

Ich wusste aber jetzt auch, dass ich nicht mehr allein in diesem verdammten Haus war. Irgendwo musste der heimtückische Killer noch stecken.

War es Octavio?

Ich zog wieder meine Beretta.

Auf Zehenspitzen schlich ich die restlichen Stufen hinunter. Ich war darauf gefasst, jeden Augenblick angegriffen zu werden.

Nichts geschah. Unbehelligt erreichte ich den Verkaufsraum.

Und dort traf ich ihn. Octavio!

Er saß in dem hochlehnigen Sessel, auf den ich zuvor Mike Bonetti abgesetzt hatte. Eine Tischlampe streichelte mit ihrem Licht die Gestalt des Mannes.

Ich blieb stehen.

Sekundenlang kreuzten sich meine und Octavios Blicke. Der Händler trug einen bis über die Knie reichenden Mantel. Die Hände hatte er in den Taschen vergraben. Sein eiförmiger Kopf war kahl. Der sichelförmige Schnurrbart berührte beinahe die Kinnspitzen.

Ich hob die Hand mit der Waffe an. In mir tobte ein unbeschreiblicher Zorn.

Ich musste mich beherrschen, um dem Kerl nicht ins Gesicht zu schlagen.

»Octavio?«, fragte ich. Meine Stimme erkannte ich kaum noch wieder. Sie klang kratzig und rau.

»Ja. Aber nehmen Sie die Waffe weg«, erwiderte er. »Sie nützt Ihnen nichts.«

Ich behielt die Beretta in der Hand.

»Warum dieser Mord an Mike Bonetti?« Ich schleuderte ihm die Worte ins Gesicht. »Der Mann war völlig hilflos. Er war schon genug gestraft.«

Octavio winkte ab. »Sie sollten sich zusammenreißen, Sinclair, und nicht so emotional handeln. Und jetzt nehmen Sie endlich die verdammte Knarre weg, oder Ihre Freunde werden es büßen.«

Ich blickte den Mann an und wusste, dass er es ernst meinte. Octavio befand sich in einer so starken Position, dass er einen Bluff gar nicht nötig hatte. Ich saß ohnehin am kürzeren Hebel.

»Sie können ruhig Platz nehmen, Sinclair. Im Sitzen plaudert es sich besser.«

Ich nahm mir einen Sessel. Er war schon ziemlich alt und die Sprungfedern ausgeleiert. Ich sank tief ein.

Octavio lächelte dünn. »So gefallen Sie mir schon besser«, meinte er spöttisch.

»Kommen Sie endlich zur Sache!«, forderte ich ihn auf.

»Sie sind zu ungeduldig, Sinclair. Ich stelle hier die Fragen. Ihre Lage ist denkbar schlecht. Zuvor will ich wissen, was mit Malko geschehen ist.«

»Er hat dem Spiegel nicht widerstehen können.«

»Sie meinen, er hat eine Reise in die andere Dimension gemacht?«

»Ja.«

Für einen winzigen Augenblick verzerrte sich Octavios Gesicht. Dann hatte er sich wieder in der Gewalt. »Freiwillig ist Malko doch nie in den Spiegel hineingeraten.«

»Ich habe etwas nachhelfen müssen.«

»Dann befindet sich Malko jetzt dort, wo auch Ihre Freunde sind, Sinclair.« Und jetzt grinste Octavio niederträchtig. »Garantieren kann ich für nichts. Malko ist ein Bär. Er ist so gut wie unbesiegbar. Und er wird seine Wut an Ihren Freunden auslassen.«

»Ich habe ihn besiegt«, konterte ich.

Octavio sagte zunächst nichts mehr. Er holte erst einmal Luft. »Ja, Sie sind gefährlich, Sinclair, das habe ich schon immer gewusst. Aber nicht nur für mich, auch für andere stellen Sie eine große Gefahr dar. Wie gut für uns, die Falle ist zugeschnappt. Dass Sie nicht stillhalten würden, habe ich mir schon gedacht. Ich hatte nicht damit gerechnet, dass Sie mich so rasch ausfindig machen würden. Sie sind schon ein besonderer Mann. Doch das alles spielt nur noch eine untergeordnete Rolle. Wichtig ist, dass Sie in Zukunft keine Schwierigkeiten mehr machen werden. Und dafür sorge ich.«

»Wollen Sie mich töten?«

»Unter Umständen, ja.«

»Aber …?«

»Jetzt sind Sie zu neugierig.« Octavio lächelte böse. »Ja, ich an Ihrer Stelle wäre es auch. Kommen Sie mit, ich will Ihnen etwas zeigen, Geisterjäger!«

Octavio erhob sich. Ich tat es ihm nach. Wir verließen den Laden und betraten das kleine Büro, in dem der Spiegel stand. Octavio hatte dort einiges verändert. Auf dem Schreibtisch stand das Schachspiel, das Bill und Sheila Conolly mir zum Geburtstag geschenkt hatten.

Mir kam es vor, als wäre dies schon Tage her, dabei waren erst Stunden vergangen.

»Erkennen Sie es wieder?«, fragte Octavio höhnisch.

Ich nickte.

Die Figuren waren aufgebaut. Fein säuberlich standen sie auf ihren Feldern. Ich sah den König, die Dame, die Türme, die Läufer, die Springer und die Bauern.

»Die weißen Figuren sind für Sie«, sagte Octavio.

Ich hob den Blick. »Sie wollen mit mir eine Partie spielen?«

»Ja, mein Bester.« Octavio rieb sich die Hände. »Wie ich hörte, beherrschen Sie das Spiel der Könige. Ich habe mich ebenfalls damit beschäftigt. Wir werden ungefähr gleich gut sein. Allerdings hat die Sache bei Ihnen einen Haken. Sie spielen um das Leben Ihrer Freunde.«

Ich schluckte. Obwohl ich mit einer ähnlichen Situation gerechnet hatte, war ich doch überrascht. Aber es sollte noch schlimmer kommen. Viel schlimmer.

»Die weißen Figuren sind für Sie, Sinclair. Die Regeln brauche ich Ihnen ja nicht zu erklären. Aber ich will Ihnen etwas anderes zeigen. Sehen Sie mal in den Spiegel.«

Ich drehte mich so, dass ich die matt schimmernde Fläche betrachten konnte.

Neben mir murmelte Octavio einige magische Formeln. Er stieß die Worte scharf und abgehackt hervor.

Die Spiegelfläche veränderte sich. Sie wurde klar und durchsichtig. Wieder konnte ich einen Blick in die andere Dimension werfen.

Plötzlich wurden meine Augen groß, denn ich sah etwas, was mich an meinem Verstand zweifeln ließ …

Auch Sheila Conolly wusste sofort, was los war. Ängstlich klammerte sie sich an ihren Mann. »Dein Traum, Bill«, flüsterte sie. »Dein Traum!«

Bill Conolly nickte. Trotz der Hitze brach ihm der kalte Schweiß aus. Wie eine zweite Haut bedeckte er den Körper.

Suko dachte nach. »Wir sind hierher gelockt worden«, sagte er. »Anders kann ich mir das nicht vorstellen.«

»Wieso?«, fragte Jane.

»Dreh dich mal um!«

Die Detektivin wandte den Kopf. Sie hatte Mühe, einen Schrei zu unterdrücken.

Der riesige Totenschädel, der gleichzeitig als Eingang diente, war versperrt. Das Maul – es hatte an der Rückseite die gleiche Form wie vorn – war verschlossen.

Die vier Menschen waren Gefangene. Gefangene auf einem riesigen Schachbrett.

»Aber wieso denn?«, flüsterte Jane. »Was – was will man hier mit uns? Weshalb führt man uns zu einem Schachbrett?«

»Darauf werden wir sicherlich bald eine Antwort erhalten«, erwiderte Suko. Er hatte sich gebückt und untersuchte den Boden, auf dem sie standen.

Er war spiegelblank und glatt. Die dunkelrote Sonne stand senkrecht über dem Feld. Die kleinen Menschen warfen kaum einen Schatten.

»Wir sind ebenfalls zu Figuren geworden«, sagte Bill mit heiserer Stimme. »Zu Figuren in einem teuflischen Spiel. Ich weiß es. Und ich weiß auch, dass wir dieses Schachbrett nicht mehr lebend verlassen werden.«

Suko fuhr herum. »Wie kannst du so etwas nur sagen!«

»Weil ich einen Traum gehabt habe.« Bill nickte heftig, als er Sukos verständnislosen Blick sah. »Ja, zum Teufel, ich habe einen Traum gehabt. Ich selbst habe mich auf diesem Schachbrett gesehen. Eingekreist von den einzelnen Spielern. Springern, Bauern, Läufern – sie alle wollten mich töten. Hier auf dem Boden lag ich.« Bill deutete auf ein Karree. »Ich hatte keine Chance. Glaubt mir, wir werden hier sterben.«

Der Reporter war mit seinen Nerven am Ende. Er setzte sich einfach hin und vergrub das Gesicht in beiden Händen. »Ich hätte es wissen müssen. Ich hätte es wissen müssen«, stammelte er immer wieder.

Sheila kümmerte sich um ihren Mann, während Suko einige Schritte zur Seite ging, um das Schachfeld abzulaufen.

Jane Collins holte den Chinesen ein. »Was sagst du zu Bills Traum?«

Der Chinese blieb stehen. »Träume können oft in Erfüllung gehen«, erwiderte er.

Jane hob die Augenbrauen. Auch ihr Gesicht war von den vergangenen Strapazen gezeichnet. Nur mit Mühe bewahrte sie ihre Haltung.

»Du sagtest *können*, Suko.«

»Ja. Sie müssen nicht. Bill hat bei seinem Bericht eins vergessen.«

»Und das wäre?«

Suko lächelte. »Mich wundert es, dass du noch nicht von selbst drauf gekommen bist, große Detektivin.«

»Lass doch jetzt die Scherze.«

»Bill hat nur sich in seinem Traum gesehen. Aber in Wirklichkeit sind wir zu viert, das solltest du nicht vergessen. Wir werden uns unserer Haut wehren.«

Jane Collins nickte. »Du hast recht, Suko. Wir sind zu viert. Allerdings waffenlos.«

Der Chinese hob seinen Speer. »Und dies?«

»Willst du damit ernsthaft gegen dämonische Wesen angehen?«

»Es bleibt mir ja nichts anderes übrig.«

Jane streichelte Suko über sein Gesicht. »Du bist auch nicht klein zu kriegen, wie?«

»Ich bin immer Optimist geblieben.«

Jane Collins ließ Suko stehen und kümmerte sich um Bill. Sheila empfing die Detektivin achselzuckend. »Ich weiß nicht, was mit Bill los ist. So kenne ich ihn gar nicht. Kümmere du dich doch mal um ihn.«

»Auch Männer haben mal das Recht, schwach zu sein«, erwiderte Jane. »Es ist gut, wenn sie nicht immer die Helden spielen und auch mal ihren Gefühlen freien Lauf lassen.«

»Aber das können wir uns doch jetzt nicht leisten«, flüsterte Sheila.

»Das stimmt auch wieder.« Jane Collins ging neben Bill in die Knie und legte ihm ihre Hand auf die Schulter. »Reiß dich doch zusammen«, sagte sie eindringlich. »Du darfst jetzt nicht schlappmachen, Bill. Komm hoch, wir dürfen uns nicht aufgeben!«

Der Reporter ließ die Hände sinken. Er starrte vor sich auf den Boden. Dann hob er plötzlich den Kopf. Ein maskenhaftes Lächeln hatte sich in seine Mundwinkel gegraben. Er stand auf.

»Ich muss mich wohl entschuldigen«, sagte Bill. »Aber dieser Traum und jetzt die Szene – ich hatte beides noch nicht verkraftet. Nun geht es wieder.«

»O Bill!« Sheila warf sich in die Arme ihres Mannes. »Es wird doch alles wieder gut, Bill. Es muss einfach.«

Bill Conolly streichelte seiner Frau über das lange Blondhaar. Er tat dies mit einer unendlich zärtlichen Bewegung.

»Es muss einfach gut gehen«, flüsterte Sheila. »Ich – ich wollte es dir heute Abend schon sagen, aber ich bin nicht dazu gekommen. Verzeih mir, Liebling.«

Bill runzelte die Stirn. »Aber was ist denn los?«

»Du – du wirst Vater, Bill. Vielleicht ...«

»Was?« Der Reporter riss beide Augen weit auf. »Ich werde – ich werde ...«

»Nicht so laut.« In Sheilas Augen lag plötzlich ein warmes Leuchten. »Es ist noch nicht hundertprozentig. Und ich weiß, ich habe den Zeitpunkt schlecht gewählt, um dir das zu sagen, aber ich sah einfach keine andere Möglichkeit, dich aus deiner gedrückten Stimmung zu reißen. Es lohnt sich wieder, für etwas zu kämpfen.«

»Ja«, sagte Bill und nickte entschlossen. »Es lohnt sich wieder. Für meinen Sohn!«

»Falls es ein Sohn wird.«

»Natürlich.«

Für wenige Minuten hatten Sheila und Bill die schrecklichen Ereignisse vergessen. Sie waren einfach nur ein glückliches Ehepaar. Doch dann wurden sie wieder mit aller Deutlichkeit an ihre Situation erinnert, denn Sukos Stimme gellte auf.

»Vorsicht!«

Innerhalb der Schädel wurde es plötzlich lebendig. Bill und

die beiden Frauen wirbelten herum. Sie sahen Bewegungen, und dann traten auf einmal Figuren aus den Totenköpfen hervor.

Schachfiguren! Da war der König. Ganz in Schwarz. Mit einer flammenden Krone auf dem Kopf und statt des Zepters ein Schwert in der Hand. Auch die Augen glühten in einem düsteren Rot. Das Gesicht war eine schreckliche Fratze.

Es folgte die Dame. Auch sie trug ein langes Gewand von dunkler Farbe. Ihr Gesicht war seltsam bleich – wie das einer Leiche. Sie trug eine Kette aus Knochen um den Hals. Bei jedem Schritt klirrten die Knochen gegeneinander.

Die Springer sprengten auf das Feld. Die Figuren saßen auf schwarzen Pferden. In der rechten Hand hielten sie je einen Bogen, im Köcher auf dem Rücken steckten Pfeile. Die Gesichter der Reiter waren halbe Skelettfratzen.

Die beiden Läufer rannten hinter den Pferden her. Die trugen schwarze, eng anliegende Trikots, gingen leicht gebeugt und hatten kahle Schädel.

Dann folgte der Pulk der Bauern. Auch sie waren in Schwarz gekleidet, trugen einfache Kittel. In ihren flachen Gesichtern waren weder Nasen, Augen noch Ohren zu erkennen. Bewaffnet waren die Bauern mit Lanzen.

Die dunklen, lebenden Figuren nahmen ihre Plätze auf den schwarzen Feldern der anderen Schachbrettseite ein. Alles geschah lautlos. Es wirkte wie einstudiert. So als hätten sie es hundert Mal geübt.

Den Schluss bildeten die Türme. Es waren regelrechte Kolosse. Mutanten. Eine Mischung aus Mensch und Dämon. Sie bewegten sich nur langsam voran.

Suko, Bill, Sheila und Jane hatten sich in der gegenüberliegenden äußersten Ecke des Schachfeldes zusammengedrängt. Mit bangen Blicken beobachteten sie den Aufzug. Die beiden Frauen hatten hinter den Männern Deckung gefunden.

Aus den rechts von ihnen liegenden Totenschädeln lösten sich die weißen Figuren. Sie sahen genauso aus wie ihre Kontrahenten – nur fehlten vier von ihnen.

Und zwar die Dame, der König, ein Springer und ein Läufer!

Schweigend nahmen die weißen Figuren auf den für sie vorgesehenen Feldern Aufstellung.

»Es fehlen welche!«, flüsterte Jane.

Suko nickte. »Ja, man hat für uns Platz gelassen. Ich glaube, wir sollten …«

Plötzlich geschah etwas, was Suko verstummen ließ. Der düstere Himmel verschwand und wich einer riesigen gläsernen Kugel. Sie schien so nah, dass man sie mit der Hand greifen konnte, und war doch so unendlich weit entfernt.

Ein Gesicht tauchte hinter der Kuppel auf.

Octavio!

»Das darf nicht wahr sein«, stöhnte Bill, verstummte aber, denn Octavio war nicht allein.

Er hatte jemanden mitgebracht.

John Sinclair!

»Ich drehe noch durch«, keuchte Bill. »Ich werde verrückt. John, er ist …«

Sheila begann zu weinen, und auch Jane hatte Mühe, die Tränen zurückzuhalten.

Sukos Gesicht wirkte wie eine Maske. Hart umklammerte seine rechte Hand den Speerschaft.

Johns Gesicht war deutlich zu erkennen. Sie sahen die Qual, die auf den Zügen lag, und jedem war klar, dass ihr Freund ebenso litt wie sie.

Dann dröhnte Octavios Stimme. »Hört genau zu, was ich euch zu sagen habe. Ihr steht zwar auf einem Schachbrett, aber ich sorge dafür, dass aus dem Spiel blutiger Ernst wird …«

Ich hatte das Gefühl, durch eine übergroße Lupe zu schauen. Eine Optik, die jede Kontur in der Unendlichkeit der Dimension genau nachzeichnete.

Und ich sah meine Freunde.

Auf einem riesigen Schachbrett.

Wie verängstigte Tiere drängten sich Bill, Suko, Sheila und Jane zusammen.

Ich sah aber auch die schwarzen Schachfiguren, die schon auf den Feldern Aufstellung genommen hatten. Es waren keine normalen Spieler. Nein, irgendeine Kraft hatte ihnen dämonisches Leben eingehaucht.

Das Schachbrett wurde von Totenschädeln begrenzt, diese wiederum waren durch Knochen miteinander verbunden. Ich vermutete, dass es sich um Menschenknochen handelte.

Die Schädel öffneten sich, und die weißen Figuren strömten heraus.

Ich vermisste vier, und jetzt erst konnte ich mir vorstellen, was Octavio vorhatte.

Er wollte meine Freunde anstelle der Schachfiguren opfern. Sie würden ihre Plätze einnehmen.

Und ich musste um ihr Leben spielen.

Eine grausame Vorstellung. So etwas konnte sich nur ein wahrer Teufel ausgedacht haben.

Der Schweiß sammelte sich in meinen Handflächen, und doch zeigte ich diesem Octavio nicht, wie mies mir wirklich zumute war. Ich fragte stattdessen: »Was geschieht, wenn ich gewinne?«

Er sah mich von der Seite her an. »Wir werden sehen«, erwiderte er ausweichend.

»Ich will die Frage beantwortet haben!«

»Nein, jetzt nicht. Sie tun, was ich Ihnen sage. Hier habe ich zu befehlen.«

Er legte seine Hände vor den Mund und bildete so einen Trichter. Dann trat er dicht vor den Spiegel und begann zu sprechen.

Für einen winzigen Moment spielte ich mit dem Gedanken, diesen Octavio einfach in den Spiegel hineinzustoßen, doch damit wäre nichts gewonnen.

Octavio sprach die Worte in Zimmerlautstärke, und doch mussten sie von meinen Freunden verstanden worden sein, das bemerkte ich an ihren Reaktionen.

»Hört genau zu, was ich euch zu sagen habe. Ihr steht zwar auf einem Schachbrett, aber ich sorge dafür, dass aus dem Spiel blutiger Ernst wird.«

In mir tobte eine Hölle. Die vier schienen mich sehen zu können. Welche Gefühle hatten sie in diesen Augenblicken? Was ging in ihnen vor? Es musste unbeschreiblich sein.

»Ich hoffe, ihr seht euren Freund, den Geisterjäger!«, rief Octavio. »Euer Leben liegt jetzt in seiner Hand. Er wird mit mir Schach spielen. Auf einem zweiten Brett, das jedoch in magischer Verbindung mit dem steht, auf dem ihr euch befindet. Jeder Zug, den John Sinclair unternimmt, wird bei und mit euch nachvollzogen. Nimmt er den König, so wird Sheila Conolly bewegt. Hält er sich an die Dame, so ist Jane Collins an der Reihe. Der Springer ist für Bill Conolly reserviert. Allerdings erhält er kein Pferd, wie es die anderen schwarzen Figuren haben. Der gute Bill muss sich schon etwas einfallen lassen. Und den Part des Läufers wird Suko übernehmen. Er ist ja so etwas wie ein Trumpf-Ass im Spiel.« Octavio begann zu lachen. Er rieb sich die Hände. »Ich hoffe, ihr habt alles verstanden. Dann geht auf eure Plätze.«

Der Unheimliche wandte sich um. Zum ersten Mal sah ich seine Augen bewusst.

In ihnen leuchtete fanatischer Hass. Ja, dieser Mann schien alles zu hassen, was auf der Seite des Guten und der Gerechtigkeit stand. Gemein lächelnd deutete er auf einen Stuhl.

»Nehmen Sie Platz, John Sinclair!«

Ich setzte mich.

Octavio verrückte den Spiegel noch ein wenig, sodass wir ihn beide sehen konnten und auch einen guten Einblick hatten. Ich musste dabei den Kopf nach links drehen – Octavio nach rechts.

Octavio behielt sein falsches Lächeln bei. »Ich bin Gönner«, sagte er und machte eine einladende Handbewegung. »Sie haben den ersten Zug, Mr Sinclair!«

Das Spiel begann!

Suko, Bill, Sheila und Jane hörten die Worte. Und sie spürten jedes einzelne wie einen geistigen Hammerschlag. Was sich dieser Satan ausgedacht hatte, war der reinste Horror.

John Sinclair sollte, um seine Freunde zu retten, mit Octavio Schach spielen.

Sicher, John war ein guter Schachspieler, und es bestand durchaus die Möglichkeit, dass er das Spiel gewann. Nur würde Octavio sein Versprechen nicht einhalten. Dafür waren die Dämonen bekannt. Sie siegten nur durch Lug, Trug und Gemeinheit.

»Wir dürfen nur nicht die Nerven verlieren«, flüsterte Suko, »auch die Frauen nicht. Egal, was geschieht.«

»Meinst du denn, dass John es schafft?«, fragte Bill. In seiner Stimme schwang leichter Zweifel mit.

»Er wird es dem verdammten Kerl auf jeden Fall nicht leicht machen. John hat sicherlich noch einen Trumpf in der Hinterhand. Dazu kenne ich ihn inzwischen lange genug.«

»Und wir? Sollen wir uns fügen?«

Suko nickte. »Es bleibt uns nichts anderes übrig. Wir müssen kämpfen. Du hast ja gehört, welchen Part du übernommen hast. Ich kann dir auch meinen Speer geben, Bill.«

Der Reporter schüttelte den Kopf. »Nein, nein, behalte du ihn lieber. Ich schlage mich schon durch.« Bill warf einen Blick nach oben, wo die riesige Kuppel den Himmel bildete. Die beiden Gesichter waren verschwunden.

Er und Suko gingen auf ihre Felder.

Suko nahm neben der Dame, also neben Jane Collins, Aufstellung. Das Gesicht der Detektivin wirkte ausdruckslos. Sie hatte die Hände zu Fäusten geballt. Schweißperlen standen auf ihrer Stirn.

Bill hatte neben Suko seinen Platz. Seine Blicke suchten immer wieder Sheila Conolly. Er merkte, wie ihre Wangenmuskeln zuckten. Sheila weinte.

Die heiße Wut stieg in dem Reporter hoch. Am liebsten hätte er dazwischen gehauen und alle Figuren zu Boden gedroschen.

Die Spannung wuchs.

Sie wurde unerträglich und legte sich wie ein eiserner Reif um die Körper der Freunde.

Auf der gegenüberliegenden Seite des Feldes standen die schwarzen Figuren wie eine finstere Drohung. Die Bauern hielten ihre Lanzen zwischen Arm und Körper geklemmt. Die Spitzen zeigten schräg nach oben.

Stolz saßen die Springer auf ihren Pferden. Die blanken Schwerter blitzten in ihren Fäusten. Nur die Türme wirkten plump, aber Bill und Suko ließen sich durch das Aussehen nicht täuschen. Sie waren bestimmt gefährlich und standen mit den anderen auf einer Stufe.

Wie hatte jemand das Schachspiel getauft? Das Königliche Spiel. Bill Conolly hatte eher das Gefühl, dass es für ihn und seine Freunde zu einem Mörderspiel werden sollte …

Ich zögerte noch immer. Immer wieder zermarterte ich mir das Hirn nach einem Ausweg.

»Bitte, Mr Sinclair. Sie haben den ersten Zug. Oder trauen Sie sich nicht?«

Ich hob den Blick. »Darf man bei Ihnen nicht überlegen?«

Octavio lachte. »Sicher doch. Nur nicht so lange vor dem ersten Zug. Ich will Ihnen der Fairness halber noch etwas mitteilen. Ich habe die Länge des Spiels auf zwei Stunden begrenzt. Sie sollten sich daran halten. Wenn Ihnen am Beginn schon zu viel Zeit verloren geht, fehlt sie Ihnen unter Umständen zum Schluss.«

»Danke für den Hinweis«, erwiderte ich sarkastisch.

Ich fasste den Bauern vor Bill Conolly und schob ihn ein Feld nach vorn, auf G3. Damit hatte ich den Weg für Suko schon mal frei gemacht. Auf Suko setzte ich all meine Hoffnungen.

Octavio sah mich an. »Nicht schlecht, Sinclair, nicht schlecht.« Er nahm seinen Bauer und schob ihn auf B6. Das war genau der Parallelzug auf der anderen Hälfte.

Nicht einmal ungünstig für mich, da ich um einen Zug im Voraus war.

»Weiter, Mr Sinclair!«

Ich holte tief Luft. Jetzt würde ich zum ersten Mal meinen Freund Suko ins Spiel bringen. Ich wollte ihn auf G2 setzen, damit er freie Bahn diagonal über das Spielfeld hatte.

Ich fasste den Läufer an und schob ihn vor …

Der Bauer vor Bill Conolly setzte sich in Bewegung. Zwei Schritte ging er vor, dann hatte er das nächste Feld erreicht.

»Es geht los«, flüsterte Bill dem Chinesen ins Ohr. »Ich ahne, was John vorhat. Gar nicht mal schlecht. Wir haben die Partie selbst schon einige Male durchexerziert. Und wie ich John kenne, bist du gleich an der Reihe, Suko. Halt deine Waffe griffbereit, du wirst oben links den Turm schlagen können.«

Der Chinese nickte.

Aber erst einmal war Octavio am Zug.

Bill Conolly – selbst ein guter Schachspieler – hatte in den letzten Minuten die Angst abgeschüttelt. Er konzentrierte sich voll auf das Spiel, und er vertraute darauf, dass John die Züge durchführte, die er mit dem Reporter schon einstudiert hatte.

»Jetzt bin ich an der Reihe!«, zischte der Chinese.

»Und kämpfe!«, rief ihm Bill noch nach.

Suko nickte. Sprechen konnte er nicht. Er spürte plötzlich die Kraft, die ihn vom Boden hochriss und vor Bill Conolly wieder auf das Feld stellte.

»Freie Bahn«, hörte er die Stimme des Reporters.

Suko lachte hart. »Ich fühle mich verdammt komisch. Aber der Bauer deckt mich ja.«

»Jetzt ist erst einmal Octavio an der Reihe«, sagte Bill. »Achtung!«

Der Reporter und Suko starrten auf die schwarzen Figuren.

»Der macht die gleichen Züge wie John«, flüsterte Bill. »Er will uns unseren Turm mit seinem Läufer wegnehmen. Verdammt, auch.«

»Und? Ist das tragisch?«

»Eigentlich nicht. Aber John muss jetzt aufpassen. Hoffentlich nimmt er dich jetzt. Dann kannst du den anderen Läufer schlagen. Ihr steht euch ja diagonal gegenüber.« Bill war aufgeregt. »Mensch, John, mach, mach.«

Wieder spürte Suko die Kraft. Diesmal wurde er diagonal über das Feld geschleudert. Immer näher kamen die schwarzen Figuren. Dann sah er den kahlen Schädel des Läufers dicht vor sich, landete auf dessen Feld.

Suko stach zu.

Seine Füße hatten kaum den Boden berührt, da rammte er den Speer in den Leib der dämonischen Schachfigur. Er hatte dabei keinerlei Gewissensbisse, denn er kämpfte hier nicht gegen Menschen.

Eine dunkle, grünschwarze Flüssigkeit quoll aus der Wunde des Läufers. Und dann, von einer Sekunde zur anderen, löste er sich auf. Nur ein Rauchfaden zog träge dem gläsernen Himmel entgegen.

Suko hatte den ersten Kampf gewonnen.

Der Chinese knirschte mit den Zähnen. Sein Überlebenswille hatte sich gesteigert. Dicht vor sich sah er den Springer. Er saß auf dem schwarzen Pferd. Die Skelettfratze unter der weißlichen Haut schimmerte. Der Springer griff hinter sich, holte einen Pfeil aus dem Köcher, setzte ihn auf die Sehne und spannte den Bogen.

Suko spürte ein Prickeln auf dem Rücken. Er fühlte sich plötzlich gar nicht mehr wohl. Hinter ihm stand der Bauer, vor ihm der Springer. Er war eingekesselt.

Und der Springer legte auf ihn an.

Instinktiv machte Suko einen Schritt zur Seite, geriet aber an den Rand des Feldes und wurde durch eine magische Barriere gestoppt. Er konnte nicht herunter.

Da wurde ihm klar, dass Octavio falsch spielte.

Sekunden vertropften …

Das Gesicht des Springers verzerrte sich. Im nächsten Augenblick würde der Pfeil von der Sehne schnellen.

Der Springer ließ los.

Und jetzt zeigte der Chinese seine Klasse.

Er fiel zusammen wie ein Ballon, dem der letzte Rest an Luft entwich. Der Pfeil sirrte dicht an seinem linken Ohr vorbei und fuhr mit einem dumpfen Laut hinter ihm in den Rücken des dämonischen Bauern.

Suko hörte ein keuchendes Geräusch. Der Springer stieß einen Wutschrei aus, griff zu einem neuen Pfeil. Die Bewegung war glatt, verriet Routine.

Da schleuderte Suko den Speer.

Er traf die dämonische Schachfigur.

Den Springer schleuderte es von seinem Rappen. Er versuchte sich noch festzuhalten – vergeblich. Mit einem dumpfen Laut fiel er auf den Boden und verging.

Wie sein Reittier, mit dem er eine magische Symbiose eingegangen war.

Der Chinese kreiselte herum.

Das Feld hinter ihm war leer. Der tödliche Pfeil des Springers hatte den Bauern vernichtet.

Suko hatte diese Schlacht gewonnen.

Aber längst noch keinen Sieg errungen …

Ich sprang auf. Deutlich konnte ich in dem Spiegel erkennen, dass sich der Springer selbstständig machte, einen Pfeil auflegte und damit auf Suko zielte. Ich sah das hinterlistige Lächeln in Octavios Gesicht, und mir wurde klar, dass er mit gezinkten Karten spielte.

»Sie spielen falsch!«, brüllte ich ihn an. Ich wäre ihm gern an die Kehle gegangen, aber ich wusste nicht, was dann mit meinen vier Freunden geschehen würde.

Er lachte nur. »Ja!«, schrie er. »Hier wird nach meinen Regeln gespielt. Ich dachte immer, Sie wären ein …« Auf einmal verzerrte sich sein Gesicht.

Ich warf wieder einen raschen Blick in den Spiegel und sah den Grund.

Suko hatte den Springer erledigt. Er existierte nicht mehr, hatte sich aufgelöst und war eingegangen in das Niemandsland der Hölle.

Octavio starrte auf das Schachbrett. »Gar nicht schlecht, Ihr Chinese«, flüsterte er, »aber das wird ihm auch nicht helfen. Ich habe noch andere Trümpfe.«

Ich zog meine Beretta und legte auf Octavio an.

»Wenn Sie noch einmal falsch spielen, erschieße ich Sie«, sagte ich kalt.

»Dann werden Ihre Freunde für immer in der Dimension des Schreckens verschollen bleiben«, lautete die Antwort.

»Darauf lasse ich es ankommen!«, erwiderte ich.

Er sah mich an und musste wohl in meinen Augen erkannt haben, dass es mir bitter ernst war.

Grinsend lehnte er sich zurück. »Okay, Geisterjäger«, sagte er, »spielen wir weiter.« Er beugte sich vor und griff nach der nächsten Figur …

Suko wusste natürlich, dass Johns Gegner die Spielregeln nicht eingehalten hatte. Aber er hatte sich damit ins eigene Fleisch geschnitten. Er hatte drei Figuren verloren. Seine Position war geschwächt.

Nun war er wieder am Zug.

Links neben Suko stand noch ein Bauer. Er wurde um ein Feld vorgerückt, damit der schwarze Turm mehr Platz bekam.

Jetzt musste John richtig reagieren.

Suko fieberte dem nächsten Zug entgegen. Wenn John eine andere Figur setzen würde, sah es schon schlechter für Suko aus, dann musste er zurück, um aus der Reichweite des Turms zu gelangen.

Doch Sinclair reagierte fantastisch.

Wieder fühlte der Chinese die unheimliche Kraft, die ihn anhob und auf das Feld schräg vor ihm zu bewegte.

Der Turm verging. Kaum hatte Suko die Grenze überschritten, da löste sich der Turm auf.

Er stand jetzt an der äußersten diagonalen Seite des schwarzen Feldes. Er war wie ein Wagenheld in der Phalanx der feindlichen Spieler eingebrochen.

Die beiden Felder links neben ihm waren leer. Dann kam schon der König.

Suko sah, wie Bill ihm zuwinkte.

Der Chinese grüßte zurück.

Johns Gegner musste nun einen neuen Angriff aufbauen. Er nahm einen Bauern. Und zwar den, der vor der Dame stand.

Ein Feld setzte er ihn vor. Damit hatte er für seinen zweiten Läufer freie Bahn geschaffen.

Nun war John wieder am Zug.

Zuerst tat sich nichts. Suko hatte Zeit, sich nach seiner Waffe umzusehen.

Der Speer lag unerreichbar für ihn in einem anderen Feld. Die magische Grenze hinderte Suko, an ihn heranzukommen.

Doch John verlagerte das Spiel. Er setzte nun seinen zweiten Joker ein.

Bill Conolly!

Als Springer hatte Bill die Möglichkeit, mehrere Felder zu überspringen.

John nutzte die Chance.

Zum ersten Mal spürte der Reporter die gewaltige Kraft, die ihn hochhob, über andere Figuren hinweg trug und an den Rand des Feldes setzte. Auf H3.

Bill Conolly kam zur Ruhe. Ihn hatte ein leichtes Schwindelgefühl erfasst, das aber langsam wieder verschwand. Er blickte sich um.

Sheila und Jane standen noch auf ihren Feldern. Aber Bill sah die Hoffnung in ihren Augen leuchten. In einer impulsiven Bewegung hob er den rechten Arm und spreizte Mittel- und Zeigefinger ab.

V – wie Victory. Das Siegeszeichen!

Der nächste Zug gehörte Johns Gegner.

Er jagte seinen Läufer ins Feld, setzte ihn auf B4 und ließ ihn dort stehen. Der Zug war raffiniert, denn jetzt war die Dame, war Jane Collins in Gefahr, falls der Bauer, der sie deckte, weggezogen wurde.

Der nächste Zug gehörte John.

Er nahm den linken äußeren Bauern und setzte ihn auf A3.

Bill frohlockte innerlich. John hatte ausgezeichnet pariert. Nun war auch der zweite Läufer seines Gegners in Gefahr. Er musste zurückgehen, denn wenn er den Bauern schlug, dann stand schon ein zweiter bereit, um ihm den Garaus zu machen.

John Sinclair begann sich einzuspielen.

Doch Octavio ging nicht zurück.

Er griff an.

Er drosch seinen Läufer vor und schlug den Bauern weg, der den König von vorn und die Dame von der linken Seite her deckte.

Warum machte er das?

Der Läufer war leicht zu schlagen. Johns zweiter Läufer brauchte nur um ein Feld vorzurücken.

Aber auch John reagierte nicht.

Unwillkürlich warf Bill Conolly einen Blick in die Höhe.

Nichts – nichts war von dem Gegner zu sehen.

Und doch hatte Bill das Gefühl, dass etwas passiert war, was dem Spiel eine entscheidende Wendung gegeben hatte …

Ich hatte meinen Gegner im Schachspiel überschätzt, und das wurde mir sehr schnell klar.

Octavio hatte keinen Schimmer vom Schachspielen. Er machte haarsträubende Fehler.

Als er jetzt auch noch seinen zweiten Läufer durch einen falschen Zug opferte, konnte ich mir ein Lächeln nicht mehr verkneifen.

»Damit sind Sie den auch los«, sagte ich. Ich wollte schon meinen Läufer ein Feld vorsetzen, als Octavio aufsprang.

»Halt!«, schrie er.

Ehe ich es verhindern konnte, warf er sich über den Tisch und hatte meine Pistole an sich gerissen. Ich hatte sie leichtsinnig neben das Schachbrett gelegt. Dafür hätte ich mich jetzt noch in den Hintern beißen können.

Octavio sprang zwei Schritte zurück.

»Bleib so sitzen, Geisterjäger«, blaffte er. »Jetzt wird nach meinen Regeln gespielt!«

Ich legte beide Hände flach auf den Tisch. »Was werfen Sie mir vor, Octavio? Habe ich falsch gespielt? Habe ich die Regeln nicht beachtet? Oder was?«

»Weder noch, Sinclair.«

»Was dann?«, fragte ich höhnisch. »Oder sind Sie etwa sauer, dass ich doch der Bessere bin?«

Octavios Gesicht verzerrte sich. »Das wird sich erst noch herausstellen!«, zischte er. »Sie sind noch längst nicht Sieger. Meine Trumpfkarte spiele ich erst noch aus.«

Ich deutete auf seinen Platz. »Dann setzen Sie sich doch und spielen Sie weiter!«

»Nein, mein Lieber. Ich werde weiterspielen. Aber nicht hier. Ich werde mich selbst in das Spiel einmischen. Sie können es ja auch.« Er bewegte sich bei seinen Worten auf den Spiegel zu, und ich ahnte, was er vorhatte.

»Machen Sie keinen Unsinn!« Ich sprang auf.

»Soll ich abdrücken?«, schrie Octavio. »Ich weiß, dass Ihre Kanone mit Silberkugeln geladen ist. Und ich weiß, dass Sie auch für Menschen tödlich sind. Ich mache kurzen Prozess, Sinclair. Ich werde Sie umlegen und anschließend durch den Spiegel verschwinden. Sechs Kugeln sind im Magazin. Wenn ich Sie erschieße, habe ich noch fünf. Die reichen für Ihre Freunde.«

Und ob die reichten!

Ich Idiot hatte mich übertölpeln lassen, hatte mich zu sehr auf das Schachspiel konzentriert und vergessen, welch einem Gegner ich gegenübersaß.

Noch trennte uns der Schreibtisch. Ich verfolgte jede Bewegung Octavios.

Immer weiter näherte er sich dem Spiegel. Und ich ahnte auch, was er vorhatte. Er würde schießen, kurz bevor er in den Spiegel eintauchte.

Doch vorher schnellte sein linker Arm vor, und ehe ich es

verhindern konnte, fegte er alle noch auf dem Schachbrett befindlichen Figuren um.

Ich konnte mir vorstellen, was jetzt auf dem anderen Schachbrett los war. Einen Blick in den Spiegel zu riskieren wagte ich nicht. Dafür hörte ich Octavios hämisches Lachen.

»Deine Freunde werden sich wundern!«, kicherte er. »Vielleicht sind sie auch schon tot, wenn ich unten bin, dann habe ich Kugeln gespart.«

Er ging wieder einen Schritt näher auf den Spiegel zu.

»Verloren, Sinclair!«, rief er. »Aus und vorbei!«

Er stand jetzt mit dem Rücken vor dem Spiegel. Zwei Meter befand ich mich von ihm entfernt. Sein rechter Zeigefinger hatte sich um den Abzug gekrallt.

Eine winzige Bewegung nur, dann …

Es ist bei fast allen Menschen gleich. Profikiller eventuell ausgenommen. Wenn sie sich überwinden zu schießen, dann zeigt sich das in ihren Augen.

Ein kurzes Aufblitzen vielleicht – ein …

Bei Octavio war es so weit.

Nur verzerrte sich bei ihm der Mund.

Im nächsten Augenblick drückte er ab!

Der Schuss bellte auf.

Ich flog zur Seite, hörte ein widerliches Lachen und verspürte einen Hammerschlag an meiner linken Schulter.

Getroffen!

Ich prallte zu Boden, rollte um meine eigene Achse, spürte den ziehenden Schmerz und wurde vom Schreibtisch gestoppt.

Ich riss mich zusammen, zog mich keuchend an der Platte hoch.

Von Octavio war nichts mehr zu sehen.

Er war verschwunden, war hineingetaucht in den Dimensionsspiegel, um mit meiner eigenen Waffe meine Freunde umzubringen. Meine Chance war gleich null.

Oder?

Nein, zum Teufel! Hatte ich bisher nicht alles auf eine Karte gesetzt? Dann wollte ich auch jetzt nicht kneifen. Ich musste ihm nach, musste durch den Dimensionsspiegel in das Reich des Schreckens tauchen.

Ich überlegte nicht länger, sondern stolperte auf den Spiegel zu und warf mich gegen die Fläche ...

Bill Conolly drehte den Kopf nach links und sah die ängstlichen Gesichter der Frauen.

»Warum spielen die beiden nicht weiter?«, rief Sheila.

»Ich weiß es nicht.« Bill hob die Schultern. »Vielleicht haben sie eine Pause eingelegt.«

Der Reporter warf Suko einen Blick zu, doch auch der Chinese schien ziemlich ratlos zu sein. Er stand auf seinem Schachfeld und hielt die in der Nähe stehenden schwarzen Dämonenfiguren im Auge.

Zeit verging.

Die Spannung wuchs. Immer wieder warfen die vier Freunde ihre Blicke nach oben, wo sich der gläserne riesige Himmel spannte.

Und dann geschah es. Ein Windstoß schien mit ungeheurer Wucht über das Schachbrett zu fegen. Er war so gewaltig, dass die Figuren erfasst wurden, als wären sie nur trockene Blätter.

Zuerst packte es Suko. Ein Wirbel riss ihn vom Boden hoch und schleuderte ihn durch die Luft. Er krachte mit einem der Springer zusammen. Der Reiter flog aus dem Sattel und prallte zu Boden, wo er benommen liegen blieb.

Auch Bill Conolly geriet in den Strudel. Seine Beine wurden ihm weggerissen. Er kippte nach vorn, fiel auf den Bauch und wurde in die Mitte des Schachfeldes geschleudert. Dort blieb er stöhnend liegen.

Der Sturm machte auch vor den Frauen nicht halt. Sheila und Jane prallten gegeneinander und klammerten sich aneinander fest. Janes Beine hoben vom Boden ab. Ihre Füße knallten einer anderen dämonischen Figur ins Gesicht, eine Waffe rutschte auf sie zu, und Jane war geistesgegenwärtig genug, das Schwert an sich zu reißen. Mit der linken Hand hielt sie Sheila gepackt und deckte sie mit ihrem Körper.

Dann wurde es ruhig.

Eine nahezu unnatürliche Stille kehrte ein.

Das Schachbrett glich einem Schlachtfeld.

Alle Figuren waren umgestürzt, lagen wirr durcheinander. Die vier Freunde waren getrennt. Der Erste, der sich erhob, war Suko. Der Chinese hatte den Sturm am besten überstanden. Torkelnd lief er einige Schritte und riss dem schwarzen König das Schwert aus der Hand.

Da erwachte die Schachfigur zu höllischem Leben. Die Krone auf seinem Schädel schien noch stärker zu flammen. Er streckte die Arme aus und krümmte die Hände. Aus seinem Mund drang ein schreckliches Fauchen.

Wie ein germanischer Recke stand Suko auf dem Schlachtfeld. Mit beiden Fäusten umklammerte er den Knauf des Schwertes.

Eiskalt ließ er den König kommen.

Und der rannte genau in sein Verderben.

Suko hielt das Schwert leicht angewinkelt und schlug im richtigen Moment zu.

Mit einem einzigen Hieb trennte er der schaurigen Schachfigur den Schädel vom Rumpf.

Der Kopf prallte gar nicht mehr zu Boden. Er verglühte noch in der Luft.

Suko kreiselte herum. Dabei stieß er einen heiseren Kampfschrei aus. Auf seinem Gesicht lag ein wilder Ausdruck. Suko war bereit, dem Horror ein Ende zu setzen.

Ein Bauer griff an. Er hatte den Tod des Königs mitbekommen und wollte ihn rächen. Die Lanze sollte Sukos Brust durchbohren.

Der Chinese war schneller. Er steppte zur Seite und führte einen blitzschnellen Hieb.

Die dämonische Schachfigur wurde ausgelöscht.

Für die nächsten Augenblicke wagte sich niemand an den Chinesen heran.

Wild sah Suko sich um. Und plötzlich wurden seine Augen weit. Er hatte Bill Conolly entdeckt, der auf dem Boden lag und von mehreren Schachfiguren attackiert wurde.

Suko zählte einen Läufer und drei Bauern. Und – was ihn noch mehr erstaunte – auch die weißen Figuren griffen in die Auseinandersetzung mit ein. Sie stellten sich aber gegen die schwarzen.

Ihre Chance war gleich null. Sie hatten den Waffen nichts entgegenzusetzen. Die dämonischen Schachfiguren gaben kein Pardon.

Suko rannte los. Dabei schwang er wild sein Schwert.

Aber auch noch jemand sah nicht untätig zu.

Jane Collins!

Sie wollte dem Reporter ebenfalls zu Hilfe eilen.

Bill war bisher durch gezielte Ausweichmanöver einer Verletzung entgangen.

Jetzt aber sah er sich eingekreist.

Sogar die gegnerische Dame griff an. Sie war ebenfalls mit einer Lanze bewaffnet, drängte die Bauern zur Seite und stieß zu.

Bill schnellte nach vorn. Die Lanze zischte an ihm vorbei und bohrte sich in den Boden. Sie nagelte gleichzeitig ein Hosenbein des Reporters fest.

Bill Conolly war behindert.

Ein Pfeil wurde auf ihn angelegt. Er sah hinter dem Bogen einen Totenschädel schimmern.

Der Traum! Der Traum!, schoss es Bill Conolly durch den Kopf.

Da flirrte etwas durch die Luft und bohrte sich mit ungeheurer Wucht in die Brust des dämonischen Bogenschützen.

Jane Collins hatte aus vollem Lauf mit aller Kraft ihr Schwert geschleudert.

Und getroffen!

Der Bogenschütze wurde zurückgeworfen, verlor den Halt, fiel zu Boden und verglühte.

Bill Conolly erfasste sehr schnell die Situation. Er riss die

Lanze, die sein Hosenbein festnagelte, aus dem Boden, sprang auf und schrie: »Jetzt machen wir sie fertig!«

»Nichts geht mehr!«, peitschte plötzlich eine Stimme über das Schlachtfeld.

Die Menschen erstarrten.

Diese Stimme kannten sie. Sie gehörte John Sinclairs Gegner. Und er war mitten unter ihnen.

Mit einer Pistole bewaffnet.

Die Mündung klebte an Sheila Conollys Hals. Die linke Hand hatte der Kerl in ihr langes Haar gekrallt und Sheilas Kopf zurückgezogen. In der Rechten hielt er die Waffe.

Johns Beretta.

Bill Conolly erkannte sie sofort. Freiwillig hätte sich der Geisterjäger niemals davon getrennt. Und dass dieser Hundesohn die Pistole nun besaß, bedeutete für Bill, dass John Sinclair auf der Strecke geblieben war ...

»Bleibt, wo ihr seid!«, schrie Octavio. »Jetzt wird alles nach meiner Pfeife tanzen!«

»Wo ist John Sinclair?«, rief Bill.

»Erledigt!«, brüllte der Mann triumphierend. »Ich, Octavio, habe es endlich geschafft.«

Bill Conolly knirschte vor Wut mit den Zähnen. Er hätte diesem Octavio von Anfang an misstrauen sollen. Wenn Sheila doch nur nicht auf die Idee gekommen wäre, das Schachspiel zu kaufen ...

Bill hätte sich vor Wut in den Hintern treten können. In ohnmächtigem Zorn ballte er die Hände. Im Augenblick hielt Octavio alle Trümpfe in der Hand, und es sah aus, als solle er sie auch behalten.

Niemand wagte sich zu rühren.

Suko stand wie ein Denkmal auf dem Schlachtfeld. Er hatte die Hand mit dem Schwert sinken lassen.

Auch Jane Collins stand wie festgenagelt. Nur das Zucken um ihre Mundwinkel verriet, wie erregt sie war.

Octavio lachte böse. Auch er war kleiner geworden, aber das störte ihn nicht, denn er fühlte sich in den Dimensionen des Schreckens recht wohl.

»Diesmal ist es aus!«, rief er. »Selbst ein John Sinclair kann euch nicht mehr helfen. Ich hätte wirklich nicht gedacht, dass es so leicht sein würde. Aber er hat seine eigene Unzulänglichkeit erkannt, euer ach so unbesiegbarer Geisterjäger!«

Bill Conolly konnte sich nicht mehr beherrschen. »Ist er tot?«, schrie er. Bei diesen Worten schimmerten Tränen in seinen Augen.

Octavio wandte hastig den Kopf. »Ich habe noch fünf Kugeln in diesem Magazin. Sechs waren vorher darin. Eine habe ich Sinclair gegeben. Ist die Frage damit beantwortet?«

Bill presste die Lippen zusammen. Die Wut und der Zorn drohten ihn wie eine Woge zu überschwemmen. Er sah Sheila auf dem Boden knien, die Pistolenmündung drückte gegen die straffe Haut ihres Halses. Er sah den gequälten Ausdruck auf dem Gesicht seiner Frau, und all das machte ihn wahnsinnig.

»Lass sie los!«, brüllte Bill Conolly plötzlich. »Lass sie los!« Seine Stimme überschlug sich.

Octavio lachte nur.

Pfeifend sog Bill den Atem ein. Seine Stirnadern schwollen an. Wieder sah er Sheila an, und er musste daran denken, welches Geheimnis sie ihm anvertraut hatte.

»Du Schweiiinnn!«, brüllte der Reporter und rannte einfach los.

Octavio stieß einen Fluch aus, nahm die Waffe von Sheilas Hals und feuerte auf den heranjagenden Bill …

Ich segelte durch die Unendlichkeit.

Tausend Eindrücke gleichzeitig stürmten auf mich ein. Ich sah grässliche Gestalten, ein verwirrendes Farbenspiel, fiel in eine nie enden wollende Schwärze, um im nächsten Augenblick in einem tosenden Flammenkorridor zu landen.

Zeit, Raum, Geschwindigkeit – es waren Begriffe, die es für mich nicht mehr gab.

War ich Stunden, Minuten oder nur Sekunden unterwegs? Ich wusste es nicht. Ich nahm die Eindrücke auf und vergaß sie gleich wieder, um von neuen, fremden Bildern gefesselt zu werden.

Plötzlich sah ich das Schachbrett.

Und das Chaos!

Ich wollte schreien, mich bemerkbar machen, doch meine Stimme blieb stumm. Wie ein großer toter Vogel fiel ich auf das Schachbrett zu.

Ich sah meine Freunde.

Suko, Bill, Sheila und Jane!

Und Octavio!

Ich hatte das Gefühl, mein Herzschlag würde aussetzen. Dieser Octavio packte Sheila Conolly und setzte ihr die Mündung der Pistole an den Hals.

Ich rief, ich schrie, brüllte …

Mein Gott, warum hörte mich denn keiner!

Ich schwebte tiefer, hatte das Gefühl, an einem riesigen Fallschirm zu hängen.

Näher und näher kam das Brett.

Erst jetzt bemerkte ich, dass ich meine Hände um das Kreuz am Hals geklammert hatte. Sie hielten es fest wie einen kostbaren Schatz. Würde es mir in dieser Hölle helfen?

Näher und näher kam ich dem Schachbrett. Jede Einzelheit erkannte ich. Ich sah, wie Bill Conolly plötzlich losrannte und wie Octavio die Waffe herumriss und schoss …

Riesengroß erschien dem Reporter die Mündung. Die Mündung der Pistole, aus der im Bruchteil einer Sekunde der Tod auf ihn zurasen würde.

Doch da reagierte Jane Collins.

Bill musste an ihr vorbei, und im selben Moment schnellte ihr rechtes Bein vor.

Die Bewegung und der Schuss fielen zusammen. Bill

stolperte über das ausgestreckte Bein, und das Blei jaulte an seinem linken Ohr vorbei.

Hart prallte der Reporter zu Boden.

Ehe Octavio jedoch ein zweites Mal schießen konnte, wurde Sheila aktiv.

Sie riss den Unheimlichen einfach um.

Damit hatte Octavio nie im Leben gerechnet. Er schaffte es nicht mehr, sich abzustützen. Mit voller Wucht prallte er zu Boden. Hasserfüllt brüllte er auf, doch er gab sich nicht geschlagen. Jetzt mobilisierte er seine Hilfstruppen.

»Tötet sie!«, schrie er. »Tötet sie!«

Und die lebenden Schachfiguren setzten sich in Bewegung. Schwerter und Lanzen wurden gehoben, Pfeile auf die Sehnen gelegt, der Tod sollte grausame Ernte halten.

Das war genau der Augenblick, an dem ich Bodenkontakt bekam.

»John!«, hörte ich einen gellenden Schrei. Ich kümmerte mich nicht um diesen Ruf, hatte nur Augen für Octavio, dem es galt, das schreckliche Handwerk zu legen.

Ich suchte ihn, wurde dabei angegriffen. Ein Bauer wollte mich mit seiner Lanze durchbohren.

Ich wich zur Seite und drückte ihm das geweihte Kreuz ins Gesicht. Die dämonische Figur verbrannte.

Ich nahm die Lanze.

Dann sah ich Octavio.

Er hetzte am Rand des Schachfeldes entlang. Ich wusste nicht, was er vorhatte und wo er hinwollte.

Augenblicklich nahm ich die Verfolgung auf. Obwohl die Silberkugel noch in meiner Schulter steckte, spürte ich die Verletzung nicht. Ich hatte die Schmerzen einfach verdrängt, denn jetzt gab es nur noch ein Ziel.

Ich holte auf. Octavio warf einen Blick über die Schulter, er sah mich, und sein Gesicht verzerrte sich. Er schoss.

Viel zu überhastet. Die Silberkugel zischte an mir vorbei. Ich hatte das Gefühl, als gebe es nur Octavio und mich auf diesem Schachfeld. Ich sah und hörte nichts mehr von dem Kampfgetümmel um mich herum. Wieder feuerte er, und wieder ging der Schuss daneben.

Dann hob ich die erbeutete Lanze. Ich riss den Arm weit über meine Schulter nach hinten und schleuderte die Waffe aus vollem Lauf und mit aller Kraft, die noch in mir steckte.

Die Lanze beschrieb einen Bogen. Sie prallte nicht in den Rücken des Dämons, sondern fegte dem Fliehenden zwischen die Beine.

Octavio stolperte.

Zum zweiten Mal innerhalb kurzer Zeit fiel er hin. Diesmal war der Sturz jedoch bedeutend heftiger. Meine Beretta wurde ihm aus der Hand geprellt und rutschte ein Stück weiter.

Innerhalb der nächsten zwei Sekunden war ich über ihm.

Hart riss ich Octavio herum. Er lag jetzt auf dem Rücken, blickte mich aus angstvoll geweiteten Augen an.

Ich warf mich auf ihn.

»Es ist aus!«, keuchte ich. »Endgültig!« Bei diesen Worten nahm ich das Kreuz und drückte es ihm auf die Brust.

Er schrie markerschütternd, bäumte sich auf, als stünde er unter Strom.

Etwas Schreckliches geschah.

Das Feuer hüllte ihn ein wie ein Vorhang. Ich musste zurückweichen, um mich vor der Hitze zu schützen. Octavio aber, der Dämon, der mich und meine Freunde fast besiegt hätte, verging in seiner ureigenen Dimension.

Ich kam nicht mehr dazu, mir weitere Gedanken zu machen. Urplötzlich veränderte sich die Welt. Ein mörderischer Sog packte mich. Ich wurde durch die Luft gewirbelt, sah, wie die Erde aufbrach, das Schachbrett und die Totenköpfe verschlang, sah eine glühende Feuersbrunst, aus der sich die Fratze des Satans schälte.

War das die Hölle?

Plötzlich saß die Angst in meinem Körper, die Angst, dass alles doch noch schiefgehen könnte. Ich vernahm die Schreie der beiden Frauen, wollte etwas tun, mich gegen den Druck stemmen …

Dann versank die Umgebung in einer bodenlosen Schwärze.

Mein Denken, mein Fühlen – es wurde ausgeschaltet. Die unendlichen Dimensionen hatten mich umfangen …

Allmählich schälten sich die Konturen aus dem Dunkel. Ein Schreibtisch, ein Stuhl, ein Schrank, ein Spiegel …

Ich begriff nur langsam.

Doch die Erinnerung kam.

Ich schlug die Augen auf.

Ich befand mich wieder in normaler Größe auf der normalen Welt. Ich war im Büro des Antiquitätenhändlers.

Suko, Bill, Sheila und Jane – sie waren da. Sie hatten mit mir diese unvorstellbare Reise gemacht und sie heil überstanden.

Erstes Morgenlicht fiel durch das Fenster. Ich fühlte nach meiner linken Schulter. Da war nichts. Die Wunde war verschwunden. Auf magische Weise.

Unbegreiflich …

Wir sahen uns nur an. Worte waren überflüssig. Dann fielen wir uns in die Arme. Und bei Gott, wir schämten uns unserer Tränen nicht. Noch nie waren wir in solch einer Situation gewesen. Dass wir sie heil überstanden hatten, erschien mir wie ein Wunder.

»An uns denkt wohl niemand«, beklagte sich Jane.

Doch – wir dachten an die Frauen. Und allem zum Trotz, wir setzten die Feier fort. In meiner Wohnung. Ich gab Superintendent Powell telefonisch Bescheid, dann stellten wir Telefon und Klingel ab und feierten. Es war wie ein Rausch. Irgendwann rückte Sheila dann mit der Sprache heraus.

Sie wurde sogar rot, als sie uns erklärte, dass sie in anderen Umständen war.

»Das wird ein Junge!«, rief Bill und riss beide Arme hoch.

»Wie soll er denn heißen?«, fragte ich.

»John natürlich. John. Wie denn sonst? Oder könnt ihr euch einen besseren Namen vorstellen?«

Nein, das konnten sie wirklich nicht. Ehrlich gesagt, ich hielt mich da raus. Schließlich will man ja nicht als unbescheiden gelten, nicht wahr?

ENDE

ANRUF AUS DEM JENSEITS

Grell durchschnitt das Schrillen des Telefons die Stille der Nacht. Ruckartig setzte sich Martha Ilford in ihrem Bett auf.

»Ja?«, hauchte sie verschlafen in die Muschel.

»Martha?«, fragte eine Männerstimme.

»Am Apparat«, sagte sie automatisch.

»Kennst du mich nicht mehr, Martha?«

Plötzlich fühlte Martha ihren Herzschlag am Hals. Die Stimme, der Mann – mein Gott, das durfte nicht wahr sein …

»Larry?«, flüsterte sie erstickt.

»Endlich, Martha. Ich bin es tatsächlich. Du hast mich vermisst, nicht wahr?«

»Neinnn …«, röchelte Martha Ilford. Der Hörer fiel ihr aus der Hand.

Martha Ilford hatte mit ihrem Mann gesprochen. Aber Larry war seit einem Jahr tot.

Der Telefonhörer baumelte dicht über dem Boden, schwang wie ein Metronom hin und her. Das Besetztzeichen tönte aus der Muschel. Sonst kein Geräusch.

Kein Atmen, keine Stimme …

Und doch hatte jemand mit Martha Ilford gesprochen. Ihr Mann. Vor genau dreizehn Monaten war er gestorben. Martha sah alles so deutlich vor sich, als wäre es erst gestern geschehen.

Larry befand sich auf dem Rückweg von einem Kunden. Es war Nacht. Die Dunkelheit hatte einen strahlenden Sommertag abgelöst. Doch plötzlich aus dem Nichts ein Gewitterregen. Im Nu waren die Straßen spiegelglatt. Und Larry Ilford fuhr viel zu schnell. Sein Wagen geriet ins Schleudern, krachte frontal gegen einen Baum.

Das Fahrzeug war total zertrümmert. Der Fahrer starb an der Unfallstelle. Larry hatte sich nicht angeschnallt und war mit dem Kopf durch die Frontscheibe geschleudert worden.

Ein schrecklicher Anblick.

Martha Ilford hatte der Tod ihres Mannes hart getroffen. Sie stand allein, war hilflos, denn Larry hatte immer alles für sie geregelt. Über finanzielle Dinge wusste Martha überhaupt nicht Bescheid, und es dauerte ein halbes Jahr, bis sie sich halbwegs zurechtfand. Zum Glück hatte Larry ihr eine hohe Lebensversicherung hinterlassen. Von dem Geld konnte sie gut leben. Sie brauchte das Geld, denn mit vierzig Lenzen war es schwer, eine Anstellung zu finden. Gerade in der heutigen Zeit.

Das Tuten riss sie aus ihren Gedanken. Martha fasste nach dem Hörer und legte ihn vorsichtig auf die Gabel. Dabei sah sie, wie sehr ihre Finger zitterten. Der Anruf hatte sie völlig verwirrt.

Aber wer verbarg sich hinter dieser Stimme? Wer wollte sie in den Wahnsinn treiben? Wen hatte sie sich zum Feind gemacht? Und vor allen Dingen – wer konnte Larrys Stimme so gut imitieren?

Dass es nicht ihr Mann war, mit dem sie gesprochen hatte, daran zweifelte sie keinen Augenblick. Tote können nicht reden. Und an Geister und Gespenster glaubte sie nicht, obwohl in letzter Zeit viel über Gespräche aus dem Jenseits geschrieben und gesprochen worden war. Für Martha Ilford war das jedoch kalter Kaffee. Sie war eine Realistin.

Sie stand auf, ging in die kleine Garderobe und trat vor den Spiegel.

Alt sah sie aus, wirklich alt. Das braune Lockenhaar wirkte stumpf. Die Mundwinkel wurden von zwei scharfen Falten umrahmt. Unter den Augen zeigten sich Krähenfüße, die Haut hatte einen gelblichen Schimmer. Das violette Nachthemd fiel wie ein Vorhang zu Boden und schwang glockenförmig auf, als Martha Ilford in den Livingroom zurückkehrte.

Die Bar befand sich in einem großen Globus. Larry hatte ihn noch kurz vor seinem Tod gekauft.

Martha wählte einen alten französischen Cognac. Zwei Fingerbreit goss sie ins Glas und leerte es in drei Zügen.

Rasch breitete sich die Wärme des Getränks im Magen aus. Martha ging es gleich wieder besser, und sie redete sich selbst ein, dass dieser Anruf nur ein böser Scherz gewesen war. Jemand wollte sie auf miese Art hochnehmen.

Schon über zwanzig Minuten waren seit dem Anruf vergangen.

Das Telefon klingelte, riss sie aus ihren Gedanken.

»Nein«, stöhnte Martha, »nicht schon wieder. Bitte nicht ...«

Unbarmherzig rasselte der Kasten weiter. Martha ballte die Hände, hielt sich die Ohren zu, doch das Klingeln drang auch durch diesen Schutz.

Dann hielt sie es nicht mehr aus. Sie sprang auf, schnappte sich den Hörer, presste ihn gegen das rechte Ohr und schrie: »Lasst mich doch in Ruhe!«

Wieder die Stimme. Leise, kaum zu verstehen.

»Martha, Darling – ich brauche Hilfe – Hilfe – es quält mich so. Ich kann nicht mehr – so hilf mir doch – die Geister – sie sind überall. Es ist so schrecklich – so grausam ...«

Die Stimme verwehte, war zuletzt nur noch ein Hauch, der Martha Ilfords Ohr traf.

Stille.

Dann das Besetztzeichen. Monoton, für Martha überlaut.

Sie sank auf der schmalen Couch zusammen, vergrub das Gesicht in beide Hände und schluchzte. Der Hörer lag auf ihren Knien.

»Ich kann nicht mehr«, weinte sie. »Ich kann nicht ...«

Die beiden Anrufe innerhalb kurzer Zeit hatten die Frau nervlich ruiniert. Ihr Rücken verkrampfte sich. Das Schluchzen schüttelte ihren Körper. Martha Ilford war aufgeregt wie nie in ihrem Leben.

Irgendwann legte sie den Telefonhörer auf. Sie tat dies mit einer roboterhaften Geste. Hinter ihrer Stirn pochte es. Kopfschmerzen. Sie wurden von Minute zu Minute stärker. Martha nahm eine Tablette, löste sie in Wasser auf und trank.

Dann folgte die Angst. Noch weitere dieser Anrufe, und sie würde einen Herzschlag bekommen. Plötzlich hasste sie das Telefon. Hasste diesen graugrünen Apparat, der sie höhnisch anzugrinsen schien. Wutentbrannt lief sie auf ihn zu, hob ihn hoch und wollte ihn gegen die Wand schmettern.

Im letzten Augenblick hielt sie inne. Sie begriff, wie absurd diese Reaktion wäre.

Sollte sie die Polizei anrufen? Martha Ilford wählte ohne zu zögern die Nummer des nächsten Polizeireviers. Dabei ahnte sie nicht, dass sie bereits die dritte Anruferin war. Die beiden vor ihr hatten das gleiche Problem.

Das Jenseits tauchte aus dem Nebel auf und meldete sich. Und niemand ahnte, dass dies erst der Beginn eines unglaublichen, geisterhaften Falles war ...

Moderne Kunststoffjalousien filterten das grelle Sonnenlicht. Trotzdem war es warm in dem großen Livingroom der Conollys. Die Hitze lastete bereits seit Tagen über London und machte Mensch und Tier schwer zu schaffen.

Sheila litt besonders unter den Temperaturen. Sie war in Umständen und rechnete jeden Augenblick mit dem Eintreten der ersten Wehen.

Sheila lag auf einer bequemen Liege, während Bill, ihr Mann, wie ein gereizter Tiger im Raum hin und her lief.

Die blonde Frau lächelte. »Nun sei doch nicht so nervös, Darling. Ich bekomme das Kind, nicht du.«

Bill blieb stehen und rang in komischer Verzweiflung die Hände. »Das ist es ja gerade. Wenn ich das Kind bekommen würde, wäre alles gar nicht so schlimm. Aber du glaubst nicht, wie ich leide. Wenn ich mir vorstelle, dass du im Krankenhaus ...«

»Bill!« In Sheilas Stimme schwang ein liebevoller Vorwurf mit. »Es wird schon gut gehen, glaube mir. Außerdem ist Professor Harris eine Kapazität auf seinem Gebiet. Er hat mich im Laufe der Schwangerschaft immer wieder untersucht. Und er sagt, ich sei völlig gesund. Besser könnte es gar nicht sein.«

»Trotzdem.« Bill schüttelte den Kopf.

»Komm mal her.« Sheila streckte die Arme aus.

Bill ging auf sie zu. Wie ein Schulbub zu seiner Mutter, um die schlechten Zensuren zu beichten.

Sheila nahm das Gesicht ihres Mannes in beide Hände. Sie hauchte einen Kuss auf Bills Lippen. »Ich bin so froh, dass du bei mir bist«, flüsterte sie, »und glaube mir, ich liebe dich so innig wie am ersten Tag.«

Bill nickte. Sprechen konnte er nicht. Er sah seine Frau an.

Sheila war eine Schönheit und in den letzten Monaten vielleicht noch mehr aufgeblüht. Ihr langes Haar hatte sie der Hitze wegen hochgesteckt. Sie trug nur etwas Rouge auf den Wangen, und ihre herrlichen blauen Augen wirkten wie klare Bergseen. Wenn sie lächelte, hatte Bill immer das Gefühl, auf ihrem Gesicht würde die Sonne aufgehen.

»Hast du den Koffer gepackt?«, fragte Sheila.

»Ja.«

»Ich wusste gar nicht, dass du so ernst sein kannst«, flüsterte die junge Frau. »Warum lachst du nicht? Freust du dich nicht auf unser Kind?«

»Doch. Aber ich mache mir deinetwegen Sorgen.«

Sheila schüttelte den Kopf. Dann streckte sie den rechten Arm aus. »Komm, hilf mir doch. Ich möchte ein paar Schritte laufen.«

Bill hob seine Frau behutsam an. Sheila machte ein paar zögernde Schritte. Sie ging zum Fenster, drückte zwei Lamellen mit Daumen und Zeigefinger auseinander und schaute in den prächtigen Garten. Das Sonnenlicht brach sich blitzend auf der Oberfläche des Schwimmbeckens. Es war windstill.

»An diesem Anblick erfreue ich mich immer wieder«, sagte Sheila. »Unser Kind wird sich hier austoben können.«

Bill trat neben sie und legte einen Arm über ihre Schulter. »Ja, es wird sicherlich Spaß daran haben.«

In den letzten Wochen war es ruhig geworden im Hause der Conollys. Mit seinem Freund John Sinclair hatte sich Bill auf kein Abenteuer mehr eingelassen. Er wollte Sheila nicht unnötig aufregen. Sie machte sich sowieso immer zu viele Sorgen um ihren Mann. Sheila hatte eine permanente Angst um Bill. Seit ihrer Hochzeit achtete sie darauf, dass ihr Mann möglichst zu Hause blieb und dort seine Berichte schrieb. Vor der Heirat war er in die Welt gezogen, hatte von seinen Erlebnissen berichtet und war zu einem wahren Starreporter herangereift.

Oft hatte er mit John Sinclair, dem Geisterjäger, gemeinsam gekämpft, und mehr als einmal war er buchstäblich im letzten Moment dem Tod von der Schippe gesprungen.

Sheila hatte seinen Tatendrang gebremst. Und Bill fügte sich. Nur manchmal, da brach er aus, da musste er wieder hinaus in die Welt und sich anderen Wind um die Nase wehen lassen.

»Möchtest du dich nicht wieder hinlegen?«, fragte er.

»Nein, nein, Darling. Bewegung tut gut. Außerdem ist es hier nicht so heiß wie draußen.«

Sheila strich sich über ihr Gesicht. »Ich gehe ins Bad, Bill, und mache mich etwas frisch.«

»Okay.«

Sheila verließ den Livingroom, der in seiner Größe schon mehr einer Halle glich.

Bill tat Eiswürfel in ein Glas und goss Orangensaft darüber. In kleinen Schlucken trank er das erfrischende Getränk.

Da klingelte das Telefon.

Rasch setzte Bill das Glas ab und meldete sich.

Rauschen. Mehr nicht.

»Hallo!« Bill räusperte sich. »Hallo, melden Sie sich! Wer sind Sie?«

Plötzlich hörte Bill eine Stimme. Sie schien vom Ende der Welt zu kommen. Bill presste den Hörer dicht an sein Ohr, um die Stimme überhaupt verstehen zu können.

»Helft mir – das Jenseits ruft euch – ich bin Gefangener – es ist schlimm. Sheila – ich …«

Bill rann eine Gänsehaut über den Rücken. Von einer Sekunde zur anderen wurde sein Gesicht weiß. Er kannte die Stimme, hatte sie schon gehört, wusste jedoch nicht, wo er sie unterbringen sollte.

»Reden Sie lauter. Melden Sie sich doch!«, rief er in den Hörer. »Was ist denn los?«

»Ich – ich – kann nicht. Es ist so schwer …«

Bill trat der Schweiß aus allen Poren. Er fasste den Anruf nicht als Scherz auf.

»Wie können wir Ihnen helfen?«

»Der Seelenhändler – ihr müsst den Seelenhändler …« Die Stimme war weg. Nur noch das Rauschen lag in der Leitung.

Bill Conolly hielt den Hörer noch ein paar Sekunden in der Hand. Als er hörte, dass Sheila die Tür zum Bad aufzog, ließ er ihn rasch auf die Gabel sinken.

Sheila erschien in der offenen Tür. »Hat da nicht eben das Telefon geläutet?«

»Ja.«

Sheila trat näher. »Und? Wer hat angerufen?«

Bill wollte seiner Frau auf keinen Fall die Wahrheit sagen und suchte fieberhaft nach einer Ausrede. »Die Zeitung«, sagte er. »Es ist von der Zeitung angerufen worden.«

Prüfend blickte Sheila ihrem Mann ins Gesicht. »Stimmt das auch?«

Bill versuchte zu lächeln. »Warum nicht? Du weißt doch, dass ich oft angerufen werde.«

»Okay, wenn du das sagst.« Sheila wollte noch etwas hinzufügen, doch dann verzerrte sich ihr Gesicht.

»Was ist?«, fragte Bill hastig.

»Die Wehen, Bill.« Sheila ging unsicher zu einem Sessel. »Ich glaube, es ist so weit, Bill, ich …« Sie ließ sich in den Sessel fallen und presste die Hände gegen den gewölbten Bauch. »Ruf in der Klinik an, Bill. Wir müssen hinfahren.«

»Ja, ja, sofort.« Bill Conolly wurde nervös. Den Anruf hatte er bereits vergessen. Jetzt zählte nur noch Sheila. Die Nummer des Krankenhauses hatte er auswendig gelernt. Als er sie in die Tastatur drückte, zitterten seine Finger.

Eine freundliche Frauenstimme meldete sich.

»Hier Conolly. Sie wissen wahrscheinlich Bescheid. Die Wehen haben bei meiner Frau eingesetzt. Also, wir …«

Bill war durcheinander. Sheila beobachtete ihn mit einem leichten Lächeln auf den Lippen.

»Immer mit der Ruhe, Mr Conolly. Sollen wir Ihnen einen Wagen schicken, der Ihre Frau abholt?«

»Nein, nein, ich will sie selber bringen. Das schaffe ich schon.«

»Ist recht. Bis gleich dann.«

Bill legte auf. Sheilas Koffer war bereits gepackt. Er stand in der Garage. Bill hatte den Beifahrersitz des Porsche so gestellt, dass Sheila mehr lag als saß.

Der Reporter half seiner Frau beim Einsteigen. »Fühlst du dich gut?«, fragte er.

»Ja.« Sheilas angespanntes Gesicht strafte ihre Antwort Lügen.

Vorsichtig fuhr Bill den Weg zum Tor hinunter, das er mit der Fernbedienung öffnete. Trotz der Sorgen, die Bill Conolly quälten, hatte er den geheimnisvollen Anruf nicht vergessen. Er beschloss, von der Privatklinik aus seinen Freund John Sinclair aufzusuchen. Der würde ihm sicherlich weiterhelfen.

Ich hockte vor meiner Schreibmaschine. Keiner elektrischen, sondern einem über zehn Jahren alten Hackkasten mit verschmierten Typen und ausgeleierten Federn.

Ich tippte im System Geier. Erst spähen, dann hacken. Der Zeigefinger kreiste über der Tastatur, um dann blitzschnell niederzustoßen, wenn er den richtigen Buchstaben gefunden hatte.

Warum ich vor der Maschine saß? Ich musste einen Vierteljahresbericht schreiben.

Draußen war herrliches Sommerwetter. An Dämonen und Geister wollte ich jetzt nicht denken, ich hoffte auf eine gute Fee, die mich von der schrecklichen Schreibtischarbeit erlöste.

Die gute Fee erschien.

Und zwar in Gestalt von Glenda Perkins.

Sagenhaft, wie meine Sekretärin wieder aussah. Ein buntes Sommerkleid trug sie. Weich und fließend war der Stoff, und da Glenda die drei obersten Knöpfe geöffnet hatte, konnte ich sehen, dass sie auch unterhalb des Halses sonnenbraun war.

Sie duftete nach frischem Frühlingswind. Klar, dass ich keinen Blick für die Akte in ihrer rechten Hand, sondern nur Augen für dieses schwarzhaarige Girl mit der Klassefigur hatte.

Glenda strahlte mich an.

Ich schoss ein vages Kompliment ab, weil mir nichts anderes einfiel. »Hübsch sehen Sie aus, Glenda.«

Sie wurde wieder rot. Fast wie immer, wenn ich mit ihr sprach. »O danke.«

»Ist das Kleid neu?«

»Ja.« Sie drehte sich etwas in den Hüften.

»Steht Ihnen gut.«

»Danke.«

»Und was bringen Sie mir Schönes?«, fragte ich und lehnte mich im Stuhl zurück.

»Erst einmal die Grüße von Superintendent Powell. Der Bericht kann warten, hat er gesagt.«

Ich jubelte innerlich. »Was noch?«

Glenda reichte mir die Akte herüber. Dabei beugte sie sich etwas vor. Sogar weiter, als es nötig war, hatte ich das Gefühl. Der Ausschnitt klaffte noch mehr auseinander.

Mir wurde es warm, denn was ich sah, war wirklich nicht von schlechten Eltern. Ich registrierte, dass Glenda keinen BH trug und keinen nötig hatte.

Sie ging wieder in die Senkrechte.

»Das war's.«

Ich räusperte mich. »Okay, Glenda, und vielen Dank.«

Sie schenkte mir noch ein unter die Haut gehendes Lächeln und schritt zur Tür. Wie sie dies tat, war schon eine Augenweide.

Irgendwann wurde ich bestimmt einmal schwach.

Unsinn, redete ich mir ein. Denk an deinen Job, John Sinclair. Ich dachte daran, räumte die Maschine weg, damit ich Platz hatte, trank den Rest aus der Mineralwasserflasche und begann den Bericht zu lesen.

Die Akte bestand aus mehreren Protokollen. Drei Anruferinnen waren telefonisch belästigt worden. Die Stimmen ihrer längst verstorbenen Verwandten hatten sie über Raum und Zeit hinweg durch den Telefonhörer vernommen. Die Polizisten, die die Fälle untersuchten, nahmen die Anrufe nicht ernst.

Es gab genügend Leute, die sich einen Scherz daraus machten, ihre Mitmenschen hochzunehmen. Ich kannte auch Spanner, die alleinstehende Frauen anriefen und sie mit Obszönitäten überschütteten. Superintendent Powell war auf die Sache aufmerksam geworden. Er vermutete mehr hinter diesen Anrufen.

Ich merkte mir die Namen der Frauen. Sie hießen Ellen Wayne, Liz Manner und Martha Ilford.

Einen großen Fall sah ich nicht. Doch ich wollte die Damen interviewen. Es war immerhin besser, als hier zu sitzen und den dämlichen Bericht zu schreiben.

Da es sowieso schon auf den Mittag zuging, beschloss ich, erst einmal essen zu gehen.

Nur keine Hetze bei der Hitze.

Mit dem Lift fuhr ich hinunter in unsere Kantine. Das Essen schmeckte sogar, und ich war mit mir und der Welt zufrieden.

Einige Stunden später sollte es nicht mehr so sein. Doch das konnte ich zu diesem Zeitpunkt noch nicht ahnen …

Professor Harris' Privatklinik lag in einem Park. Es gab zwar keinen Zaun rund um das Gelände, aber ein Portier am Eingang der Klinik sorgte dafür, dass kein Unbefugter das Gelände betreten konnte.

Über Sheilas und Bills Ankunft war er vorher informiert worden. Sheila wurde von zwei Schwestern auf eine Trage gebettet und weggefahren.

»He«, rief Bill, »darf ich meine Frau wenigstens noch einmal sehen, bevor sie …«

Professor Harris hatte die letzten Worte des Reporters gehört. Mit elastischen Schritten kam er die Treppe herunter. »Aber sicher dürfen Sie, Mr Conolly. Ich werde Ihnen gleich das Zimmer Ihrer Frau zeigen.« Er reichte Bill die Rechte.

Sein Händedruck war kräftig und ließ etwas von der Energie ahnen, die in diesem Mann steckte. Der Professor trug einen blütenweißen Kittel und trotz der Hitze eine korrekt gebundene Krawatte. Sein schwarzes Haar war links gescheitelt, und sein Gesicht hatte die Urlaubsbräune, die bei einigen Menschen das ganze Jahr über nicht verschwindet und andere neidisch werden lässt.

»Die Wehen haben bereits eingesetzt«, erklärte Bill. »Professor, Sie müssen …« Der Reporter war aufgeregt.

Harris lächelte beruhigend. »Keine Angst, Mr Conolly, ich werde Ihre Frau gleich untersuchen. Wenn Sie mir bitte folgen wollen.«

»Natürlich.«

Sie betraten das klimatisierte Gebäude. Die Halle war hell und freundlich. Ein weißer Anstrich, pastellfarbene Bilder, eine lindgrüne Sitzgarnitur auf dem Terrazzoboden und viel Glas. Die Patienten genossen einen Blick in den herrlichen Park.

»Hier lässt es sich aushalten«, meinte Bill.

Der Professor lachte. »Ja, der Meinung sind alle unsere Patienten.« Sie gingen auf einen der drei Fahrstühle zu. Der Professor öffnete die Tür.

In der ersten Etage stiegen sie aus. Eine zweiflügelige Glastür schirmte diesen Verwaltungstrakt von der Krankenstation ab.

In einem kleinen Anbau musste Bill auf Professor Harris warten, der Sheila untersuchte.

Zwanzig Minuten später war er wieder da. Auf seinem Gesicht lag ein strahlendes Lächeln.

»Ich gratuliere Ihnen zu Ihrer Frau, Mr Conolly.«

»Wieso?«

»Sie ist physisch völlig in Ordnung. Soweit ich es beurteilen kann, wird es bei der Geburt keinerlei Komplikationen geben.«

Bill fiel ein Stein vom Herzen. »Da bin ich beruhigt«, sagte er aufatmend.

»Jetzt können sie mit Ihrer Frau ein paar Worte wechseln.«

Sie gingen zu Sheilas Einbettzimmer.

Es war geräumig. Sitzecke und Einbauschränke bestanden aus warmem Kirschbaumholz. Radio, Fernsehgerät, Telefon, Dusche und Bad waren vorhanden. Zusätzlich hatte man im Bad noch eine Sitzwanne in den Boden gelassen.

Bill setzte sich auf die Bettkante. Auch von hier aus hatte er durch das große Fenster einen herrlichen Blick in den Park hinaus. Der Reporter fasste nach Sheilas Hand.

»Der Professor sagt, es ist alles in Ordnung.«

»Na, siehst du.« Sheila streichelte Bills Arm. »Und dabei hast du dir Sorgen gemacht.«

»Wann wird es so weit sein?«

»Der Professor meint, einige Stunden könnte es noch dauern. Vielleicht in der Nacht.«

»Ich bleibe am Telefon sitzen«, versprach Bill Conolly.

»Wünschst du dir denn immer noch einen Jungen?«, wollte Sheila wissen.

»Mehr denn je.«

»Es wird auch einer.«

»Woher weißt du das?«

»Ich habe es im Gefühl. Du bekommst deinen kleinen John. Und wenn du den großen John anrufst, grüß ihn bitte von mir – ja?«

»Mach ich. Ich fahre heute noch beim Yard vorbei.«

Sheilas Augenbrauen zogen sich zusammen. »Bill«, sagte sie vorwurfsvoll, »du wirst doch nicht etwa …«

»Nein, nein. Ich bleibe zu Hause.«

»Dann ist es gut.«

Zehn Minuten gab ihnen Professor Harris noch. Dann musste Bill das Krankenzimmer verlassen. Von der Tür warf er noch einen Blick auf seine Frau.

Bleich lag sie in den Kissen. Bills Herz krampfte sich zusammen. Er verspürte plötzlich eine unerklärliche Angst. Er wusste nicht, weshalb. Vielleicht hing es auch mit dem geheimnisvollen Telefongespräch zusammen.

Leise schloss sich die Tür hinter dem Reporter. In Gedanken versunken ging er die breiten Stufen hinunter, stieg in seinen Wagen und fuhr ab.

Das Angstgefühl hatte sich nicht gelegt.

Ich war schon auf dem Sprung, als Bill mein Büro betrat.
»Hallo, John«, sagte er.
»Da hast du aber Glück gehabt«, empfing ich ihn. »Ich wollte gerade weg.«
Bill setzte sich. »Ist es sehr dringend?«
»Nein. Es gibt Freunde, die sieht man jeden Tag, und man freut sich darüber. Du aber hast dich in letzter Zeit ziemlich rar gemacht, alter Junge.«
»Sheila, sie ist ...«
Ich schlug mir gegen die Stirn. »Natürlich, ich vergaß. Himmel, wie geht's ihr denn? Es muss doch bald so weit sein.«
»Ich habe Sheila eben in die Klinik gefahren.«
Ich schlug meinem Freund auf die Schulter. »Mensch, Bill, es freut mich, dass du gekommen bist, um mir das zu sagen.«
Bills Gesicht wurde ernst. »Nicht nur das wollte ich dir sagen. Eigentlich führt mich ein ganz anderer Grund zu dir.«
»Und der wäre?«
Bill erzählte von dem geheimnisvollen Telefonanruf, den er erhalten hatte. Je länger er sprach, desto nachdenklicher wurde mein Gesicht.
»Ich bin ganz sicher, John, dass ich die Stimme schon einmal gehört habe.«
»Ein Verwandter vielleicht?«
Bill wiegte den Kopf und verzog zweifelnd das Gesicht.
»Möglich, John.«
»Bist du denn die Reihe schon einmal durchgegangen? Ich meine Eltern, Großeltern, was weiß ich alles ...?«
»Ja, aber herausgekommen ist dabei nichts.«
»Und von Sheilas Seite?«
»Keine Ahnung. Ich habe ihr gar nicht gesagt, wer angerufen hat. Konnte ich doch nicht. Ich habe gesagt, jemand von der Zeitung wollte mich sprechen.«
»Hat sie es geglaubt?«
»Nicht so ganz. Aber was sagst du dazu, John? War es richtig, dass ich zu dir gekommen bin, oder wollte sich vielleicht nur jemand einen Scherz mit mir erlauben?«

»Glaube ich nicht, Bill.« Ich wies auf die Akte. »Bevor du kamst, habe ich diese Protokolle hier auf dem Schreibtisch gelesen. Sie beschäftigen sich samt und sonders mit geheimnisvollen Anrufen. Drei Frauen sind belästigt worden. Sie haben die Stimmen ihrer verstorbenen Verwandten erkannt. Dahinter steckt mehr, als wir bisher annehmen. Ich lese dir die Namen einmal vor: Ellen Wayne, Liz Manner und Martha Ilford. Kennst du diese Frauen?«

»Nein, nicht dass ich wüsste.«

»Denk genau nach.«

»Wirklich nicht, John.«

»Okay.« Ich legte die Mappe wieder zur Seite und stützte das Kinn in beide Handflächen. »Nehmen wir einmal an, diese drei Frauen haben tatsächlich mit ihren verstorbenen Verwandten gesprochen. Die Frage ist nun: Gab es zwischen den dreien eine Verbindung, oder sind sie nur willkürlich ausgesucht worden? Immer noch unterstellt, dass diese Anrufe kein Scherz waren.«

»Nein, daran glaube ich nicht, John. Bei mir hat der Mann von einem Seelenhändler gesprochen. Wir sollen den Seelenhändler suchen. Was ist das für ein Typ? Was hat es mit dem auf sich? Ist es ein Dämon? Ein Geist? Ein Mensch? Hast du jemals von ihm etwas gehört?«

»Nein, habe ich nicht.«

»Aber es muss ihn geben.«

Ich malte Kringel auf ein Stück Papier. »Ja, Bill, es muss ihn geben. Und es ist die einzige Spur, die ich habe. Ich werde die Frauen aufsuchen und mich nach diesem Seelenhändler erkundigen. Vielleicht finde ich bei ihnen einen Anhaltspunkt.«

Bill zeigte ein zerknirschtes Gesicht. »Ich wäre gerne dabei.«

»Nichts da.« Ich schüttelte demonstrativ den Kopf. »Denk an Sheila! Wenn du nicht zu Hause zu erreichen bist, dreht sie in ihrem Zustand durch.«

»Ja, ich weiß.«

Ich schlüpfte in ein leichtes Sommerjackett. Bill war schon an der Tür. »Auf jeden Fall halte ich dich auf dem Laufenden«, versprach ich ihm.

Bill nickte. »Das ist nett von dir, John.« Unerwartet legte er mir seine Hand auf die Schulter. »Dir kann ich es ja sagen, John. Ich habe Angst um Sheila.«

»Wieso?«

»Dieser Anruf kam nicht von ungefähr. Ich glaube, es wird noch etwas Schreckliches passieren.«

Ellen Wayne wohnte in Southwark, nicht weit von der Themse entfernt. Es war keine Renommiergegend. Die Menschen, die hier wohnten, mussten für ihr tägliches Brot hart arbeiten. Ich fuhr mit dem silbermetallicfarbenen Bentley die Auffahrt zur Waterloo Bridge hoch. Dort geriet ich in einen Verkehrsstau und fuhr nur im Schritttempo über die Themse.

Ellen Wayne wohnte in einer schmalen Straße. Zum Glück fand ich in der Nähe einen bewachten Parkplatz, auf dem ich meinen Wagen abstellen konnte.

In dieser Gegend wohnt ein buntes Völkergemisch. Ich sah viele Asiaten und Schwarze. Manche Augen musterten mich feindselig.

Ich nahm das nicht zur Kenntnis und fand schließlich das Haus, in dem Ellen Wayne wohnte.

Es war ein barackenähnlicher Bau, ziemlich alt und aus ehemals roten Backsteinen errichtet. Das einzig Moderne war die Fernsehantenne auf dem flachen Dach.

Die Haustür stand offen. Der Flur dahinter lag im Zwielicht. Die Düfte, die mir entgegenströmten, waren nicht zu beschreiben. Fremdländisch rochen sie.

Ich traf auch einen Engländer. Er hockte im Flur auf dem Boden und rauchte einen Zigarrenstummel.

»Zu Ellen Wayne möchte ich«, sagte ich freundlich.

Er blickte mich nur stumpf an. Der Bart umrahmte fast das gesamte Gesicht.

Ein paar Münzen ließen den Mann gesprächiger werden. »Die ist nicht da.«

»Wo finde ich sie?«

Ich erhielt keine Antwort und musste erst wieder Geld opfern, damit er den Mund aufmachte.

»Sie arbeitet im Golden Shilling«, erklärte er mir. »Das ist ein Lokal. Gleich um die Ecke.«

Ich bedankte mich. Er kicherte nur, stand auf und verschwand im diffusen Licht des Hausflurs.

Ich ging wieder zurück. Um die Ecke, hatte der Knabe gemeint. Fragte sich nur, welche.

Rechts endete die Straße auf einem Platz. Was dort herumlag, fand man auch auf jeder Müllhalde. Ich ging nach links, gelangte an eine schmale Seitengasse, in der die Häuser schiefer standen als der Turm von Pisa, und dann sah ich ein schwaches Licht.

Die Reklame vom Golden Shilling.

Von außen erweckte das Lokal keinen guten Eindruck. Wegen des schönen Wetters hatte man drei Tische hinausgestellt. Auf den Platten klebte Fliegendreck. Die Stühle hatten auch schon bessere Zeiten erlebt.

Die Tür zum Golden Shilling stand offen. Aus der Musikbox dröhnte Tom Jones' markige Stimme, und dazwischen hörte ich das Keifen einer Frau und das grölende Lachen eines Kerls.

Ein Duft strömte mir entgegen, der so manchen Menschen auf die Bretter gehauen hätte. Eine Mischung aus schalem Bier, menschlichen Ausdünstungen und Qualm.

Das Lokal war schmal wie ein Schlauch. So schmal, dass gar keine Tische mehr aufgestellt werden konnten. Dafür war die Theke sehr lang.

Von einer Bedienung sah ich nichts. Erst als es mir gelang, einen Blick über die Köpfe der an der Theke versammelten Gäste zu werfen, entdeckte ich die Frau.

Sie bediente zusammen mit einem Mann, der aussah wie Kojak. Nur schleppte dieser Kerl hundert Pfund mehr mit sich herum. Gesicht und Glatze glänzten schweißnass.

Ich fixierte Ellen Wayne.

Aus dem Protokoll wusste ich, dass sie dreißig Jahre alt war. Sie wirkte aber wesentlich älter. Dabei hatte sie eine passable Figur, doch das Gesicht sah verlebt aus.

Ich hatte mich in ihr Revier gestellt. Sie sah mich und fragte nach meinem Wünschen. Ziemlich höflich sogar. Vielleicht meinte sie, dass ich mich irgendwie verlaufen hätte.

Ich zeigte ihr meinen Ausweis. Und zwar so, dass die anderen ihn nicht sehen konnten.

»Kommen Sie wegen des Anrufs?«

»Ja. Wann und wo kann ich Sie sprechen?«

»Ich habe in zehn Minuten Feierabend. Dann gehen wir zu mir. Da haben wir mehr Ruhe.«

»Okay. Bringen Sie mir eine Cola.«

Sie gab mir die Flasche. »Bei den Gläsern kann ich für nichts garantieren«, erklärte mir Ellen Wayne.

»Danke.« Ich lächelte.

Ich verdrückte mich in die Ecke und trank aus der Flasche. Zum Glück nahm niemand von mir Notiz, und genau zwölf Minuten später konnten wir das Lokal verlassen.

Ellen Wayne hatte nur ihre Schürze abgenommen. »Sie wundern sich wohl, dass ich in solch einem Bums arbeite?«, sagte sie.

»Nein. Jeder muss sein Geld verdienen.«

»Aber ich bin nicht abgerutscht«, meinte sie. »Ich lass mich von keinem der Kerle anfassen. Schon allein wegen Peter.«

»Wer ist Peter?«

»Mein achtjähriger Sohn.«

Wenig später betraten wir den Barackenbau. Durch einen engen Flur gelangten wir zu Ellen Waynes Wohnung. Die Tür war mit drei Schlössern versehen. »Hier ist eine alleinstehende Frau Freiwild«, klärte sie mich über die Sicherheitsmaßnahmen auf. Sie ließ mich vorgehen.

Die Wohnung war überraschend sauber. Zwei geräumige Zimmer, eine freundliche Tapete an den Wänden und schon ältere, aber gepflegte Möbel.

Das erste Zimmer diente als Wohnzimmer.

»Bitte, setzen Sie sich«, sagte Ellen Wayne und schlenkerte ihre Schuhe von den Füßen. Dann ließ sie sich aufatmend in einen hochlehnigen Sessel fallen.

Für einen Moment schloss sie die Augen. Ich hatte Muße, sie zu betrachten.

Sie trug ein schlichtes rotes Kleid mit einem spitzen Ausschnitt. Das schwarze Haar fiel glatt bis auf die Schultern. Die Hüften waren stark ausgeprägt, und insgesamt gesehen wog sie einige Pfunde zu viel.

Ellen Wayne strich über ihr Gesicht. »So, Sir, was wollen Sie wissen? Die Uniformierten haben mich ausgelacht.«

»Erzählen Sie mir die Geschichte.«

»Es war kurz nach Mitternacht«, berichtete sie. »Ich hatte schon geschlafen. Sie können sich nicht vorstellen, wie fertig ich war, als ich die Stimme meines verstorbenen Mannes hörte.«

»Was hat er gesagt?«

»Dass es ihm schlecht geht, dass er sich vertan hat und dass er es nicht noch einmal tun will.«

»Was will er nicht noch einmal tun?«

»Einen Pakt schließen.«

»Mit wem?«

Ellen Wayne drückte die Zigarette aus. »Das weiß ich nicht. Ich habe auch nicht danach gefragt. Ich war so durcheinander, dass ich daran nicht gedacht habe.«

Ich fragte sie nach dem Seelenhändler. Ellen Wayne schüttelte den Kopf. »Nein, Sir, den Namen habe ich noch nie gehört.«

»Hat Ihr Mann zu Lebzeiten Kontakt zu Personen gehabt, die sich mit Magie oder Okkultismus beschäftigten?«, wollte ich wissen.

Sie blickte mich erstaunt an. »Nicht dass ich wüsste.«

»Überlegen Sie bitte genau. Ist Ihnen etwas aufgefallen?«

»Peter war ruhig. Mehr in sich gekehrt. Wir haben eine glückliche Ehe geführt.« Ihre Stimme wurde leiser. Die Erinnerung überwältigte sie wieder. »Er – er ist überfahren worden. Von einem Lastwagen. Fahrerflucht. Wir haben nie gehört, wer dieser Mann war. Nun ja, das ist zwei Jahre her. Ich musste mich durchschlagen, konnte die Wohnung nicht mehr halten und habe diese miese Stelle angenommen. Wissen Sie was?« Sie hob den Kopf und sah mir ins Gesicht. »Irgendwann ist auch der letzte Rest von Ehre weg. Dann ist dem Menschen alles egal.« Sie begann zu weinen.

Ich ließ ihr Zeit. »So dürfen Sie nicht reden, Mrs Wayne«, sagte ich dann.

Sie schluckte zweimal, hob den Kopf und entschuldigte sich.

»Es tut gut, wenn man mit jemandem über seine Probleme reden kann«, erwiderte ich, »aber um noch einmal auf Ihren Mann zurückzukommen. Hatte er keinen Club, in den er ging, keine Hobbys, keine Freunde, mit denen er sich traf? Bitte, Mrs Wayne, überlegen Sie jetzt sehr genau, es ist sehr wichtig.«

Sie dachte nach, stützte den Kopf in beide Hände. Ich sah förmlich, wie es hinter ihrer Stirn arbeitete. Dann nickte sie. »Da war tatsächlich etwas. Aber das ist so unbedeutend …«

»Erzählen Sie es.«

»Einmal im Monat traf sich Peter mit Freunden auf einem alten Hausboot.«

»Im Themsehafen?«, fragte ich.

»Ja.«

»Kennen Sie den Namen des Schiffes?«

»Moment, er hat es mir gesagt.« Sie überlegte wieder. Dann wusste sie den Namen. »Dark Cloud heißt das Schiff.«

»Dunkle Wolke«, wiederholte ich. »Sie wissen nicht zufällig, wer der Eigner des Kahns ist?«

»Nein, das hat er mir nie gesagt. Ich habe auch gar nicht danach gefragt.«

Ich kam wieder auf die Anrufe zurück. »Haben sich die Telefonate wiederholt?«

»Nein, bis jetzt nicht.«

»Und eine Botschaft hat Ihnen Ihr verstorbener Mann auch nicht hinterlassen?«

Sie schüttelte den Kopf. »Sagen Sie mir eins, Sir, glauben

Sie daran, dass es wirklich mein verstorbener Mann war, der mich angerufen hat?« In ihrer Stimme schwang ein ängstliches Zittern mit.

»Ja, Mrs Wayne.«

»Wie ist das möglich?«

Ich hob die Schultern. »Eine Erklärung kann ich Ihnen auch nicht geben. Wenigstens jetzt noch nicht.«

»Er – er hat noch etwas gesagt«, flüsterte sie.

»So?«

»Peter sagte, er – er will mich besuchen. Ich soll auf ihn warten.«

»Und wann will er Sie besuchen?«

Ellen Wayne zögerte mit der Antwort. Schließlich sagte sie kaum hörbar: »Heute.«

Sheila Conolly hatte selten freundlicheres Personal kennen gelernt als in dieser Privatklinik. Die Schwestern taten alles für sie. Vor allen Dingen bei der kleinen Koreanerin Clou hatte die blonde Sheila einen Stein im Brett.

»Haben Sie noch einen Wunsch, Mrs Sheila?«, wurde sie immer wieder gefragt. »Möchten Sie etwas zu lesen haben oder was trinken?«

»Nein, danke, wirklich nicht.«

Die Schwester zupfte das Bett zurecht. Sie hatte ein Puppengesicht mit Mandelaugen und ein ewiges Lächeln auf den vollen Lippen.

»Wenn Sie etwas möchten, Mrs Sheila, nur klingeln. Wir sind immer für Sie da.«

»Ich danke Ihnen, Schwester.«

Die Koreanerin winkte noch mit einem letzten Lächeln und schloss dann sacht die Tür.

Sheila lag auf dem Rücken. Die Wehen hatten noch nicht wieder eingesetzt. Ich hätte doch noch zu Hause bleiben sollen, dachte sie. Das Abendessen hatte sie hinter sich. Eine leichte, gut verdauliche Kost, mit zahlreichen Vitaminen angereichert.

Die Sonne wanderte bereits in Richtung Westen, um sich

von der Dunkelheit ablösen zu lassen. Aber noch fielen die tief stehenden Strahlen durch das Fenster und übergossen den Teppichboden des Zimmers mit ihrem hellen Schein. Sheila wollte nicht, dass die Jalousien vorgezogen wurden. Die Natur zu beobachten, das erschien ihr wichtiger.

Ein kleiner Vogel hockte auf der Fensterbank, lugte durch die Scheibe und flatterte davon.

Das Telefon summte. Sheila brauchte nur die Hand auszustrecken, um den Hörer zu erreichen.

Bill, ihr Mann, war am Apparat.

»Wie geht es dir, Darling?«, fragte er.

»Ach, Bill.« Sheila lachte leise. »Gut geht es mir. Wirklich gut. Ich vermisse nur eines. Dich.«

Bill räusperte sich. Er sagte seiner Frau Dinge, die er ihr lange Zeit nicht mitgeteilt hatte. Und Sheila freute sich. Sie wurde sogar rot.

Dann wurde das Gespräch wieder sachlicher. »Hast du John Bescheid gesagt?«, fragte Sheila.

»Ja, er lässt dich übrigens grüßen und wünscht dir alles, alles Gute.«

»Grüß ihn zurück.«

»Und es geht dir wirklich gut?«

»Wieso, Bill? Ist etwas? Es geht mir prächtig, und das sagt auch Professor Harris. Du hast doch etwas, Bill.«

»Nein, nein, ich bin nur besorgt um dich.«

»Dann ist es gut.«

Mit dem Versprechen, bald wieder anzurufen, beendete Bill Conolly das Gespräch.

Sheila ließ den Hörer auf den Apparat sinken. Sie fühlte sich plötzlich müde, und ohne dass sie es eigentlich wollte, fielen ihr die Augen zu. Schon bald verrieten ruhige Atemzüge, dass Sheila Conolly schlief.

Irgendwann schreckte sie hoch. Lange konnte sie nicht geschlafen haben, denn im Zimmer war es noch hell.

Aber was hatte sie geweckt?

Ja, das Telefon.

Sheilas Mund verzog sich zu einem Lächeln.

»Der gute Bill«, flüsterte sie. »Er kann es nicht lassen.«

»Hallo«, meldete sie sich.

Rauschen in der Leitung. Dann eine Stimme. Sehr weit entfernt. »Sheila?«

Die junge Frau schluckte. »Ja?«

»Kennst du mich nicht mehr, Sheila?«

Plötzlich schlug Sheilas Herz rasend schnell. Ihre Augen weiteten sich in Panik.

»Sheila, Liebling so höre doch ...«

»Nein«, krächzte Sheila Conolly. »Nein ...«

Dann wieder die Stimme. »Bitte, hör mich an ...«

Der Hörer entglitt Sheilas Hand. Aus ihrem Mund drang ein Schrei, formte sich zu einem Wort.

»Vater!«

Plötzlich wurde die Wohnungstür aufgerissen. Ich wirbelte auf dem Sessel herum, wollte schon hochspringen, doch ich ließ mich wieder zurücksinken.

Ein Junge betrat das Zimmer.

»Hallo, Mum«, sagte er. Mich blickte er misstrauisch an.

Der Junge hatte ebenso schwarzes Haar wie seine Mutter. Er trug abgeschnittene, bis zu den Knien reichende Jeans, ein fleckiges T-Shirt und hielt in der rechten Hand einen Ball, den er jetzt in die Ecke kickte.

»Das ist Peter, mein Sohn«, stellte Ellen Wayne vor.

»Hallo, Peter«, sagte ich und reichte ihm die Hand.

Der Junge drehte sich zu mir um. Er zögerte, mich zu begrüßen. Dafür starrte er mich an.

Aber wie.

In seinen Augen sah ich einen merkwürdigen metallischen Glanz. Sie waren tückisch verengt, und in mir klingelte sofort eine Alarmglocke. Ich kannte diesen Blick. Nicht zum ersten Mal wurde ich so angesehen. Aber immer von Menschen, die von einem Dämon besessen waren.

Ich war also gewarnt.

»Magst du mich nicht leiden?«, erkundigte ich mich mit neutraler Stimme. »Oder warum gibst du mir nicht die Hand?«

Peter wandte sich an seine Mutter. »Er soll gehen!«, stieß er hasserfüllt hervor.

Ellen Wayne sprang auf und fasste ihren Sohn an der Schulter. »Was ist denn in dich gefahren, Peter? So kenne ich dich gar nicht.« Sie hob den Arm, um ihren Sohn zu schlagen.

Ich sprang rasch dazwischen und fing die Hand am Gelenk ab. »Nicht, lassen Sie ihn, Mrs Wayne.«

Peter riss sich los. Nach wie vor sah er uns böse und hasserfüllt an. »Dieser Mann soll gehen!«, knurrte er tief in der Kehle. »Ich will ihn nicht mehr sehen.«

Ellen Wayne war blass geworden. »Ich verstehe das nicht«, flüsterte sie. »So ist Peter doch sonst nicht.« Dann schrie sie: »Willst du wohl vernünftig sein?«

Der Achtjährige lachte nur.

Und dann sprang er mich an. Weiß der Teufel, was in ihn gefahren war. Er hechtete förmlich auf mich zu, wollte schlagen, treten und beißen.

Ich hatte ein Kind vor mir und hütete mich, so zu reagieren wie bei einem Erwachsenen. Es gelang mir, seine Handgelenke abzufangen.

Er trat aus, traf zweimal meine Schienbeine. Ich verbiss den Schmerz und drückte den Jungen in den Sessel.

Er schlug nach mir, wollte mich kratzen und versuchte auch zu beißen. Mit einer Hand hielt ich ihn fest, mit der anderen öffnete ich mein Hemd und präsentierte ihm das Silberkreuz, das vor meiner Brust hing.

Im selben Augenblick erlahmte sein Widerstand. Der Junge sackte im Sessel zusammen, sein Blick heftete sich auf das Kreuz. Er begann am ganzen Körper zu zittern. Leichenblass wurde sein Gesicht, und ein Wehlaut entrang sich seinen Lippen.

»Peter!« Ellen Wayne lief vor und wollte sich auf ihren Sohn stürzen. Ich riss sie zurück.

»Nicht!«

Es war gut, dass Ellen Wayne ihren Sohn nicht erreichen konnte. Denn etwas Schreckliches geschah mit ihm. Er hatte den Mund weit aufgerissen, und zwischen seinen Lippen drang ein fein sprühender Nebel hervor, der sich in der Luft verdichtete und zu einem Gebilde formte.

Zu einem Menschen.

Deutlich erkannte ich die Umrisse eines Mannes. Aber die Gestalt blieb durchscheinend und damit eine Geistererscheinung.

Der achtjährige Peter lag leichenblass im Sessel. Er schien ohnmächtig zu sein. Der Vorgang war über seine Kräfte gegangen.

Wie spitze Eisenstäbe, so hart krallte Ellen Wayne die Finger in meinen rechten Arm.

»Mein Mann«, schluchzte sie, »es ist mein Mann – mein Gott!«

Auch mir rann eine Gänsehaut über den Rücken. Ich konnte meinen Blick einfach nicht von der Geistererscheinung losreißen. Etwa handhoch schwebte sie über dem Boden, wuchs bis zur Decke und war in permanenter Bewegung. Die Arme schlenkerten, als wären sie aus Gummi, das Gesicht nahm laufend andere Formen an.

Jetzt öffnete sich der Mund. Der Geist wollte eine Botschaft loswerden. Das fühlte ich.

Ich hatte mich nicht getäuscht.

»Ellen, Liebste«, raunte er. »Ich – ich bin verflucht. Bin zwischen den Dimensionen gefangen. Ich kann keine Ruhe finden.«

»Warum nicht?« Ich stellte die Frage, da Ellen Wayne dazu nicht in der Lage war.

»Damals habe ich mich mit ihm verbündet. Da glaubte ich seinen Versprechungen, aber im Jenseits hat er sie nicht gehalten. Es ist so schrecklich.«

»Wer ist ER?«

»Der Seelenfänger. Er lebt mitten unter euch und hat sein

Netz ausgebreitet. Er ist stark. Ihr müsst ihn stoppen. Sonst wird er viele Menschen vernichten.«

»Sag uns den Namen.«

»Harris heißt er. Er führt ein Doppelleben. Er ist unter euch, und ihr wisst es nicht. Aber er ist gefährlich, hält keine Versprechungen. Seid auf der Hut, denn er kennt keine Gnade. Wer sich an ihn verkauft, ist verloren. Traut seinen Versprechungen nicht. Traut ihm nicht. Er lockt ...«

Weiter sprach die Geistererscheinung nicht. Urplötzlich fegte ein Windstoß durch das Zimmer, packte die Spukgestalt, wirbelte sie hin und her und löste sie auf. Nur noch ein letztes Wort war zu hören. »Warnen ...«

Sekundenlang blieb es still.

Dann vernahm ich neben mir einen gequälten Seufzer. Ich drehte mich um und konnte die ohnmächtige Ellen Wayne gerade noch auffangen, bevor sie zu Boden fiel.

Peter aber sprang aus seinem Sessel. »Mummy!«, rief er und stürzte auf seine Mutter zu. Über sein Gesicht rannen Tränen. Der Junge war wieder völlig normal.

»Sheila! Sheila! Warum gibst du keine Antwort? Warum hörst du denn nicht? Melde dich doch!«

Schwach klang die Stimme aus dem Hörer. Er lag auf der Bettdecke. Sheila hatte ihre linke Hand darum gekrallt, die Augen jedoch waren weit aufgerissen. Ihr Blick schweifte in eine unendliche Ferne. Die Gedanken wanderten zurück bis in die Vergangenheit, und vor ihrem geistigen Auge formte sich ein Bild.

Sir Gerald Hopkins, so lautete der Name ihres Vaters. Er war einer der mächtigsten Industriekapitäne Englands. War Herr über mehrere chemische Werke und besaß Beteiligungen an zahlreichen anderen Firmen. Und er hatte eine Tochter namens Sheila.

Dann schlug das Schicksal grausam und unerbittlich zu. Dämonische Kräfte griffen in das Spiel ein. Gerald Hopkins und Sheila konnten sich nicht wehren. Hopkins starb. Er erwachte wieder in seinem Sarg. Er war zu einer lebenden Leiche geworden, und er hatte morden wollen.

Sheila wäre verloren gewesen, wenn damals nicht zwei mutige Männer rettend eingegriffen hätten.

John Sinclair und Bill Conolly!

Sinclair gelang es, den Dämon namens Sakuro zu vernichten, doch Gerald Hopkins konnte nicht mehr gerettet werden.

Er starb endgültig.

Bei Sheila und Bill war es Liebe auf den ersten Blick. Sie verlobten sich und heirateten wenig später.

Und jetzt meldete sich Sheilas Vater. Oder war es nur ein Scharlatan? Ein Mensch, der Sheila einen Schrecken einjagen wollte?

Wieder drang der Ruf aus dem Hörer.

Sheilas Geist kehrte von dem Ausflug zurück. Langsam hob sie den Hörer und presste ihn gegen das Ohr.

»Ja?«

»Ich bin es, dein Vater, Sheila.« Die Stimme klang ängstlich und drängend zugleich.

»Was willst du?«, fragte Sheila tonlos. Sie hatte in diesen Augenblicken abgeschaltet, hatte ihre Gefühle zurückgesteckt, und nur ihr Gehirn arbeitete.

»Ich will dich warnen, Sheila. Ich liebe dich doch. Jemand will dir Böses. Du musst weg aus der Klinik.«

»Ja, Vater.«

»Versprichst du mir das?«

Jetzt nickte Sheila. »Warum hast du mich nicht schon vorher angerufen?«, wollte sie wissen.

»Habe ich doch. Bill war am Apparat.«

»Er hat mir nichts gesagt.«

»Bestimmt wollte er dich nicht aufregen.«

»Das wird es wohl sein.« Sheila sprach wie ein Roboter. Sie gab die Antworten automatisch. Ihre Lippen bewegten sich kaum beim Sprechen.

»Ich kann jetzt nicht mehr reden, Sheila. Ich wünsche dir alles, alles Gute. Mein Kind …«

Dann war die Stimme weg.

Ein schwerer Seufzer drang über Sheila Conollys Lippen. Sie blinzelte, starrte auf den Hörer, den sie jetzt wieder hatte sinken lassen, und überlegte. Dieser Anruf, hatte er tatsächlich stattgefunden, oder war es nur ein böser Traum?

Ihr Vater wollte sie warnen. Vor einer Gefahr. Hier in der Klinik drohte ihr Gefahr.

Sheila überlegte weiter. Ihr gesamtes Fühlen und Streben war nur darauf ausgerichtet, dass dem Kind nichts passierte. Alles andere war ihr egal.

Das Kind musste sicher zur Welt kommen.

Und Sheila Conolly entwickelte einen Plan. Sie ahnte jedoch nicht, dass ihre Gegner auch nicht untätig waren …

Der Schlag war im Ansatz kaum zu erkennen. Er hätte dem dunkelhäutigen Kämpfer das Gesicht zerschmettert, doch Suko stoppte den Angriff im rechten Moment.

Der Trainer der Sparringspartner blies auf der Trillerpfeife. Die Gegner trennten sich und drückten sich die Hände. Dann lösten sie Kopf und Mundschutz.

Beide Kämpfer waren in Schweiß gebadet. Suko warf sich einen Bademantel über, damit er sich keine Erkältung holte. Er sprang aus dem Ringviereck und ging in Richtung der Duschen.

Um ihn herum wurde gekämpft und Konditionstraining betrieben. Ein weißblonder Hüne bearbeitete einen Sandsack mit solcher Konzentration, dass er für die Umgebung keine Augen mehr hatte. Ein anderer wiederum sprang Seil. Ununterbrochen. Als würde er dafür bezahlt.

Suko trainierte hart, aber für diesen Fanatismus hatte er nichts weiter übrig als ein Kopfschütteln. Diese Typen konzentrierten sich nur auf ein Ziel. Alles andere ließen sie verkümmern.

Ein faltengesichtiger Landsmann stellte sich Suko in den Weg. Der Chinese war schon älter, bestimmt an die siebzig

Jahre. Er hatte einen Narren an Suko gefressen und war hier im Trainingscamp als Mädchen für alles angestellt.

»Gut warst du heute, mein Junge, gut. Du musst nur noch mehr Wucht hinter die Konterschläge legen, dann ist alles klar. Da kann dich so leicht keiner mehr schlagen.«

Suko schüttelte den Kopf. »Weißt du, den Ehrgeiz habe ich nicht.«

»Schade.« Die Augen des Mannes verdunkelten sich. »Warum denn? Du bist jung, dir steht die Welt offen.«

Sukos Hand lag schon auf der Türklinke. »Du sagst es, mir steht die Welt offen. Aber nicht, wenn ich mich so herumprügele. Mach's gut.«

Suko zog die Tür auf und verschwand im dahinter liegenden Gang. Fast wäre er gegen einen blonden Mann geprallt.

Der Mann war ich.

Suko stutzte, blieb stehen und verdrehte in komischer Verzweiflung die Augen.

Ich drückte mich von der Wand ab. »Pack deine Siebensachen und komm mit. Ich warte draußen auf dich.«

Suko blieb stehen. »Was ist los?«

»Erzähl ich dir später. Beeil dich.«

Ich ging zum Ausgang, während sich Suko achselzuckend den Duschräumen zuwandte.

Draußen knallte eine heiße Junisonne vom Himmel. Ein paar weiße Wolken störten das Blau des Himmels. Der Wind wehte aus Südwest und brachte noch mehr Wärme mit.

Meinen Bentley hatte ich im Schatten der Parkplatzmauer abgestellt. Die Türen standen offen, damit wenigstens der Durchzug etwas Kühlung brachte.

Ich setzte mich auf den Fahrersitz und ließ die Beine nach draußen baumeln. Dabei dachte ich über den Fall nach. Er sah wieder ziemlich kompliziert aus. Verstorbene hatten sich gemeldet. Nach ihren Worten mussten sie im Jenseits leiden. Ich konnte mir gut vorstellen, dass sie in einem Zwischenreich existierten, in einer Parallelwelt. Es gibt mehr als eine dieser Welten, das ist mir inzwischen hinreichend bekannt.

Aber wer war der Seelenhändler, von dem die Verstorbenen gesprochen hatten? Ein Mann namens Harris. Diesen Namen gab es in London mehr als tausend Mal. Es würde schwierig sein, die betreffende Person herauszufinden.

Ich hatte mich mit dem Hafenamt in Verbindung gesetzt. Das Schiff Dark Cloud gehörte diesem Harris. Mehr war jedoch nicht zu erfahren. Die Adresse des Typs fand ich ebenfalls nicht heraus.

Zusammen mit Suko wollte ich den Kahn aufsuchen, weil jetzt keine unmittelbare Gefahr für Ellen Wayne, Liz Manner und Martha Ilford bestand. Die Geisterstimmen hatten sie nur warnen wollen.

Suko verließ das flache Trainingsgebäude. Er trug eine Sporttasche und wirkte wie ein Ringer.

Mein Partner war ein breitschultriger Kerl. Er hatte nur wenige Haare auf dem Kopf, die jedoch sorgfältig gekämmt waren. Bestimmt sehnten sich viele Schwerathleten nach Sukos muskulösem Körper. Wo Suko hinschlug, da wuchs kein Gras mehr. Als Freund konnte man sich auf ihn hundertprozentig verlassen, als Feind hätte ich ihn nicht haben mögen.

Suko nahm auf dem Beifahrersitz Platz, und ich informierte ihn stichwortartig.

»Scheint ja wieder etwas auf uns zuzukommen«, kommentierte er. »Und du weißt, wo der Kahn liegt?«

»Ja.«

»Worauf warten wir dann noch? Vielleicht treffen wir diesen Harris auf dem Schiff.«

Ich schlug die Tür zu und startete.

Wir wühlten uns durch den Londoner Nachmittagsverkehr. Über die Lambeth Bridge fuhren wir auf die richtige Seite und hielten uns nördlich. Schon bald lagen die Hafenanlagen vor uns. Es herrschte noch Hochbetrieb auf den Piers. Ladekräne quietschten. Die riesigen stählernen Arme hoben tonnenschwere Lasten hoch, schwenkten sie, als wären es Pappschachteln. Es herrschte reger Lastwagenbetrieb. Die Trucks brachten die importierten Waren ins Landesinnere.

Die Dark Cloud lag nicht im Jachthafen, sondern in einem Seitenarm der Themse.

Ich lenkte den schweren Bentley durch ein Gewirr von engen Straßen und Gassen. Vorbei an langen und hohen Lagerhäusern, über die Schienen der Hafenbahnen und unter Stahlbrücken her, auf denen Transportbänder liefen.

Die einzelnen Piers stachen als lange, dicke Finger in den Fluss. Wir ließen sie hinter uns und näherten uns langsam den zahlreichen toten Seitenarmen der Themse.

Sie waren nie lang, höchstens dreihundert Meter. Dort schaukelten Hausboote und ausgemusterte Kähne auf den Wellen. Man fühlte sich manchmal nach Amsterdam versetzt.

Mit dem Wagen konnten wir nicht bis direkt an das Ufer fahren. Ich musste ihn vorher abstellen. In dieser Gegend war es vernünftig, die Alarmanlage einzuschalten. Zu viel lichtscheues Gesindel trieb sich herum.

Ich fand einen günstigen Parkplatz, der nicht weit vom Ufer entfernt lag. Eine holprige Stichstraße führte dorthin.

Das Pflaster war zum Teil aufgerissen. Die Steine lagen verstreut herum. Die Menschen, die uns begegneten, waren entweder Lebenskünstler oder vegetierten an der Grenze zum Existenzminimum. Vor allen Dingen fielen die jungen Leute auf. Sie hockten an den Mauervorsprüngen. Die Sonnenstrahlen schienen auf ihre nackten Oberkörper. Hier kümmerte sich niemand darum, ob die Girls oben ohne in der Sonne lagen.

Der Wind trug uns den Geruch von brackigem Wasser entgegen. Ein paar Möwen segelten lustlos durch die Luft. Träge ließen sie sich dann auf den eisernen Pollern nieder.

Wir blieben stehen.

Vor uns lag ein freier Platz. Er war nicht groß, und da die Sonne stark brannte, fast leer. Nur ein alter Mini rostete still vor sich hin. Die Reifen waren abmontiert.

Der Seitenarm wurde von einem mit grüner Patina überzogenen Eisengeländer abgetrennt. Hinter dem Geländer lagen die Schiffe.

Es waren interessante Kähne.

Meist abgewrackte Container, die nur noch vom Rost zusammengehalten wurden und nun als Hausboote dienten. Vor uns lag einer dieser Container. Das Ruderhaus war frisch gestrichen. Es glänzte himmelblau. Am Heck des Bootes hatte man Weizen gepflanzt.

Sachen gab's ...

Die Dark Cloud sahen wir nicht, wussten aber, dass sie hier irgendwo liegen sollte.

Als wir uns näher an das Getreideschiff heranwagten, sprang hinter einem rostigen Ölfass ein Köter hervor, dem man den Bastard schon auf eine Meile Entfernung ansah. Sein Fell war struppig und bildete wahrscheinlich eine Wohngemeinschaft für Läuse. Der Köter wetzte quer über den Kahn und blieb kläffend vor uns stehen.

Sein Gebell riss den jetzigen Besitzer des Schiffes aus süßen Träumen. Verschlafen tauchte er aus einer Ladeluke auf. Er trug nur einen Poncho und einen Sombrero auf dem Kopf. Seine nackten Beine schauten wie zwei zu lang geratene Streichhölzer unter dem Poncho hervor. Das Gesicht lag im Schatten des Hutes.

»He, Meister!«, rief ich. »Wir suchen die Dark Cloud. Können Sie uns sagen, wo wir sie finden?«

»Dann sucht mal weiter«, gab er grunzend zur Antwort.

Ich wedelte mit einem kleinen Geldschein. Jetzt schob der Bursche seinen Sombrero zurück und trat näher.

»Sollen wir noch immer weitersuchen?«

Er grinste. »Nicht nötig. Geht da entlang.« Er deutete nach rechts. »Von hier aus gesehen das achte Schiff.«

Die Note wechselte den Besitzer. Der Knabe lachte. »Aber vorher macht euer Testament«, riet er uns.

»Weshalb?«

»Auf dem Kahn spukt's.«

»Keine Bange«, sagte Suko. »Mein Vater war der Klabautermann.«

Wir gingen weiter. Vorbei an verrotteten, abgewrackten Kähnen, die doch noch ihre Liebhaber gefunden hatten. Auf den

Decks lagen Männchen und Weibchen in der Sonne. Sie kümmerten sich weder um Gott noch um die Welt.

»So gut müsste man es auch mal haben«, beschwerte sich Suko.

»Kannst du doch.«

»Und was machst du ohne mich?«

»Mir ginge es gut. Ich brauchte dann wenigstens nicht auf dich aufzupassen.«

Suko lachte. »Ist wohl eher umgekehrt.«

Lautlos zählte ich die Schiffe mit. Dann standen wir vor der Dark Cloud.

Der Name war nicht übertrieben. Das Schiff hatte einen schwarzen Anstrich, auf dem jetzt allerdings der Dreck der Jahre mehr als fingerdick lag. Kein Lebewesen regte sich auf dem Kahn. Die Sonne brannte ungehindert auf die Planken und heizte sie auf. Zwischen dem nächsten Schiff und der Dark Cloud befand sich ein ziemlich großer Zwischenraum.

Wir blieben stehen.

»Sieht nicht gerade einladend aus, der Kahn«, meinte Suko.

Ich hob die Schultern und blickte nach links. Dort rauschte die Themse vorbei. Die Wellen zeigten gleißende, glitzernde Schaumkronen. Schlepper zogen voll beladene Containerschiffe durch die Fluten. Tief lagen die Kähne im Wasser.

Im Gegensatz zur Dark Cloud. Da rührte sich nichts auf dem flachen Deck. Es gab nicht einmal Aufbauten. Nur eben die glatten Decksplanken.

Suko nickte mir zu. »Dann wollen wir mal«, sagte er und flankte über das Eisengeländer.

Ein weiterer Schritt brachte ihn auf das tiefer als die Kaimauer liegende Deck.

Ich folgte meinem Partner.

Es war, als hätten wir eine andere Welt betreten. Obwohl um uns herum reges Leben herrschte, glaubten wir, auf einer Insel gelandet zu sein. Die Luft war plötzlich nicht mehr die gleiche, sie schmeckte anders. Ich blickte zum gegenüberliegenden Ufer, sah die Pärchen auf den Bänken sitzen, entdeckte die

Vögel in den Bäumen, hörte Stimmen und Verkehrsgeräusche. Es lief alles normal.

Und doch war da dieses ungute Gefühl, die Angst, in eine Falle geraten zu sein.

»Hier stimmt etwas nicht«, stellte ich fest.

Suko nickte. »Dann hast du es auch bemerkt.«

Ich gab keine Antwort, sondern schritt über das Deck dem Bug des Schiffes zu. Auf dem gemauerten Kai fuhren zwei Jungen vorbei. Sie hockten auf ihren Rädern und starrten zur Dark Cloud herüber. Eigentlich hätten sie mich sehen müssen.

Ihre Blicke glitten an mir vorbei, als wäre ich nicht vorhanden.

Ich rief.

Keine Reaktion. Die Jungen fuhren weiter.

Automatisch fuhr ich mir mit der Hand über die Augen. Langsam wurde es mir doch unheimlich zumute. Dieses Schiff lag inmitten der normalen Welt, doch waren Menschen darauf unsichtbar. Welches Rätsel umgab diesen Kahn?

Ich drehte mich um. Vielleicht wusste mein chinesischer Freund und Partner einen Rat.

Noch in der Drehung stockte ich.

Suko war verschwunden.

Bill Conolly wanderte in seinem Haus umher wie ein gereizter Stier.

Dieser Anruf hatte ihn völlig verwirrt. Es war ein Hilferuf aus dem Jenseits, so viel stand für Bill Conolly fest. Und der Anrufer hatte den Namen seiner Frau erwähnt.

Drohte Sheila vielleicht Gefahr? Ausgerechnet jetzt, wo sie jeden Augenblick ihre Niederkunft haben konnte?

Bill zog scharf die Luft durch beide Nasenlöcher. »Ich werde noch verrückt!«, keuchte er. »Das hält ja kein Mensch aus.« Er schnappte das Telefon und wählte Scotland Yard an. Er wollte mich sprechen, bekam aber nur Glenda Perkins an den Apparat.

»Hat John gesagt, wann er zurückkommt?«, wollte Bill wissen.

»Nein, Mr Conolly.«

»Und eine Nachricht hat er auch nicht hinterlassen?«

»Tut mir leid.«

»Schon gut, Miss Perkins. Danke.« Bill legte den Hörer wieder auf. Abermals begann das Nervenspiel. Er überlegte, ob er seine Frau anrufen sollte. Aber Sheila schien bemerkt zu haben, dass mit ihm einiges nicht stimmte. Jetzt noch ein Anruf, und sie würde Fragen stellen. Unangenehme Fragen, denen Bill nur schlecht ausweichen konnte. Sheila merkte genau, wenn er log.

Bill Conolly leerte auch die dritte Flasche Orangensaft. Er schwitzte.

Zum zweiten Mal an diesem Tag ging er unter die Dusche. Hier ließ er sich die Ereignisse der jüngsten Vergangenheit noch einmal durch den Kopf gehen. Gut, John Sinclair war alarmiert worden. Aber John konnte nicht überall sein. Bill spürte, dass seiner über alles geliebten Frau Gefahr drohte.

Er musste sie beschützen!

Der Reporter drehte die Dusche ab und rieb sich hastig trocken. Dann schlüpfte er in seine Kleidung. Zum Schluss zog er seine Nachttischlade auf.

Das brünierte Metall einer Luger schimmerte ihm entgegen.

Die Waffe war geladen. Bill checkte sie durch, bevor er sie einsteckte.

Dann verließ er das Haus.

Der Porsche stand in der Garage. Diesmal fuhr Bill Conolly nicht so behäbig in Richtung Tor. Er hatte es eilig und drehte auf. Die breiten Reifen schleuderten den Kies nach allen Seiten. Bill hatte die Seitenscheibe heruntergekurbelt. Der Fahrtwind schnitt in den Wagen. Er fuhr durch Bills Haarschopf, zerzauste die Frisur.

In Bills Gesicht konnte man ablesen, welche Gedanken den Reporter quälten. Frohe waren es nicht.

Bill war die Strecke zur Klinik schon mehrere Male gefahren. Das kam ihm jetzt zugute. Er mied die Hauptstraßen und näherte sich der Klinik auf Schleichwegen.

Bill wusste auch, wo er seinen Wagen abstellen konnte, sodass er vom Sanatorium aus nicht gesehen werden konnte.

Neben dem Spazierweg befanden sich ein paar Parktaschen. Ein grüner Austin stand dort. Die vierköpfige Familie, die aus dem Wagen stieg, verschwand im nahen Wald.

Bill Conolly schlug sich ebenfalls in die Büsche. Schon bald stand er vor dem Schild, das auf die Klinik hinwies. Er sah die Front des Gebäudes durch die Baumkronen schimmern.

Der Reporter umging das Gelände. Er wollte nicht unbedingt einem Bekannten in die Arme laufen. Und beileibe nicht dem Professor persönlich.

Ungesehen erreichte Bill die Rückfront. Eine Anfahrt führte zu einer breiten Tür, durch die auch ein Krankenwagen passte. Im toten Winkel des Gebäudes standen die Wagen der Ärzte und Krankenschwestern.

Bills Blicke tasteten die nähere Umgebung ab. Er suchte einen Platz, von dem aus er das Haus ungestört beobachten konnte. Dann fiel ihm ein, dass es besser war, Sheilas Zimmer im Auge zu behalten. Aber das lag nach vorn hinaus.

Der Reporter schlich den Weg wieder zurück. Er war schweißnass. Die Luft zwischen den Bäumen hier drückte. Sie erschwerte das Atmen. Es war schwül. Die Mücken tanzten dicht über dem Boden.

Bill – nicht gerade arm an Kraft und Kondition – suchte sich einen Baum aus, auf den er klettern konnte. Er fand einen, der günstig stand und dessen Äste so tief hingen, dass er den untersten mit einem Sprung erreichen konnte.

Geschickt schwang Bill sich hoch. Er richtete vorsichtig seinen Oberkörper in die Senkrechte und griff mit der rechten Hand nach dem nächsten Ast.

Prüfend glitten seine Blicke durch das Blätterwerk. Dann sah er, was er suchte. Eine Astgabel, auf der er es sich bequem machen konnte.

Bill balancierte vor, erreichte die Gabel, stützte sich dort mit beiden Füßen ab und lehnte sich mit dem Rücken gegen den Baumstamm. Kleinere, dicht belaubte Zweige verwehrten ihm die freie Sicht auf das Sanatorium.

Bill riss einen Zweig ab und ließ ihn zu Boden fallen. Jetzt konnte er sogar das Fenster sehen, das zu Sheilas Zimmer gehörte.

Der Reporter war zufrieden.

Er griff in die Innentasche seiner Jacke und holte ein kleines, aber leistungsstarkes Opernglas hervor.

Greifbar nahe erschien die Front der Klinik. Bill tastete die Fenster ab, verharrte an Sheilas und schickte einen ärgerlichen Fluch auf die Reise, da sich die Sonne in der Scheibe spiegelte und ein Hindurchschauen so gut wie unmöglich machte.

Dafür sah Bill etwas anderes.

Oberhalb der Dachrinne befanden sich noch kleinere, viereckige Mansardenfenster.

Und dort blitzte es auf.

Wenn dort jemand saß und ihn entdeckte …

Der Reporter schaffte es nicht, den Gedanken fortzuführen. Er hörte keinen Knall, kein Abschussgeräusch – nichts. Dafür spürte er einen harten Schlag an der Stirn, wurde nach hinten gedrückt, konnte sich nicht mehr halten, sah das Grün der Blätter in einem blutroten Nebel verschwinden, verlor das Gleichgewicht und fiel.

Als er auf den Boden prallte, hielt ihn längst Bewusstlosigkeit umfangen.

Ich blieb stocksteif stehen, musste mich erst mit der neuen Situation anfreunden.

Suko hatte sich hinter mir befunden, war am Heck des Kahns stehen geblieben. Nur für wenige Augenblicke hatte ich ihm den Rücken zugewandt, und doch war er völlig lautlos verschwunden.

Hexerei? Oder steckte dahinter ein realer Grund? Eine Klappe oder eine Luke, durch die Suko gefallen war?

Mir wurde es mulmig.

Ich warf einen Blick zu beiden Ufern. Normaler Betrieb, kein Anzeichen dafür, dass sich etwas anderes abspielte. Verdammt, hier wollte mich jemand zum Narren halten. Ich ging zielstrebig weiter. Die Decksplanken ächzten.

Und da stand ich vor der Öffnung.

Also doch eine natürliche Ursache. Suko war in eine Luke gefallen. Ein kleiner Stein fiel mir schon mal vom Herzen. Ich blieb am Rand der Luke stehen und starrte in die Tiefe.

Finsternis.

Ich rief Sukos Namen.

Keine Antwort.

Jetzt dachte ich nach. Wahrscheinlich war Suko nicht freiwillig in den Bauch des Schiffes geklettert. Jemand hatte nachgeholfen.

Wir waren hier nicht allein. Wenn ich ehrlich war, bereitete mir der Gedanke daran einiges Unbehagen.

Nicht ein Laut drang zu mir hoch. Aber ich wollte es jetzt wissen, holte meine Bleistiftlampe hervor und knipste sie an. Wie eine helle lange Nadel, so stach der Strahl durch die Dunkelheit. Ich sah Staubpartikel tanzen und entdeckte den runden Fleck genau dort, wo der Strahl den Boden traf.

Nur von Suko sah ich nichts.

Aber er konnte sich nicht in Luft aufgelöst haben. Wahrscheinlich hatte man ihn verschleppt. Um einen bärenstarken Kerl wie Suko lautlos wegzuschaffen, dazu gehörte schon was.

Mir blieb keine andere Möglichkeit, als in den Bauch des Schiffes zu klettern.

Die Bleistiftlampe klemmte ich mir zwischen die Zähne, ging in die Hocke, drehte mich um und schwang ein Bein in die Tiefe. Mit dem anderen kniete ich noch auf den Decksplanken.

Da spürte ich den Griff um mein Fußgelenk.

Wie unter einem Stromstoß zuckte ich zusammen. Mein unbekannter Feind setzte seine Kraft ein, er riss mich nach hinten.

Ich kippte. Gleichzeitig schnellten meine Arme in einer Reflexbewegung vor. Meine Hände klammerten sich an den Lukenrand fest. Verzweifelt hing ich dort und trat mit dem linken Bein aus.

Ich spürte Widerstand, hörte ein zischendes Geräusch, und dann fiel ich doch.

Aber ich war auf den Fall vorbereitet. Ich wusste, wie tief es etwa in den Bauch des Schiffes hineinging, und landete unversehrt. Ich ließ mich nach hinten fallen und rollte mich ab. Sofort war ich wieder auf den Beinen, wechselte sofort meine Position.

Mit einem Krachen fiel die Luke über mir zu.

Dunkelheit und Stille umfingen mich.

Weit hielt ich den rechten Arm von meinem Körper ab. Dann knipste ich die Lampe an.

Wieder schnitt der feine weißgelbe Strahl durch die Dunkelheit. Ich bewegte den Arm kreisförmig, wollte eine möglichst große Fläche ausleuchten und sah den Lichtstrahl über eine Wand tanzen.

Von meinem unbekannten Gegner entdeckte ich nichts.

»Suko?« Zischend rief ich seinen Namen.

Er antwortete nicht. Dafür brandete plötzlich ein Gelächter auf, das mir einen Schauer über den Rücken trieb. Ich duckte mich unwillkürlich und ging schnell einen Schritt zur Seite.

So rasch, wie es aufgeklungen war, so abrupt endete das höllische Lachen.

Es wurde wieder still.

In der Stille hörten sich meine Schritte doppelt so laut an, als ich mich tiefer in den Schiffsrumpf hineinbewegte. Unter meinen Sohlen knirschte der Dreck. Bei jedem Geräusch verzog ich die Mundwinkel. Die Lampe knipste ich sporadisch an. Das Licht reichte, um eine Doppeltür zu erkennen.

Sie war zu.

Einen Meter davor blieb ich stehen, leuchtete die Tür an. Ich sah den weißen Totenkopf schimmern, der genau in der Mitte der Tür aufgemalt war. Die beiden Türen teilten den Totenkopf in zwei Hälften.

Die Augen in dem Schädel leuchteten wie gelber Phosphor. Das Maul war weit aufgerissen. War Suko durch diese Tür verschwunden?

Ich wollte es herausfinden. Ehe ich jedoch prüfen konnte, ob sie sich öffnen ließ, schwangen die beiden Türhälften zurück. Jämmerlich ächzten sie in den Angeln, gaben den Weg frei in einen tiefen, mir unbekannten Raum. Ich zog meine Waffe.

Der Raum hinter der Totenkopftür war nicht dunkel. Ein grünlichweißes Licht verbreitete gerade so viel Helligkeit, dass Konturen und Umrisse zu erkennen waren.

Ich betrat den unheimlichen Raum.

Stimmen drangen an meine Ohren. Wispernd und raunend. Sie kamen von überall her, lullten mich ein.

Drei, vier Schritte machte ich, dann blieb ich stehen. Meine Blicke fraßen sich durch das Dämmerlicht, ich wollte sehen, wer mich erwartete.

Und da stockte mir der Atem!

Es dauerte eine Weile, bis Sheila den Schock des Anrufs überwunden hatte. Sie hatte sich in dieser Klinik sicher gefühlt. Das Vertrauen in Professor Harris war groß, und nun diese Ernüchterung.

Eines war Sheila Conolly klar.

Diesen Coup hatten ihre Gegner seit langem vorbereitet. So etwas geschah nicht von heute auf morgen. Die andere Seite wollte ihr Unglück und das Kind!

Eine grausame Vorstellung, aber Dämonen kennen nur die Worte Hass und Vernichtung. Alles andere ist ihnen fremd. Sheila und ihr Mann waren mit John Sinclair befreundet. Dafür mussten sie nun zahlen.

Sheila hatte versucht, den Ring zu durchbrechen. Sie wollte nicht mehr, dass sie und Bill mitkämpften, doch in diesen Minuten musste sie sich eingestehen, dass sie dies nicht geschafft hatte. Die Vergangenheit hatte sie schon zu tief hineingeritten.

Sheila spürte ihr Kind. Sie fühlte, wie es sich bewegte. Nicht mehr lange, dann war die Stunde da.

Aber welche Teufelei hatten die Dämonen vor?

Intensiv dachte Sheila an Bill und ihren Vater. Diese beiden Menschen standen ihr wirklich sehr nahe, und der Gedanke daran gab ihr wieder Kraft.

Sie würde kämpfen, sich mit allen Mitteln gegen das Schicksal stemmen.

Zaghaft klopfte jemand an die Tür.

Auf Sheilas »Herein« betrat die kleine freundliche Koreanerin das Zimmer. Wie immer lag auf ihrem Gesicht ein bezauberndes Lächeln. Aber war das Lächeln nicht falsch? Gehörte die Asiatin nicht auch zu dieser Dämonenclique?

Sheila Conolly versteifte sich, als die Koreanerin an ihr Bett trat.

»Fühlen Sie sich nicht wohl, Mrs Conolly?«, fragte Clou.

Sheila versuchte ebenfalls zu lächeln. Es fiel kläglich aus. »Doch, doch, es geht mir gut.«

Die Koreanerin zupfte die Bettdecke zurecht. »Der Professor wird bald kommen«, sagte sie, »das wollte ich Ihnen sagen.«

»Danke.«

Clou ging wieder. Leise zog sie die Tür hinter sich zu.

Sheila griff sofort zum Telefon. Sie musste Bill informieren, ihn um Rat bitten. Und wenn alle Stricke rissen, dann musste er sie mit Johns Hilfe hier herausholen. Ja, das war wohl die beste Möglichkeit.

Sheila drückte den Hörer gegen ihr Ohr und tippte die Rufnummer auf der Tastatur.

Beim dritten Wählen fiel ihr auf, dass die Leitung tot war. Sie schlug auf die Kontakte, versuchte es wieder – keine Reaktion.

Das Telefon war gestört. Und das war sicherlich kein Zufall.

Sheila wurde es heiß und kalt zugleich. Angst stieg in ihr hoch, Angst vor unbekannten Gegnern.

Plötzlich war sie aufgeregt, nervös. Sie fühlte sich wie in einem Gefängnis, eingekesselt von Feinden.

Da ging die Tür auf. Professor Harris erschien. Drei Ärzte begleiteten ihn.

Freundliche Gesichter hatten alle aufgesetzt.

»Ihr könnt mich nicht täuschen«, flüsterte Sheila, »ihr nicht.«

Professor Harris beugte sich über sie. »Haben Sie etwas gesagt, Mrs Conolly?«

»Nein, schon gut.«

Der Professor begann mit der Untersuchung. Dabei gab er einige Fachkommentare ab, von denen Sheila Conolly kein einziges Wort verstand. Sie lag da und hatte die Augen halb geschlossen, ließ alles über sich ergehen.

»In einigen Stunden wird es wohl so weit sein, Mrs Conolly«, sagte der Professor. »Wir werden Sie in ein anderes Zimmer legen – näher an den Kreißsaal.«

»Warum?«

Harris lächelte beruhigend. »Nur zu Ihrer Sicherheit, Mrs Conolly.«

Sheila nickte. »Okay, Doc.«

»Wir sehen uns später«, sagte der Arzt und verließ mit seinem Tross das Zimmer.

Ich soll also verlegt werden, dachte Sheila. Ein wahrlich gemeiner Trick. Vielleicht hatten die anderen Angst, dass sie aus diesem Zimmer floh. Wenn das stimmte, dann musste sie sich beeilen.

Sheila schwang die Beine aus dem Bett. Es bereitete ihr Mühe, nachdem sie so lange gelegen hatte. Sie ließ sich Zeit und überstürzte nichts. Den Koffer hatte die Koreanerin ausgepackt und die Kleidung sorgfältig in den Wandschrank gehängt. Ihren leichten Staubmantel zog Sheila über.

Sie schlüpfte in bequeme Hausschuhe und wandte sich dann der Tür zu. Behutsam drückte sie die Klinke nach unten. Lautlos schwang die Doppeltür auf.

Sheila lugte in den Gang.

Leer lag er vor ihr. Nur die Notbeleuchtung brannte. Sie verbreitete einen trüben Schein. Von irgendwoher war das Klappern von Geschirr zu hören, sonst war es still.

Sheila riskierte es. Sie verließ das Zimmer. Den Weg, den sie gekommen war, hatte sie sich gemerkt. Sie hoffte nur, dass die Tür unten nicht abgeschlossen war.

Im letzten Augenblick nahm sie am Ende des Ganges eine Bewegung wahr. Sheila konnte gerade noch in ihr Zimmer verschwinden, ehe die beiden Personen sie entdeckten.

Sheila ließ die Tür spaltbreit offen, sodass sie auf den Gang sehen konnte.

Die Männer schoben eine Trage vor sich her. Sie näherten sich. Sheila hörte ihre Stimmen. Die beiden Pfleger unterhielten sich und lachten dabei. Die Gestalt auf der Trage war nicht völlig zugedeckt. Der Kopf lag frei.

Jetzt passierten die Pfleger Sheilas Zimmertür. Die junge Frau konnte einen Blick auf den auf der Trage liegenden Mann werfen. Sie sah das Blut an seiner rechten Kopfhälfte und hatte das Gefühl, der Boden würde sich unter ihr auftun und sie verschlingen.

Der Mann auf der Trage war – Bill!

Plötzlich war ich nicht mehr allein. Vor mir – dicht unter der Decke – erschienen drei Gesichter. Zuerst sah ich nur Schemen, formlose Nebelgebilde, aber dann nahmen diese Geistererscheinungen Konturen an.

Drei Gesichter.

Von Männern!

Sie schwebten vor mir wie Ballons. Ich sah die Qualen auf ihren Gesichtszügen, bemerkte die Ansätze zu Hilferufen, schaute auf die Lippen, die sich öffneten und schlossen, und hatte das Gefühl, diese Gesichter würden lautlose Schreie ausstoßen.

Waren es Angstschreie?

Ich wollte fragen, doch die Gesichter kamen mir zuvor. Im Flüsterton setzten sie sich mit mir in Verbindung.

»Weißt du, wer wir sind?«, erkundigten sie sich.

Ich nickte. Ja, ich konnte mir denken, dass ich hier die Gatten der drei Frauen vor mir hatte. Wayne, Manner und Ilford, so lauteten die Namen.

Ich sagte es ihnen.

»Du hast recht.« Ich erfuhr auch, welche Namen zu den Gesichtern passten.

Ilford war wohl der Anführer. »Wer immer du auch bist, Fremder, wir danken dir, dass du zu uns gekommen bist. Vielleicht kannst du uns helfen.«

Ehe sie mir einen Vorschlag machen konnten, war ich an der Reihe. Schließlich brannten mir eine Menge Fragen auf der Seele, und auch Sukos Verschwinden wollte ich geklärt wissen.

»Wie ist es möglich, dass ihr in diesem Zustand dahinvegetiert?«, fragte ich.

Ich erhielt zuerst ein deprimierendes Lachen zur Antwort. Ilford hatte es ausgestoßen. »Wir sind Gefangene, weil wir uns auf ihn verlassen haben.«

»Sprichst du von dem Seelenhändler?«

»Ja, so nennt er sich.«

»Ist er ein Dämon?«

Diese Frage wurde ebenfalls bejaht. »Aber ein sehr schlauer«, sagte Ilford. »Er hat sich dieser Welt hier angepasst, und niemand weiß, wer sich hinter dieser Maske verbirgt.«

»Aber ihr seid doch zu ihm gegangen.«

»Da haben wir auch nur sein falsches Gesicht gesehen. Hier auf dem Schiff hauste er. Hier war sein Reich, und in diesem Verlies hat er uns in das verwandelt, was wir nun sind. Hätten wir doch nicht auf ihn gehört.« Der letzte Satz wurde qual- und vorwurfsvoll ausgestoßen.

»Erzähl mir, wie es dazu gekommen ist«, forderte ich Ilford auf.

»Er hat uns angesprochen. Mich in einem Pub, die anderen auf der Straße. Er hat gefragt, ob wir etwas Außergewöhnliches erleben wollten. Wir haben nicht Nein gesagt, und als er uns versprach, wir würden Reichtum und Macht erlangen, da waren wir sofort Feuer und Flamme. Wir trafen uns auf diesem Schiff. Er erzählte vom Jenseits und von Welten, die in anderen Dimensionen lagen. Er berichtete so plastisch und ausführlich, dass wir zustimmten. Wie gesagt, wir sollten reich werden, doch zuvor mussten wir unsere Seelen verkaufen. Das war die einzige Bedingung. Wir haben nicht lange überlegt, sondern waren einverstanden. Seele verkaufen, wer von uns wusste schon, was wir uns damit antaten? Ich hatte zwar als Kind ein Märchen darüber gelesen, aber viel wusste ich über dieses Thema nicht zu erzählen. Oh, wir waren vom Reichtum geblendet, wir Narren – und wir stimmten zu.«

»Hat er euch Geld gegeben? Sind die Versprechen eingelöst worden?«

»Nein. Nach einer finsteren Beschwörung, deren Einzelheiten so grausam und schrecklich sind, dass ich sie gar nicht aufzählen kann, wurden wir entlassen. Ich sehe den Seelenhändler noch lächeln, als er sich von uns verabschiedete. Seine letzten Worte klingen mir noch in den Ohren. Asmodis wird sich freuen. Wir freuten uns damals genau drei Tage. Dann starben wir, und damit begann das Verhängnis. Wir gerieten nicht ins Jenseits, sondern wurden zu Wanderern zwischen den Welten. Wir gelangten in Reiche, deren Schrecken unermesslich sind. Und überall waren wir die Ausgestoßenen. Niemand wollte uns haben. Wir erlitten Qualen, fanden keine Ruhe und bereuten alles. Dann gerieten wir an einen weisen Mann. Er unterbreitete uns einen Vorschlag.«

»Dann hat euch der Mann den Weg gezeigt, wie ihr euch mit der normalen Welt in Verbindung setzen könnt«, folgerte ich.

»So war es«, erwiderte Ilford. »Er sprach von dem Telefon. Wir konnten allerdings nur mit der Person in Kontakt treten, die uns im damaligen Leben am nächsten gestanden hatte. Sie mussten wir dazu bringen, einzugreifen.«

Die Gesichter der drei veränderten sich, wurden durchscheinend. Es bereitete Ilford Mühe zu sprechen. Gepresst drangen die nächsten Worte an mein Ohr. »Etwas macht uns zu schaffen«, keuchte er. »Kräfte aus einer anderen Welt. Sie – sie sind stark, so unendlich stark. Ich weiß nicht, was sie wollen, aber wir werden zurückgerufen.«

»Noch eine Frage«, sagte ich schnell. »Was ist mit meinem Partner? Er hat vor mir den Bauch des Schiffes betreten, nein, er ist hineingezogen worden wie ich. Wer befindet sich noch auf dem Kahn? Sagt es mir, schnell.«

Die Gesichter verblassten. »Vorsicht!«, hörte ich noch die Stimme des Toten. »Gefahr von unten ...«

Dann verstand ich nichts mehr. Ich sah auch keine Gesichter mehr. Allein und verlassen stand ich in diesem unheimlichen Raum.

Es war finster geworden. Kein Leuchten, kein Flimmern – nichts. Nicht einmal die Hand vor Augen konnte ich mehr sehen. Die Schwärze war wie ein gefräßiges Tier.

Noch immer hielt ich meine Beretta umklammert. Sie war mit geweihten Silberkugeln geladen und bot mir gegen Dämonen der unteren Rangstufen Schutz. Bei Dämonen höherer Klassen jedoch waren die geweihten Kugeln nicht die richtige Waffe. Allerdings hatte ich im Laufe der letzten Zeit die Erfahrung gemacht, dass mein Kreuz, das ich vor der Brust trug, immer mehr zu einem schützenden Mantel wurde. Diesem Zeichen des absolut Guten hatten die Mächte der Finsternis oft nichts entgegenzusetzen. Es war ihnen bisher nicht gelungen, die Macht des Kreuzes zu brechen.

Ich wagte kaum zu atmen, konzentrierte mich auf jedes Geräusch. Doch um mich herum blieb es still.

Wieder griff ich zu meiner Stablampe. Ich hielt sie von meinem Körper weg und schaltete sie ein.

Der Strahl bohrte ein Loch in die Dunkelheit. Ich ließ ihn umherwandern, durchsuchte dieses Verlies in der Hoffnung, meinen Partner zu finden.

Nichts.

Ich befand mich mutterseelenallein im Bauch des Schiffes. Ich ging durch das Verlies, drei Schritte nach rechts, drei Schritte nach links, das Gleiche nach vorn und ...

Plötzlich spürte ich eine Wand im Rücken. Ich stutzte. Das war doch unmöglich. Die Wand hätte weiter entfernt sein müssen.

Es sei denn ...

Ein schrecklicher Verdacht keimte in mir auf. Ich streckte meine linke Hand aus, berührte die raue Holzwand.

Jetzt wusste ich es genau.

Und die Erkenntnis trieb mir das Blut in den Kopf.

Die Wände in diesem Verlies bewegten sich auf mich zu. Es war nur noch eine Frage der Zeit, wann sie mich erdrücken würden ...

Die Welt begann sich vor Sheilas Augen zu drehen. Die junge Frau merkte nicht, wie sie zurücktaumelte und an der Wand langsam zu Boden rutschte.

Nur eine Szene fraß sich in ihrem Gehirn fest.

Sie sah Bill, ihren Mann, auf der Trage liegen.

Ein grausames Bild. Ein Schock, den Sheila sicherlich nicht so rasch überwinden konnte. Nicht in ihrem Zustand.

Lebte Bill überhaupt noch? Sie hatte das Blut an seinem Kopf gesehen, das leichenblasse Gesicht – all dies sprach für seinen Tod.

Sheilas Entsetzen kannte keine Grenzen mehr. Sie drückte sich an der Wand hoch und taumelte zu ihrem Bett. Später wusste sie nicht einmal zu sagen, wie sie hineingefallen war. Auf dem Rücken blieb sie liegen. Ihre schönen Augen schimmerten hinter Tränen. Wie gläserne Perlen rannen sie an ihren Wangen entlang und versickerten im Kragen des Mantels.

Müdigkeit überfiel Sheila Conolly. Sie wurde erst aufgeschreckt, als das Telefon summte.

Zuerst wollte Sheila nicht abheben, doch dann griff sie nach dem Hörer.

»Sheila!« Wieder hörte sie die Stimme ihres Vaters. Er sprach aus der Unendlichkeit zu ihr, aus dem Reich der Toten ...

»Dad!« Es war ein Aufschrei, der über Sheilas Lippen drang.

»Es tut mir so leid, mein Kind. Aber ich kann dir nicht helfen. Nicht von hier aus.«

»Daddy«, flüsterte Sheila, »ich – ich – habe ihn gesehen. Bill – sein Kopf – er war blutig …« Sheila sog tief Luft ein. »Ich habe Angst, dass er – dass er …«

»Nein, mein Kind. Er ist nicht tot. Ich wüsste es. Er wäre sonst bei uns. Bill lebt!«

»Wirklich?«, hauchte Sheila mit bebenden Lippen.

»Ja.«

»Aber – aber was soll ich jetzt tun? Ich bin so allein. Ich wollte anrufen, doch das Telefon …« Sheila flehte ihren Vater an. »Bitte, Dad, gib du mir einen Rat. Ich kann hier nicht länger bleiben. Ich möchte mein Kind zur Welt bringen. Ein gesundes Kind. Und niemand hilft mir. Auch John Sinclair nicht. Ich kann ihn nicht erreichen. Er ist so fern.«

»Du wirst dein Kind zur Welt bringen, Sheila«, hörte sie die Antwort. »Du musst nur achtgeben und genau tun, was ich dir sage. Erstens kannst du nicht …«

Die Stimme verstummte. War auf einmal weg. Wie abgeschnitten.

»Dad!«, rief Sheila verzweifelt. »Bitte, Dad, so melde dich doch. Sag etwas!«

Keine Reaktion. Die Leitung war und blieb tot. Nicht einmal atmosphärische Geräusche waren zu hören.

Sheila Conolly rutschte der Hörer aus der Hand. Er fiel direkt auf den flachen, viereckigen Telefonkasten. Mit leerem Blick starrte Sheila auf das große Fenster. Die Sonne war inzwischen untergegangen. Die Dämmerung löste einen heißen Sommertag ab. Es war ein ewiger Kreislauf, und Sheila fragte sich, wie sie die Nacht überstehen sollte.

Das Klopfen an der Tür überhörte sie, und so trat die koreanische Krankenschwester, ohne eine Antwort abzuwarten, in das Zimmer. Sheila schreckte erst hoch, als Clou dicht vor ihrem Bett stand.

»Mein Gott, Sie?«

Clou lächelte. »Wer sonst, Mrs Conolly?« Dann wurde ihr Blick erstaunt. »Sie liegen im Mantel im Bett? Wollten Sie spazieren gehen?«

Jetzt musste Sheila sich entscheiden, wie sie sich aus der Affäre ziehen wollte.

Sie blickte in das Gesicht der Krankenschwester, in dem das Lächeln festgewachsen zu sein schien. Ja, Clou hatte gute Augen. Sheila beschloss, sie ins Vertrauen zu ziehen.

»Setzen Sie sich zu mir«, sagte sie.

»Natürlich.«

Dann begann Sheila Conolly zu erzählen. Sie nahm kein Blatt vor den Mund. Clou war die Einzige, zu der sie Vertrauen hatte, und sie merkte, wie die Koreanerin immer blasser wurde, wie aber auch Verständnis in ihren Augen aufkeimte.

»Und deshalb muss ich weg«, sagte Sheila zum Schluss.

Clou nickte nur. »Es fällt mir schwer, das zu glauben. Professor Harris ein Dämon? Er war immer so nett und zuvorkommend zu uns.«

Sheila lachte bitter. »Verstellen können sie sich gut, glauben Sie mir.« Sie fasste nach Clous Hand. »Wollen Sie mir helfen, Schwester?«

»Ja.«

Sheila fiel ein Stein vom Herzen. Sie dachte jedoch nicht nur an sich, sondern auch an Bill. »Wo können sie ihn hingebracht haben?«, erkundigte sie sich. »Gibt es hier einen Keller, ein Verlies oder etwas in der Richtung?«

»Der Leichenkeller.«

Sheila schauderte.

Trotzdem fragte sie: »Können wir dort hineinkommen?«

»Nein. Ich habe keinen Schlüssel. Außerdem ist es nicht sicher, ob Ihr Mann überhaupt dort liegt. Vielleicht ist es besser, wenn wir zur Polizei gehen. Außerdem müssen Sie, Sheila, sofort in ein anderes Krankenhaus. Die Wehen können jeden Augenblick einsetzen. Sie wissen selbst, was dann passiert.«

»Ja, ich weiß«, erwiderte Sheila flüsternd.

Mit einem Tuch wischte Clou Sheila Conolly den Schweiß aus dem Gesicht. »Es wird schon alles gut werden«, behauptete sie optimistisch. »Keine Angst.«

»Das sagen Sie so leicht, Clou. Erst einmal müssen wir aus dieser Klinik. Haben Sie schon einen Plan?«

»Vielleicht«, entgegnete die Koreanerin, reichte Sheila die Hand und zog sie vom Bett hoch.

Die verdammten Wände rückten tatsächlich näher. Und zwar von allen vier Seiten.

Ich stand genau in der Mitte. Dunkelheit, pechschwarze Finsternis. Und Angst schoss in mir hoch, denn wenn es mir in den nächsten Minuten nicht gelang, einen Ausweg zu finden, war ich verloren.

Ein für alle Mal.

Ich lief vor und zurück, streckte die Arme aus, glitt mit beiden Händen an den Wänden entlang, suchte verzweifelt nach einer Öffnung oder einem Mechanismus, der dieses Höllenwerk stoppen konnte.

Ich fand nichts.

Grausam war diese Falle zugeschnappt. Diesmal hatten sie mich. Die Wände waren so dick, dass ich sie auch nicht durchschießen konnte. Ich steckte die Beretta weg, trommelte mit den Fäusten gegen das Holz. Ein sinnloses Unterfangen, nur aus der reinen Panik geboren.

Die Wände rückten noch enger zusammen. Ich konnte sie bereits berühren, wenn ich nur die Arme ausstreckte. Dann rutschten meine Fingerspitzen über das raue Holz.

Unwillkürlich begann ich zu rechnen, wie lange ich das noch aushalten konnte. Die Luft wurde zusammengedrückt, entwich aber irgendwo mit leichtem Pfeifen.

Die Stelle war unter mir.

Ich kniete am Boden, suchte nach einem Spalt, nahm dabei die Lampe zu Hilfe, arbeitete wie ein Wahnsinniger, und dabei rückten die Wände weiter auf mich zu.

Nur nach oben hin hatte ich Platz. Ich stand wieder auf, drehte mich im Kreis, trat einen halben Schritt zurück, spürte den Widerstand im Rücken und wurde nach vorn gepresst.

Mein Ende nahte …

Ich begann zu schreien, rief um Hilfe, doch da war niemand, der mich hörte oder hören wollte. Auch nicht das Wesen, das meinen Fuß gepackt und mich in den Schiffsbauch gezogen hatte.

Sekunden noch, dann war alles vorbei.

Im letzten Augenblick entdeckte ich den Unhold, der sich in der Dunkelheit versteckt gehalten hatte. Eine Gestalt von zwergenhaftem Wuchs, mit einem überdurchschnittlich großen Kopf und Armen, die bald bis zum Boden reichten. Ich sah die Klauenhände und entdeckte das hässliche Lachen auf seinem Gesicht.

Dann drückte etwas gegen meine rechte Schulter, warf mich nach links, wo ich sofort Widerstand spürte. Die Gestalt verschwand, löste sich auf wie ein Nebelstreif in der Vormittagssonne.

Ich drehte mich um, zog meine Beine an, stemmte die Füße gegen die Wand, um den tödlichen Mechanismus zu stoppen.

Meine Chance war gleich null.

Ich konnte gegen die mörderische Kraft nichts ausrichten, musste nachgeben, da sonst meine Gelenke ausgekugelt wurden, rutschte zu Boden, wurde weiter vorgeschoben, spürte jetzt schon den Widerstand an meinen Knien, dann an den Schultern und plötzlich überall.

Noch ein letzter verzweifelter Atemzug, ein Schrei …

Jetzt mussten mich die Wände zermalmen.

In Bills Kopf tobten tausend kleine Teufel. Jedenfalls hatte der Reporter dieses Gefühl. Er öffnete die Augen und stellte fest, dass sein linkes verklebt war. Nur der rechte Augendeckel ließ sich heben.

Bill blinzelte.

Licht schien ihm in die Pupille. Obwohl es nicht grell war, schmerzte Bill die Helligkeit. Er schloss die Augen und versuchte trotz der bohrenden Kopfschmerzen, seine Gedanken zu ordnen.

Deutlich erinnerte er sich an die Ereignisse der jüngsten Vergangenheit.

Er hatte auf einem Baum gesessen, um Sheilas Zimmer beobachten zu können, dann hatte er plötzlich den ungeheuren Schlag gegen die Schläfe gespürt, und aus war der Traum.

Jetzt lag er hier. Aber wo?

Zum zweiten Mal öffnete Bill sein Auge. Diesmal ging es etwas besser. Sie mussten ihn in einen Keller geschafft haben. Oder war es eine Waschküche? Auf jeden Fall fielen Bill die gelben Kacheln an den Wänden auf. Gefliest war auch der Boden, wie der Reporter mit einem Blick feststellte. Dabei bemerkte er, dass er ziemlich hoch lag. Höher als in einem Bett.

Eine Trage! Du liegst auf einer Trage. Dann hatten sie ihn sicherlich in die Klinik geschafft, so folgerte Bill. Wie sollte es weitergehen? Er war gespannt darauf, was man von ihm wollte.

Der Gedanke an Sheila kam automatisch. Und dabei wurde Bill von der Angst gepackt. Sheila befand sich auch in dieser verdammten Klinik. Sie war hoch in Umständen, und Bills Überzeugung wuchs, dass all die Dinge, die sich ereignet hatten, zu einem abgekarteten Spiel gehörten. Man wollte Sheila und ihn ausschalten. Und zwar auf eine grausame, heimtückische Art und Weise.

Doch ein Mann wie Bill Conolly gab nicht so leicht auf. Er war zwar angeschlagen, aber nicht geschlagen. Das würde diese verdammte Brut bald spüren.

Bill versuchte aufzustehen.

Er schwang seine Beine nach rechts und kletterte von der Trage. Ziemlich wacklig stand er auf dem Boden. Jetzt fühlte er nach seiner Stirn. Das Blut war schon getrocknet und hatte eine Kruste gebildet. Deutlich tastete Bills Finger über die lange Schramme an der Schläfe. Einen Zoll tiefer, und es hätte ihn gegeben.

Bill schüttelte die trüben Gedanken daran ab und begann damit, sein Gefängnis zu untersuchen. Alle vier Wände waren gekachelt. Nur dort, wo sich die ausbruchsichere Eisentür befand, hatte man die Kachelreihe unterbrochen.

Der Reporter besah sich die Tür. Da war nichts zu machen. Absolut ausbruchsicher.

Verloren stand die fahrbare Trage inmitten des Raumes. Wo Bills Kopf gelegen hatte, zeigten sich rote Flecken auf dem weißen Laken. Um überhaupt etwas zu tun, klopfte er die Wände nach einem Geheimgang oder einen verborgenen Mechanismus ab, der ihm den Weg in die Freiheit verschaffte.

Bill wurde enttäuscht. Er fand nichts, erhielt jedoch jetzt Besuch.

Mit einem saugenden Geräusch wurde die Tür aufgestoßen. Bill, der genau gegenüberstand, drehte sich um.

Drei Männer hatten sein Gefängnis betreten.

Alle drei trugen weiße Kittel. Der Mann in der Mitte war Professor Harris. Begleitet wurde er von zwei Spezis, die in jedem Catcherzelt auftreten konnten. Muskulöse Körper, dicke Arme und stark wie Bären. Bill traute sich ja einiges zu, aber gegen diese beiden hatte er keine Chance.

Sie blieben an der Tür stehen und ließen den Reporter nicht aus den Augen.

Professor Harris verschränkte gelassen die Arme vor der Brust.

»So sehen wir uns also wieder, Mr Conolly«, stellte er fest.

Harris lachte spöttisch. Er wirkte nach wie vor sehr gepflegt. Kein Stäubchen lag auf seinem Kittel, sein Haar war sorgfältig gekämmt und die Krawatte exakt gebunden. Er machte den Eindruck eines Gentleman, doch Bill wusste, dass sich hinter der glatten Fassade ein wahrer Teufel verbarg.

»Was wollen Sie von mir?«, stieß Bill krächzend hervor.

»Überlegen Sie doch einmal, Mr Conolly«, ging er auf Bills Bemerkung ein. »Wir halten Sie nicht aus Spaß hier fest. Sie und Ihre Freunde haben uns genug Ärger bereitet. Bis jetzt weiß noch keiner, was sich hinter der glatten Fassade der Klinik verbirgt. Sie sind der Erste. Und Wissen ist oft tödlich. Auch für Sie, Mr Conolly.«

»Und ich habe Sie für einen Ehrenmann gehalten«, sagte der Reporter bitter.

Harris lachte nur. »Was blieb Ihnen anderes übrig? Es war alles wunderbar eingefädelt, und ohne es zu merken, ist Ihre Frau beeinflusst worden. Wir haben dafür gesorgt, dass sie sich für diese Klinik entschied. Alles ist fantastisch gelaufen.«

»Wer ist wir?«, fragte Bill.

»Jetzt stellen Sie sich ein Armutszeugnis aus, Mr Conolly. Sie selbst haben schon oft genug gegen meine Freunde gekämpft. Wir arbeiten für die Hölle, um es mal mit Ihren Worten auszudrücken. Hat Ihnen Ihr Freund John Sinclair nicht von den Stützpunkten erzählt, die wir überall in der Welt eingerichtet haben? Dieses Haus ist einer davon. Es werden täglich mehr. Die Invasion ist nicht mehr zu stoppen. Die Unterwanderung der Menschheit hat begonnen. Niemand wird uns den Sieg mehr streitig machen können. Dieses Haus ist nur ein kleines Rädchen im großen Dämonengetriebe, aber es erfüllt seinen Dienst. Wir sind dafür verantwortlich, dass gewisse Leute auf Nimmerwiedersehen verschwinden. Ihnen und Ihren Freunden wird es nicht anders ergehen. Von einem John Sinclair, zum Beispiel, bleibt dann nur noch Asche zurück.«

Bill schluckte. »Was haben Sie vor?« Seine Stimme klang heiser.

»Wir werden Sie verbrennen!«

Bill atmete tief ein. Er ballte die Hände. Rote Schleier tanzten vor seinen Augen. Die nächste Frage drang nur stockend über seine Lippen.

»Und was geschieht mit meiner Frau?«

»Sie wird ihr Kind zur Welt bringen!«

»Und dann?«

»Können Sie sich das nicht denken, Mr Conolly?«

Da drehte Bill durch. Er konnte einfach nicht anders. Urplötzlich rannte er los, schnellte auf Harris zu, um ihm beide Fäuste in das kalte, lächelnde Gesicht zu schlagen.

Doch die beiden Aufpasser reagierten blitzschnell. Sie fingen Bill ab, konterten hart und trafen auch.

Der Reporter brach in die Knie. Riesengroß tauchte plötzlich eine Faust vor seinem Gesicht auf. Dann hatte er das Gefühl, von einem Hammer am Kinn getroffen zu werden, und danach wusste er nichts mehr. Zum zweiten Mal an diesem Tag nahm ihn der Schacht der Bewusstlosigkeit auf.

Professor Harris blickte angewidert auf Bill Conolly hinab. Seine Mundwinkel hatten sich verzogen. Er stieß den gekrümmten Körper mit der Fußspitze an.

Nahezu hündisch ergeben schauten die Leibwächter zu ihrem Chef hoch. Sie hatten sich schon gebückt, um Bill wegzutragen. »Sollen wir ihn jetzt in das Feuer werfen?«

Professor Harris schüttelte den Kopf. »Nein, ich will erst alle zusammen haben.« Er strich sich über den langen Nasenrücken. »Schafft ihn aber weg. Ihr wisst ja, wohin.«

Die Kerle nickten. Sie waren schon an der Tür, als Harris ihnen noch nachrief: »Kommt danach zurück. Ihr werdet mich zu der Frau begleiten.«

Die Gorillas ließen Harris allein. Der Professor zündete sich ein dünnes Zigarillo an. Nachdenklich wanderte er auf und ab.

Er war mit sich zufrieden. Sein Plan, den er in mühevoller Arbeit durchgeführt hatte, schien aufzugehen. Bill Conolly in seiner Hand, Sheila ebenfalls, und die anderen beiden würden auch keine Schwierigkeiten mehr machen. Nicht umsonst hatten sie das Schiff besucht. Der Kahn barg manche höllische Überraschung. Es war nur schade, dass er die Seelen seiner Feinde nicht bekommen konnte. Aber sicher war sicher. Lieber alles vernichten, dann konnte nichts mehr schieflaufen. Seelen konnte er sich noch genug holen. Die Menschen waren habgierig. Er brauchte nur mit seinen normalen Patienten zu sprechen, um zu wissen, was die Menschen bedrückte und wonach sie sich sehnten. Sie öffneten Harris ihr Herz, vertrauten sich ihm an und ahnten dabei nicht, wie teuflisch sie hintergangen wurden.

Die Leibwächter kehrten zurück.

»Alles erledigt«, meldeten sie.

»Okay. Kümmern wir uns um die Frau.« Harris und die beiden Männer verließen den kahlen Raum und fuhren mit dem Lift nach oben. Auf dem Weg zu Sheilas Zimmer begegneten ihnen Patienten. Harris hatte wieder sein optimistisches Lächeln aufgesetzt. Eine rothaarige Mittvierzigerin begrüßte er sogar mit Handkuss. Die Gute ahnte nicht, dass sie soeben ein wahrer Teufel geküsst hatte.

Für jeden hatte Harris ein nettes Wort. Doch als er mit seinen Männern wieder allein war, verdüsterte sich seine Miene. Dann standen sie vor Sheilas Zimmer.

Ein rascher Rundblick. Nein, sie wurden nicht beobachtet.

»Okay, holt sie her!«, befahl Harris.

Die Pfleger stürmten in das Krankenzimmer. Langsam folgte Professor Harris ihnen. Ein siegessicheres Lächeln umspielte seine Mundwinkel, zerbrach aber plötzlich, als er drei Schritte in den Raum gegangen war.

Das Bett war leer!

Ich wollte meine Gedanken ausschalten, mich nicht auf das unweigerlich Kommende konzentrieren, doch es ging nicht. Ich lauerte förmlich darauf, dass mich die Wände zermalmten, dass der alles verzehrende Schmerz mir das Bewusstsein raubte.

Das geschah nicht.

Ich konnte immer noch atmen, obwohl ich doch längst hätte tot sein müssen. Dafür zerrte eine Kraft an meinen Beinen, glitt höher über den Körper, riss daran und wollte mich packen.

Ich wehrte mich, konnte plötzlich um mich schlagen, hatte freie Bahn, und ich sah das helle Licht, das mich umstrahlte.

Ja, ich war eingebettet in eine Aura des Lichts.

Und dieses Licht hatte seine Quelle in dem Kreuz, das um meinen Hals hing. Das Kreuz, mein Kreuz, hatte mich gerettet, von einem ungeheuren Albdruck befreit.

Ich konnte wieder Luft holen, sog sie in meine Lungen, riss weit die Augen auf, hörte um mich herum das Klatschen von Wellen, dann einen berstenden Knall, und plötzlich geriet ich in tiefes Wasser.

Automatisch machte ich Schwimmbewegungen. Ich tauchte

durch eine trübe Brühe. Kräftige Beinbewegungen stießen mich der Oberfläche entgegen. Ich schoss aus dem Wasser, fiel wieder zurück, spuckte die schmutzige Brühe aus und schwamm dem Ufer zu.

Dort herrschte große Aufregung. In Scharen liefen die Menschen heran und starrten dorthin, wo eben noch ein Schiff im Wasser gelegen hatte.

Jetzt war es verschwunden.

Gesunken?

Ich kraulte auf die Stelle zu. Dort hatte ich eine Leiter gesehen, die hoch zum Pier führte.

Die Stimmen der Neugierigen wurden lauter, je näher ich kam. Die meisten waren der Meinung, dass das Boot gesunken sei, doch ich konnte mir auch einen anderen Grund für das Verschwinden vorstellen.

Auf dem Boot herrschte die schwarze Magie. Sie hatte ich aufgehoben. Die gegensätzlichen Kräfte waren aufeinander geprallt, und ich hatte gewonnen.

Das war alles.

Leider wusste ich noch immer nicht, was mit Suko, meinem Freund und Partner, geschehen war. Dass er auf dem Grund lag, daran wollte ich nicht glauben. Dämonen machen es sich nicht so einfach. Aber ich musste Suko finden.

Ich kletterte die Leiter hoch.

Helfende Hände streckten sich mir entgegen, doch ich schaffte es allein. Als ich auf dem Kai stand, musste ich mir einen Weg mit den Ellbogen bahnen, so dicht standen die Menschen. Fragen prasselten mir entgegen. Ich zuckte nur mit den Schultern und sagte immer wieder: »Es tut mir leid, Leute, aber gesehen habe ich auch nichts.«

Ich wollte so rasch wie möglich zu meinem Wagen, doch daraus wurde vorerst nichts.

Zwei Polizisten stellten sich mir in den Weg. »Augenblick mal, Mister«, wurde ich angesprochen.

Zähneknirschend blieb ich stehen. Jetzt schoben sich die Gaffer wieder näher an mich heran.

»Das ist der Mann«, hörte ich eine Stimme. »Der kann bestimmt mehr zu dem Unglück sagen.«

»Ein Terrorist!«, schrie ein anderer.

Die Bobbys wurden noch misstrauischer. Ich stand da wie ein begossener Pudel. Das schmutzige Hafenwasser tropfte aus meiner Kleidung. Neben mir bildeten sich zwei Lachen.

Die Polizisten rahmten mich ein. »Was war da los?«, wurde ich gefragt. »Was hat es mit dem Schiff auf sich?«

»Es ist explodiert!«, schrie jemand.

»Kann ich Sie irgendwo in Ruhe sprechen?«, fragte ich.

Sie erklärten sich sofort einverstanden.

Wir gingen ein paar Schritte zur Seite, und ich präsentierte den wackeren Gesetzeshütern meinen Ausweis.

»Sorry, Sir«, begannen sie zu stottern. »Wir dachten nicht, dass Sie von ...«

Ich winkte ab. »Schon gut.«

Einer blieb hartnäckig. »Und was hat es mit dem versunkenen Schiff auf sich?«

Ich wischte mir eine feuchte Haarsträhne aus der Stirn. »Der Vorgang muss noch genau untersucht werden. Ich lasse die Spezialisten vom Yard kommen. Sie brauchen sich darum nicht zu kümmern.«

Die Beamten salutierten und begannen dann, die Neugierigen zu zerstreuen. Ich steuerte meinen Bentley an. Dort griff ich zum Telefon.

Über die Zentrale ließ ich mich mit Superintendent Powell verbinden.

»Ach«, sagte er sarkastisch, »gibt's Sie auch noch, Sinclair?«

»Ja«, erwiderte ich fröhlich. »Aber bald hätte es mich nicht mehr gegeben.«

Powell stieß ein undefinierbares Geräusch aus. »Dann berichten Sie mal.«

Das tat ich.

Der Superintendent war knurrig. »Und Sie haben nichts davon bemerkt, dass in unserer Stadt dieser – wie heißt er doch noch?«

»Seelenhändler, Sir.«
»Ja, dieser Seelenhändler aktiv ist?«
»Nein, Sir.«
Powell schnaubte. »Damit stellen Sie sich ein Armutszeugnis aus, Sinclair. Sie sind schon so lange im Geschäft und müssten über dämonische Aktivitäten innerhalb Londons informiert sein.«
Der Chef hatte heute seinen beißend ironischen Tag. Und ich war auch nicht gerade bester Laune. Schließlich hatte ich einiges hinter mir, fror in meinen nassen Klamotten, trotz der Wärme, und die Stimmung war eisig.
»Wissen Sie, was sie mich können, Sir?«
Wieder schnaubte Powell.
»Nicht leiden«, sagte ich, hängte den Hörer ein und musste zweimal niesen.
Meine Laune war nahe am Gefrierpunkt. Bisher hatte ich eine Niederlage nach der anderen einstecken müssen. Kein erhebendes Gefühl, ohne Erfolgserlebnis durch den Tag zu laufen.
Ich fuhr zu meiner Wohnung. Unterwegs klapperte ich ein paar Mal mit den Zähnen. Die Sonne stand schon tief. Sie blendete mich. Zum Schutz setzte ich meine dunkle Brille auf.
Die Sorgen um Suko wuchsen. War er ertrunken? Hatte man ihn verschleppt? Ich war nahe daran, eine Suchaktion einzuleiten. Vielleicht fanden ihn die Taucher auf dem Grund des toten Themsearms. Doch ich nahm davon Abstand. Mein Gefühl sagte mir einfach, dass mit Suko etwas anderes geschehen war. Und, so komisch es klingt, auf meine Gefühle oder meinen sechsten Sinn kann ich mich verlassen.
Ich brauchte über dreißig Minuten, um das Apartmenthaus zu erreichen, in dem ich wohnte.
Den Bentley lenkte ich in die Tiefgarage. Ein unangenehmer Geruch strömte aus meiner feuchten Kleidung. Die Sachen klebten mir am Körper wie angeleimt.
Ich freute mich auf eine Dusche. Nur wie es weiterging, das wusste ich noch nicht.

Zwei Aufzüge standen zur Verfügung. Einer war unterwegs. Ich nahm den zweiten und ließ mich nach oben schießen. Als ich ihn verließ, sah ich gerade noch ein blondes Wesen um die Gangecke verschwinden.

Ich kannte diese aufregende Rückenpartie genauer. Sie gehörte Jane Collins.

Vor meiner Wohnungstür trafen wir dann zusammen.

»Ach, du lässt dich auch mal sehen«, grüßte mich Jane, sah mich dann genauer an und schüttelte den Kopf. »Wie siehst du denn aus? Und der Gestank, der von dir ausgeht!«

»Widerlich, nicht?« Ich suchte nach den Schlüsseln, schloss auf und ließ Jane vorgehen.

»Alle habe ich angerufen. Ich versuchte, dich im Büro zu erreichen. Bekam aber nur die spitze Antwort deiner Sekretärin, dass du leider nicht zu erreichen bist. Suko auch nicht, und bei den Conollys meldet sich ebenfalls niemand.«

Ich schlüpfte aus meinem nassen Jackett. »Und was treibt dich so in unsere Nähe?«

Jane hatte sich in einen Sessel gesetzt. Für mich war sie die hübscheste Privatdetektivin Londons. Auch jetzt sah sie wieder zum Anbeißen aus.

Janes Lippen kräuselten sich zu einem Lächeln. »Schließlich ist es bald so weit«, erwiderte sie.

Ich zog mir das Hemd über den Kopf. »Was ist so weit?«

»Typisch Mann.« Jane schlug sich gegen die Stirn. »Sheila wird Mutter, und Bill hofft auf Vaterfreuden. Verstehst du nun?«

»Sorry, aber das hatte ich vergessen.«

»Ärger?«, fragte sie.

»Gar kein Ausdruck.«

»Erzähl mal.«

»Ich möchte erst duschen.«

»Okay. Ich sehe mal im Kühlschrank nach. Du hast doch bestimmt was Alkoholfreies da.«

»Bestimmt. Und gieß mir auch ein Glas ein.« Die Dusche war eine Wohltat. Leider konnte ich mir mit den Wasserstrahlen nicht die Sorgen vom Leib spülen. In ein langes Badetuch gewickelt, ging ich nach der Erfrischung wieder zu Jane in den Livingroom.

Die kühlen Getränke standen bereit. Wir prosteten uns zu. Dann erzählte ich Jane die Geschichte.

Sie wurde blass unter der sommerlich sonnenbraunen Haut. »Mein Gott, das ist ja schrecklich«, hauchte sie. »Siehst du denn noch eine Chance für Suko?«

Ich trank mein Glas leer. »Immer, Jane. Solange er nicht tot ist, gibt es Hoffnung. Wenn ich nur wüsste, wo ich in diesem Fall ansetzen soll.«

»Rechnest du damit, dass Suko in eine andere Welt verschleppt worden ist? So, wie man es mit dir schon gemacht hat?«

Ich nickte.

»Und dieser Seelenfänger. Weißt du nicht, wer sich dahinter verbirgt?«

»Ich kenne nur seinen Namen. So heißen tausend Leute in London. Ein Allerweltsname. Harris.«

Jane Collins zog die Stirn kraus. »Harris?«, echote sie.

»Ja. Wieso? Ist was damit?«

»Den Namen habe ich doch vor kurzem noch gehört. Wo war das denn nur?« Jane Collins presste ihren Handballen gegen die Stirn. »Verflixt noch mal …«

Ich ließ Jane in Ruhe überlegen.

Dann hellte sich ihr Gesicht auf. »Jetzt habe ich es wieder«, rief sie. »Sheila hat mir den Namen gesagt. Und nur gut über den Mann gesprochen. Harris! Professor Harris ist derjenige, der die Klinik leitet, in der sie liegt.«

Behutsam drückte die Koreanerin die Tür ins Schloss. Dann legte sie ihren Zeigefinger auf die Lippen.

»Kein Laut jetzt«, wisperte sie. »Hier trägt der Schall ziemlich weit.«

Sheila nickte. Eine Gänsehaut lief über ihren Körper. Sie

spürte die Angst und presste die Hände auf den Leib. Ihre Lippen formten lautlose Worte, sie betete. Für sich und vor allen Dingen für Bill und das Kind.

»Wo sind wir hier?«, raunte sie.

»Auf der Nottreppe. Sie führt zu einem Ausgang. Er liegt an der Seite und ist ziemlich verdeckt. Wir müssten es eigentlich schaffen, ungesehen aus dem Haus zu gelangen.«

Sheila nickte. »Das hoffe ich von ganzem Herzen.«

Clou ging vor. Die Steintreppe führte wendelförmig in die Tiefe.

Sheila hoffte, dass ihr Verschwinden noch nicht bemerkt worden war. Wenn es Professor Harris und seinen Helfern gelang, sie einzufangen, dann war auch die Krankenschwester verloren.

Besorgt führte Clou ihren Schützling. Immer wieder munterte sie Sheila mit leisen, optimistischen Worten auf. »Wir schaffen es sicher. Sie müssen nur fest daran glauben.«

»Was mir schwerfällt.«

Sie gingen weiter. Mussten langsam voranschreiten, damit es Sheila nicht schwindlig wurde. In ihrem Zustand war ein Sturz höllisch gefährlich. Im Mund spürte die werdende Mutter einen faden Geschmack. Überdeutlich fühlte sie ihr Herz klopfen. Kalter Schweiß bedeckte ihre Stirn. Die Angst saß fest in ihrem Innern.

An der Decke brannte eine trübe Notbeleuchtung. Hin und wieder flackerten die Birnen. Es war ein wechselvolles Spiel zwischen Licht und Schatten.

»Wo führt die Treppe eigentlich hin?«, fragte Sheila.

»Wir erreichen erst einmal den Keller«, erklärte Clou.

»Den Leichenkeller?«

Clou nickte.

»O Gott.«

Sheila schloss für zwei Sekunden die Augen. Nahm dieser Schrecken denn gar kein Ende? Wurde sie weiterhin mit grausamen Tatsachen konfrontiert?

»Sie müssen sich noch einmal zusammenreißen«, flüsterte die Krankenschwester.

»Ich versuche es.«

Clou schenkte Sheila ein aufmunterndes Lächeln. Bills Frau bewunderte den Mut und die Entschlossenheit der kleinen Koreanerin. In ihr musste eine ungeheure Kraft stecken.

Sie erreichten den Keller. Durch eine offene Tür gelangten sie in einen breiten Gang. Rauputz bedeckte die Wände. Leuchtstoffröhren spendeten kaltes Licht. Nischen waren in unregelmäßigen Abständen in die Wände eingelassen. Dort standen Aluminiumcontainer, die all den Schmutz und Unrat aufnahmen, der in dieser Klinik anfiel.

Dann erreichten sie die Leichenhalle. Die Tür dazu war abgeschlossen.

Clou hatte sich jedoch einen Schlüssel besorgt.

»Werden dahinter die Toten aufgebahrt?«, fragte Sheila.

»Ich weiß es nicht genau.« Clou steckte behutsam den Schlüssel ins Schloss. »Wenn ja, dann sehen Sie am besten gar nicht hin. Ihr Mann ist bestimmt nicht dabei.«

Sheila nickte krampfhaft.

Die Koreanerin bewegte einen großen Hebel und drückte ihn nach unten. Dann zog sie die schwere Tür auf und betrat die Leichenkammer.

Sie machte Licht, drehte den Kopf und bedeutete Sheila, ihr zu folgen.

Hand in Hand durchquerten die beiden Frauen den makabren Raum. Es waren zwei Leichen aufgebahrt. Sie lagen auf einem tischähnlichen Gestell und waren nicht abgedeckt. Die Toten hatten eine wächserne Hautfarbe, die Lippen standen offen, die Finger waren ineinander verschlungen.

An der linken Seite standen zwei große Waschtröge. Darüber gab es ein Regal mit zahlreichen Flaschen.

Es roch nach scharfen Desinfektionsmitteln.

Sheila blickte stur geradeaus, visierte die Tür an, die sie in die Freiheit führen sollte. Trotz allem hatte sie einen Blick auf die beiden Leichen geworfen. Bill war nicht darunter.

In der Leichenkammer gab es keine Fenster. Dafür hörte Sheila das monotone Summen einer Klimaanlage.

»Wir haben es gleich geschafft«, sagte die Krankenschwester und lächelte.

Sie drückte eine weitere Tür auf. Dahinter lag ein quadratischer Flur. Zwei Tragen standen nebeneinander. Sheila las das Wort Ausgang. Mit roter Farbe war es an die Wand gemalt worden.

Mit einem Schlüssel öffnete Clou die Schiebetür. Jedoch nur so weit, dass die beiden Frauen gerade hindurchschlüpfen konnten.

Längst hatte die Dämmerung ihren grauen Kegel über den Park gelegt. Die Umrisse der Bäume und Sträucher verwischten.

Hier und da flirrte ein Glühwürmchen durch die Luft. Es roch nach wilden Rosen. Der Duft legte sich schwer auf Sheilas Atemwege. Ein gewundener, von Sträuchern umsäumter Kiesweg führte tiefer in den Park hinein. Im Zickzack flog ein Schmetterling dicht an Sheilas Gesicht vorbei.

»Ich glaube, wir haben es geschafft«, flüsterte die Koreanerin.

Sheila war da weniger optimistisch. Geduckt schlich sie hinter Clou her.

Das Gehen bereitete ihr Schwierigkeiten. Die Schwester merkte es und verlangsamte ihr Tempo.

Alles blieb ruhig. Zu ruhig, fand Sheila. Das dicke Ende würde bestimmt noch folgen.

Rechter Hand lag ein kleines Gebäude mit einem runden, kuppelartigen Dach. Der Bau selbst war ebenfalls rund und schien keine Fenster zu haben.

»Was ist das?«, fragte Sheila.

»Ich weiß es nicht. Diesen Bau durften wir nie betreten.«

»Und aus welchem Grund?«

»Gesagt hat man uns keinen.«

Im selben Augenblick blieb die Koreanerin stehen. Zwei gleißende Scheinwerfer warfen vom Dach des Klinikgebäudes ihre Lichtfülle in den Park. Rissen Bäume und Sträucher aus dem Halbdunkel und verhinderten ein unbemerktes Durchqueren des Geländes.

»Jetzt haben sie uns!«, rief Sheila erstickt.

Clou drückte Sheila etwas zurück, sodass sie im Schatten eines hoch gewachsenen Buschs stand.

»Noch nicht, Mrs Conolly.«

»Aber wo wollen Sie denn hin?«, fragte Sheila verzweifelt.

Die Koreanerin deutete auf das verbotene Gebäude. »Dort hinein«, sagte sie …

Janes Worte trafen mich wie ein Faustschlag. Gleichzeitig wich das Blut aus meinem Gesicht. Ich wurde leichenblass.

»Sag das noch mal«, forderte ich die blonde Detektivin auf.

»Harris heißt der Professor, in dessen Behandlung sich Sheila begeben hat.«

Ich fuhr mir durchs Gesicht. Und ehrlich gesagt, mir wurde ganz anders. Ich, nein, wir hatten uns täuschen lassen. Während Suko und ich uns auf das Schiff konzentrierten, schlug unser Gegner ganz woanders zu. Und das mit grausamer Härte.

Sie schreckten nicht einmal davor zurück, eine schwangere Frau …

Ich durfte den Gedanken gar nicht weiterführen, sonst drehte ich noch durch. Wie aus weiter Ferne vernahm ich Janes Stimme. »Jetzt ist mir auch klar, warum bei den Conollys niemand abhebt. Die haben nicht nur Sheila, sondern auch Bill.«

Ich stand auf. »Weißt du, Jane, wo diese verdammte Klinik ist?« Ich erkannte meine Stimme kaum selbst wieder. Sie schien mir fremd.

»Ja, Sheila hat mir davon erzählt. Sie sprach sogar begeistert über die Klinik, und auch Professor Harris war in ihren Augen ein Mann, zu dem sie unbedingtes Vertrauen hatte.«

Noch immer hatte ich das Badetuch um den Körper geschlungen. Meine Haut war inzwischen trocken. Ich lief in den Schlafraum und zog mich um. Ich benötigte nicht einmal eine Minute, um in die trockenen Sachen zu schlüpfen.

Dann griff ich zum Telefon.

»Wen rufst du an?«

»Powell.«

Der alte Griesgram war nicht in seinem Büro. Dafür bekam ich Glenda Perkins an die Strippe. An meiner Stimme erkannte sie, dass ich für Scherze keine Zeit hatte, und sie wurde deshalb auch sofort sachlich.

»Was kann ich für Sie tun?«

»Notieren Sie bitte, Glenda.« In Stichworten fasste ich zusammen, wie meine nächsten Schritte aussehen würden. Zum Schluss sagte ich: »Sobald Superintendent Powell eintrifft, geben Sie ihm den Bericht, Glenda. Er soll eine Einheit Bereitschaftspolizei in Reserve halten und auf meinen Anruf oder eine Nachricht warten. Ich will es erst im Alleingang versuchen. Sonst riskiere ich Sheilas und Bills Leben.«

Glenda Perkins verstand. Sie hatte im Laufe der Zeit gelernt, worauf es ankam. Ich wusste meinen Auftrag bei ihr in sicheren Händen.

Jane tippte mir auf die Schulter. »Von wegen Alleingang, mein Bester. Ich komme mit. Schließlich bin ich es gewesen, der dich auf die Spur gebracht hat.«

Ich war einverstanden.

Jede Sekunde zählte.

Der breite Lichtkegel fiel links von ihnen in den Park. Wenn sie geradeaus liefen, dann mussten sie an ihm vorbei.

Sie hörten Stimmen und Rufe. Patienten waren aufgeschreckt worden, und Professor Harris versuchte, sie zu beruhigen.

»Schnell, ehe das Licht wandert«, sagte Clou.

Und Sheila lief mit. Trotz ihres Zustandes. Sie entging dem Lichtschein um Haaresbreite, denn als sie die Hälfte des Weges hinter sich hatte, begann er zu wandern.

Fast hätte er sie gestreift.

Außer Atem pressten sie sich gegen die raue Mauer des Hauses. Clou wischte sich eine Haarsträhne aus der Stirn. »Mein Gott«, keuchte sie, »das war knapp.«

Sheila nickte nur. Sprechen konnte sie nicht. Dafür war sie viel zu erschöpft.

Eine Reihe Sträucher deckte sie gut gegen den Park hin ab. Die Koreanerin ging einen Schritt vor und hob ein paar Zweige zur Seite. Jetzt hatten sie besseres Blickfeld.

»Was ist?«, fragte Sheila.

Clou stand gebückt. Ohne sich umzudrehen, erwiderte sie: »Sie suchen den Park ab.«

»Wie viele?« Sheilas Stimme zitterte.

»Ich sehe vier.«

»Ist Professor Harris auch darunter?«

»Nein.« Clou kehrte wieder zu Sheila zurück.

Trotz der schlechten Lichtverhältnisse bemerkte die werdende Mutter den besorgten Ausdruck in den Augen der Krankenschwester.

»Hier können wir auf keinen Fall bleiben«, sagte Clou. »Früher oder später werden sie uns entdecken.«

»Dann müssen wir uns eben durchschlagen«, meinte Sheila. Ihr war jetzt alles egal.

»Das geht nicht. Nie kommen wir ungeschoren durch das Licht.«

»Also ins Haus?«

»Ja, Mrs Conolly.«

Sheila hatte einen Horror davor, das Gebäude zu betreten. Sie wusste zwar nicht, was sich hinter den runden Mauern verbarg, doch Clous Worte vorhin hatten ihr gereicht. Aus welchem Grunde sollte das Personal das Gebäude nicht betreten? Da musste etwas dahinter stecken. Daran gab es nichts zu deuteln.

Die Männer im Park verständigten sich durch Rufe. Noch hielten sie sich an der gegenüberliegenden Seite des Geländes auf, aber einer von ihnen lauerte irgendwo im Schatten, und der Mann würde sie sehen, wenn sie das Versteck verließen.

»Suchen wir den Eingang«, schlug die Koreanerin flüsternd vor. Sie machte wieder den Anfang, wollte Sheila mit ihrer Tatkraft anstecken und ihr zeigen, dass sie nicht aufgeben sollte.

Das Mauerwerk war rissig. Aus zahlreichen Spalten und Kerben quoll eine dicke Moosschicht. Käfer und kleine Kriechtiere krabbelten am Mauerwerk entlang.

Plötzlich blieb die Krankenschwester stehen.

»Was ist?«

Stumm deutete Clou nach vorn. Neben der Mauer führte eine gewundene alte Steintreppe in die Tiefe. Sie endete vor einer Tür. Diese lag etwa zweieinhalb Meter unter der Bodenhöhe.

»Das ist der Eingang!«, flüsterte Clou.

Sheila erschauerte. »Ich habe Angst.«

»Brauchen Sie nicht. Rasch jetzt. Die kommen immer näher. Wir müssen verschwinden.«

Wiederum ließ sich Sheila von der Koreanerin führen. Die Tür war von außen mit Eisen beschlagen.

Eine gebogene schwere Klinke lud dazu ein, eine Hand darauf zu legen. Clou drückte die Klinke herunter.

Sie fand die Tür offen.

Damit hatte sie kaum gerechnet, nachdem man ihr gesagt hatte, dass sie dieses Gebäude nicht betreten durfte.

Sie berichtete Sheila von ihrer Überraschung.

»Dann will man uns sicher in eine Falle locken«, sagte die werdende Mutter.

»Möglich. Aber was bleibt uns anderes übrig?«

»Okay, dann hinein. Schlimmer kann es gar nicht mehr kommen«, presste Sheila hervor. »Vertrauen wir einfach auf unser Glück.«

Die beiden Frauen schlüpften in das Innere dieses geheimnisumwitterten Gebäudes. Dunkelheit hüllte sie ein. Clou hatte die Tür zugezogen.

Sekundenlang hatten die Frauen die Luft angehalten. Jetzt atmete Sheila aus.

»Bleiben wir hier stehen?«, wisperte sie.

»Nein. Wir müssen uns verstecken.«

»Gibt es hier kein Licht?«

»Mal sehen.«

Sheila hörte schabende Geräusche. Clous Hand fuhr über die Wand. Sie suchte nach einem Schalter.

Vergeblich.

»Hier wird man wahnsinnig …«

»Lassen Sie uns weitergehen.«

Sheila Conolly fügte sich. Wäre sie in einem normalen Zustand gewesen, sie hätte versucht, den Lichtkegel draußen zu durchbrechen. Aber so musste sie Rücksicht auf das Kind nehmen.

Die Koreanerin ging wieder vor. Schritt für Schritt wagten sich die beiden mutigen Frauen tiefer in die Dunkelheit hinein.

Urplötzlich schrie Sheila auf.

Etwas Kaltes hatte ihren Nacken berührt.

Es war eine Hand!

Suko hatte eine magische Zeitreise hinter sich.

Wach wurde er wegen der Kälte, die durch seine dünne sommerliche Kleidung drang. Er erinnerte sich sofort, dass er mit John das Schiff betreten hatte. Dann war er von irgendetwas unter Deck gezerrt worden. Er hatte noch eine kalte Hand an der Kehle gespürt und dann das Bewusstsein verloren.

Schmerzen verspürte Suko nicht, und so bereitete es ihm keine Mühe, sich wieder in der Wirklichkeit zurechtzufinden.

Er öffnete die Augen.

Über ihm wölbte sich eine schwarze Kuppel. Sie war mit grässlichen Fratzen bemalt, die allesamt Gestalten aus dem Dämonenreich darstellten.

Suko sah fischgesichtige Bestien, Ungeheuer mit riesigen Menschenköpfen und saugartigen Rüsseln als Arme und Beine. Rattenwesen, Wertiger, Vampire – sie alle streckten die Arme oder Klauen aus, um nach Suko zu greifen.

Die Bilder waren so plastisch gemalt, dass Suko das Gefühl hatte, die Figuren würden leben und sich gleich auf ihn stürzen.

Er zwang sich zur Ruhe. Das fiel ihm als Chinese nicht schwer. Er konnte sich in sein Schicksal fügen, abwarten, dann aber blitzschnell reagieren, wenn es die Situation erforderte.

In seiner Lage wartete er erst einmal ab.

Suko war kein Neuling in dem Geschäft, und es war ihm auch bewusst, dass er eine Zeitreise hinter sich hatte. Ausgelöst durch schwarze Magie. Er wunderte sich gar nicht mehr darüber, denn so etwas war für ihn schon fast alltäglich.

Nur, wo war er gelandet?

Vielleicht in einer anderen Welt? In einem Paralleluniversum?

Suko wollte nicht so recht daran glauben, denn wenn es stimmte, dann wären die Fratzen und Monster unter dem Kuppeldach lebendig gewesen.

Er lag auf dem Rücken und spürte unter sich eine harte Fläche.

Suko drehte den Kopf nach rechts. Eine dunkle Wand. Hin und wieder unterbrochen von hellen Lichtpunkten. Suko nahm an, dass Vorhänge die Wände abdeckten und dass sich hinter dem Stoff die Lichtquellen befanden.

Arme und Beine konnte er bewegen. Sie hatten ihn nicht gefesselt.

Das hieß, er lag in einem Gefängnis, das ausbruchsicher war.

Suko zog beide Beine an und setzte sich auf. Kein Schwindelgefühl, keine Übelkeit. Er hatte die Dimensionsreise wirklich fantastisch überstanden.

Er streckte die Arme aus, fühlte mit den Händen nach allen vier Seiten und fasste ins Leere.

Er lag erhöht.

Der Chinese blieb die Ruhe selbst. Aus der Hosentasche zog er eine Schachtel Zündhölzer hervor und rieb ein Hölzchen an.

Die Flamme zuckte auf, wurde klein, erhielt jedoch neue Nahrung und wuchs fast daumenhoch. Ruhig leuchtete Suko seine Umgebung aus. Viel sehen konnte er auch jetzt nicht. Der Schein reichte nicht einmal bis zu den Wänden.

Suko opferte noch einige Zündhölzer. Er fand heraus, dass er auf einer viereckigen schwarzen Steinplatte lag. Getragen wurde die Platte von einer ebenfalls dunklen Säule, die in der Mitte eines Kreises im Boden verankert war.

Als Suko sein fünftes Streichholz abbrannte und sich dabei weiter über die Platte beugte, wurde sein Verdacht zur Gewissheit.

Er hatte schon vorher die Bewegungen innerhalb des Kreises gesehen. Jetzt sah er genau hin.

Dort wimmelte es von Schlangen!

Das Zündholz verlöschte.

Suko zündete ein neues an und war froh, dass er eine so gut gefühlte Schachtel bei sich trug.

Die Schlangen wimmelten nicht nur durcheinander, sondern begannen jetzt, an der rissigen Säule emporzukriechen.

Suko blies das Streichholz aus, setzte sich hin, stützte sich mit beiden Handballen an der Kante der Platte ab und wollte über die Schlangen hinwegspringen.

Doch eine magische Falle hielt ihn fest.

Und die Schlangen krochen immer weiter die Säule herauf …

Der Mann stand im Licht der Bentleyscheinwerfer und winkte mit beiden Armen.

Ich trat auf die Bremse.

»Endstation«, sagte Jane Collins neben mir.

In der Dämmerung hatten wir endlich das Sanatorium erreicht.

»Sieht mir aber wenig nach einem Sanatorium aus«, meinte Jane. »Der Knabe da ist nicht allein, ich sehe noch drei andere. Die spielen bestimmt nicht Verstecken.«

»Bleib du sitzen«, sagte ich und stieg aus dem Auto.

Der Typ, der gewunken hatte, baute sich drohend vor mir auf.

»Hier ist Privatgelände«, sagte er barsch.

»Ich weiß.«

»Dann verschwinden Sie.«

Die anderen drei lauerten im Hintergrund.

»Ich möchte zu Professor Harris«, unternahm ich den nächsten Versuch und griff gleichzeitig in die Tasche, um meinen Ausweis hervorzuholen.

Der Typ, der vor mir stand, verstand die Geste falsch. Er sprang vor und schoss beide Fäuste auf mein Kinn ab.

Blitzschnell nahm ich den Kopf zur Seite, hakte meinen rechten Fuß um seine linke Wade, zog, und einen Atemzug später lag der Knabe am Boden.

Jetzt rückten seine Kumpane an. In geschlossener Formation. Ich wollte mich auf keinen Streit einlassen und rief deshalb scharf: »Scotland Yard!«

Das wirkte. Sie blieben stehen, sahen sich unschlüssig an. Es war niemand da, der bei ihnen die Verantwortung übernahm. Mein Ausweis verschaffte mir zusätzlichen Respekt. Ich steckte die Legitimation wieder weg und forderte sie auf, ihrem Chef Bescheid zu sagen.

Einer machte sich auf den Weg, um Professor Harris zu holen.

Vom Haus konnte ich nicht viel sehen, da mich die auf dem Dach installierten Scheinwerfer blendeten. Schon längst hatte ich mir die Frage gestellt, warum diese Dinger brannten. Das Ganze erinnerte mich an eine Suchaktion.

War jemand verschwunden?

Vielleicht Bill oder Sheila?

Der Professor erschien ziemlich rasch. Ich sah ihn an diesem Abend zum ersten Mal, und auch auf mich machte er einen gepflegten, Vertrauen erweckenden Eindruck. Er trat so dicht an mich heran, dass ich in seine Augen sehen konnte. Und darin sah ich Misstrauen schimmern.

»Sie sind von Scotland Yard?«, fragte er.

»Ja, mein Name ist Sinclair.«

»Und was verschafft mir die Ehre Ihres Besuches?«

»Ich hätte gern mit Mrs Conolly gesprochen. Sie liegt als Patientin bei Ihnen.«

Er lächelte dünn. »Ich weiß. Einem Gespräch kann ich leider

nicht zustimmen. Es wäre völlig falsch, sie in ihrem Zustand aufzuregen. Mrs Conolly steht kurz vor der Niederkunft. Außerdem hat es Komplikationen gegeben. Ich hätte gar nicht von ihr weggehen dürfen. Sollte etwas passieren, sind Sie schuld.«

»Sie lassen mich also nicht zu ihr?«

»Nein«, der Professor schüttelte demonstrativ den Kopf. »Ich frage mich, welch einen Grund Sie haben, hier am frühen Abend herzukommen …«

Ich ließ den Mann nicht ausreden, stoppte ihn mit einer Lüge. »Ich arbeite an einem Fall, bei dem ich dringend die Aussage Ihrer Patientin benötige, Professor. Das ist es.«

»Sorry, aber ich kann Ihnen nicht helfen. War das alles?«

»Nicht ganz.«

Er funkelte mich an. »Meine Zeit ist begrenzt.«

»Meine ebenfalls. Ich frage mich nur, weshalb Sie die Scheinwerfer eingeschaltet haben. Starten Sie hier eine Suchaktion? Sind Ihre Patienten geflohen?«

»Ich nehme an, dass dieses Gespräch kein Verhör ist, Mr Sinclair. Und deshalb kann ich auf eine Antwort Ihnen gegenüber verzichten. Das wär's dann wohl. Gute Nacht.« Er drehte sich auf dem Absatz um und ging davon.

Ich ärgerte mich, dass ich keinen Durchsuchungsbefehl bei mir hatte.

Zähneknirschend ging ich zum Bentley zurück.

»Was ist?«, fragte Jane, als ich in den Wagen stieg.

Ich zog die Tür ins Schloss. »Da stimmt einiges nicht. Aber ich kann nichts beweisen.«

»Und jetzt? Gibst du auf?«

Ich schaute sie schräg von der Seite an. »Sehe ich so aus?«

»Eigentlich nicht.«

Der Bentley rollte zurück. »Na, eben.«

Die Pfleger starrten dem Wagen nach. Sie hielten hier nicht zu ihrem Vergnügen Wache.

Wo der Weg etwas breiter war, gelang es mir, den Bentley zu wenden. Der Himmel hatte inzwischen ein dunkles Grau angenommen. Die ersten Sterne funkelten. Nur ganz im Westen war noch ein lachsroter Schimmer zu sehen. Dort verschwand die Sonne.

Ein heißer Tag ging zu Ende. Eine heiße Nacht stand uns bevor. Dessen war ich mir sicher.

Durch die offene Seitenscheibe wehte der laue Nachtwind in den Wagen. Ich fuhr im Schritttempo, suchte dabei nach einem schmalen Weg oder einer Einbuchtung, wo ich den Wagen abstellen konnte.

»Da könnte es gehen«, sagte Jane plötzlich.

Ich tippte die Bremse an.

»John, da steht ja noch ein Wagen!«, rief sie überrascht. »Warte mal, das ist doch …«

Auch ich hatte das Fahrzeug gesehen. Es war ein Porsche. Bill Conollys Wagen.

Ich rangierte den Bentley direkt daneben.

Jane Collins stieg aus. Sie bückte sich, presste ihr Gesicht gegen die Seitenscheibe des Porsche und lugte in das Innere.

»Leer!«, stellte sie fest.

Ich trat neben sie. »Hast du etwas anderes erwartet?«

Die Privatdetektivin sah mich von unten herauf an. »Das würde bedeuten, dass Bill sich in der Klinik aufhält.«

Ich nickte. »Und bestimmt nicht freiwillig.«

»Was machen wir jetzt?«

Fest entschlossen erwiderte ich: »Wir holen sie raus. Beide. Koste es, was es wolle …«

Sheila Conolly blieb stocksteif stehen.

Ihr Herz schlug plötzlich doppelt so schnell. Ein undefinierbarer Laut entrang sich ihrer Kehle. Der kalte Händedruck im Nacken ließ nicht nach. Clou merkte erst jetzt, was los war.

»Sheila?«, flüsterte die Koreanerin in der Dunkelheit.

Bills Frau gab keine Antwort.

Aber sie und Clou hörten das hämische Lachen. Und dann wurde es heller.

Das Licht drang aus einer nicht zu erkennenden Quelle irgendwo über ihnen. Es schimmerte bläulich und ließ die Gesichter der beiden Frauen kalt und irgendwie leichenartig erscheinen.

Aber noch ein anderes Gesicht war zu sehen.

Das eines Dämons!

Sheila Conolly erschrak bis ins Mark. Die Gestalt vor ihr war eine Ausgeburt an Hässlichkeit. Übergroß präsentierte sich der Kopf. Er saß auf einem zwergenhaften Körper. Die Arme hingen lang herunter, die ausgestreckten Fingerspitzen schleiften fast über den Boden. Der breite Mund war zu einem hässlichen Grinsen verzogen. Aus dem Oberkiefer ragten zahlreiche spitze Zähne hervor, die wie kleine Dolche wirkten.

»Auf euch habe ich gewartet!«, zischte der hässliche Kerl.

»Wer – wer sind Sie?«, flüsterte Sheila.

Plötzlich veränderte sich die Stimme des Zwergs. »Kennt ihr mich nicht?«

Die Koreanerin wankte zurück. »Das – das darf nicht wahr sein«, ächzte sie. »Professor Harris!«

»Genau!«

Sheila wurde es schwindlig. Clou merkte es und stützte sie. Sheila wäre sonst gefallen.

»Danke«, hauchte die werdende Mutter. Dann starrte sie den Zwerg an. »Wie – wie ist das möglich?«

»Ich bin der Professor, und ich bin es nicht«, erklärte Harris schadenfroh. »Das, was ihr jetzt seht, ist meine wahre Gestalt. Schließlich kann ich mich nicht in meiner Urform präsentieren. Aber alle, die mich so gesehen haben, können nichts mehr erzählen. Sie sind ausgelöscht worden, es sei denn, sie gehörten zu mir. Aber das ist bei euch ja nicht der Fall. Ihr seid in die Falle gelaufen. Ich dachte mir, dass ihr euch hier verstecken würdet. Es war ein Fehler. Ihr hättet ruhig in Richtung Straße laufen sollen. Dann wäre euch sicherlich ein gewisser John Sinclair …«

»John!«, rief Sheila verzweifelt.

»Ja, er war hier. Hat wohl eine Spur entdeckt. Allerdings musste er wieder fahren. Unverrichteter Dinge.«

»Aber er wird zurückkommen«, hielt Sheila dem Dämon entgegen.

»Sicher. Von euch wird er aber keine Spur mehr finden. Ich hatte euch doch etwas versprochen. Die Flammen werden euch vernichten, und ich nehme mir eure Seelen, die ich einschicken kann in das Reich der Hölle. So einfach ist das. Lange war der Plan schon vorbereitet. Jetzt endlich kann die Falle zuschnappen.«

»Sie sind eine Bestie!«, zischte Sheila.

Der Zwerg hob die mageren Schultern. »Was soll's? Aber jetzt kommt. Ich habe nicht mehr viel Zeit. In dieser Nacht will ich alles erledigen und dann meine Zelte hier abbrechen.«

Es war inzwischen so hell geworden, dass Sheila und die Krankenschwester erkennen konnten, wo sie sich befanden.

Der Raum war ziemlich groß. Das Licht wurde von Sekunde zu Sekunde intensiver.

Den beiden Frauen stockte der Atem.

Ihre Blicke waren auf einen großen, bis zur Decke reichenden eisernen Ofen gefallen. Er hatte eine Feuerklappe, groß wie das Maul eines Nilpferdes.

Doch nicht allein der Ofen versetzte Sheila und Clou den Schock.

Vor dem Ofen lag ein Mann.

Er war gefesselt und rührte sich nicht.

Der Mann war kein anderer als Bill Conolly!

Für Suko wurde die Lage langsam kritisch. Er hatte versucht, die Platte auf der anderen Seite zu verlassen, doch auch dort hielt ihn die verdammte Sperre auf.

Er war gefangen!

Und doch verfiel der Chinese nicht in Panik. Er war einfach nicht der Typ dazu. Ruhig, beinahe kalt wartete er die nächsten Ereignisse ab. Suko besaß sogar noch die Nerven, über den Rand der Platte hinwegzuschielen.

Unter der Platte wimmelte es von Schlangen.

Lautlos glitten sie an dem langen Stein hoch. Licht, das aus Ritzen und Spalten drang, erhellte die makabre Szene.

Die Schlangen waren gierig. Die Magie des Tisches zog sie an. Sie waren darauf programmiert, ihre Opfer zu töten.

Bestimmt waren die meisten von ihnen giftig. Suko konnte in dem herrschenden Zwielicht die Arten nicht so genau unterscheiden, glaubte aber, Kobras und Schwarze Mambas erkannt zu haben. Und die reichten!

Der Chinese stand auf. Abermals trat er an den Rand der Platte, um mit einem gewaltigen Satz über das Schlangennest hinwegzuspringen.

Er wurde wieder gestoppt.

Wie von einem elektrischen Zaun. Die unsichtbare Barriere hielt ihn zurück.

In der Mitte der Platte blieb Suko stehen. Seine Muskeln waren angespannt. Jede Sekunde erwartete er die Invasion der Dämonenschlangen.

Suko erkannte zwei Kobras.

Ein anderer in seiner Lage hätte geschrien und wäre vor Angst vergangen – nicht Suko.

Er ging etwas vor, hob den Fuß, zielte und zertrat mit einem blitzschnellen Tritt den Kopf der Schlange.

Wieder trat Suko zu. Und traf.

Er schleuderte die Kadaver von der Platte, drehte sich instinktiv um und sah sich der dritten Schlange gegenüber.

Diesmal einer Klapperschlange.

Er hörte das hässliche Rasseln. Die Schlange hatte den Vorderkörper aufgerichtet, wiegte ihren Kopf hin und her und war bereit, jeden Moment zuzustoßen.

Suko bewies gedankenschnelle Reaktion.

Es war kaum mit Blicken zu verfolgen, so rasch zuckte seine Hand vor. Er packte die Schlange unterhalb des Kopfes, riss sie herum, stieß einen Kampfschrei aus und schmetterte das dämonische Biest auf die Steinplatte.

Suko konnte sich nicht lange seines Sieges freuen. Er vernichtete auch eine vierte Schlange und dann eine fünfte. Doch die

Übermacht wuchs von Sekunde zu Sekunde. Lautlos krochen sie über die Platte.

Schweißnass war der Chinese. Aber er gab nicht auf, fightete weiter gegen die höllische Übermacht.

Seine Füße arbeiteten wie Präzisionswerkzeuge. Traten, stießen und zermalmten. Zum Glück hatte Suko feste Sohlen unter den Schuhen, sonst hätte es schon schlimmer für ihn ausgesehen.

Er kämpfte verzweifelt, bis zur Erschöpfung. Für jede Schlange, die er tötete, tauchten drei neue auf.

Die Übermacht wurde immer größer.

Zu groß für Suko.

Von allen Seiten schlängelten sie auf ihn zu, und es würde nur eine Sache von Minuten sein, bis das tödliche Gift in Sukos Kreislauf drang …

Ich presste mich eng gegen den Boden, hielt den Atem an.

Der Pfleger im weißen Kittel kam genau auf mich zu. Und er trug ein Gewehr in der Hand.

Die nächsten Sekunden würden entscheidend sein.

Mit Jane Collins war ich zurückgelaufen. Wie Indianer hatten wir uns herangepirscht, dann aber Pech gehabt, da der Aufpasser genau unseren Weg kreuzte.

Im letzten Augenblick ging ich auf Tauchstation, während sich Jane noch hinter einem Baumstamm verstecken konnte.

Die Schritte des Mannes klangen dumpf auf dem Boden. Moos dämpfte die Geräusche. Mich kitzelte ein Grashalm an der Nase. Nur mit Mühe behielt ich die Ruhe.

Zwei, drei Sekunden vergingen.

Jetzt musste mich der Typ sehen.

Da blieb er stehen.

Er hüstelte und räusperte sich dann, führte Selbstgespräche, die ich nicht verstand. Ich nutzte jedoch die Situation. Wenn der Kerl durch seine Rederei abgelenkt war, so vergrößerte sich meine Chance.

Ich schnellte hoch, baute mich vor dem Mann auf wie ein Geist aus der Unterwelt.

Weit riss er vor Überraschung die Augen auf. Auch sein Mund öffnete sich, um einen Warnschrei abzugeben. Gleichzeitig schwenkte er den Gewehrlauf in meine Richtung.

Ich schlug genau und präzise zu. Mit der Linken traf ich das helle Oval seines Gesichts. Ich hatte keine andere Möglichkeit, wollten wir Bill und Sheila retten.

Mein Schlag trieb den Mann nach hinten. Er verlor das Gleichgewicht und krachte in ein Gebüsch. Die Zweige knickten unter seinem Gewicht wie Streichhölzer.

Ich hechtete hinterher, bereit, ihn mit dem zweiten Schlag ins Reich der Träume zu schicken.

Es war nicht mehr nötig. Der Mann war schon bewusstlos.

Ich entwand ihm das Gewehr und stand auf.

Jane trat hinter dem Baumstamm hervor. Fragend blickte sie mich an.

Ich grinste: »Alles okay.«

Sie deutete auf den im Gebüsch liegenden Pfleger. »Hast du ihn hart erwischt?«

»Mittelprächtig.«

»Dann schläft er für dreißig Minuten.« Die Privatdetektivin kannte meinen Punch genau.

Ich sah mir die nähere Umgebung an, konnte jedoch keine unmittelbare Gefahr für uns feststellen. Von Professor Harris und den anderen drei Pflegern war nichts zu sehen.

»Ich nehme das Gewehr«, sagte Jane.

»Okay, gib aber acht, dass du dir kein Auge damit ausschießt.«

»Ich habe ja noch immer ein zweites.«

Wir flachsten etwas herum, um unsere Nervenanspannung abzubauen. Jeder war mit seinen Gedanken bei Sheila und ihrem Baby. Himmel, wenn den beiden etwas geschah …

Ich presste die Lippen hart zusammen. Unser weiteres Vorgehen hatten wir schon überlegt. Wir wollten versuchen, unbemerkt in die Klinik einzudringen, um Sheila und vielleicht auch Bill dort herauszuholen.

Auch die Sorgen um Suko waren bei mir keinesfalls gesunken. Ich fragte mich immer wieder, wo man ihn hingeschleppt hatte.

Zum Haus hin war das Gebäude ziemlich frei.

Leider.

Wir mussten von Baumstamm zu Baumstamm huschen, um unser Ziel zu erreichen.

Doch dazu sollte es gar nicht kommen. Pfleger Nummer zwei nahm unsere Aufmerksamkeit voll in Anspruch. Wir sahen ihn mit wehendem Kittel auf einen dunklen, kuppelartigen Bau zulaufen.

»Da sind sie drin« sagte Jane spontan.

Auch ich war ihrer Meinung, und wir änderten die Richtung. Jane lief neben mir. Leicht, federnd. Auch sie hatte eine ausgezeichnete Kondition und machte so leicht nicht schlapp. Schon manch stärkerer männlicher Gegner hatte sich in ihr getäuscht. Jane Collins beherrschte mehrere Arten der Selbstverteidigung.

Wir kamen gut voran, wurden auch nicht entdeckt. Der zweite Pfleger dachte gar nicht daran, sich umzudrehen.

Ich sah eine Treppe, die neben dem Gebäude in die Tiefe führte, rechnete damit, dass der Kerl die Stufen hinuntergehen würde, täuschte mich jedoch, denn der Bursche lief vorbei.

Wollte er woanders hin verschwinden? Bevor ich mich darüber ärgern konnte, blieb er stehen.

Sofort zogen wir uns zurück.

Aus sicherer Deckung sahen wir, wie der Kerl eine schmale, sich vom dunklen Mauerwerk kaum abhebende Tür aufschloss und dann in dem Gebäude verschwand.

Mir fiel ein Stein vom Herzen. Auch Jane Collins schnaufte zufrieden. »Den holen wir uns«, sagte sie.

»Und wie.«

Der Kerl würde uns schon sagen, wo wir Bill und Sheila fanden.

Weitere Aufpasser entdeckten wir nicht. Der Weg war frei. Ich stieß Jane an. »Komm!«, zischte ich.

Rasch überquerten wir die freie Fläche bis zu dem kuppelartigen Bau. Dann standen wir vor der Tür.

Sie war offen.

Ich betrat als Erster das Gebäude. Jane blieb dicht hinter mir. Nach wie vor trug sie das Gewehr.

Dunkelheit umfing uns. Wie konnte es auch anders sein? Aber irgendwo musste der Pfleger ja hingegangen sein. Wir blieben stehen, lauschten, hörten jedoch nichts.

Dann spürte ich Janes Lippen dicht an meinem linken Ohr. »Siehst du den Schimmer?«, wisperte sie. »Rechts von dir. Nur ein schmaler, hauchdünner Streifen.«

Ich blickte in die angegebene Richtung. Die Privatdetektivin hatte recht.

Auf Zehenspitzen näherten wir uns diesem Lichtschein. Dann standen wir vor einer Tür.

Ich bückte mich und presste mein rechtes Ohr gegen das Holz. Ich hörte eine Männerstimme, doch was gesagt wurde, konnte ich nicht verstehen.

»Was ist?«, raunte Jane.

»Keine Ahnung.«

Es war zwar ein Schlüsselloch vorhanden, doch da konnte ich leider nicht hindurchschauen.

Jetzt zog ich meine Beretta. Kühl und beruhigend lag die Waffe in meiner Hand.

Beide hörten wir das Gelächter hinter der Tür. Und auch die Stimme, die rief: »Krepieren wirst du gelbhäutiger Bastard. Darauf kannst du dich verlassen. Niemand kommt gegen den Seelenfänger an. Auch nicht du, du Hund!«

Wieder das Lachen.

Uns aber hatten die diskriminierenden Worte alarmiert. Mit dem gelbhäutigen Bastard konnte eigentlich nur Suko gemeint sein.

Ich wollte es genau wissen, fand die Klinke, drückte sie hinunter und rammte die Tür auf.

Wie ein Torpedo flog ich in den hinter der Tür liegenden Raum. Im nächsten Moment stockte mir der Atem!

Suko, mein Freund und Partner, befand sich in größter Lebensgefahr. Er stand auf einem tischähnlichen Gebilde, umringt von zahlreichen Giftschlangen, und wehrte sich mit dem Mute der Verzweiflung. Sein Gesicht war verzerrt, es glänzte schweißnass, das sah ich trotz des diffusen Lichts.

Der Pfleger stand drei Schritte vor dem Tisch. Als Jane und ich in den Raum stürmten, wirbelte er herum.

Seine Augen waren vor Schreck geweitet. Mit dieser Überraschung hatte er nicht gerechnet.

»Spring, Suko!«, brüllte ich.

»Nein!«, schrie er zurück. »Geht nicht. Eine magische Sperre!«

Ich verstand ihn nicht richtig, denn im selben Moment stürmte der Pfleger schreiend auf mich zu.

Er trug keine sichtbare Waffe, aber dafür war er ein Meister des Faustkampfes. Während Suko verbissen um sein Leben kämpfte und Jane Collins in die Schlangenleiber hineinfeuerte, rang ich mit dem Pfleger.

Ich musste zwei Schläge einstecken. Sie warfen mich zurück. Ich fing mich jedoch wieder und konterte. Jetzt zeigte ich dem Kerl, was ich auf der Polizeischule gelernt hatte.

Ich versuchte einen Kopfstoß. An den Haaren bekam ich ihn zu packen und riss ihn zur Seite. Er stolperte und fiel.

Sofort setzte ich nach.

Doch da hatte der verflixte Kerl ein Messer in der Hand. Lang wie ein Unterarm war die Klinge und höllisch gefährlich. Durch eine rasche Drehung zur Seite konnte ich dem ersten Hieb ausweichen. Mein Fußtritt prallte gegen sein Handgelenk. Die Klinge flog ihm aus der Hand.

Für einen Moment passte er nicht auf. Mein Gegenstoß erfolgte pfeilschnell.

Der Pfleger war bärenstark, aber von einer Kampftechnik hatte er wohl noch nie etwas gehört. Er musste den Schlag voll nehmen, verdrehte die Augen, stieß ein seltsam dumpfes Geräusch aus und fiel bewusstlos zur Seite.

Ich sprang sofort auf, nahm wieder meine Beretta – ich

hatte sie während des Fights fallen lassen – und feuerte in die Schlangenleiber.

Sie platzten wie Nussschalen.

Suko stand ganz am äußersten Rand des Tisches. Aber warum, zum Teufel, sprang er nicht?

»Mach doch!«, rief ich.

»Es geht nicht. Die magische Sperre!«

Ich warf Jane einen Blick zu. Sie hatte das Gewehr an die Schulter gerissen und jagte die Kugeln in die zuckenden Schlangenleiber. Aber auf diese Art wurden wir nie Herr über die Brut und retteten Suko auch nicht.

Dann hatte ich die Idee.

Ich riss mein Kreuz von der Brust, drehte mich halb um und schleuderte das geweihte Kleinod auf die Tischplatte.

Die Wirkung war frappierend.

Das Kreuz hatte kaum den Stein berührt, als es anfing zu zischen und zu brodeln. Rasch zeigte der Tisch Risse. Die Schlangen zerplatzten. Eine Rauchwolke quoll der Decke entgegen, hüllte Tisch und Suko ein. Brechen und Bersten.

Ich rannte auf den Tisch zu. Schattenhaft sah ich Suko, packte ihn und riss ihn aus der Gefahrenzone. Suko war schwer. Gemeinsam fielen wir zu Boden, blieben einige Zeit liegen, bis Janes Stimme erklang.

»Wollt ihr euch ausruhen?«

»Nein«, keuchte ich. Wir rappelten uns hoch.

Suko sah mich an. Dann reichte er mir die Hand. Und in diesem Händedruck lag alles, was er versprechen konnte. Er würde sein Leben ebenso für mich in die Waagschale werfen wie ich das meine für ihn.

Es tut gut, wenn man sich auf einen Partner verlassen kann.

Der Tisch mit der magischen Sperre war zerbrochen. In der Mitte geteilt, wie durch einen Axthieb.

Von den Schlangen war nichts mehr zu sehen. Das Kreuz hatte sie vernichtet.

Es blinkte mir entgegen. Es lag auf der rechten Tischhälfte. Ich nahm es an mich.

»Es hat uns gerettet«, sagte ich.

Suko nickte. Er enthielt sich jeden Kommentars, obwohl er wusste, worauf ich anspielte. Suko hielt nicht viel von meinem Kreuz. Er war nicht im christlichen Glauben erzogen worden, kannte, wie er immer sagte, stärkere Dämonenbanner aus seiner Heimat. Irgendwann wollte Suko dorthin und sie holen.

Was inzwischen geschehen war, berichteten wir uns gegenseitig in Stichworten.

»Und wie geht es weiter?«, fragte Jane. »Wir müssen schließlich Bill und Sheila finden. Weißt du, wo sie sind, Suko?«

Der Chinese schüttelte den Kopf. »Aber warum fragen wir nicht ihn?« Er deutete auf den Bewusstlosen.

»Das hatte ich gerade vor«, erwiderte ich.

Ich tätschelte die Wange des Mannes. »Los, komm zu dir, Junge«, sagte ich. »Mach schon.«

Der Mann regte sich tatsächlich. Benommen setzte er sich auf. Ich hockte vor ihm und hielt ihn am Kragen seines Kittels gepackt. Suko und Jane flankierten mich.

»Du weißt, wie es um dich steht«, begann ich das Verhör. »Es ist aus. Für dich auf alle Fälle. Du hast nur noch eine Chance, wenn du dich auf unsere Seite stellst.«

Er starrte an mir vorbei, musste wohl Sukos drohenden Blick bemerkt haben und zog den Kopf ein. »Okay, was wollen Sie wissen?«

»Alles. Vor allen Dingen wirst du erzählen, wo wir Sheila Conolly und ihren Mann finden.«

»Ihr habt keine Chance.«

»Das überlass nur uns. Also, wo sind sie?«

»Hier im Bau.«

»Wo genau?«

Er schluckte und knetete seine breiten Hände. »Wahrscheinlich in der Verbrennungskammer«, kam es stockend über seine Lippen.

Ich sog pfeifend die Luft ein. »Wo sind sie?«, fragte ich mit leiser Stimme.

Er wiederholte seine Antwort.

Und jetzt wussten wir alle drei, was mit Sheila und Bill geschehen sollte.

Noch nie in meinem Leben hatte ich mich so mies gefühlt.

Hinter einer dicken, feuerfesten Glaswand waberten die Flammen. Ihre langen Zungen bewegten sich gierig hin und her und warteten auf neue Nahrung.

Der Zwerg kicherte. Dann zeigte er auf den Ofen. »Ist es nicht fantastisch, dieses Feuerchen? Feuer vernichtet alles. Es hinterlässt keine Spuren, höchstens Asche.«

»Es vernichtet aber auch Dämonen«, sagte Sheila mit kratziger Stimme.

Sie und Clou hatten sich an die Wand stellen müssen. Zwar nicht mit erhobenen Händen, jedoch so, dass sie von Harris immer im Auge behalten werden konnten.

Bill war noch bewusstlos. Aber es konnte nicht mehr lange dauern, bis er erwachte. Sheila und die Koreanerin hörten hin und wieder sein Stöhnen.

Harris wartete noch ab. Süffisant lächelnd betrachtete er die beiden Frauen. An Clou blieb sein Blick länger haften. »Du hättest dir dein Schicksal ersparen können. Warum hast du mit ihr einen Pakt geschlossen?«

»Weil sie mir leid tat.«

»Leid? Was ist das schon?«

»Für Sie vielleicht nichts. Für mich bedeutet es viel. Ich schätze Moral und Nächstenliebe.«

Der Hässliche kicherte.

»Das könnt auch nur ihr Menschen sagen. Nur zählt es nicht.«

»Ich glaube daran«, erwiderte die Koreanerin trotzig.

»Die letzten paar Minuten lasse ich dir deinen Spaß noch«, sagte Harris. »Dann ist es sowieso aus.«

»Mit John Sinclair rechnen Sie wohl gar nicht – wie?«, fragte Sheila. Es kostete sie ungeheure Energie, sich auf den Beinen zu halten. Intervallweise packte sie ein Schwindelgefühl, aber Sheila spürte auch die Trotzreaktion, die in ihr hochstieg. Jetzt erst recht nicht, sagte sie sich. Es muss doch noch eine Chance geben. Und sie setzte all ihre Hoffnungen auf John Sinclair. Er war in der Nähe, und er hatte schon mehr als einmal das Unmögliche möglich gemacht. Vielleicht würde er auch diesmal rechtzeitig auftauchen …

Aber es sah nicht danach aus. Die Zeit verrann, und John ließ sich nicht blicken.

Das kalte, bläulich schimmernde Licht, das die Wände ausströmten, ließ die Gesichter der Anwesenden totenblass erscheinen. Eigentlich zeigten nur die Bewegungen der Augen, dass sie noch lebten.

Und durch all ihre Angst drang plötzlich ein Hoffnungsfunke. Sheila hörte die Stimme.

Es war ihr Vater!

Über Zeit und Raum setzte er sich mit seiner Tochter in Verbindung. Seine Worte kamen schwach an, doch Sheila verstand die Botschaft aus dem Jenseits.

Verliere den Mut nicht, mein Kind. Du musst hoffen. Noch hat dieser Dämon nicht gewonnen.

»Danke, Vater«, flüsterte Sheila die Antwort.

Ich kann leider nicht zu dir. Aber ich bete für dich und dein Kind. Das Böse darf nicht triumphieren. Das Gute muss stärker sein. Glaube fest daran.

»Ja, Vater.«

Harris trat einen Schritt vor, starrte Sheila Conolly an. »Mit wem redest du da?«

Sheila blickte in sein hässliches Gesicht. »Mit meinem Retter«, behauptete sie fest.

Harris räusperte sich. »Mit John Sinclair? Hast du telepathischen Kontakt mit ihm?«

»Nein.« Jetzt lächelte Sheila, denn sie spürte die Unsicherheit des Dämons.

»Wer ist es dann?«

»Das sage ich nicht.«

»Dann werde ich dich dazu zwingen!«, schrie Harris.

Ehe er jedoch sein Vorhaben durchführen konnte, wurde er

abgelenkt. Bill Conolly erwachte aus seiner Bewusstlosigkeit. Er hatte bisher auf der Seite gelegen, nun wälzte er sich mühsam auf den Rücken.

Harris ließ von Sheila ab und war sofort bei ihm. Am Kragen zog er Bill hoch, schleifte ihn zur Wand und setzte ihn so hin, dass er mit dem Rücken gegen die Mauer fiel.

»Bill«, hauchte Sheila.

Der Reporter drehte den Kopf. Er hatte die Stimme gehört, doch sein Gehirn war noch umnebelt. Er benötigte einige Zeit, bis er sich zurechtfand.

Bald war Bill bei vollem Bewusstsein.

»Sheila?« Er hauchte das Wort.

Die werdende Mutter nickte unter Tränen.

Der Dämon lachte, und die koreanische Krankenschwester schluchzte auf.

»Mein Gott, was ist geschehen, Sheila? Du solltest doch längst schon im …«

»Jetzt ist sie hier.« Die schneidende Stimme des Dämons unterbrach Bills Satz.

Der Reporter verzog das Gesicht. Man konnte förmlich sehen, wie es hinter seiner Stirn arbeitete, wie er versuchte, seine Gedanken zu ordnen.

»Und Sie? Wer sind Sie?«, fragte Bill.

Der Zwerg lachte. »Kennst du mich nicht, Conolly? Dann gib einmal acht.«

Harris streckte die kurzen Arme aus, legte dann die Hände gegeneinander und murmelte ein paar für die Anwesenden unverständliche Worte.

Seine Gestalt veränderte sich. Der Körper wurde durchscheinend. Knochen und Muskeln zeigten sich, veränderten ihre Form, streckten sich, bildeten sich um.

Ein neuer Mensch entstand – ein alter Bekannter.

Professor Harris!

Er weidete sich an der Überraschung der anderen. Harris trug wieder seinen strahlend weißen Kittel. Sein Haar war sorgfältig gekämmt und die Krawatte exakt gebunden.

Ein Arzt wie aus dem Bilderbuch. Ein Mann, der Vertrauen erwecken konnte.

Doch in seinen Augen loderte der Hass. Hass auf alles, was gut war.

Bill Conolly schluckte. »Harris also«, flüsterte er rau. »Wie ich es mir gedacht habe.« Er spie zu Boden.

»Das hilft dir auch nichts mehr.«

Plötzlich zuckte der Professor zusammen. Er hatte etwas gehört, das ihn irritierte.

Schüsse!

Fern zwar und nur gedämpft, aber dennoch zu vernehmen. Unsicher blickte Harris die Frauen und Bill Conolly an.

Sheila gab ihm die Antwort. »Ja, das waren Schüsse. John Sinclair wird auf dem Weg hierher sein.«

Jetzt begann Harris zu lachen. »Er war es wohl«, zischte er. »Wenn mich nicht alles täuscht, waren es Gewehrschüsse. Und mit Gewehren sind meine Männer ausgerüstet. Sie werden Sinclair gekillt haben.« Er lachte wieder.

Sheila senkte den Kopf. Mit dieser Vermutung konnte Harris recht haben. Aber sie wollte einfach nicht daran glauben.

Bill Conolly kämpfte verzweifelt gegen seine Fesseln an. Er versuchte, die Stricke zu lösen. Vergeblich scheuerte er sie an dem Mauerwerk. Doch es war nicht rau genug, um die Fesseln zu zerfetzen.

Die Minuten tropften dahin.

Harris starrte auf die Tür. Er wartete auf seine Helfer und rechnete jeden Augenblick mit ihrem Erscheinen.

Sheila nutzte die Gunst des Augenblicks. Langsam bewegte sie sich auf ihren Mann zu, während die Koreanerin die beiden mit weit aufgerissenen Augen beobachtete. Für sie waren die letzten Minuten einfach zu viel gewesen.

Aber Sheila hatte wieder Mut gefunden. Ihr Vater war mit ihr in Kontakt getreten, hatte ihr neue Hoffnung gegeben. Und sie setzte alles auf eine Karte.

Bills Fesseln mussten fallen.

Professor Harris war abgelenkt. Er hatte plötzlich Sorgen,

war nicht sicher, ob auch alles so lief, wie er es geplant hatte. Denn die Schüsse konnten viel bedeuten.

Sheila zwinkerte ihrem Mann zu.

Bill wusste genau, was Sheila wollte. Er schob sich ihr entgegen und drehte sich ein wenig zur Seite, damit Sheila besser an seine gefesselten Hände gelangen konnte.

Sie bückte sich.

Auf den Gesichtern der Conollys stand die Anspannung zu lesen. Würde Sheila es schaffen, die Fesseln zu lösen?

Ihre Finger tasteten über die rauen Stricke. Sie suchte nach einem Knoten.

Da wirbelte der Professor herum. Er hatte Sheila aus den Augenwinkeln beobachtet, sah, was sie vorhatte. Mit zwei langen Schritten war er bei ihr.

Sheila schrie, als sich seine Hand in das Fleisch ihrer Schultern grub. Hart riss der Mann die Frau zurück. »Du Biest!«, zischte er. »Mich hintergehen zu wollen …« Er wollte sie schlagen, doch Bills Schrei hielt ihn zurück.

»Nein!«, brüllte der Reporter.

Harris fuhr herum, sah Bill, sein Gesicht verzerrte sich, und es war klar, dass er seine Wut jetzt an dem Reporter auslassen wollte.

Doch er kam nicht mehr dazu.

Die Tür wurde aufgestoßen.

Ein Hoffnungsschimmer durchflutete Sheilas Hirn. Wenn es John war, der …

Es war nicht John Sinclair.

Zwei Pfleger stürmten in den Raum. Die Männer waren mit Gewehren bewaffnet. Einer von ihnen drosch die Tür hinter sich zu.

»Habt ihr geschossen?«, fragte Harris. Er hatte von Bill abgelassen, das andere war jetzt wichtiger.

»Nein.«

Harris runzelte die Stirn. Für einige Sekunden war er tatsächlich sprachlos. »Dann waren es also die beiden anderen.«

»Wir haben nichts gehört.«

Die Augen des satanischen Professors verengten sich. »Und ihr habt keinen Fremden auf dem Gelände gesehen?«

»Nein.«

Harris wurde unsicher. Er blickte auf die Uhr. »Eigentlich müssten sie bereits hier sein.« Er sah die beiden Neuankömmlinge wieder an. »Welchen Eingang habt ihr genommen? Den an der Treppe?«

»Ja.«

»Verdammt.« Hastig blickte Harris sich um. Dann nickte er. »Egal, was geschehen ist. Bringen wir es hinter uns.« Er trat an den Ofen und drückte den Riegel des dickwandigen gläsernen Sichtfensters nach oben.

Die beiden Pfleger stellten ihre Gewehre weg.

»Wir fangen an!«, befahl der menschliche Teufel. Er deutete auf die Koreanerin. »Erst die da!«

Wie zwei Roboter setzten sich die Pfleger in Bewegung …

Suko hatte dem Burschen die Hände gefesselt. Er trug jetzt das Gewehr. Die Mündung drückte er dem Pfleger in den Rücken.

»Solltest du irgendeinen Trick versuchen, schieße ich!«, drohte der Chinese.

Der Mann nickte.

Jane Collins stieß mich an. »Haben wir noch eine Chance?«, fragte sie zweifelnd.

»Ich gebe die Hoffnung nie auf.« Die Antwort klang optimistisch, und dabei ahnte ich, zu welchen Grausamkeiten dieser Professor fähig war. Aber das kannte ich ja von dieser verfluchten Dämonenbrut.

Es gab Kollegen, die stumpften im Laufe ihrer Dienstjahre ab. Wenigstens behaupteten sie das. Mir war das nie in den Sinn gekommen, so etwas zu sagen.

Meine Gedanken wurden unterbrochen, als wir vor einer Tür stehen blieben.

Der Pfleger zog sie auf.

Dunkel war der Gang, der vor uns lag.

»Hast du eine Lampe, John?«, hörte ich Suko fragen.

»Ja.« Ich ging zwei Schritte vor und knipste die Kugelschreiberlampe an.

Der Bau war ein Labyrinth. Quergänge, Nischen, Längsgänge wechselten sich ab. Allein hätten wir uns sicher nicht zurechtgefunden.

Suko schien den gleichen Gedanken zu haben wie ich. »Wenn du uns reinlegen willst«, drohte er dem Pfleger, »hast du deinen letzten Atemzug getan.«

Der Mann knurrte etwas, was ich nicht verstand.

»Wie weit ist es noch?«, zischte ich.

»Wir sind gleich da.«

»Und wo liegt der Raum?«

»Unten.«

»Was?«, rief Suko.

»Ja«, antwortete der Mann. »Ein Stockwerk tiefer. Man muss von außen die Treppe hinuntergehen, wenn man ihn betreten will.«

»Und wie kommen wir in den Raum hinein?«, wollte ich wissen.

»Es gibt eine Klappe über der Decke.«

Uns fiel ein Stein vom Herzen. Weiter schlichen wir durch das Labyrinth. Nur unsere Schritte waren zu hören. Die Spannung wuchs von Sekunde zu Sekunde. Suko trieb den Kerl an. »Schneller!«

Wir betraten einen Seitengang. Er endete vor einer Mauer. »Das ist der Kamin!«, erklärte der Pfleger.

»Für den Ofen?«, fragte Jane mit zitternder Stimme.

»Ja.«

Gepresst atmete ich aus. Trotz aller guten Vorsätze konnte ich das Zittern meiner Hände nicht vermeiden. Überdeutlich wurde mir der Schrecken des Augenblicks bewusst.

Da blieb der Pfleger stehen. »Hier ist es«, erklärte er.

Zusammen mit mir ging Jane Collins in die Knie. Jetzt sahen wir die im Boden eingelassene Falltür. Der Staub der Jahre bedeckte fingerhoch das Holz. Wir sahen auch den Ring, an dem die Falltür hochgezogen werden konnte.

Es war geschafft.

Schattenhaft nur sah ich Sukos Armbewegung. Danach hörte ich einen erstickten Laut, und im nächsten Augenblick sank der Pfleger zu Boden. »Sorry«, sagte Suko trocken, »aber er hätte uns nur gestört. Ich habe ihm eine Spezialkopfnuss verpasst.«

Ich nickte.

Meine Hände krallten sich um den Griff. Noch einmal atmete ich tief ein, riss dann die Falltür mit aller Wucht hoch.

Im nächsten Moment hörte ich einen gellenden Schrei.

Die Pfleger näherten sich der wehrlosen Koreanerin. Ihre Gesichter waren ausdruckslos, stupide.

Sheila hielt es nicht mehr aus. »Lasst sie in Ruhe!«, schrie sie. »Sie hat euch nichts getan!«

Auch Bill fluchte und brüllte. Er verdammte seine eigene Hilflosigkeit. Er hing in den Fesseln und konnte sich nicht rühren.

Sheila wankte auf die beiden zu, wollte sie aufhalten, doch Harris riss sie hart zurück.

Clou war zusammengebrochen. Wimmernd hockte sie am Boden.

Harris lachte teuflisch. Mit einem Ruck zog er die Ofenklappe auf. Eine Hitzewelle, die direkt aus der Hölle zu kommen schien, fuhr in das Verlies. Die Flammen leckten gierig aus der Öffnung.

Sheila drehte den Kopf zur Seite. Der Feuerschein blendete sie. Und die Hitze strich über die Haut.

Clou versuchte es noch einmal. Sie wollte wegkriechen, doch sie schaffte nicht einmal zwei Schritte.

Da sah sie die vier Beine ihrer Henker vor sich!

Sie brach zusammen.

Ohnmächtig blieb die koreanische Krankenschwester liegen. Ihre Nerven hatten nicht mehr mitgespielt.

Bill drehte durch.

Mit einer gewaltigen Kraftanstrengung bäumte er seinen Körper auf, zog die Beine an und ließ sie vorschnellen. Er traf einen der Pfleger an den Oberschenkeln. Der Kerl hatte nicht mit dem Angriff gerechnet, wurde nach vorn gestoßen.

Genau auf den Ofen zu.

Im letzten Moment konnte er sich fangen. Kurz bevor die Flammen über ihn strichen, wirbelte er herum. Feuerrot war sein Gesicht, und der Hass auf Bill blitzte in seinen Augen.

Der Pfleger rannte auf sein Gewehr zu, packte es am Lauf und stürzte auf Bill zu.

Sheila schrie markerschütternd auf.

Bills Bein schnellte wieder vor. Er traf auch, konnte sich aber nicht weiter um den Kerl kümmern, denn im selben Augenblick wurde an der Decke die Falltür aufgerissen, und einen Atemzug später war die Hölle los …

Suko stand an dem Rand der Falltür. Auch er hatte den Schrei vernommen und handelte impulsiv, reaktionsschnell und gekonnt.

Mit einem Kampfschrei auf den Lippen ließ er sich durch die viereckige Öffnung fallen.

Suko schoss wie ein Torpedo heran. Er schien vom Himmel zu fallen, änderte noch im Flug seine Richtung und fiel genau auf den Kerl mit dem Gewehr.

Der Mann ging zu Boden.

Auch ich sprang nach unten. Wie ein Wirbelwind war ich zwischen ihnen, sah für Bruchteile einer Sekunde die überraschten und hoffnungsvollen Gesichter meiner Freunde und musste mich dann um den Pfleger Nummer zwei kümmern.

Der Mann war ungeheuer schnell. Er flog auf sein Gewehr zu, bekam es zu fassen, wirbelte mit der Waffe herum und schoss in der Drehung.

Hautnah jaulte das Blei an meiner linken Wange vorbei.

Wieder feuerte der Kerl.

Ich lag schon am Boden, hatte meine Beretta gezogen, und bevor der Mann einen dritten Schuss abgeben konnte, drückte ich ab.

Die Silberkugel traf ihn dicht über dem Nabel. Sein Gesicht zeigte einen erstaunten Ausdruck, er ging einen torkelnden Schritt nach vorn und brach dann zusammen.

Ein Schrei.

Hinter mir.

Ich fegte herum.

Harris hatte in den Kampf eingegriffen. Jetzt hielt er das zweite Gewehr in der Hand. Mit dem Kolben hatte er Sukos Kopf getroffen. Der Chinese ging in die Knie. Blut rann über seinen Schädel. Trotz der Verletzung stieß er den Lauf hoch, sodass Harris es nicht mehr schaffte, abzudrücken.

Dann brach Suko zusammen.

In seinem wahnsinnigen Hass zielte Harris auf Sheila Conolly. Sein Gesicht war entstellt. Der zuckende Feuerschein warf Schatten über diese hässliche Fratze.

»Dann stirbst du eben durch eine Kugel!«, brüllte er Sheila an.

Ich feuerte.

Jane Collins schoss mit dem Beutegewehr schräg von oben. Wir mussten es tun, sonst wäre Sheila verloren gewesen.

Und beide Kugeln trafen.

Sie stießen Harris zur Seite, und durch den Aufprall der Kugeln verriss er den Schuss.

Dicht über Sheilas Kopf klatschte das Blei in die Wand.

Eine zweite Kugel konnte Harris nicht mehr aus dem Lauf jagen. Ich sprang ihn an. Harris flog zur Wand zurück. Das Gewehr fiel zu Boden. Aber er war nicht tot. Auch zwei Kugeln konnten ihm nichts anhaben.

Wo ihn mein Silbergeschoss getroffen hatte, zeigte sich ein großer schwarzer Fleck.

Janes Kugel hatte zwar eine Wunde hinterlassen, doch kein Blut strömte hervor.

Der Mann war ein Dämon.

Aus den Augenwinkeln sah ich, wie sich Suko erhob. Gleichzeitig mit ihm stand Harris auf.

Er war angeschlagen, das erkannte ich sofort. Das geweihte Silber machte ihm zu schaffen. Aus blutunterlaufenen Augen stierte er mich an. Dann begann die Verwandlung.

Und plötzlich sah ich die Gestalt vor mir, die mir auf dem Schiff bereits begegnet war.

Übergroßer Kopf, lange Arme, der zwergenhafte Wuchs.

Das war der Dämon Harris!

»Okay«, zischte ich. »Du hast verloren, Dämon. Für dich ist es vorbei!« Ich zielte mit der Pistole auf seinen Kopf.

Harris heulte auf. Sein Maul öffnete sich. Die spitzen Zähne funkelten mir entgegen.

»Irgendwann wird dich der Teufel holen, Sinclair, das verspreche ich!« schrie er.

Urplötzlich drehte er sich um. Und ehe ich oder Suko eingreifen konnten, stieß er sich vom Boden ab und hechtete auf die offen stehende Klappe des Ofens zu.

Ein markerschütternder Schrei hallte in unseren Ohren nach. Sekundenlang sah ich ihn noch mit den Armen rudern, sah das verzerrte hässliche Gesicht, das mich aus der Feuerhölle anstarrte, dann war es vorbei.

Ich ging hin und schloss die Klappe.

Suko schaute mich an. Blut lief über sein Gesicht. Aber, verdammt noch mal, er lächelte.

Und ich spürte ein Würgen im Halse.

»Wir haben es geschafft«, sagte ich kratzig.

Mehr nicht. Aber in diesen Worten lag alles, was ich momentan empfand.

Fünfzehn Minuten später hockte ich wieder hinter dem Steuer. Mein Bentley raste durch die Stadt.

Sheila lag auf dem Rücksitz. Die Wehen hatten eingesetzt. Wieder zählte jede Sekunde. Ich musste die nächste Klinik erreichen.

»Halte noch aus, Mädchen«, sagte ich immer wieder. »Halte aus.«

Bill saß neben mir. Er hatte den Kopf gedreht und seine Hände zu Fäusten geballt. Er zitterte und hoffte.

Telefonisch hatte ich schon in der Klinik Bescheid gegeben. Dort war alles vorbereitet, als wir eintrafen.

Um Sheila brauchte ich mich nicht mehr zu kümmern. Bill blieb bei seiner Frau.

Ich aber fuhr zurück.

Auf dem Gelände der Klinik wimmelte es inzwischen von Polizisten. Ich hatte die Beamten alarmiert. Am meisten hatten die Leute damit zu tun, die verstörten Patienten zu beruhigen.

Ich setzte mein erstes Protokoll auf. Jane und Suko saßen neben mir.

Die Detektivin trank einen Cognac. Sukos Stirn zierte ein großes Pflaster.

Superintendent Powell wusste ebenfalls Bescheid. Er erschien persönlich. In der Klinik lagen einige Prominente, die Powell kannten und wohl nur von ihm zu beruhigen waren.

Ich sprach kurz mit ihm.

»Ich erwarte dann morgen Mittag Ihren ausführlichen Bericht«, sagte Powell, kniff ein Auge zu und schlug mir auf die Schulter.

Es war das höchste Lob, das er zu vergeben hatte.

Schlaf fand ich in dieser Nacht nicht. Es war schon längst hell, als ich Jane nach Hause fuhr. Sie schlief neben mir ein.

Suko und ich saßen noch in meiner Wohnung zusammen und sprachen den Fall durch.

Kaffee hielt uns auf den Beinen.

Um mich zu erfrischen, hüpfte ich unter die Dusche. Und – wie konnte es anders sein? – das Telefon klingelte.

Suko nahm ab. Er rief dann: »Für dich, John!«

»Wer ist es denn?«

»Weiß ich nicht.«

Patschnass, ein Handtuch um die Hüften, ging ich in den Livingroom.

Bill hatte angerufen. »Mann, Bill!«, rief ich, während Suko neben mir stand und grinste. »Was ist?«

Bill Conolly jubelte, schrie und lachte in einem.

»Rede schon!«

»Ein …« Bill machte es spannend.

»Mädchen?«, fragte ich.

»Nein, ein Junge. John, ein Junge! Gesund und munter. Ich könnte die ganze Welt umarmen.«

Jetzt schrie ich auch los. Wir benahmen uns wie die Kinder. »Wie soll er heißen?«, fragte ich nach einer kleinen Atempause.

»John! John Conolly! Und du bist der Patenonkel.«

Darüber hatten wir schon vor neun Monaten gesprochen. Ich wuchs direkt um drei Zoll. Wir verabredeten uns für die nächste Stunde.

Ich legte auf. Dann gab Suko seinen Kommentar. »Wenn der Junge so wird, wie ihr beide sein müsstet, dann wird er ein toller Hecht!«

Leider hatte ich kein Wurfgeschoss in der Nähe, sonst hätte sich Suko an der anderen Kopfseite auch noch eine Beule eingefangen.

Auf den Zehenspitzen betraten wir das Krankenzimmer. Sheila blickte uns entgegen. Erschöpft, aber glücklich. »Na, du junge Mutter«, sagte ich betont fröhlich.

Sie fasste nach meiner Hand. Plötzlich schimmerten Tränen in ihren Augen. »Ich danke dir, John, danke dir für alles. Wenn du nicht gewesen wärst …«

»Komm, hör auf«, erwiderte ich. »Du kannst dich ja revanchieren. Bei der Taufe.«

Sheila schaute mich an. »Darauf kannst du dich verlassen, John. Das wird ein Fest.«

Erst einmal feierten Bill und ich. Ich rief Powell an und nahm mir einen Tag Urlaub. Suko luden wir auch ein. Und das war gut so. Denn er war es, der uns hinterher nach Hause schleppte.

ENDE

DER KNOCHENTHRON

Fünf teuflische Augenpaare schillerten hinter den Schlitzen der schwarzen Kapuzen.

Fünf Männer, fünf Mörder. Zu einem magischen Fünfeck hatten sie sich aufgestellt. Ein sechster Mann stand innerhalb des Pentagramms. Er war der Verräter. Und er sollte sterben!

Die Nacht war dunkel. Von irgendwoher drang das schaurige Heulen eines Coyoten. Der Wind trieb Staub und auch Sand hoch. Beides wehte als lange Fahnen durch den verlassenen Ort.

»Du weißt, was du getan hast, Barry?«, drang es dumpf unter einer Maske hervor.

Barry war der Mann im Pentagramm. Er hob den Kopf. Bleich schimmerte sein Gesicht. Es war schweißüberströmt, die Angst hielt den Mann wie mit unsichtbaren Krallen fest.

»Ich habe nichts Unrechtes getan!«, flüsterte er rau.

»O doch. Du hast uns verraten und mit einem anderen über den Dämon gesprochen. Der Herrscher auf dem Knochenthron verlangt Genugtuung. Er will auch deine Seele haben, Barry!«

»Nein!«, keuchte Barry. »Nein, nicht!« Er hob die Arme und legte flehend die Hände gegeneinander.

Die Männer lachten nur. Für sie war Barrys Tod beschlossene Sache.

Obwohl sie einmal seine Freunde gewesen waren, kannten sie jetzt keine Gnade. Barry hatte die Gesetze des magischen Zirkels missachtet. Der Spuk wollte seinen Tod.

»Das Lasso!«, befahl der Anführer.

Man sah die Bewegung kaum. Plötzlich wirbelte die Schlinge durch die Luft und senkte sich mit tödlicher Genauigkeit über den bedauernswerten Barry.

Der wollte noch ausweichen. Er schaffte es nicht. Das Lasso fiel über ihn und wurde straff gezogen, als es sich in Höhe seiner Ellbogen befand.

Barry stöhnte auf, ein Zug am Lasso, und er lag auf dem Boden.

»Komm hoch!«

Barry weigerte sich.

»Okay, Junge, dann nicht. Sterben wirst du so oder so!« Einer der Kerle schnippte mit den Fingern.

Das Zeichen!

Barry spürte den harten Ruck in den Armen, dann wurde er von zwei Leuten über den Boden geschleift.

Das war kein Vergnügen. Denn die kalifornische Erde war steinig und von zahlreichen Furchen durchzogen, sowie mit dürrem, widerstandsfähigem Gras bewachsen, dessen Kanten so scharf waren, dass sie in die Haut ritzten wie Messer.

Staub wölkte auf, als die Männer den Gefesselten über den Boden schleiften. Sie passierten die alten, verfallenen Gebäude der Geisterstadt, ließen die Kirche links liegen, gingen am Stiefelhügel vorbei und erreichten den Abhang, der hinunter zum Ufer des Flusses führte.

Dort hielten sie an.

Zehn Augen starrten auf Barry Calw.

»Hast du noch etwas zu sagen?«, wurde er gefragt.

Barry hob den Kopf. Selbst bei diesen Lichtverhältnissen war zu sehen, wie zerschunden sein Gesicht war. Die Tortur war verdammt schmerzhaft gewesen.

»Ich …«, keuchte Barry, »… ich möchte noch etwas sagen!«

»Und was?«

»Fahrt zur Hölle, ihr verdammten Hundesöhne! Der Teufel soll euch schmoren, und die Rache der Finsternis soll euch treffen wie ein alles vernichtender Schwerthieb!«

Jetzt lachten die anderen. »Damit wirst du wohl kein Glück haben, Barry. Die Rache der Finsternis trifft nämlich dich allein! Los, packt ihn!«

Zwei Gestalten beugten sich vor. Ein anderer löste das Lasso.

Noch einmal sammelte Barry sämtliche Kräfte. Er versuchte sich zu wehren, doch gegen die Kraft dieser Männer war er machtlos.

Sie stellten ihn auf die Füße und drehten ihn herum, sodass er auf den schäumenden Fluss schauen konnte.

Das Wasser sah wild und irgendwie romantisch aus. Die

Strömung peitschte es über kleine Felsen und Klippen. Gischt sprühte bis an beide Uferseiten, winzige Tropfen glitzerten, und auf den Wellen ritten helle Schaumkämme.

Dieser Fluss war bei Wildwasserfahrern beliebt, aber nur ein Teilstück von ihm, der andere war die Hölle.

Nicht nur das Wasser, sondern auch die beiden Ufer.

Hier lauerte der tückische Treibsand, dem bereits viele zum Opfer gefallen waren.

Und auch Barry sollte hier sterben.

Man ließ ihn los. Die Männer traten jetzt hinter ihn. Alle fünf nahmen Aufstellung.

»Weg mit ihm!«, peitschte die Stimme des Anführers.

Barry erhielt einen harten Stoß ins Kreuz. Er wurde nach vorn katapultiert, riss die Arme hoch, um sein Gleichgewicht zu halten, doch der Hieb war zu hart.

Barry rutschte ab.

In einer Wolke aus Staub glitt er den Hang hinab, versuchte sich noch an kargen Büschen festzuklammern, aber diese Vegetation fand im Boden keinen richtigen Halt. Barry rutschte weiter, während die fünf Maskierten ihn vom Rand der Böschung beobachteten.

Dem Mann gelang es noch, sich zu drehen, sodass er nicht mit dem Kopf zuerst in den Treibsand stieß, sondern mit den Füßen.

Sofort sackte er bis über die Knie ein.

Der Sand war eine tödliche Falle. Nie hatte er ein Opfer wieder hergegeben. Mit unzähligen Fingern und Armen zerrte er an dem Körper des Bedauernswerten.

Barry rutschte weiter.

Er hatte den Mund aufgerissen, doch ein Schrei drang nicht über seine Lippen.

Das Wissen um den nahen Tod ließ ihn verstummen. Es gab keine Rettung mehr.

Am schlimmsten war diese gespenstische Stille. Ein Sumpf oder Moor schmatzte und gurgelte – der Treibsand saugte lautlos. Und er zog Barry immer tiefer.

Schon reichte ihm der tückische Sand bis zu den Hüften. Seine Sehperspektive veränderte sich. Der gurgelnde, schäumende Fluss befand sich etwa in Augenhöhe des bedauernswerten Mannes. Wasserspritzer trafen sein Gesicht.

Dann geschah etwas, was die Todesangst des Mannes noch steigerte. Barry glaubte, seinen Verstand zu verlieren.

Er war nicht mehr allein im Treibsand.

Vor ihm und rechts neben ihm geriet der Sand in Bewegung. Plötzlich tauchten Hände auf. Gekrümmte Finger. Sie bildeten Klauen, über die sich die Haut wie altes, brüchiges Pergament spannte.

Die Hände wanderten.

Vier, nein, fünf zählte er, die sich ihm immer mehr näherten, sich bewegten und ihn packen wollten.

Die Toten kamen zurück ...

Das Grauen, das Barry empfand, war so stark, dass es alle anderen Gefühle hinwegschwemmte. Er konnte nicht schreien, nur ein dumpfes Gurgeln drang aus seiner Kehle.

Barry wich zurück. Eine hastige Bewegung, die ihn nur noch tiefer in den mörderischen Sand trieb.

Da packte die erste Klaue zu. Sie griff nach seiner rechten Hand und hielt eisern fest.

Barry schrie.

Sein Schrei übertönte sogar noch das Tosen des Wassers und verlor sich am anderen Ufer.

Eine zweite Hand klatschte auf seine Schulter, drückte ihn tiefer in den Treibsand hinein, der plötzlich sein Kinn berührte.

Eine Sekunde später drang er in seinen Mund, dann in die Nase, in die Augen.

Fünf Hände zerrten an ihm, und sie drückten Barry in die unheimliche Tiefe.

Der Sand schloss sich über ihm.

Die Hände verschwanden ebenfalls.

Nichts, aber auch gar nichts zeigte mehr an, welch ein Drama sich am Ufer des Flusses abgespielt hatte.

Die fünf Maskierten am Rand der Böschung wandten sich ab. Ihr Aufgabe war erfüllt …

»Ich bleibe so lange in San Francisco, bis ich die Golden Gate Bridge mal nicht im Nebel gesehen habe«, hatte Sheila Conolly gesagt und dabei mit der kleinen Faust auf den Tisch geschlagen.

»Okay, Darling, einverstanden«, lautete Bills Erwiderung, und so hielten sich die Conollys schon den achten Tag in dieser Stadt am Pazifik auf.

Ihnen gefiel Frisco. Ihr Hotel lag nicht weit vom Strand entfernt, und sie hatten einen herrlichen Blick über das blaugrüne Meer.

Die drei – auch Johnny Conolly gehörte dazu – hatten viel unternommen. Eine Hafenrundfahrt, zwei Fahrten mit der Cable Car, der Attraktion Friscos. Sie waren in den Parks gewesen, hatten sich kulturhistorische Stätten angeschaut und waren auch durch die großen Kaufhäuser geschlendert.

Doch Bill wurde es langweilig. Er war eines Abends nach China Town gegangen und hatte dort einen Lokalbummel gemacht. Und in einer lasterhaften Opiumhöhle hatte Bill von einer geheimnisvollen Sekte erfahren.

Ein Betrunkener berichtete ihm davon. Trotz seiner Trunkenheit noch so exakt, dass Bill Conolly ihm glaubte.

Und er sprach auch mit Sheila darüber. »Ob du es glaubst oder nicht, dieser Typ hat von einer Statue geredet, die ebenso aussah wie der Spuk.«

Mit diesem mächtigen Dämon hatten sie und John Sinclair bereits ihre Erfahrungen gemacht. Der Spuk war der Herrscher über ein Reich, in dem die Seelen von abtrünnigen oder verräterischen Dämonen landeten, die dieses Reich niemals wieder verlassen konnten. Er hatte sich ihnen als Schattenwesen, aber auch in seiner wahren Gestalt als Echsenmonster gezeigt.

Sheila runzelte die Augenbrauen. »Das bildest du dir ein!«

»Glaube ich nicht.«

Sheila griff nach ihrem Glas mit Mineralwasser. Der kleine Johnny lag auf dem Boden und spielte mit Bauklötzen. Draußen war es drückend heiß. Selbst vom Pazifik her wehte kaum Wind, und auch von den Bergen kam keine Kühlung.

»Du hast doch irgendetwas vor«, lächelte sie ihren Mann an. Bill nickte.

»Willst du dir diese Statue anschauen?«

»Genau.«

»Und wo ist das?«, fragte Sheila.

»Etwa 80 Meilen von hier in den Bergen. Da gibt es eine alte Geisterstadt namens Tulsa. Dort befindet ich der Stollen, in dem die Figur stehen soll.«

»Und wenn es stimmt?«

Bill hob die Schultern. »Dann müsste ich unter Umständen John Bescheid sagen. Solchen Spuren wie hier muss man nachgehen. Du weißt selbst, was los ist. Unsere Gegner sind überall. Sie stellen eine gewaltige Gefahr dar und schlagen eiskalt zu.«

»Ja, ja, das stimmt.«

»Du bist also dafür?«, lächelte Bill.

»Dafür nicht.«

»Aber auch nicht dagegen?«

Jetzt lächelte Sheila. »Wenn du fahren willst, dann fahr. Ich bleibe hier.«

Bill stand auf und drückte Sheila einen Kuss auf die Lippen. »Du bist doch die Beste.«

Die blondhaarige Frau trank ihr Glas leer. Wegen der Hitze hatte Sheila die Frisur hochgesteckt. Sie trug eine enge weiße Leinenhose und ein locker fallendes Hemd, das ihr bis an die Hüften reichte. Auf einen BH hatte sie verzichtet.

»Fährt Daddy weg?«, fragte der kleine Johnny.

Sheila ging zu ihm und nahm ihren Sohn auf den Arm. »Ja, Daddy fährt weg.«

»Darf ich mit?«

»Nein, mein Schatz, wir beide bleiben hier. Daddy kommt auch schnell zurück.«

»Und wie«, sagte Bill. »Ich sage dir sogar noch Gute Nacht.«

Johnnys Augen strahlten. Mit seinen kleinen Händen fasste er nach Bills Gesicht. »Bringst du mir auch was mit?«

»Mal sehen.«

»Einen großen Kran möchte ich haben.«

»Jetzt haben die Geschäfte zu.«

Johnny zog eine Schnute und drehte sich von Sheilas Gesicht weg. Ein Zeichen, dass er vom Arm wollte.

Sheila stellte ihn auf den Boden. Bill gab seiner Frau einen zweiten Kuss. Von Johnny verabschiedete er sich auf die gleiche Weise.

»Bitte, Bill, sei vorsichtig. Denk daran, du hast keine Waffe. Ich habe Angst.«

»Brauchst du nicht, Mädchen. Ich schaue mir nur diesen Stollen an und sehe nach, ob die Statue tatsächlich existiert. Wenn ja, komme ich sofort zurück und rufe John an.«

»Das will ich auch hoffen.«

Die Conollys hatten sich einen Wagen geliehen. Einen kleinen, aber spritzigen Golf. Er stand in der Hotelgarage.

Bill holte ihn hervor und brauste ab. In Richtung Nordosten, den Bergen zu.

Bill Conolly musste über die Golden Gate Bridge, um nach Sausolito zu gelangen. Ein Teil der Brücke lag tatsächlich noch im Nebel, doch aus dem Dunst schälten sich langsam die gewaltigen Stahlträger, die Auskunft darüber gaben, welch eine Dimension dieses fantastische Bauwerk hatte.

Der Verkehr rollte ruhig auf den breiten Spuren. Bill gab acht, dass er hinter der Brücke die Ausfahrt nicht verpasste. Er musste nach Rafael.

Noch einmal warf er einen Blick auf das Wasser der San Francisco Bay. Am anderen Ufer war der Nebel lichter, dann sah Bill Conolly schon die Umrisse der St. Helena Range nördlich im Dunst der Sonnenglut.

Die Berge waren sein Ziel. Er hoffte, sie noch vor dem Dunkelwerden zu erreichen.

Bill fuhr etwas schneller. Er überholte zwei Trucks und befand sich dann auf der Straße nach Rafael.

Der Betrunkene aus der Kneipe hatte ihm sogar eine kleine Skizze aufgezeichnet. Bill hatte den Zettel vor sich auf dem Armaturenbrett liegen. Deutlich las er dort Rafael.

Wie viele Europäer, so freute sich auch Bill über die breiten Straßen. Hier machte das Autofahren wirklich noch Spaß.

Schon 20 Minuten später hatte Bill sein erstes Etappenziel erreicht.

Eine Tankstelle war besonders dick aufgezeichnet worden. Dort hielt Bill an und schaute auf die Skizze.

Die zweite Straße rechts, da musste er hinein.

Der Reporter fuhr in den Ort. Weiße Holzhäuser, Vorgärten, breite Straßen. Eine amerikanische Idylle. Zahlreiche Menschen arbeiteten in den Gärten oder saßen vor ihren Häusern und genossen die letzten Sonnenstrahlen des Tages.

Im Westen, weit über dem Meer, wo Wasser und Himmel zusammenschmolzen, explodierte die Sonne in grellen Lichtkaskaden. Sie warf einen goldenen Teppich über die Wellen, und es schien, als würde sie langsam, aber sicher im Meer versinken.

Ein grandioses Schauspiel, denn von Osten rückte langsam eine dunkle Wand heran.

Die Dämmerung

Bill fuhr weiter.

Die zweite Straße rechts. Er lenkte den Golf hinein, erreichte eine Neubaugegend, durchfuhr sie und befand sich bereits am Ende der kleinen Stadt.

Mehrere Wege zweigten ab. Bill schaute wieder auf die Skizze, rollte in einen Kreisverkehr hinein und dann wieder raus.

Jetzt führte ihn der Weg direkt auf die Ausläufer der Berge zu. Noch war die Gegend fruchtbar und grün. Bill sah erste Weinhänge, sorgfältig gepflegte Felder und Obstgärten. Doch als die kultivierte Landschaft verschwand, erschien die Wüste ohne Übergang. Plötzlich war das Land zu beiden Seiten der Straße beigebraun. Kaum noch Gras wuchs hier. Schroffe Felsen lagen am Ende der ansteigenden Berge. Die Straße führte hoch zu einem Plateau, von dem aus Bill in zahlreiche Canyons schauen konnte.

In der Ferne glitzerte ein Flusslauf. Das war irgendein Nebenarm des Sacramento River.

Bill suchte auch einen Fluss, aber dazu musste er von der Straße weg in den Canyon hinein.

Es gab einen Weg.

Bill freute sich jetzt, dass der kleine Wagen eine Klimaanlage hatte. Sie war auch nötig, denn die Hitze in den Canyons konnte einen Menschen glatt umbringen.

Der Reporter fuhr den ersten Schatten entgegen, die auf dem Grund des Canyons lagen. Die Dunkelheit kam hier viel schneller als oben in den Bergen.

Die Räder des Golf wirbelten hohe Sand- und Staubwolken auf, als Bill im Zehn-Meilen-Tempo weiterfuhr. Mehr wollte der Reporter dem Leihwagen bei dieser Wegstrecke nicht zumuten.

Oft genug musste er menschengroßen Felsbrocken ausweichen oder Schlaglöcher umfahren.

Es war schon eine verdammte Schinderei.

Aber Bill blieb am Ball. Er wollte dem Rätsel dieser geheimnisvollen Mine auf den Grund gehen.

Gab es wirklich ein Abbild des Spuks? Wenn ja, wie kam es dorthin?

Das waren Fragen, auf die der Reporter gern eine Antwort gewusst hätte.

Es wurde so dunkel, dass Bill die Scheinwerfer einschalten musste. Manchmal wurde er durchgeschüttelt wie ein Rodeo-Reiter. Bill schimpfte sich selbst aus. Er hätte doch lieber einen Range Rover oder einen ähnlichen Geländewagen nehmen sollen.

Sein Blick fiel hoch zur Canyonwand. Dort wurde das Gestein im letzten Sonnenlicht gebadet. Bill sah alle Farben des Spektrums, wie sie ineinander liefen und wieder neue fantastische Farbkombinationen bildeten.

Faszinierend, dieses Schauspiel.

200 Meter weiter standen die Felswände noch näher zusammen. Der Canyon wurde enger. Er führte in eine Kurve, die Bill ebenfalls auf der Skizze fand.

Dahinter öffnete sich das Gelände zu einem Tal.

Und dort lag Tulsa!

Bill bremste und stieg aus. Er war am Ziel. Ein Lächeln kerbte seine Mundwinkel, doch das verging sofort, als die Hitze ihn regelrecht überfiel.

Sofort war er schweißgebadet. Mit dem Tuch wischte Bill über seine Stirn, bevor er weiterging.

Er hörte auch das Rauschen des Flusses, von dem der Mann in der Kneipe gesprochen hatte.

Das Gewässer lag tiefer. Eine Böschung führte zu den beiden Ufern. Bill trat bis an die Böschung heran. Er sah das Wasser über Felsen und Steine schäumen, und das Grauweiße an den Rändern musste der von dem Mann erwähnte gefährliche Treibsand sein.

Trotz der Hitze lief dem Reporter ein Schauer über den Rücken. Im Treibsand zu versinken musste ein schlimmer Tod sein, den er selbst seinen ärgsten Feinden nicht gönnte.

Im allerletzten Licht des Tages sah er die verfallenen Gebäude der Geisterstadt. Bill ging darauf zu. Bis auf das Rauschen des Flusses war es still. Der Reporter befand sich als einziger Mensch in dieser verfallenen Stadt.

Neben einem verblichenen Schild blieb er stehen. Nur mit Mühe konnte er den Namen Tulsa entziffern.

Hinter dem Schild stand ein Pfahl.

Überrascht verharrte Bill mitten in der Bewegung. Auf dem Pfahl steckte ein Totenschädel

Bin schaute sich den Schädel an, der Wind und Wetter getrotzt hatte und hell glänzte. Ausgebleicht waren Mund- und Augenhöhlen.

Bill ging weiter.

Spärliches, hartes Gras wuchs aus dem karstigen Boden. Rötlicher Staub wurde von Bills Schuhen aufgewirbelt und begleitete ihn als kleine Wolken.

Er erreichte die Main Street der Geisterstadt.

Die meisten Gebäude waren verfallen, doch ein paar Vorderfronten standen noch.

Der Saloon mit seinen Schwingtüren, die sich leicht bewegten, als würden unsichtbare Hände gegen sie stoßen. Die Kirche, das Post Office und ein Steinbau.

Hier hatte der Sheriff residiert.

Die Tür hing schief in den Angeln und knarrte zum Steinerweichen.

Bill war neugierig. Er betrat das Office.

Muffiger Geruch drang ihm in die Nase. Überall hingen Spinnweben. Holzwürmer hatten den alten Schreibtisch angenagt, und der Staub lag fingerdick.

Ein schmaler Gang führte zum Zellentrakt.

Die Eisenstäbe hatten Rost angesetzt. Türen waren überhaupt nicht mehr vorhanden, ein Teil der Rückwand fehlte, und Bill konnte nach draußen blicken.

Plötzlich zuckte er zusammen.

Ein Schatten – ja, er hatte einen Schatten gesehen. Bill sprang zwei Schritte vor, damit er einen besseren Blickwinkel hatte, doch von dem Schatten war nichts mehr zu sehen.

Die Dunkelheit hatte ihn verschluckt.

Eine Täuschung?

Bill glaubte nicht so recht daran, denn seinen Augen konnte er trauen. Vielleicht auch nur ein Tier, dem die Anwesenheit des Menschen nicht behagte.

Mit diesem Gedanken tröstete sich der Reporter, als er weiterging. Nur wo fand er die Mine?

Bill schaute sich um. Der Alte in der Kneipe hatte nichts davon aufgezeichnet, sondern nur auf die Geisterstadt hingewiesen. Beim achten Tequila hatte er gesagt: »Die Mine, die musst du schon selbst finden, Amigo.« Und dann hatte er auf Bills Tod getrunken. »Da kommt keiner mehr lebend raus.«

Die Worte hatte Bill Conolly natürlich nicht vergessen, sie aber Sheila nicht gesagt.

An einer Kreuzung blieb der Reporter stehen.

Und da stand es.

Tulsa Mine!

Kaum zu erkennen waren die Buchstaben. Die Hälfte fehlte auch, doch es gab keinen Zweifel. Bill Conolly befand sich an der richtigen Stelle. Er musste nach rechts, weg vom Fluss, wo die Felswand als dunkler, drohender Schatten emporwuchs.

Ein schmaler Weg führte bergan. Rechts und links lagen die Überreste ehemaliger Goldgräberhütten. Ausgebleichte Holzstücke, vermodert und verfault.

Vor der Mine endete der Weg.

Bill Conolly blieb stehen, als er die rostigen Schienen sah, die aus der Mine führten. Sogar eine umgekippte Lore lag quer im Weg, und der Reporter musste darüber steigen.

Seiner Meinung nach war die alte Mine seit dem letzten Jahrhundert nicht mehr verändert worden.

Bill nahm seine Taschenlampe vom Gürtelhaken und schaltete sie ein. Der Strahl durchbohrte die Dunkelheit und stach in den abgestützten Eingang der alten Mine. Schon nach wenigen Metern zeichnete er einen hellen Kreis auf die Felswand.

Dort musste eine Kurve folgen, glaubte Bill. Normalerweise hätte er eigentlich umkehren müssen, aber Bill wollte sich Gewissheit verschaffen.

Er betrat den finsteren Stollen. Verlaufen konnte er sich nicht, denn er wollte immer den Schienen nachgehen, die in die Tiefe des Berges führten.

Nach zehn Schritten stieß Bill auf die Wand, wo er den Lichtkegel gesehen hatte. Er musste nach links, um weiter in die Mine einzudringen.

Er konnte aufrecht gehen, so hoch war der Stollen zum Glück. Überall knisterte und bröckelte es. Staub fiel von der Decke, legte sich auf Bills Kleidung und sein Gesicht, wo er am Schweiß wie Puder festklebte.

Je tiefer Bill Conolly vordrang, umso schlechter wurde die Luft. Der Stollen war jetzt nicht mehr durch Holzbalken abgestützt, die Männer hatten ihn damals kurzerhand ohne Sicherheitsmaßnahmen tiefer in den Berg gehauen.

Da war Zeit Geld oder besser gesagt Gold gewesen.

Als der Scheinwerferstrahl auf Geröll traf, blieb der Reporter stehen. Es ging nicht mehr weiter. Der Gang war verschüttet.

Ärgerlich.

Trotzdem schritt Bill Conolly vor, bis er die Gesteinsmassen erreicht hatte.

Da sah er, dass es doch noch weiterging.

Die herabgestürzten Brocken reichten nicht ganz bis zur Wand. An der linken Seite war ein schmaler Pfad frei geblieben.

Nein, nicht frei geblieben, irgendjemand hatte ihn freigeschaufelt, damit man vorbeikonnte.

Bills Verdacht erhärtete sich. Er spürte, dass er dicht vor der Lösung des Rätsels stand, und quetschte sich an der Felswand vorbei. Mit dem Rücken schabte er über kantiges Gestein. Es störte ihn nicht.

Er leuchtete in die Dunkelheit und blieb wie vom Donner gerührt stehen.

Vor sich sah er die Statue.

Es war in der Tat eine Nachbildung des Spuks!

Fünf Sekunden lang wagte Bill Conolly nicht einmal mehr zu atmen. Zu sehr fesselte ihn das Bild.

Ein wahrer Künstler musste hier am Werk gewesen sein, denn was Bill im Schein der Lampe sah, wirkte so natürlich, dass man sich fragte, ob es nicht vielleicht doch echt war.

Der Spuk war gestaltlos. Ein amorphes Wesen, das über die Schatten herrschte, die nichts weiteres waren als die Seelen der gefallenen Dämonen. Seine Reptiliengestalt, die er irgendwann einmal gehabt hatte, zeigte er kaum noch. Normalerweise trug er einen langen dunklen Umhang mit einer Kapuze, unter der die absolute Schwärze zu sehen war.

Mehr nicht!

Und doch existierte dort jemand. Ein Wesen, ein Geist des Bösen, ein schauriges Gespenst. Denn der Umhang lebte, er warf Falten, wenn der Spuk ging, und wenn er sprach, tönten die schrecklichen Laute dumpf unter der Kapuze hervor.

Hier saß der Spuk wie auch in seinem Reich auf einem Thron aus Menschenknochen. Dieser Thron hatte eine hohe Lehne, wo rechts und links auf den senkrechten Knochen zwei grinsende Totenschädel steckten.

Auch sie schienen aus Stein zu sein, aber Bill wollte es genauer wissen.

Er ging vor und tastete mit den Fingern darüber.

Ja, die Schädel waren aus Stein, ebenso wie die Figur des Spuks. Aber beides war von einem begnadeten Künstler geschaffen worden, da gab es nichts zu diskutieren.

Der Alte in der Kneipe hatte recht gehabt. Es existierte in Frisco oder Umgebung eine Sekte, die dem Spuk diente.

Denn hier stand sein aus Stein gefertigtes Ebenbild. Aber warum? Weshalb in diesem verlassenen Stollen? Was hatte das alles zu bedeuten?

Der Spuk war Herrscher im Reich der Schatten und hatte auf dieser normalen Welt eigentlich nichts zu suchen. Bill suchte schon nach Antworten, doch die fand er jetzt und hier nicht. Er musste abwarten. Und vor allen Dingen musste John Sinclair Bescheid wissen, denn das würde ihn natürlich sehr interessieren.

Eine Figur des Spuks!

Bill schaute noch einmal nach, ob sie nicht doch lebte. Der Stein blieb kalt. Kein dämonisches Blut pulste in ihm. Doch wie verhielt es sich, wenn er beschworen wurde? Erwachte er dann?

Fragen, die durch Bills Kopf schwirrten und auf die der jetzt keine Antwort fand.

Er musste zurück. Aber er würde die Mine noch einmal aufsuchen. Allerdings nicht allein, sondern mit John Sinclair. Dann sah die ganze Sache schon ganz anders auf. Außerdem wollte er mit John noch einmal in diese Opiumkneipe in China Town. Vielleicht konnte er mit dem Alten reden.

Bill schlich zurück. Da er den Weg kannte, löschte er die

Lampe. Immer wieder drehte er sich um. Hinter ihm blieb es ruhig. Die Figur erwachte nicht zu einem gespenstischen Leben, obwohl Bill ihre Ruhe gestört hatte.

Er glaubte, dass diese Geisterstadt noch zahlreiche Geheimnisse barg, denen man auf den Grund gehen musste.

Noch drei Schritte bis zum Ausgang.

Bill ging schneller.

Da passierte es.

Wie aus dem Nichts tauchte plötzlich der Maskierte auf und stieß Bill den Lauf eines Revolvers in den Magen …

Bill Conolly fühlte die Schmerzwelle in seinem Körper hochschießen. Er sackte zusammen, blieb jedoch auf den Beinen.

Der Reporter keuchte schwer.

Der Maskierte lachte dumpf auf. Er konnte seinen Hohn und den Triumph nicht verbergen. Als Bill Conolly den Kopf hob, sah er die Seidenkapuze, die der Kerl über seinen Schädel gezogen hatte. Sie ließ nur die Schlitze für die Augen frei.

Der Mann stand wie ein Baum. Ein Hindernis, an dem es kein Vorbei gab.

War dieser Kerl vielleicht der Schatten, den er gesehen hatte? Und war er allein, oder lauerten seine Komplizen noch irgendwo im Hintergrund?

Sollte Letzteres zutreffen, sah es für den Reporter böse aus. Doch aufgeben wollte Bill auch nicht. Wenn er überwältigt war, würde er die Geisterstadt nicht lebend verlassen.

Der Maskierte war von seiner Überlegenheit voll überzeugt. Deshalb hielt er auch die Waffe etwas zu lässig in der Hand.

Das sah Bill, und er nutzte seine Chance. Bisher hatte er sich angeschlagener gegeben, als er in Wirklichkeit war. Plötzlich ging er zum Konterangriff über.

Mit seiner Lampe schlug er von unten nach oben zu. Die Metallumrandung hieb gegen den Lauf des Revolvers. Die Waffe wurde nach oben geschleudert, und bevor sich der Maskierte wieder gefangen hatte, schlug Bill Conolly zum zweiten Mal zu.

Diesmal von oben nach unten.

Die Lampe traf den Maskierten am Kopf. Ein undefinierbares Geräusch drang unter der Maske hervor. Der Kerl hatte plötzlich Gleichgewichtsstörungen, er wankte zurück.

Augenblicklich setzte Bill Conolly eine Gerade nach. Sie traf den Maskierten voll. Er stolperte über die Schienen und krachte gegen die umgekippte Lore.

Bill überwand die Distanz mit einem gewaltigen Sprung. Ein blitzschneller Griff, und er hatte dem Maskierten den Revolver aus der Hand gewunden.

Jetzt fühlte sich der Reporter wohler.

Er schaute sich um.

Wo steckten die anderen Halunken, wenn der Typ hier nicht allein herumgeschlichen war?

Tulsa, die Geisterstadt, lag in der Dunkelheit. Kein Mensch war zu sehen, kein Schatten, kein alarmierender Laut zu hören. Nur das Rausehen des Flusses.

Geduckt bewegte sich Bill Conolly voran. Doch nach zwei Schritten hielt er inne. Ihm war etwas eingefallen. Er lief noch einmal zu dem Maskierten zurück und zog ihm die Maske vom Gesicht.

Der Mann hatte schwarzbläulich schimmerndes Haar und trug einen dünnen Oberlippenbart. Bill hatte das Gesicht noch nie gesehen, aber er prägte sich die Züge gut ein.

Dann lief er endgültig los.

Er ging den Berg hinab. Bill nahm Steine und Geröll mit, so hastig rannte er. Dann stand er zwischen den zerfallenen Hütten der Geisterstadt.

Bill hütete sich, deckungslos auf die Main Street zu laufen. Er presste sich mit dem Rücken gegen eine noch stabil aussehende Schuppenwand und wartete ab.

Es tat sich nichts.

Alles blieb ruhig.

Zu ruhig für seinen Geschmack ...

Vorsichtig bewegte sich der Reporter einige Meter nach vorn. Er glaubte einfach nicht daran, dass der Maskierte allein gewesen war. Irgendwo lauerte bestimmt einer seiner Kumpane, das sagte Bill sein sechster Sinn.

Plötzlich ertönte ein Pfiff.

Der Reporter zuckte unwillkürlich zusammen, als er ihn vernahm. Und er glaubte, dass dieser Pfiff von der linken Seite an seine Ohren gedrungen war. Also dort, wo sich der Saloon und das ehemalige Office des Sheriffs befanden.

Lauerte dort der Zweite?

Bill Conolly machte auf dem Absatz kehrt. Parallel zur ehemaligen Main Street lief er lautlos an den zerfallenen Rückseiten der Gebäude entlang, damit er den Unbekannten anders packen konnte.

Am Sheriff's Office blieb Bill Conolly stehen. Er atmete durch den Mund, um sich nicht zu verraten.

Da ertönte der zweite Pfiff.

Diesmal ganz in der Nähe. Der Typ musste vor dem Office lauern.

Bill grinste hart. Der würde sich wundern. Über die zerbrochenen Bretter der Rückseite kletterte der Reporter hinweg und gelangte in das Innere des zerfallenen Gebäudes. Den 38er Smith & Wesson Special hielt er schussbereit in der rechten Hand. Der Reporter kannte sich mit dieser Waffe aus. Damit schoss er ebenso gut wie mit einer Beretta.

Der Typ schien zu merken, dass etwas nicht stimmte. Bill hörte ihn fluchen.

Er ist also kein Geist, dachte der Reporter grimmig und schlich weiter. Er trat immer erst mit den Zehenspitzen auf, bevor er sein Gewicht verlagerte. Dann glaubte er, vor sich die Gitter der alten Zellen zu sehen.

Bill wurde noch vorsichtiger.

Da geschah es. Er übersah eine am Boden liegende Latte, stieß erst mit den Zehenspitzen dagegen und trat im nächsten Moment ganz darauf. Das Knirschen war nicht zu überhören.

Und sein Gegner vernahm es.

Einen Herzschlag lang stand Bill Conolly starr auf dem Fleck. Dann duckte er sich und sprang in Deckung, wobei er jetzt nicht mehr darauf achtete, Geräusche zu vermeiden.

Es war sein Glück.

Der Reporter sah plötzlich einen Schatten, etwas blitzte auf, und im nächsten Moment hatte Bill das Gefühl, sein Trommelfell würde zerrissen.

Der Kerl hatte mit einer Schrotflinte geschossen. Bill hörte den Abschussknall, hatte sich zur Seite geworfen und vernahm das Prasseln, als die Ladung gehacktes Blei hinter ihm in die Bretter fegte und sie noch mehr zerhieb.

Wenn er etwas von dem Zeug abgekriegt hätte, wäre es ihm schlecht ergangen

Oft haben diese Schrotflinten zwei Läufe. Daran musste Bill Conolly denken, als er zurückfeuerte.

Er hatte ungefähr dort hingehalten, wo das fußlange Mündungsfeuer aufgeblitzt war. Dumpf krachte der Revolver, doch die Kugel traf nicht den heimtückischen Schützen, sondern schlug gegen irgendeinen verrosteten Gitterstab, von dem sie als Querschläger abprallte.

Bill sprang auf die Beine. Er war mit dem rechten Fuß in einem Karton gelandet und schleuderte ihn von sich.

Da hörte er Schritte.

Der heimtückische Killer gab Fersengeld. Bill hörte ihn auf der Main Street rennen und dann seine gellende Stimme.

»Gomez! Gomez, wo bist du?«

Gomez gab keine Antwort. Wahrscheinlich konnte er noch keine geben, denn Bill hatte ihn bewusstlos geschlagen.

Für den Reporter wurde es Zeit. Wenn er seinen Wagen erreichen wollte, dann jetzt. Bill Conolly verließ das Office und trat mit schussbereiter Waffe auf die Main Street.

Irgendwie fühlte er sich wie ein Westernheld, und er musste grinsen, als er daran dachte.

Von seinen Gegnern war nichts zu sehen. Auch die Mine lag in völliger Dunkelheit.

Bill machte sich auf den Rückweg. Noch immer war es heiß in diesem Talkessel. Die Steine strahlten die Hitze des vergangenen Tages zurück. Feiner Staub lag in der Luft. Bill schmeckte ihn auf der Zunge.

Immer wieder schaute er sich sichernd nach allen Seiten um, doch von irgendwelchen Gegnern war nichts zu sehen. Die Hoffnung, dass sich nur zwei dieser Kerle in der Geisterstadt aufhielten, steigerte sich.

Rechts rauschte der Fluss. Am liebsten hätte Bill Conolly einen Hechtsprung in die Fluten getan, doch er hielt sich zurück.

Der Himmel war eine einzige dunkle Fläche. Nur schwach sah Bill das Glitzern der Sterne, der Mond war überhaupt nicht zu erkennen, und so fiel auch kein Licht in den einsamen Talkessel.

Bill konzentrierte sich auf die Geräusche, die ihn umgaben. An den Fluss hatte er sich gewöhnt, doch etwas anderes drang an seine Ohren.

Schritte!

Ja, das waren Schritte.

Bill blieb stehen. Er lauschte und konzentrierte sich. Die Schritte waren nicht gleichmäßig, sondern schwankend, torkelnd, als würde dort ein Mensch gehen, der zu viel getankt hatte.

Wer konnte das sein?

Ein dritter Mann?

Bill Conolly huschte zur Seite. Er hatte einen klobigen Felsbrocken ausgemacht, der ihm als Deckung dienen konnte.

Dort wartete der Reporter.

Hart und heftig schlug sein Herz gegen die Rippen. Bill ahnte, dass die Gefahr noch nicht vorbei war. Vielleicht fing sie auch erst richtig an in dieser verdammten Geisterstadt, wo Dämonen wie der Spuk regierten.

Es blieb ruhig.

Zehn Sekunden lang geschah nichts. Bill glaubte schon, sich getäuscht zu haben, als er das Fauchen hörte.

Hinter sich.

Der Reporter warf sich zur Seite und kreiselte gleichzeitig herum. Er riss dabei seinen Beuterevolver hoch, war aber unfähig, auf die Gestalt zu feuern, die plötzlich vor ihm stand …

Es war ein Horrorwesen!

Fast zwei Meter groß, in zerlumpter Westernkleidung, einem alten Coltgurt und löchrigen Stiefeln. Das Gesicht war kaum mehr als solches zu erkennen, es zeigte starke Spuren von Verwesung. An manchen Stellen schimmerten bleich die Knochen durch.

Doch etwas war nicht verwest.

Der Stern auf der linken Brusthälfte des Monsters. Er blinkte hell und war an der ärmellosen Weste befestigt.

Dieser Kerl war der Sheriff von Tulsa!

Aber ein untoter Sheriff!

Wo kam er her? Wieso war er aufgetaucht? War er der einzige Untote hier? Fragen, die Bill Conolly durch den Kopf schwirrten.

Er blickte sich um.

Hatte diese Gestalt Verstärkung erhalten? Bill suchte danach, doch dann musste er sich auf den Unhold konzentrieren, denn die lebende Leiche streckte beide Hände aus, um nach Bill Conolly zu greifen.

Der Reporter schoss. Er hielte den schweren Revolver mit beiden Händen fest. Dreimal blitzte es vor der Mündung auf, und das Blei jagte in die Horrorgestalt.

Einmal traf Bill den Stern, die anderen Kugeln jagte er rechts davon in die Brust.

Nichts passierte.

Der Unheimliche blieb stehen. Er schüttelte nur den Schädel, röhrte, fauchte und ging weiter.

Für Bill wurde es Zeit.

Er hechtete zur Seite, überschlug sich und gelangte wieder auf die Beine. Dann rannte er.

Zwanzig Meter legte er zurück, bevor er sich wieder umschaute.

Der untote Sheriff folgte ihm.

Er ging schwankend mit ausgebreiteten Armen und Riesenschritten, und Bill musste sich beeilen.

Parallel zum Fluss rannte er. Die Strecke zurück zu seinem Leihwagen erschien ihm plötzlich doppelt so lang.

Endlich schälten sich die Konturen des Golfs aus der Dunkelheit. Aber Bill sah noch mehr.

Einen zweiten Wagen, der einige Meter entfernt parkte. Es war ein Range Rover. Damit mussten die Maskierten hergefahren sein.

Bill hätte gern die Reifen an dem Wagen zerstochen, doch dazu reichte die Zeit nicht mehr.

Er musste weg.

Seine Finger zitterten, als er die Tür aufschloss. Er warf sich hinter das Lenkrad und startete.

Da war auch schon der unheimliche Sheriff heran. Er musste geflogen sein, so schnell hatte er den Wagen erreicht.

Bill fuhr an.

Er hielt genau auf den Sheriff zu, der jedoch nicht zur Seite wich, sondern seinen rechten Arm nach unten schlug. Mit der Faust donnerte er auf die Kühlerhaube, wo der Schlag eine Beule hinterließ. Dann wurde er vom Wagen erfasst.

Bill gab noch einmal Gas.

Der Aufprall schüttelte den kleinen Golf durch. Der Sheriff wurde hochgehoben und zur Seite geschleudert. Er krachte hart auf den Boden. Der Golf geriet in ein Schlagloch, und Bill hatte Angst um die Achse des Wagens. Zum Glück hielt sie.

Dritter Gang.

Der Reporter achtete jetzt nicht mehr auf die Wegstrecke. Hauptsache, er brachte diese verdammte Falle hinter sich.

Das Horrorwesen blieb zurück. Erst jetzt schaltete Bill die Scheinwerfer ein. In den langen Lichtbahnen tanzten unzählige Staubkörnchen. Es waren regelrechte Wolken, die das Licht brachen und reflektierten wie Diamanten.

Erst als Bill Conolly unbeschadet die Straße nach Rafael erreicht hatte, atmete er auf.

Dieses Abenteuer wäre überstanden. Es hätte aber auch leicht ins Auge gehen können.

Bill fuhr zurück nach Frisco. Sicherlich würde sich Sheila schon sorgen. Und das war auch berechtigt, wie der Reporter fand, denn es gab in dieser Geisterstadt ein gefährliches

Geheimnis, das er unbedingt lüften musste.

Aber nicht allein, sondern mit seinem Freund John Sinclair.

»Der wird sich freuen«, murmelte Bill Conolly. »Ganz sicher sogar …«

Ich hockte in meinem Büro und arbeitete alte Akten auf.

Draußen hatte es einen Wetterumschwung gegeben. Es war heiß, geworden. Für viele Menschen war die stehende schwüle Luft, vermischt mit den Abgasen, unerträglich.

Schreibtischarbeit, die Hitze draußen – meine Laune war mittelprächtig bis schlecht, als Glenda Perkins mir ihren yardbekannten Kaffee brachte.

»Ah, endlich ein Lichtblick«, stöhnte ich.

»Meinen Sie mich oder den Kaffee, John?«

»Beide.«

Glenda setzte das kleine Tablett ab.

»Danke für das Kompliment.«

»Ist der Alte eigentlich da?«, fragte ich sie.

»Nein, Sir Powell, befindet sich in einer Konferenz.«

»Gut, dann trinken wir ein Tässchen zusammen.«

Glenda lächelte. »Wüsste nichts, was dagegen spricht.«

Und ich auch nicht. Glenda war eine patente Person, ein Girl zum Anbeißen. Über ihre Figur habe ich ja schon oft genug geschrieben, aber auch ihr Wesen war okay. Wir verstanden uns wirklich gut, und so manches Mal hatte ich sie schon aus gefährlichen Situationen gerettet, in denen es um ihr Leben ging.

Auch an diesem Tag war Glenda, wie viele andere Girls, sommerlich gekleidet. Ihr zweiteiliges weißes Kleid hatte einen hellroten Kordelgürtel, und diese Farbe wiederholte sich am Saum des Rocks. Sie trug auch die passenden roten Riemchenschuhe und hatte die schwarze Haarflut in zwei Hälften geteilt. Rote Spangen hielten die Frisur.

Glenda setzte sich neben meinen Schreibtisch, hob ihre Tasse und ich die meine.

Das Getränk schmeckte wie immer vorzüglich. »Ich weiß gar nicht, wie Sie das schaffen, solch einen Kaffee zu kochen«, sagte ich, und das war meine ehrliche Meinung. »Wenn ich an meinen Frühstückskaffee denke, dann wird mir immer schlecht.«

Glenda schaute mich an. »Sie müssten jemanden haben, John, der Ihnen auch morgens den Kaffee kocht.«

Ich runzelte die Stirn. »Das stimmt. Aber wen sollte ich nehmen?«

»Mich, zum Beispiel!«

Auf diese Antwort hatte ich hinausgewollt. »Dann müssten Sie aber früh aufstehen, wenn Sie immer bei mir vorbeifahren wollen, Glenda.«

»Es gibt auch noch eine andere Möglichkeit, John«, sagte sie leise.

»Und welche?«

Genau da klingelte das Telefon. Verdammt auch. Ich hätte den Apparat vor Wut in die Ecke schleudern können, aber er war Yard-Eigentum, und so ließ ich es bleiben.

Ich hob ab.

Rauschen, dann eine ferne Stimme.

»John, habe ich dich endlich erreicht!«

Bill aus San Francisco. »Welcher Hund hat dich denn gebissen, dass du anrufst?«

»Kein Hund, sondern der Spuk.«

Ich war elektrisiert: Vergessen waren der Flirt und Glenda und auch der Kaffee. Bill rief nicht an, um Guten Tag zu sagen, er hatte einen handfesten Grund.

Ich setzte mich anders hin und stützte den rechten Ellbogen auf die Schreibtischplatte. »Du machst keine Scherze, Bill?«

»Nein.«

In den nächsten zehn Minuten hörte ich, was Bill Conolly widerfahren war. Und bereits nach der Hälfte der Zeit stand für mich fest, dass ich nach Frisco jetten würde.

Bill atmete auf, als er das hörte. Er gab mir noch das Hotel durch, in dem er wohnte, und auch dessen Telefonnummer. Dann legte er auf.

»Es geht wieder los«, stellte Glenda fest.

»Ja. Bill hat berichtet, dass der Spuk aufgetaucht ist. Ich befürchte Schlimmes.«

»Soll ich das Flugticket bestellen?«

»Ja.«

»Und Sir James Powell?«

»Dem Alten lege ich einen Zettel hin.« Ich war bereits aufgestanden und griff nach meinem Jackett. »Wir sehen uns in einigen Tagen wieder, Glenda.«

»Hoffentlich, John …«

»Sicher.« Ich lächelte ihr zu und hauchte ihr zum Abschied einen Kuss auf die Wange. Dabei nahm ich noch einen Hauch ihres Parfüms wahr. Wenig später war der Zauber verflogen, da steckte ich wieder mitten im Fall als Geisterjäger John Sinclair …

Es war ein verdammt langer Flug. Der Jumbo flog die Polroute, und trotz der beiden Filme, die ich mir anschaute, wurde es doch langweilig.

Besonders laut führten sich die USA-Touristen auf. Sie plünderten die Bar, wo sie von zwei hübschen Girls bedient wurden. Ein Bier gönnte ich mir auch, danach viel Schlaf.

Als Grönland hinter uns lag und wir über Kanada flogen, schlief ich ein.

Es war ein traumloser, herrlicher und erquickender Schlaf. Als ich wach wurde, fühlte ich mich wie neugeboren.

Im Waschraum erfrischte ich mich ein wenig, und mein Sitznachbar, ein Geschäftsmann aus Paris, fragte mich, ob ich jetzt bereit wäre, mich in heiße Abenteuer zu stürzen.

»Und wie.«

»Da soll Frisco ja einiges zu bieten haben. Ich war zwar selbst auch noch nicht dort, aber ein Freund hat mir tolle Adressen gegeben. Da gibt es Girls, alle Rassen, und die …«

»Schon gut, Mister«, winkte ich. »Aber Frisco interessiert mich geschäftlich.«

»Und mich geschlechtlich.« Er lachte über seinen dummen

Witz. Aus Höflichkeit verzog ich einmal die Lippen. Als er mir dann noch Pornomagazine zeigen wollte, stand ich auf, ging an die Bar und trank ein Glas Mineralwasser.

Eine Stunde später mussten wir uns anschnallen. Der Jumbo setzte zur Landung an.

Ich erhaschte einen Blick aus dem Fenster und sah dreierlei. Das weite Meer im Westen, im Osten, Norden und Süden Berge und unter uns ein Häusermeer.

San Francisco.

Und ich sah die Golden Gate ohne Nebel. Fantastisch.

Das Stahlgerüst glitzerte wie die Wellen der Bay und wirkte aus dieser Höhe gesehen wie dünner Draht.

120 Minuten später war der Jumbo auf der Piste ausgerollt, und wir fuhren zum Terminal. Die Gepäckkontrolle lief schnell über die Bühne.

Es herrschte viel Betrieb, trotzdem sah ich Bill sofort. Er winkte mit beiden Händen.

Wenig später begrüßten wir uns. Bill lachte über sein ganzes braun gebranntes Gesicht, während wir uns auf die Schultern klopften, doch in seinen Augen lag ein ernster Ausdruck.

Als wir im Taxi saßen, fragte ich: »Hast du schon wieder etwas unternommen?«

»Nein.«

»Das ist gut.«

Bill wechselte das Thema. »Johnny freut sich übrigens wahnsinnig, dass sein Patenonkel uns besuchen kommt.«

»Dabei habe ich nichts mitgebracht.«

»Macht nichts.«

Unser Gespräch versickerte. Ich schaute aus dem Fenster. Frisco ist eine faszinierende Stadt. Irgendwie europäisch. Die Straßen waren nicht so breit wie in Los Angeles, auch nicht so eben. Es ging rauf und runter. Viele Wagen parkten schräg, damit sie nicht die Straßen hinunterrollten, sollte sich einmal die Handbremse lösen.

Das Hotel war ein hoher Kasten mit einer riesigen Halle und gläsernen Fahrstühlen.

Mein Zimmer lag eine Etage tiefer als die Räume der Conollys. Ich begrüßte Sheila und Johnny, zog mich dann zurück und nahm eine Dusche. Danach ging es mir besser.

Mit den Conollys traf ich im Restaurant zusammen. Es war früher Nachmittag, alle hatten wir Hunger und bestellten ein scharfes mexikanisches Gericht, das uns ausgezeichnet mundete. Sheila trug ein blaues Sommerkleid mit großen gelben Punkten. Sie trank kalifornischen Wein zum Essen, während ich mich an Mineralwasser hielt und Bill Orangensaft nahm. Den trank auch Johnny. Er spielte mit den im Glas schwimmenden Eiswürfeln.

»Hast du schon einen Plan?«, fragte ich Bill nach dem Essen.

Er nickte heftig. »Ja, John. Ich wäre dafür, dieser Kneipe einen zweiten Besuch abzustatten.«

»Du findest sie wieder?«

»Die liegt in China Town, ziemlich nahe am Hafen.«

Sheila sagte nichts.

»Du bist so ernst, Mädchen«, lächelte ich.

Sie hob die Schultern. »Das Leben mit euch ist ziemlich anstrengend, John.«

»Das stimmt.«

»Ich wundere mich immer, dass bisher nicht mehr passiert ist. Dass wir noch immer gesund und munter zusammen sein können.«

»Wir haben eben einen guten Schutzengel«, sagte ich.

»Hoffentlich fliegt der nicht davon.«

Ich nickte nur. »Trinken wir noch was?«, fragte ich.

»Nein, für mich nichts mehr.« Sheila schüttelte den Kopf.

Johnny wollte noch Eis, doch Sheila sagte nein, weil er schon eins gegessen hatte.

Bill schaute auf die Uhr. »Wann ziehen wir los?«

»In einer Stunde?«

»Okay.«

Wir gingen in unsere Zimmer. Dort öffnete ich meinen Einsatzkoffer und schaute mir gedankenverloren die Waffen an.

Welche nahm ich mit?

Ich entschied mich für die Standardausrüstung. Kreuz, Beretta, Silberdolch.

Die Ersatzpistole und die Gnostische Gemme wollte ich Bill Conolly überlassen.

Ich hatte noch ein paar Minuten Zeit und legte mich aufs Bett. Schlafen konnte ich nicht, dafür war die Ungewissheit viel zu groß. Auf diese Geisterstadt war ich wirklich mehr als gespannt …

Wir nahmen den Leihgolf. Bill hatte ihn aufgetankt.

»Finden wir in Frisco überhaupt einen Parkplatz?«, fragte ich meinen Freund.

»Klar, am Hafen immer.« Er war Optimist.

Bill fuhr wie ein Alter. Es schien so, als würde er schon monatelang in der Stadt leben. Nach einer Viertelstunde hatte ich den Trick raus. Da es in Frisco sehr viele Einbahnstraßen gibt, konnte man sich kaum verfahren.

Wir landeten schließlich auf der breiten Uferstraße, die dicht an den Piers entlangläuft und den schönen Namen The Embarcadero führt. Der Hafen war schon faszinierend. Es herrschte ein ungewöhnliches Leben und Treiben. Da wurde be- und entladen. Da liefen Schiffe ein und wieder aus. Signalhörner dröhnten ebenso wie Hupen und Sirenen. Das Geschäft blühte.

Wir bogen schließlich ab in die 200th Avenue. Und sofort befanden wir uns in einer anderen Welt.

China Town.

»Und der Parkplatz?«, fragte ich.

»Moment«, sagte Bill, stoppte, drehte und fuhr rückwärts in eine schmale Hauseinfahrt.

Ein uralter Chinese kam uns entgegen. Sich verbeugend, blieb er lächelnd neben dem Wagen stehen.

Bill hatte den Golf in einen Hof gefahren. Dort standen noch mehrere Wagen. Der alte Chinese, dem das Gelände gehörte, vermietete es als Parkplatz. Auch eine Idee, um reicher zu werden.

»Wie lange, Sir, wollen Sie parken?«, erkundigte er sich.

Bill schaute mich an. »Was meinst du, John?«

»Keine Ahnung. Du bist doch der Fachmann.«

Bill und der Chinese einigten sich schließlich auf fünf Dollar. Dafür konnte der Reporter die ganze Nacht den Wagen abstellen. Zu Fuß ging es weiter.

Ich erlebte eine fremde Welt. Auch bei uns in London gibt es ein Chinesenviertel, mit diesem jedoch war es überhaupt nicht zu vergleichen. Man hatte wirklich das Gefühl, in Hongkong zu sein. Da waren ungeheuer viele Geschäfte auf engstem Raum zusammengepfercht. Die Händler boten über gebratene Ratten bis hin zu Seidenstoffen alles an. Viele hatten ihre Stände auf den sowieso schon schmalen Bürgersteigen aufgebaut, sprachen die vorbeischlendernden Touristen an und wollten ihren Kram loswerden.

Und dann die zahlreichen Lokale. Aus jedem duftete es anders. Manchmal konnte man das Wort Duft auch durch den Begriff Gestank ersetzen. Hunger verspürte ich keinen, wenn ich das roch.

Es gab auch Garküchen auf der Straße. Hier standen die weniger begüterten Chinesen und aßen.

Bill grinste. »Wäre das nicht was für dich, mal eine gebratene Ratte zu probieren? Die Soßen sind besonders gut.«

»Dann iss du doch zuerst.«

»Ich habe die Ratten schon probiert. Lecker, ausgezeichnet«, lobte Bill.

»Als ich nicht da war, wie?«

»Genau.«

So hatte ich mir das gedacht. Ein breitschultriger Mulatte stieß mich an und zischte: »Stoff, Sir? Ich habe reinen Schnee!«

»Dann pass auf, dass er dir nicht taut!«, gab ich zurück und ging weiter.

»Wollte der dir Rauschgift verhökern?«, fragte Bill.

»Ja, Heroin.«

»Das findet man hier oft. Leider. Aber auch Opium. Du wirst es sehen.«

Nicht nur Chinesen bevölkerten die Straßen und Gehsteige. Hier waren sämtliche Nationalitäten vertreten. Mulatten, Schwarze, Weiße und Menschen indianischer Abstammung.

Über die Straßen schoben sich die Wagen. Sie konnten nur im Schritttempo fahren.

An einer Kreuzung blieben wir stehen. Rechts lag ein großer Vergnügungspalast. Man konnte dort alles haben, von der Peep Show bis zum exzellenten Essen.

Bill schaute sich um.

»Haben wir uns verlaufen?«, fragte ich.

Mein Freund rieb sich das Kinn. »Nein, wir müssen nach rechts.«

Wir gingen in die Richtung und tauchten fünfzig Meter weiter in eine schmale Gasse ein.

Hier war eine ganz andere Welt. Von dem Touristengewimmel war nichts mehr zu spüren, denn hier gingen meist nur Einheimische einkaufen.

»In dieser Straße ist die verdammte Rattenhöhle«, sagte Bill Conolly.

Ich schüttelte den Kopf. »Wie bist du überhaupt hier gelandet?«

»Zufall, John.«

Lokale gab es genug. Vom Restaurant über die einfache Pinte bis hin zur Bar war alles vertreten. Gefährliche Typen lungerten vor den Bars herum, denen man ihren Job schon von weitem ansah. Auch uns musterten sie nicht gerade freundlich, sagten aber nichts und griffen uns auch nicht an.

Wir überquerten die Straße und steuerten auf ein schmalbrüstiges Haus zu, das in der unteren Hälfte aus Stein bestand und oben mit Holz weitergebaut worden war. Mir fielen die zahlreichen Fenster auf. Sie waren ziemlich klein, kaum bessere Luken.

»Ist das auch ein Hotel?«

»Ja, das Ding hat viele Zimmer«, erwiderte Bill. »Opiumhöhlen, wenn du mich fragst.«

»Na denn«, sagte ich nur.

Über der Tür entdeckte ich chinesische Schriftzeichen. Wir mussten zwei Stufen hochgehen. Bill schritt vor und drückte die Tür auf.

Die Wolke schlug uns entgegen wie eine Wand. Eine Mischung aus Tabakqualm, exotischen Gewürzen, Männerschweiß und dem leicht süßlichen Geruch von Opium.

Draußen war es hell gewesen, hier brannten nur wenige Lampen. Sie hingen an den Wänden, hatten kleine Seidenschirme und gaben nur wenig Licht ab.

Ich sah viereckige kleine Tische, schmale Stühle aus Bambus und auch die Bar. Sie befand sich links vom Eingang, wo auch eine enge Treppe in die nächste Etage führte.

Die Bar steuerten wir an.

Bei unserem Eintritt waren die Gespräche zwar nicht verstummt, aber doch merklich leiser geworden. Einer der Keeper, ein Halbchinese, zuckte zusammen, als er Bill erkannte. Der andere war ein Typ, der irgendwie Suko ähnelte, aber noch breiter in den Schultern war.

Die Bar war gut besetzt. Links in der Ecke fanden wir zwei nebeneinander stehende freie Hocker, auf denen wir Platz nehmen konnten. Sie waren ziemlich schmal. Die Sitzfläche reichte kaum aus.

»Wie heißt eigentlich dein Informant?«, fragte ich Bill.

»Keine Ahnung. Ich weiß nur, dass ich ihn hier immer finden kann. Hat er gesagt.«

»Und ist er da?«

»Nein, bis jetzt nicht.«

»Was wollen Sie trinken?«, fragte uns der dicke Chinese.

»Reiswein, zweimal«, sagte Bill.

Das Zeug wurde uns in Schalen serviert. Ich probierte. Es schmeckte mittelprächtig.

Wir schauten uns um.

Die Stimmen um uns herum waren wieder lauter geworden. Man hatte sich an unsere Anwesenheit gewöhnt. Hinter uns lag die Treppe. Von dort oben fuhr permanent ein Luftzug über meinen Nacken und bewegte auch die über der Bar hängende Lampe, sodass sie hin und her pendelte.

Die oberen Räume interessierten mich natürlich besonders. Dort wurde Opium geraucht, und vielleicht fanden wir da eine Spur dieser Maskenbande.

Plötzlich stieß mich Bill Conolly an.

»Da ist er«, sagte er.

Ich schaute nach vorn.

Eine Tür hatte sich geöffnet. Es war die zu den Toiletten. Der Weiße, der dort über die Schwelle torkelte, hätte aus einem Roman von Jack London stammen können. Typ versoffener Abenteurer. Er trug einen fleckigen, ehemals weißen Anzug, hatte eine von der Sonne verbrannte und vom Alkohol aufgedunsene Haut. Mit schwerfälligem Gang steuerte er die Bar an.

Drei Plätze von uns entfernt nahm er Platz.

Bill rutschte von seinem Hocker. Rechts von mir nahm er Aufstellung.

»Hallo, Partner«, sagte er nur.

Der Weiße drehte den Kopf. Seine Augenbrauen zogen sich zusammen. Man konnte förmlich sehen, wie es hinter seiner Stirn arbeitete. Aus seiner Jackentasche holte er eine zerknautschte Zigarettenpackung und zupfte ein Stäbchen hervor.

»Kennen wir uns?«, fragte er.

Bill gab ihm Feuer. »Klar, du erinnerst dich bestimmt. Du hast mir doch von Tulsa erzählt.«

Der Knabe behielt die Zigarette im Mund. »Ja, jetzt weiß ich es wieder. Verdammt, du hast es geschafft?«

»Klar.«

»Dann haben die Geister dich nicht fertiggemacht?«

»Wäre ich sonst hier?«

»Stimmt auch. Mann, du bist der Erste, weißt du das? Alle anderen sind spurlos verschwunden.« Er lachte plötzlich, griff nach seinem Glas und trank es leer. »Wie mein Bruder«, murmelte er. »Barry haben die Schweine auch fertiggemacht.«

Der dicke Keeper schob sich heran. »Quincy, du solltest

nicht so viel reden!«, zischte er, »das ist manchmal verdammt ungesund.«

»Ich weiß, Fettwanst. Barry hat auch zu viel geredet. Da haben sie ihn einfach alle gemacht.«

»Das ist nicht bewiesen.«

»Trotzdem ...«

»Geben Sie ihm noch was zu trinken«, sagte Bill.

Ein messerscharfer Blick aus den Augen des Chinesen traf meinen Freund. »Nein, er hat genug.«

»Okay, Fettwanst.« Quincy hatte die Worte aufgefangen und rutschte vom Hocker. »Ich gehe jetzt.«

»Das ist auch am besten.«

Quincy würdigte uns keines Blickes mehr. Er ging tatsächlich, jedoch nicht auf den Ausgang zu, sondern hinter unserem Rücken vorbei steuerte er die Treppe an.

Er wollte nach oben.

»Das ist die Chance!«, flüsterte Bill.

Mein Freund wollte schon gehen, doch ich legte ihm eine Hand auf die Schulter. »Nicht so auffällig, Bill, die beiden Keeper haben uns im Auge. Und nicht nur die.«

Das stimmte. Auch die anderen Gäste bekundeten für uns reges Interesse. Hier schienen alle zusammenzuhalten. Für einen Fremden ist es immer gefährlich, in solch eine Phalanx einzubrechen.

Und wir waren Fremde. Außerdem hatten wir noch Fragen gestellt, was keinem gefiel.

Hinter uns hörten wir Quincys Schritte. Sie wurden leiser und verstummten völlig.

Ich trank noch einen Schluck Reiswein.

Vier neue Gäste betraten das Lokal.

Bill dachte mit. Er warf dem Keeper einen Schein zu und winkte ab, als der das Wechselgeld herausgeben wollte. Dann kümmerten sich die beiden Keeper um die neuen Gäste.

Wir rutschten von den Hockern und stiegen die Treppe hoch. Es waren Holzstufen, sie knarrten erbärmlich, doch die Laute gingen in der Geräuschkulisse unter.

Nach dem ersten Absatz führten die Stufen in einen kleinen Flur.

Er war noch mieser beleuchtet als der Gastraum in der Kneipe.

»Was machen wir?«, wisperte Bill.

»Weitergehen.«

Ich hatte mein Jackett geöffnet. Wenn es erforderlich war, konnte ich blitzschnell die Beretta ziehen.

Der Opiumgeruch wurde stärker. Ich blieb stehen und peilte um die Ecke nach links.

Mein Blick fiel in einen langen, schmalen Gang. An einer Seite zweigten Türen ab. Das erinnerte mich an das Umkleidehaus in einem Freibad.

Links, wo die Wand verlief, sahen wir nur Bilder. Sie zeigten erotische Motive aus der chinesischen Geschichte. Eindeutige Zeichnungen, aber gut gemacht.

Eine Tür klappte auf.

Das fast nackte Girl war bestimmt nicht älter als sechzehn. Es hielt die Tür auf und ließ einen Mann heraus, der dreimal so alt war wie die Kleine. Es war ein Weißer. Er drückte ihr die lange Opiumpfeife in die zierliche Hand und ging. Der Mann schwankte an uns vorbei, ohne uns überhaupt wahrzunehmen.

In mir kochte es.

Ich gehöre zu den Leuten, die alle Rauschgiftarten hassen. Ob, Hasch, Heroin, Kokain oder Marihuana – alles ist lebensgefährlich. Sollten wir den Fall heil hinter uns bringen, würde ich dem FBI oder der Narcotic Squad einen Tipp geben.

Das Mädchen hatte uns gesehen. Fragend schaute es uns an.

Bill schüttelte den Kopf und meinte: »Später.«

Das Mädchen lächelte, nickte, schloss die Tür und ging. Es verschwand hinter einem dunkelroten Vorhang am Ende des Ganges.

Mich wunderte nur, dass man uns so einfach hatte gehen lassen. Das gefiel mir überhaupt nicht. Irgendwann würde das dicke Ende folgen.

Das teilte ich auch Bill mit.

Der Reporter war der gleichen Meinung. »Aber wir sind zu zweit«, meinte er, »leicht werden sie es mit uns nicht haben.«

»Du hast Humor.«

Nach dem Auftauchen des älteren Mannes war niemand mehr erschienen.

Im Gang blieb es ruhig. Es war eine eigenartige Atmosphäre. Eine brisante Mischung aus Angst und in der Luft liegender Gewalt.

Zudem war es heiß. Der Schweiß lief mir in Strömen über Gesicht und Nacken. Er rann mir auch den Rücken hinab.

Bill brachte seine Lippen dicht an mein Ohr. »Sehen wir uns die einzelnen Kabinen einmal an.«

»Okay.«

Die Türen waren nicht verschlossen. Man hatte hier wohl großes Vertrauen in seine Gäste gesetzt.

Wir öffneten die erste Tür.

Die Kammer dahinter war klein und länglich gebaut. Auf der der Tür gegenüberliegenden Seite gab es ein schmales Fenster, das sehr einer Luke glich. Darunter stand eine Liege, auf der ausgestreckt ein dunkelhaariger Mann lag. Die Opiumpfeife hielt er in der linken Hand. Der Schein einer winzigen Lampe fiel auf sein Gesicht, das einen entrückten Ausdruck zeigte.

Dieser Knabe war high.

Hinter den nächsten Türen das gleiche Spiel. Auch hier lagen die Raucher auf pritschenähnlichen Liegen und schwebten im siebten Himmel. Wenn danach der große Katzenjammer folgte, war es die Hölle.

Wieder eine Tür weiter fanden wir dann ein Mädchen, das dem Raucher Gesellschaft leistete. Die Kleine war ebenfalls noch jung. Wir schlossen die Tür rasch.

Die letzte Kammer war leer.

Bill hob die Schultern. »Nichts«, sagte er. »Keine Spur von unserem Freund. Der Erdboden scheint ihn verschluckt zu haben.«

»Nicht der Erdboden, sondern er.«

Ich deutete auf den dunkelroten Vorhang.

Bill nickte. Seine rechte Hand verschwand unter der Jacke. Dort steckte sein Beuterevolver. Er zog ihn und ich die Beretta.

Ich krallte meine Finger um eine Vorhangfalte, holte noch einmal tief Luft und zog den Stoff mit einem gewaltigen Ruck auseinander.

Wir sahen Quincy.

Er lag ausgestreckt auf einem roten Diwan, seine gebrochenen Augen starrten uns anklagend an. Seine Mörder hatten ihm die Kehle durchgeschnitten …

Es war ein schrecklicher Anblick. Bill und ich waren gleichermaßen geschockt.

Dieses Ende hatte Quincy nicht verdient.

Der Raum, in dem wir standen, war anders als die normalen Opiumhöhlen. Nicht so primitiv eingerichtet, sondern prunkvoller. Da lagen wertvolle Teppiche, und an den Wänden sahen wir Tapeten aus chinesischer Seide.

Es gab Sitzkissen, kleine Tische und allerlei Kunstgegenstände, die von der Mythologie des alten China zeugten.

Ein wahres Paradies für Sammler.

Aber wir suchten einen anderen.

Quincys Mörder!

Wo steckte er? Quincy war noch nicht lange tot, und wir hatten auch niemanden auf dem Gang gesehen. Folglich musste dieser Raum hier noch einen anderen Ausgang haben.

Bill ging nach rechts, während ich mich zur anderen Seite wandte. Wir untersuchten die Wände, tasteten sie ab, doch wir brauchten erst gar nicht anzufangen, denn plötzlich geschah etwas, womit niemand von uns gerechnet hatte.

Der Raum drehte sich.

Das ging so schnell, dass wir Mühe hatten, unser Gleichgewicht zu bewahren. Ich wurde gegen die Wand geworfen, stützte mich ab und kreiselte sofort herum.

Bill Conolly hatte ebenfalls mit dem Gleichgewicht zu kämpfen. Er wollte wie ich zurück, doch da war kein Ausgang mehr in unserem Rücken.

Nur dieses eine Zimmer.

Dafür sahen wir vor uns etwas.

Fünf Männer!

Und jeder von ihnen trug eine schwarze Maske vor dem Gesicht!

Trotz unserer Waffen hatten wir nicht die Spur einer Chance, denn die Kerle hielten ihre Revolver in den Händen, und die Mündungen wiesen unmissverständlich auf mich und Bill Conolly.

»Fallen lassen!«, lautete der Befehl.

Unsere Schießeisen polterten zu Boden.

Die Maskierten nickten zufrieden. Mir aber kroch eine Gänsehaut über den Rücken, denn ich brauchte nur an Quincy zu denken, um zu wissen, welches Schicksal uns unter Umständen bevorstand.

Wir befanden uns in einem Raum, in dem zwar Licht brannte, aber trotzdem wenig zu erkennen war. Nur im Hintergrund erkannten wir einige runde, helle Lampen, deren Licht die Maskierten streiften. Da sich der Raum mit uns gedreht hatte, befand sich der Diwan mit dem Toten noch immer hinter uns. Nur waren die Lichter erloschen.

Aus der Mitte trat einer der Maskierten einen Schritt vor. »Wer seid ihr?«, fragte er.

»Harmlose Touristen«, erwiderte Bill. »Wir wollten uns nur die Stadt anschauen und …«

»Halts Maul, du Lügner! Seit wann laufen Touristen mit Waffen durch die Gegend?«

»Die Zeiten sind unruhig«, erwiderte ich an Bills Stelle. »Amerika ist kein sicheres Land mehr.«

»Ihr seid Engländer?«

»Ja.«

»Und euer Beruf?«

Jetzt antwortete Bill. »Wir sind Reporter einer bekannten Wochenzeitschrift.«

»Der Name?«

»Weekend Mirror!«

Bill hatte den Namen einer Zeitung genannt, die es tatsächlich gab. Hin und wieder hatte er für dieses Blatt einen Bericht geschrieben.

»Okay«, sagte der Maskierte und wies auf mich. »Was ist mit Ihnen?«

»Ich bin ein Kollege.«

»Der auch hier herumschnüffelt.«

»So können Sie das nicht nennen«, erwiderte ich. »Wir schreiben eine Serie über die bekanntesten Städte der Welt. Und San Francisco gehört nun einmal dazu.«

Der Kerl lachte. »Über die bekanntesten Städte. Wollen Sie mich für dumm verkaufen? Ist Tulsa eigentlich auch eine so bekannte Weltstadt, dass Sie darüber schreiben wollen?«

Die letzte Frage stellte er voller Hohn und Spott. Damit bewies er gleichzeitig, dass er Bescheid wusste. Es war ja auch klar, denn sie hatten Bill bei seiner Exkursion in diese Geisterstadt erwischt.

Verdammt auch, unser Lügengebäude brach langsam, aber sicher in sich zusammen.

»Nein!«, zischte der Maskierte. »Ihr könnt uns nicht für dumm verkaufen. Ihr seid miese und dreckige Schnüffler, mehr nicht. Und es gibt nur eins für uns: Ihr werdet sterben. Jetzt und hier!«

Das waren harte Worte. Mein Magen zog sich zusammen. In fünf Revolvermündungen starrten wir. Wir hatten keine Chance. Wie gnadenlos die Kerle vorgingen, hatten wir bereits gesehen, denn mir war klar, dass diese Maskierten Quincy umgebracht hatten.

Deshalb würden sie auch nicht zögern, uns zu erschießen.

»Wollt ihr jetzt mit der Wahrheit herausrücken?«, erkundigte sich der Anführer.

»Es ist die Wahrheit!«

Der Maskierte schoss. Zwischen Bills und meinem Kopf fuhr die Kugel hindurch und hieb hinter uns in die Wand.

»Überlegen Sie sich die nächste Antwort genau. Was hatten Sie in der Geisterstadt zu suchen?«

Die Frage war an Bill gerichtet. Der Reporter suchte nach einer Ausrede. Was er auch sagen würde, es war schwer, den Kerlen eine Lüge unterzuschieben.

»Ich warte nicht mehr lange!«, drohte der Maskierte.

»Man hat mir zufällig von dieser Stadt erzählt«, sagte Bill. »Da ich von Berufs wegen neugierig bin, fuhr ich hin.«

»Und was haben Sie gesehen?«

Bill grinste schief. »Das müssten Sie doch eigentlich wissen. Schließlich haben Sie mich überrascht.«

»Ich will es von Ihnen hören. Waren Sie im Stollen?«

»Ja.«

»Und?«

»Ich sah eine Statue. Gut gemacht, das muss ich schon sagen. Eine fantastische Arbeit.«

Der Maskierte lachte. »Das ist der Spuk!«

»Spuk?«, wiederholte Bill. »Nie etwas davon gehört. Ehrlich.«

»Er ist ein Dämon und hat schon vor langer Zeit dort regiert. Denn bei Tulsa lag ein Dämonenfriedhof. Wo die Überreste derer verscharrt wurden, deren Seelen in das Reich des Spuks eingegangen sind.«

»Ich verstehe kein Wort«, sagte Bill. »Außerdem glaube ich nicht so recht an Dämonen und Geister. Das ist doch alles Quatsch.«

»Schade, dass wir Ihnen das Gegenteil nicht mehr beweisen können.«

»Was haben Sie denn mit dem Dämon zu tun?«, wollte Bill Conolly wissen.

»Wir sind seine Diener.«

»Mehr nicht?«

»Nein, aber auch nicht weniger. Wir werden dem Spuk wieder die Ehre zuteil werden lassen, die ihm gebührt.«

Für mich und wahrscheinlich auch für Bill klangen diese Erklärungen noch etwas verworren. Allerdings stellte sich die Frage, ob wir jemals die Wahrheit herausfinden würden. Im Augenblick jedenfalls sah es nicht so aus.

Die Maskierten hatten in ihrer Aufmerksamkeit um keinen Deut nachgelassen. Noch immer glotzten uns die Mündungen der fünf Revolver an.

Natürlich zermarterte ich mein Gehirn und suchte nach einem Ausweg, aber es gab keinen. Ich sah keine Chance, den mörderischen Kugeln zu entgehen.

»Und nun zu euch«, sprach der Maskierte weiter. »Wir werden euch erschießen und danach in die Bay werfen. Sie ist groß und hat viel Platz für Ratten wie euch.«

Ich versuchte es ein letztes Mal. »Überlegen Sie es sich gut«, warnte ich ihn. »Die Polizei weiß, wo wir sind.«

»Die weiß gar nichts!«, zischte mir der Kerl zu. »Sonst hätten wir längst etwas gemerkt.« Er nickte seinen Kumpanen zu. »Geht zur Seite, damit die beiden zu ihrem Platz gehen können.«

Die anderen vier Männer gehorchten. Sie trugen allesamt Straßenanzüge. Masken verdeckten ihre Gesichter.

Wir mussten vorgehen und schritten dabei über einen Holzboden. Er bestand aus dicken Bohlen. Es klang dumpf, als unsere Füße den Boden berührten.

Die Waffen waren immer auf uns gerichtet, als wir in die Tiefe des Raumes gingen. Ich erkannte jetzt, dass es sich bei den Lichtquellen um Petroleumfunzeln handelte.

Nach etwa drei Metern mussten wir stehen bleiben. Einer der Kerle ging an uns vorbei, bückte sich und zog eine Klappe hoch.

Wir standen direkt am Rand einer Luke und konnten in die Tiefe schauen.

Dort gurgelte schwarzes Wasser. Irgendein unterirdischer Strom, ein Abwasserkanal, der in die Bay mündete.

Der Mann vor uns verschwand und stellte sich in unserem Rücken auf. Sie würden uns die Kugeln ins Kreuz jagen und unsere Leichen in den Abwasserkanal kippen.

Ich drehte etwas den Kopf, und es gelang mir, dabei über die Schulter zu schielen.

Die Kerle passten höllisch auf. Immer zeigten die Mündungen der Revolver auf unsere Rücken.

Die Sekunden vertropften.

Ich warf Bill einen Blick zu.

Der Schweiß rann über das Gesicht meines Freundes. Seine Wangenmuskeln zuckten.

Auch ich hatte Angst. Es war eine schlimme Situation. Und ich sah einfach keinen Ausweg mehr, wie wir unser Leben noch retten konnten. Aus eigener Kraft nicht.

Die fünf Killer hinter uns rührten sich nicht. Sie warteten eiskalt ab, wollten unsere Qual nur noch vergrößern.

Bill hatte die Hände ineinander verkrampft, seine Lippen bewegten sich, doch kein Ton drang aus seinem Mund. Es war ein verzweifeltes, stummes Flehen.

Dann der Befehl.

Der Anführer sprach: »Okay, Jungs, knallt sie ab!«

Wir warteten auf das Krachen der Waffen, auf die Einschläge der Kugeln in unsere Rücken, doch das geschah nicht.

Etwas anderes passierte.

Ein Wunder, wenigstens kam es mir wie ein Wunder vor. Der Anführer hatte die Worte kaum ausgesprochen, als plötzlich Sirenen aufheulten und ein schauriges Geheul durch den Raum jagte.

Ein lauter Fluch.

»Shit, die Bullen!«

Und da erkannte ich unsere winzige Chance. Für einen Moment waren die fünf Maskierten abgelenkt. Für uns gab es nur eine Alternative.

Alles oder nichts!

Wir riskierten alles.

Ich schlug Bill noch in die Seite, als ich kurzerhand sprang. Zum Glück war die Luke breit genug, sodass wir beide uns nicht gegenseitig behinderten.

Dann krachten die Schüsse.

Das heiße Blei fegte über unsere Köpfe hinweg, ich glaubte noch, einen Luftzug zu spüren, doch das konnte auch Einbildung sein.

Wir fielen in die Tiefe, dem Wasser entgegen.

Noch auf dem Weg hörte ich eine harte Megafonstimme, dann klatschte ich in das Wasser, und die Brühe schlug über mir zusammen. Ich ruderte mit den Armen, schlug gegen Bill, der neben mir gelandet war und zur selben Zeit wieder auftauchte.

Wir schleuderten uns die Haare aus der Stirn und schauten nach oben. Deutlich zeichnete sich das Lukenrechteck ab. Schüsse krachten, ein Schrei ertönte, wir sahen einen Schatten am Rand der Luke, und dann flammte plötzlich ein roter Schein auf.

Feuer!

Wieder wurde geschossen.

Im nächsten Augenblick packte uns ein Sog. Ich hatte schon Grund unter den Füßen gespürt, aber der Sog war stärker und riss uns kurzerhand fort.

Die Beine wurden mir unter dem Körper weggezogen. Ich hörte Bill fluchen, Wasser überspülte uns. Dreckiges Abwasser, das widerlich stank und auch in unsere Mundhöhlen drang.

Ich spie und keuchte, während mich der Strudel in Richtung Wasserfall weitertrug.

Schon vorher vernahm ich das Rauschen.

Ich sah Bill, wie er sich verzweifelt nach vorn warf und irgendwo Halt finden wollte, doch seine Finger rutschten an dem glatten Gestein immer wieder ab.

Mir erging es ähnlich. Auch ich konnte mich nicht halten. Das unterirdische Flussbett wurde enger, die Strömung stärker. Ich wirbelte um die eigene Achse, blickte noch zur Decke und sah das milchige Licht einsam leuchtender Lampen.

Dann erreichten wir den Wasserfall.

Eine Sturzfahrt begann.

Mir gelang es nicht mehr, mich zu drehen, und so rutschte

ich kopfüber und auf dem Bauch liegend den Wasserfall hinab. Das schmutzige Wasser strömte durch eine Rinne. Das Gestein war glatt und völlig ausgewaschen. Nichts stoppte meine nasse Reise.

Ich wurde immer schneller.

Und dann tauchte ich ein.

Für einen Moment hatte ich die Befürchtung, mit dem Kopf auf den Grund zu schlagen, doch der sich an den Wasserfall anschließende kleine See war tief genug.

Mit einem Schwimmzug schaffte ich mir freie Bahn und tauchte wieder auf.

Die stinkende Luft saugte ich in die Lungen, als wäre sie der reinste Balsam. Neben mir hüpfte Bills Kopf aus dem Wasser. Er schüttelte sich die Nässe aus dem Haar und grinste.

»Geschafft, John!«

Ja, wir hatten es hinter uns. Wir waren den Kugeln der Killer entgangen, auch der Wasserfall hatte uns nicht umbringen können. Wieder einmal Glück gehabt.

Bis zur Schulter reichte uns die Brühe. Noch im Wasser stehend tastete ich nach meinen Waffen.

Bis auf die Beretta war noch alles vorhanden. Kreuz und Dolch hatten die unfreiwillige Reise gut überstanden. Bill Conolly bewegte sich schon auf die Tunnelwand zu. Dort lief ein schmaler Pfad parallel zum Unterwasserkanal. Er war gerade breit genug, dass wir Platz finden konnten.

Wir kletterten hinauf. Ich fühlte mich wie eine nasse Katze und schüttelte erst einmal das Wasser aus meiner Kleidung. Die Tropfen sprangen durch die Gegend.

Bill tat es mir nach.

»Und jetzt?«, fragte er.

»Suchen wir den Ausgang.«

Das war leichter gesagt als getan. Erst einmal fanden wir fette Wasserratten. Als sie uns ebenfalls sahen, wuchteten sie ihre Körper in die Fluten.

Den gleichen Weg zurück konnten wir nicht, da der unterirdische Wasserfall ihn versperrte.

Also nach vorn.

Ich ging vor. Obwohl es über der Erde heiß war, herrschten hier unten Temperaturen, die wir als kalt empfanden. Hinzu kam noch unsere nasse Kleidung. Eine Erkältung war uns sicher.

Zum Glück brannten an der Decke einige Lampen. Ihr Licht zuckte als unruhiger Widerschein über die sich bewegende Wasserfläche. Der Gestank wurde immer unerträglicher. Daran konnte sich meine Nase nicht gewöhnen. Ich dachte gar nicht darüber nach, wie viel Wasser ich vielleicht geschluckt haben könnte, denn dann wäre es mir im Nachhinein noch schlecht geworden.

Wir schritten durch einen Hauptkanal. Das war an der Breite deutlich zu sehen. Zudem strömten von links wie auch rechts kleinere Wasserstrudel in den Kanal ein.

Dann tat sich links von uns eine Nische im nassen Mauerwerk auf. Ich schaute hinein und war angenehm überrascht.

Nicht nur eine Nische sah ich, sondern auch eine Leiter, die in die Höhe führte.

»Wer sagt es denn«, grinste Bill und rieb sich die Hände.

Ich hatte bereits die erste Sprosse umklammert und zog daran. Nasser Rost rieselte mir entgegen.

Trotzdem musste ich es wagen.

Bill wollte noch warten. Er war nicht sicher, ob die Leiter die Belastung von zwei Personen aushielt.

Ich ging also vor, Stufe für Stufe kletterte ich hoch. Schließlich schimmerte Licht über mir durch ein paar Löcher.

Das musste der Gully sein.

Noch drei Sprossen höher, dann hatte ich es geschafft. »Bin oben!«, rief ich Bill zu.

»Schaffst du den Gully allein?«, fragte er.

»Ich hoffe es!«

Den Kopf zog ich ein und machte einen Buckel. Mit den Schulterblättern stemmte ich mich gegen die Innenseite des Deckels, setzte all meine Kraft ein und drückte.

Der verdammte Gullydeckel war wohl jahrelang nicht

mehr bewegt worden. Er löste sich kaum aus der Fassung. Es knirschte und rieb, Staub rieselte mir in den Nacken, aber ich schaffte es.

Der Deckel glitt höher.

Dann kippte er um.

Stahl prallte auf Stein, ich roch den aufgewirbelten Staub und schraubte mich an die Oberfläche.

Ich war zum Glück nicht auf einer befahrenen Straße gelandet, sondern in einer schmalen Einfahrt. Einige Kinder mit schrägen Mandelaugen hockten an der Mauer und starrten mich an. Als ich lachte, sprangen sie auf und rannten davon.

Wahrscheinlich sah ich wie ein Geist aus, der in irgendeine Kloake gefallen war.

Eine Minute später stand Bill neben mir. Wir atmeten erst ein paar Mal tief durch.

Die Luft tat gut und jetzt auch die Sonne. Gemeinsam schafften wir den Gullydeckel wieder auf die Öffnung und verließen die Einfahrt.

Sie mündete auf eine befahrene Straße.

Bill schaute sich um. Dann deutete er aufgeregt nach links. »Da hinten ist ja die Kneipe.«

Mein Freund hatte recht. Zudem war das Lokal nicht zu übersehen, denn zwei Mannschaftswagen der Polizei standen schräg davor.

Wir hatten es entsprechend eilig, hinzukommen. Bill und ich sahen gerade noch, wie einige »Gäste« in die Wagen verladen wurden.

Die meisten hatten wir in den Opiumzimmern gesehen. Aus den Fenstern quollen noch Rauchwolken, doch der Brand war bereits gelöscht. Er hatte sich nicht weiter ausgebreitet.

Ich wandte mich an einen kleiderschrankbreiten Cop. »Entschuldigen Sie, Sir, wer ist denn hier der Chef?«

Der Mann schaute Bill und mich erst einmal von oben bis unten an. Dann rümpfte er die Nase. »Wo kommt ihr denn her?«

»Aus der Unterwelt.« Ich grinste.

Der Polizist war ziemlich humorlos, denn er lief bereits rot an. Bevor er etwas sagen konnte, sah ich einen älteren hoch gewachsenen Mann aus dem Lokal kommen. Er trug einen braunen Anzug und wurde von zwei Reportern belagert.

»Captain, ein Wort nur.«

»Seien Sie mal Mensch, Sir.«

Der Captain blieb stehen und hob beide Arme. »Nein und abermals nein«, sagte er. »Ihr erfahrt nichts.«

»Haben Sie einen Tipp bekommen?«

»Vielleicht.«

Bill und ich schlenderten auf den Captain zu. Ich sprach ihn an. »Sir, haben Sie einen Moment Zeit?«

Der Captain strich durch sein blondes Haar. Er wollte schon absagen, doch als er in mein Gesicht sah und den ernsten Ausdruck erkannte, nickte er.

»Okay, was gibt es?«

Wir stellten uns erst einmal vor.

»Conolly?«, sagte der Beamte plötzlich. »Vielleicht Bill Conolly?«

»Ja.« Mein Freund nickte.

»Haben Sie zufällig eine Frau, die mit Vornamen Sheila heißt?«

»Auch das, Sir!«

»Dann darf ich Sie zu dieser Frau beglückwünschen, Mr Conolly.«

Wir schauten uns an, hoben die Schultern, zogen dumme Gesichter und verstanden gar nichts mehr.

Der Captain grinste. Wir erfuhren auch seinen Namen. Er hieß Patterson. Und dann berichtete er von Sheilas Anruf. Sie hatte sich Sorgen gemacht, weil wir nicht zurückgekommen waren. Zum Glück wusste Sheila, wo wir uns aufhielten.

Der Polizei war das Lokal bekannt. Und zwar als Rauschgifthöhle. Jetzt hatten sie endlich einen Grund, einzugreifen. Wie die Feuerwehr waren sie gefahren.

»Und wir haben alle festgenommen«, erklärte Captain Patterson voller Stolz.

»Auch die Kerle mit den Masken?«, fragte ich.

»Wen?«

Ich wiederholte meine Frage.

Der Captain schüttelte den Kopf. »Nein«, sagte er. »Wir sind wohl beschossen worden, aber in diesem Bau gibt es so viele Schlupfwinkel, dass wir machtlos waren. Ich bin froh, dass die Opiumtypen schon hinter Gittern sitzen. Aber wieso Masken? Und was hatten Sie eigentlich in dieser Höhle zu suchen?«

Wir blieben bei der Reporter-Ausrede. Der Captain nahm sie uns ab.

»Mann«, sagte er, »da haben Sie aber verdammt Schwein gehabt. Das hätte auch anders ausgehen können. Einem wurde ja die Kehle aufgeschlitzt. Scheußlich.«

Ich nickte. »Sie sagen es, Captain.«

Patterson schaute auf seine Uhr. »Normalerweise müsste ich Sie mitnehmen, aber kommen Sie morgen in mein Büro. Wegen des Protokolls.«

»Da ist noch etwas«, sagte ich.

»Und?«

»Wir haben oben unsere Waffen verloren. Sind sie vielleicht gefunden worden? Eine Beretta und ein 38er Smith & Wesson.«

»Ja, die haben wir.«

»Können Sie uns die zurückgeben?«

Patterson überlegte. »Meinetwegen. Wenn Sie einen Waffenschein besitzen.«

Den konnten wir ihm vorzeigen, und Patterson war zufrieden. Eine Viertelstunde später saßen wir wieder im Golf. Unsere Kleidung stank noch immer, und der Geruch breitete sich jetzt auch innerhalb des Wagens aus.

»Da haben wir Sheila praktisch unser Leben zu verdanken«, bemerkte Bill.

»In der Tat.«

»Und jetzt?«

»Erst mal zum Hotel. Dort ziehen wir uns um. Anschließend statten wir der Geisterstadt einen Besuch ab. Ich bin sicher, dass wir die Maskierten dort wiederfinden.«

Bill nickte. »Darauf kannst du Gift nehmen.« Er startete. »Du hast der Polizei bewusst nichts gesagt?«

»Genau. Den Fall möchte ich nämlich selbst aufklären. Nichts gegen Captain Patterson, aber er würde unter Umständen nur die Pferde scheu machen.«

»Das stimmt.«

Im Hotel wurden wir von allen möglichen Personen angestarrt. Am liebsten hätte man uns an die frische Luft gesetzt. Wir machten »cheese« und fuhren hoch zu unseren Zimmern.

Dann stand ich dumm daneben, als Sheila ihren Mann in die Arme schloss. Er bedankte sich für die Rettung, und ich zog mich erst einmal unter die Dusche zurück.

Danach ging ich wieder zu den Conollys.

Diesmal stand Bill unter den Wasserstrahlen. Ich unterhielt mich währenddessen mit Sheila.

»Und ihr wollt wirklich noch einmal los?«, fragte sie.

Ich nickte. »Ja, die Hauptverbrecher laufen noch frei herum. Ein Mörder ist auch dabei. Und dann will ich endlich wissen, was es mit diesem Dämonenfriedhof auf sich hat, und nebenbei noch das Rätsel der Geisterstadt lösen.«

Sheila hob die Schultern. »Das muss bei euch wohl so sein. Hindern kann man euch doch nicht.«

»Du sagst es«, lächelte Bill, der pudelnackt aus der Duschkabine trat. »Solange es diese verdammte Dämonenbrut gibt, werden wir niemals Ruhe haben.«

Da sprach mir mein Freund aus der Seele.

Vergessen lag die Geisterstadt im langsam verschwindenden Licht der Sonne. Kein Windhauch strich über die zerfallenen Gebäude. Die heiße Luft stand wie eine gewaltige Wand. Auch der Fluss brachte kaum Kühlung. Nur in Ufernähe war die Backofenhitze nicht mehr so stark.

Die hohen Felsen rahmten dieses Tal wie gewaltige Arme ein, als wollten sie es vor einer Entdeckung schützen.

Es gab viele dieser Täler im amerikanischen Westen, doch

keines war wie dieses. Hier war alles anders als normal. Man konnte es nicht beschreiben oder begreifen, man musste es einfach fühlen.

Es lag in der Luft.

Wie eine Gefahr, eine lauernde, dämonische Gefahr.

Vielleicht trugen auch die Geier dazu bei, die hoch oben am azurblauen, wolkenlosen Himmel kreisten und mit scharfen Augen in das Tal hinabstarrten.

Manchmal flogen sie tiefer, ließen sich von den Luftströmungen in das Tal hineintragen, doch plötzlich schossen sie wieder hoch und verschwanden fast fluchtartig.

Etwas störte sie …

Es war nicht der leichte Verwesungsgeruch, der über dem Kessel schwebte, der zog sie eher an, es war vielleicht mehr das Andere, die Gefahr, die sie mit ihren tierischen Sinnen besser wahrnahmen als die Menschen.

Es war wirklich interessant, das Spiel der Geier zu beobachten.

Und es gab jemanden, der die Vögel nicht aus den Augen ließ.

Das war Josh Shamrock, ein Heimatforscher und von Beruf Geologe. Er befasste sich vor allen Dingen mit der Erdbebenforschung, lebte oft wochenlang in der Natur und hatte während dieser Zeit ihren Kreislauf kennen gelernt, die Tiere beobachtet und das biologische Gleichgewicht verstanden.

Wenn Geier kreisen, liegt irgendwo Aas.

So lautete die Regel, die immer stimmte.

Shamrock setzte das Fernglas ab und wischte sich über die Augen. Er hatte eine Hügelkuppe erklommen, sein Geländewagen stand unten auf der staubigen Piste.

»Hol's der Teufel«, murmelte er, »da stimmt doch etwas nicht.« Er schob sich einen Kaugummi zwischen die kräftigen Zähne und schaute noch einmal nach.

Genau acht Vögel zählte er. Und sie kreisten weiter, trauten sich aber nicht zu landen.

Da gab es für Shamrock nur einen Grund.

Das Opfer lebte noch!

Denn wenn noch Leben in der Beute war, hatten die Geier eine natürliche Scheu davor, es anzugehen.

Für Shamrock war alles klar, und sein Entschluss stand längst fest. Er würde fahren. Vielleicht konnte er noch helfen.

Josh Shamrocks Vorfahren stammten aus Irland und hatten mitgeholfen, die Union Pacific zu bauen. Er erhob sich und lief rasch den Hügel hinab. Zahlreiche kleine Steine und eine Wolke von Staub begleiteten ihn, doch das störte Josh nicht. Mit seinem festen Schuhwerk fand er überall Halt.

Endlich erreichte er den Range Rover.

Der Wagen entsprach den Erfordernissen des Geländes. Er hatte verstärkte Stoßdämpfer, und die Scheinwerfer wurden durch ein stabiles Gitter geschützt.

Josh stieg ein.

Er drückte seinen breitrandigen Stetson in die Stirn und startete den Wagen.

Die Räder fassten. Eine gewaltige Staubwolke hinter sich herziehend, fuhr der Geologe über den pistenähnlichen Weg. Er kannte die Gegend ziemlich gut und wusste ungefähr, wie er den Ort erreichen konnte, ohne sich groß zu verfahren.

Dabei musste er einen kleinen Umweg in Kauf nehmen.

Josh fuhr von der Piste ab. Seine kräftigen Hände umklammerten das Lenkrad. Auf seiner tropenfesten Kleidung lag der rötliche Staub der Wüste. Josh kam aus Nevada und hatte dort einige Bodenproben entnommen. Die Steine lagen auf der Ladefläche des Wagens.

Der Geologe prügelte den Range Rover einen Hang hoch. Er fuhr ihn schräg an, damit er der Abrutschgefahr aus dem Wege ging.

Der Wagen schaffte es. Bisher hatte er ihn noch nie im Stich gelassen.

Parallel zum Kamm des Hangs fuhr er auf einer Geröllstrecke weiter und vergaß auch nie, durch die Frontscheibe schräg nach Nordwesten zu peilen, wo er die schwarzen Punkte am Himmel sah.

Sie waren größer geworden.

Josh Shamrock näherte sich seinem Ziel.

Das kantige Gesicht zeigte einen harten, etwas verkniffenen Ausdruck. Josh war ein Mann, den das Land geformt hatte. Er war ebenso hart und wusste, wie man überlebte.

Shamrock fuhr wieder in ein Tal hinein. Die Sonnenstrahlen stachen jetzt schräg in den Wagen, und der Geologe musste seine dunkle Brille aufsetzen.

Er stammte aus Frisco, und er kannte sich in der näheren Umgebung sehr gut aus.

Als er wieder einen Blick zu den Geiern hochwarf, stieß er ein unwilliges Knurren aus. Jetzt, wo er näher an den Ort herangefahren war, da wusste er, wo die Geier kreisten.

Über Tulsa, der Geisterstadt!

Verdammt auch, dachte er. Hätten die sich keinen anderen Platz aussuchen können? Es gab viele Täler im Westen, aber das, wo die Geisterstadt Tulsa lag, war wohl das unwegsamste von allen.

Ein ganz mieses Gelände.

Und ausgerechnet dort kreisten die Aasvögel.

»Wer, zum Henker, verirrt sich dahin?«, knurrte er.

Er war zwar noch nicht selbst in Tulsa gewesen, doch er wusste um die Geschichten, die man sich erzählte

In dieser Geisterstadt sollte es spuken. Die Seelen der im Treibsand versunkenen Männer sollten nachts durch die Stadt geistern und dort heulen und wehklagen. Manchmal heulte es dort bestimmt. Das war aber dann der Wind, der um die Felsen strich und diese klagenden Laute verursachte.

Jetzt musste Shamrock doch bremsen, weil er erst die Karte zu Hilfe nahm.

Ob er nun wollte oder nicht, der Talkessel musste, weil er von Osten kam, erst umfahren werden.

Das passte ihm nicht, doch sein Verantwortungsgefühl siegte. Wenn dort Menschen in Not waren, konnte er sie nicht im Stich lassen.

Es dauerte noch zwanzig Minuten, bis er in den Talkessel hineinfahren konnte.

Die Sonne war inzwischen so weit gesunken, dass bereits die ersten Schatten der Dämmerung in das Tal fielen. Aber noch war alles gut zu sehen.

Josh Shamrock parkte seinen Wagen am Eingang des Tals und stieg aus. Er vergaß nicht, sein Gewehr mitzunehmen. Nach alter Westmannart klemmte er den Schaft in seine rechte Armbeuge.

Mit dem Daumen stieß er seinen Stetson etwas weiter in den Nacken und schritt steifbeinig los.

Die Geier kreisten noch immer. Sie trauten sich nicht, in der verlassenen Stadt zu landen.

Josh erreichte den Pfahl, auf dem der Totenschädel steckte. Da die Sonne schon tief stand, warf der Pfahl einen langen Schatten, der auch über Shamrocks Gestalt wanderte und den Totenschädel auf seinem Gesicht nachzeichnete.

Plötzlich zuckte der Geologe zusammen.

Fremde Gedanken strömten in sein Hirn.

Der Spuk wartet auf dich. Komm zum Friedhof. Komm zu den Toten …

Shamrock ging einen Schritt zur Seite. Der Schatten des Pfahls fiel neben ihm zu Boden. Sofort waren die Gedanken aus seinem Hirn verschwunden.

Komisch, dachte Josh.

Er ging weiter.

Die ersten verfallenen Gebäude tauchten auf. Es waren die Wohnhäuser der alten Goldgräberstadt. Das Holz war ausgebleicht und völlig morsch.

Josh Shamrock blieb stehen. Seine Blicke wanderten durch die verfallene Stadt. Er suchte nach dem Aas, das die Geier gewittert hatten.

Da war nichts.

Aber warum kreisten hier die Leichenfresser? Sehr seltsam.

Wie gesagt, Josh war ein Kind der Natur, seine Sinne waren anders geschärft als die eines Großstadtmenschen, und er spürte, dass etwas nicht stimmte.

Nein, diese Stadt war nicht mit den anderen Geisterstädten zu vergleichen, die er kennen gelernt hatte.

Hier lauerte wirklich etwas Fremdes, Böses, was er aber nicht näher erklären konnte. Es war einfach da.

Wie unter einem Peitschenhieb zuckte er plötzlich zusammen. Seine Nasenflügel blähten sich, als würde er Witterung aufnehmen. In der Tat hatte er etwas gerochen.

Verwesungsgeruch ...

Also doch Aas.

Die Geier hatten recht. Nur warum kreisten sie dann dort oben und stießen nicht herunter?

Das wollte Josh Shamrock unbedingt herausfinden. Er packte sein Gewehr fester, blieb stehen und konzentrierte sich.

Ja, dieser Leichengeruch kam von links. Von dort, wo der Fluss durch das steinige Bett schäumte. Da also musste sich das geheimnisvolle tote Lebewesen, das er noch nicht sah, befinden.

Josh Shamrock wandte sich in diese Richtung. Er ging nicht schnell, sondern setzte behutsam einen Fuß vor den anderen. Dabei schielte er immer wieder zur Geisterstadt hinüber, als würde er aus dieser Richtung eine große Gefahr erwarten.

Dann stand er am Fluss.

Vor ihm fiel die Böschung ziemlich steil ab. Die Strecke war allerdings nicht lang, mündete jedoch im Treibsand.

Aus diesem Sand strömte auch der Verwesungsgeruch.

Josh sah den Grund.

Seine Augen wurden groß. Plötzlich zitterte das Gewehr in seiner Hand. Seine Lippen bebten, ein krächzender Laut drang aus seinem Mund. Was er sah, war so unwahrscheinlich, dass es ihm niemand glauben würde, dem er es erzählte ...

Ich hatte mich diesmal entschieden, den Bumerang aus meinem Einsatzkoffer mitzunehmen. Die silberne Banane, wie ich den Bumerang nannte, hatte ich seit dem Tag im Besitz, als ich in Deutschland im Harz auf dem Brocken miterlebt hatte, wie der silberne Bumerang aus den letzten Seiten des Buchs der grausamen Träume entstanden war.

Er war eine Waffe, der Dämonen nichts entgegenzusetzen hatten. Auch wenn er ziemlich schwer war, wollte ich ihn doch bei mir haben, und so gab ich Bill neben meiner mit Silberkugeln geladenen Ersatzberetta noch den silbernen Dolch.

Im Hotel legten wir einen Schlachtplan fest. Sheila saß schweigend neben uns, der kleine Johnny hockte auf dem Boden und spielte mit Bauklötzen.

»Ich bin die Strecke ja schon gefahren«, sagte der Reporter. »In die Stadt kommen wir mit dem Wagen gut. Aber es wäre nicht ratsam, sich so weit mit einem Fahrzeug vorzuwagen.«

Da hatte Bill recht. Zudem waren da noch die fünf Maskierten. Sicherlich würden sie mit unserem Erscheinen rechnen, und da mussten wir mehr als vorsichtig sein.

Ich überließ Bill das Problem. »Was schlägst du also vor?«, fragte ich.

»Wir nehmen schon den Wagen, fahren allerdings nicht bis dicht an die Geisterstadt heran, sondern parken ihn irgendwo zwischen den Felsen. Dann gehen wir zu Fuß weiter.«

Dieser Vorschlag fand meine Zustimmung. »Ist das Gelände sehr unwegsam?«

Bill nickte heftig. »Und wie. Im Straßenanzug können wir da nicht hin.«

Ich schaute an mir hinab. Nun ja, ich trug leichte Kleidung, einen Blouson wollte ich noch überziehen, damit er die Waffen verdeckte.

Dafür stimmte auch Bill Conolly.

»Wollt ihr nicht doch der Polizei Bescheid sagen?«, erkundigte sich die besorgte Sheila.

Wir blickten uns an.

Ich schüttelte als Erster den Kopf.

»Aber du hast doch gesehen, dass die Gegner zu stark sind«, drängte Sheila. »Wären die Polizisten nicht gewesen, man hätte euch umgebracht.«

Da hatte sie zweifelsohne recht.

Was also tun?

Ich entschied mich für einen Kompromiss. »Du wirst die

Polizei wieder alarmieren. Und zwar um Mitternacht. Falls wir bis dahin nicht zurück sind. Einverstanden?«

Sheila zögerte einen Moment. Dann nickte sie.

Wir atmeten auf. Jetzt stand einer Fahrt in die Geisterstadt nichts mehr im Wege …

Josh Shamrock war ein wirklich abgebrühter Mann. Er hatte schon verdammt viel in seinem Leben gesehen, doch was sich jetzt seinen Augen darbot, das war unheimlich, grauenhaft und unmöglich.

Aus dem Treibsand ragten Hände.

Zehn insgesamt.

Sie waren gedreht, sodass die Handteller nach oben wiesen. Auf ihren Händen balancierten die Gestalten, die im Sand stecken mussten, eine Leiche.

Deshalb der Verwesungsgeruch.

Sie mussten die Leiche aus dem tiefen Treibsand geholt haben, und der Tote wanderte der Uferböschung zu. Stück für Stück wurde er weitergeschoben, man hievte ihn von Hand zu Hand, bis er die Böschung erreicht hatte.

Dort ließen die Hände ihn fallen.

Schwer schlug der Leichnam auf. Er rollte noch einmal um seine eigene Achse, rutschte jedoch nicht wieder zurück in den Sand, weil die Hände ihn aufhielten.

Josh Shamrock stand starr vor Entsetzen. Er konnte sich nicht rühren, starrte immerzu auf die Hände, die sich jetzt weiter aus dem gierigen Sand streckten.

Arme wurden sichtbar.

Dünne Haut, die sich hart über die Knochen spannte. Grauenhaft anzusehen.

Finger bewegten sich, als würden sie nach irgendetwas greifen. Dann wanderten die Arme weiter.

Schultern erschienen, Köpfe …

Die Toten kamen.

Grausame Gestalten stiegen aus dem Treibsand. Sogar zwei

Frauen waren darunter. Ihre Haut schimmerte grünlich, war aufgedunsen, und die Haare hingen strähnig an beiden Seiten der Schädel herab.

Josh Shamrock sah auch ein gewaltiges Horrorwesen, das zerlumpte Westernkleidung trug und einen Coltgurt aus brüchigem Leder um die fast skelettierten Hüften gebunden hatte. An einigen Stellen des Gesichts schimmerten bleich die Knochen durch, aber eins hatten alle fünf Wesen gemeinsam.

Die weißen, verdrehten Augäpfel.

Das waren Geschöpfe, die bereits hundert Jahre und mehr im Treibsand gelegen haben mussten.

Die Geister von Tulsa …

Lebende Tote.

Zombies!

Es gab sie also doch, verdammt. Sie existieren. Diese Gedanken schrien in Shamrocks Gehirn. Obwohl er das Gewehr noch immer in seiner Hand hielt, fühlte er sich völlig hilflos dem Grauen gegenüber ausgeliefert.

Die Toten beachteten ihn nicht.

Sie bildeten eine Reihe und schritten hintereinander die Böschung hoch, wobei sie die beiden Frauen in die Mitte nahmen. Auch die weiblichen Gestalten waren nicht nackt. Sie trugen die zerfetzte Kleidung des vorigen Jahrhunderts – Röcke, die über den Boden schleiften.

Es war ein schlimmes, albtraumhaftes Bild.

John hob sein Gewehr. Er traute sich nicht zu schießen. Wahrscheinlich konnte er mit Kugeln gegen diese Monster sowieso nichts ausrichten. Die waren so bestimmt nicht umzubringen.

Wie dann?

Er verscheuchte die Gedanken und beobachtete weiter. Als wäre er gar nicht vorhanden, so schritten die fünf Gestalten die Böschung entlang, erreichten deren Rand und nahmen Kurs auf die verfallenen Gebäude der Geisterstadt.

Shamrock drehte sich langsam um.

Es war in den letzten Minuten dunkler geworden. Das hatte

Josh Shamrock gar nicht bemerkt, zu sehr war er in den Anblick der lebenden Leichen vertieft gewesen.

Sie verschwanden zwischen den zerfallenen Bauten wie ein Spuk in der Nacht.

Der Geologe wischte sich über die Stirn. Hatte er das alles nur geträumt? War ihm die Hitze nicht bekommen? Er drehte sich wieder um und schaute die Böschung hinab.

Dort gurgelte der Fluss, bildete Strudel und jagte gischtend und schmatzend über die zahlreichen Steine. Ein wildes Gewässer, das im Treibsand auslief.

Treibsand! Ja, das war es. Dort waren die Toten herausgestiegen, und dort lag auch der Beweis, dass sie tatsächlich existierten.

Die Leiche eines Mannes, die sie auf ihren erhobenen Händen weitergeführt hatten.

Josh Shamrock schaute sich um. Von den Leichen sah er nur noch die Umrisse. Die Zombies hatten die Geisterstadt verlassen und wanderten über einen schmalen Weg auf eine Höhle zu, um darin zu verschwinden.

Josh hatte ein paar Minuten Zeit.

Er überwand seine Angst und rutschte die Böschung hinab. Dabei gab er höllisch acht, dass er nicht zu schnell war und eventuell noch in den Treibsand rutschte.

Er schaute sich die Leiche an.

Nein, diesen Mann kannte er nicht. Er hatte ihn noch nie im Leben gesehen.

Ein Fremder …

Der Geologe band sich ein Taschentuch vor den Mund und verscheuchte die Geier, die sich auf die Beute gestürzt hatten, als sie sahen, dass der Tote freilag.

Shamrock überlegte. Sollte er den Toten wieder in den Treibsand werfen oder ihn den Aasfressern überlassen?

Eine Entscheidung wurde ihm abgenommen.

Plötzlich bewegte der »Tote« die Hand.

Deutlich nahm Shamrock wahr, wie er die Finger krümmte, und der groß gewachsene Mann fuhr mit einem Schrei auf den Lippen zurück.

»Nein!«, keuchte er und schüttelte den Kopf. »Nein, das das gibt es doch nicht ...«

Er hatte vorhin zwar die Zombies gesehen, doch als er jetzt aus der Nähe mit den unvorstellbaren Dingen konfrontiert wurde, durchfuhr es ihn wie ein Schlag.

Die Leiche öffnete die Augen!

Josh Shamrock fuhr zurück. Mit dem Rücken prallte er gegen die Böschung und fiel nach hinten, wo das schräg verlaufende Erdreich ihn auffing.

Der »Tote« stand auf.

Er tat dies mit abgehackten Bewegungen, stützte zuerst den rechten Arm auf, dann den linken und stemmte sich so in die Höhe.

Er starrte Shamrock an!

Der Geologe schaute in die weißen, verdrehten Augen und in den offenen Mund. Dann war es mit seiner Beherrschung vorbei. Er warf sich auf dem Absatz herum und rannte die Böschung hoch.

Nach zwei Metern glitt er ab. Auf dem Bauch rutschte er den Weg wieder hinunter und blieb dicht vor den Füßen der lebenden Leiche liegen.

Die trat zu.

Shamrock spürte den Fuß auf seiner Brust. Er riss sich zusammen, packte das Bein und hebelte es herum.

Schwer fiel die »Leiche« auf den Rücken.

Sofort war Shamrock wieder auf den Beinen. Er griff nach seinem Gewehr, drückte den Kolben in die Hüfte, legte auf den Wiedergänger an und schoss.

Der Schuss übertönte sogar noch das Rauschen des Flusses. Die Kugel sauste in die Brust der lebenden Leiche und stieß sie zurück. Aber sie tötete sie nicht.

Der Untote stand wieder auf. Mit einem faustgroßen Loch in der Brust, auf das der Geologe wie hypnotisiert starrte.

Er begriff nichts, das alles war zu hoch für ihn.

Er hatte noch nie von schwarzer Magie gehört und wusste auch nichts von diesen unheimlichen Dingen, deshalb stand er dem Phänomen so hilflos gegenüber.

Einen zweiten Schuss konnte Josh nicht mehr abgeben. Der lebende Leichnam drosch den Gewehrlauf zur Seite und packte hart zu.

Im letzten Augenblick gelang es dem Geologen, zur Seite zu springen. Die Hand des Monsters fuhr ins Leere. Josh warf sich herum und fasste erst jetzt den ersten klaren Gedanken.

Flucht!

Er musste hier weg.

Abermals ging er den Hang an. Diesmal jedoch nicht so direkt, sondern im schrägen Winkel.

Der Untote verfolgte ihn, doch Josh Shamrock war schneller als der Zombie.

Er entwischte ihm.

Sein Gewehr rutschte ihm aus der Hand. Es spielte keine Rolle. Mit der Waffe konnte er doch nichts gegen dieses Monster ausrichten. Wichtig war nur, dass er seinen Wagen erreichte und floh.

Josh Shamrock kletterte über den Rand der Böschung, richtete sich auf und hetzte weiter.

Den Range Rover konnte er kaum erkennen, er sah nur die Umrisse, so dunkel war es inzwischen geworden. Mehr stolpernd als laufend näherte er sich dem Fahrzeug.

Sein Atem ging schwer, seine Lungen pumpten. Die heiße Luft in diesem Tal setzte ihm zu.

Endlich war er am Ziel. Noch zwei lange, torkelnde Schritte, dann fiel er gegen die Motorhaube. Keuchend warf er sich herum, ging auf die Fahrertür zu und blieb wie vor eine Wand gelaufen stehen.

Fünf Gestalten lösten sich aus der Deckung des Range Rover. Und alle fünf hatten Kapuzen über ihre Köpfe gezogen.

Josh Shamrock war vom Regen in die Traufe geraten!

Es ist eine Wohltat, auf amerikanischen Highways zu fahren, doch genau das Gegenteil trat ein, als wir die gut ausgebaute Straße verließen.

Da wurde die Fahrt zur Tortur.

Auf pistenähnlichen Wegen lenkte Bill Conolly den kleinen Golf dem Gebirge entgegen. Es war stickig heiß im Wagen. Das Fenster konnten wir nicht öffnen, der Staub hätte das Innere sofort ausgefüllt. Die Klimaanlage war aus irgendeinem Grunde defekt, und Zeit, den Fehler zu suchen, hatten wir beileibe nicht.

Die Geisterstadt wartete.

Tulsa!

Welches Geheimnis barg diese Stadt? Und was verband sie mit dem Spuk?

Dieses Rätsel wollten wir klären, und es musste mit dem Teufel zugehen, wenn wir es nicht schafften.

Aber wir durften auch unsere Gegner nicht unterschätzen. Sie waren gefährlich und zu allem entschlossen. Das hatten wir in dieser Opiumhöhle zur Genüge erlebt. Ich fragte mich nur, welche Verbindung zwischen den Kapuzenträgern und dem Spuk bestand.

Bill Conolly schimpfte wie ein Rohrspatz. Jedes Schlagloch regte ihn auf. Hart hielten seine Hände das Lenkrad umklammert. Sein Gesicht zeigte einen verbissenen Ausdruck.

Die Sonne war fast verschwunden. Nur noch die Berggrate und die oberen Ränder der Canyons glühten im letzten Rot der versinkenden Scheibe.

»Wie weit noch?«, fragte ich Bill.

»Vielleicht zehn Minuten.«

»Wäre es nicht Zeit, den Wagen hier abzustellen?«, schlug ich vor.

Bill nickte. »Das könnten wir machen.« Der Reporter schaute bereits nach einem geeigneten Platz.

Ich deutete nach links. »Da hinten sind ein paar Felsen, die geben genügend Deckung.«

Bill drehte das Lenkrad. Wir fuhren jetzt noch mehr querfeldein, und der Wagen wurde stärker durchgeschüttelt. Manchmal stieß ich mit dem Kopf gegen das Dach, wenn ich nicht aufpasste.

Schließlich hatten wir den Platz erreicht. Bill stellte den Golf so hin, dass er von der Piste aus nicht gesehen werden konnte. Wir stiegen aus, mein Freund schloss ab.

Im Wagen war es heiß gewesen, doch auch draußen gab es keine Kühlung. Die Luft regte sich nicht. Kein Wind fuhr in den Canyon, dessen Felswände die aufgespeicherte Hitze des Tages abstrahlten.

»Mann, das ist eine Quälerei«, schimpfte ich und schaute mich erst einmal um.

Wir schienen die einzigen Menschen weit und breit zu sein. Wenigstens sahen wir von den Kapuzenträgern keinen Zipfel.

»Ob die schon da sind?«, überlegte Bill.

»Kann sein.«

Bill Conolly blieb nicht stehen, sondern ging vor. Trotz der Dämmerung fand er den Weg sofort wieder. Hatte ich auf der Fahrt über die herumliegenden großen Feldbrocken geflucht, so kamen sie uns jetzt zugute. Wir konnten sie als Deckung brauchen. Und so bewegten wir uns voran. Zudem nahm die Dämmerung immer stärker zu. Lange Schatten fielen in die enge Schlucht. Bald würde es dunkel sein.

Plötzlich blieb Bill stehen und fasste mich am Arm.

»Was ist?«

Bill deutete nach vorn. »Lichter!«

Jetzt sah ich sie auch. Irgendwo vor uns mussten Fackeln und Petroleumleuchten angezündet worden sein, denn ich erkannte dies an der Art des Lichts.

»Da sind sie!« Der Reporter senkte unwillkürlich seine Stimme.

Wir wurden noch vorsichtiger. Ich kam mir fast wie ein Trapper vor, als ich geduckt weiterschlich. Bald jeden Stein räumten wir weg, bevor wir einen größeren Schritt wagten.

Schon vernahmen wir das Rauschen des Flusses. Und dann öffnete sich das Gelände tatsächlich zu einem weiten Tal.

»Wir sind da.« Bill atmete sichtlich auf.

Ich aber hatte längst etwas anderes entdeckt. Zwei abgestellte

Fahrzeuge. Einen Range Rover und wahrscheinlich einen Cadillac. Genau war das in der Dunkelheit nicht zu erkennen.

»Ob die tatsächlich mit zwei Wagen gekommen sind?«, flüsterte Bill Conolly.

»Möglich.« Ich lief schon los.

»He, was ist denn?«, zischte Bill.

Ich winkte ihm, mir zu folgen. Er lief hinter mir her. Neben dem Range Rover gingen wir beide in Deckung.

»Den Dolch, Bill.«

Er gab ihn mir.

Mit dem geweihten Silberdolch zerstach ich die beiden Hinterreifen des Rover.

Bill grinste. »Raffiniert.«

Ich war bereits unterwegs zum zweiten Wagen. Dort zerstörte ich ebenfalls die beiden Hinterräder.

»So, die werden sich wundern.« Ich gab meinem Freund den geweihten Dolch zurück.

»Und jetzt?«

»Schauen wir uns mal die Geisterstadt aus der Nähe an«, erwiderte ich.

»Wüsste nicht, was ich lieber täte«, brummte der Reporter und folgte mir …

Josh Shamrock schloss die Augen. Seine Hand fuhr hoch zur Kehle, als könnte er dort Hilfe finden. Ein trockenes Schluchzen drang aus seinem Mund.

Aus, sie hatten ihn.

Nicht nur die Untoten geisterten hier herum, sondern auch diese Kapuzenmänner.

Josh dachte an den Ku-Klux-Klan, doch die trugen andere Gewänder. Schneeweiße. Nein, das hier mussten andere Kerle sein, die auch sicherlich irgendeiner Sekte angehörten.

Davon gab es genug in Kalifornien seit dem leibhaftigen Teufel Charles Manson.

»Was – was wollt ihr?«, keuchte er.

»Dich!«, lautete die harte Antwort.

Josh Shamrock versuchte zu lächeln, doch es wurde nur eine verzerrte Grimasse. »Kinder, macht doch keinen Unsinn. Das ist kein Scherz, Leute.« Er hob den Arm, spreizte den Daumen ab und deutete über seine Schulter hinweg. »Da hinten, da sind Leichen, lebende Leichen. Ihr seid doch normal, nicht?« Er lachte unkontrolliert.

»Wir wissen, dass dort Leichen sind.«

»Dann müssen wir fliehen. Und zwar schnell. Rasch, bevor es zu spät ist. Los!«

Die fünf Männer schüttelten die Köpfe. »Wir werden nicht fliehen«, sagte der Anführer. »Im Gegenteil, wir werden bleiben. Hast du verstanden?«

»Ja – aber – nein!«, schrie Josh. »Hier bleibe ich nicht! Ich haue ab! Ich …«

Bevor sich die fünf Maskierten versahen, stürzte sich Josh auf sie. Seine Fäuste schlugen gegen die Kapuze und er vernahm einen hellen Schrei.

So schreit nur eine Frau!, dachte er. Da waren sie schon über ihm!

Der erste Hieb krachte gegen seine Schulter und schleuderte ihn zurück. Er ruderte mit den Armen, sein Gesicht lag deckungsfrei, und plötzlich sah er eine Faust riesengroß vor seinen Augen.

Er wollte noch den Kopf zur Seite nehmen – zu spät. Der Hieb explodierte an seiner Kinnspitze und stürzte ihn in die Bewusstlosigkeit.

Josh Shamrock merkte nicht, dass er schwer zu Boden krachte, er kam erst wieder zu sich, als er harte Hände an seinem Körper spürte. Sie stemmten ihn hoch.

Der Geologe schwankte. Hätte man ihn nicht gehalten, so wäre er gefallen. Seine Augen hatten noch einen glasigen Ausdruck. Er konnte die Maskierten nicht einzeln auseinander halten, sie wirkten wie eine hin und her schwankende Wand.

»Reiß dich zusammen!«, hörte er wieder die scharfe Stimme. Jemand schlug ihm ins Gesicht, sein Kopf wurde einmal nach links, dann wieder nach rechts geworfen.

Explosionsartig zuckten vom Kinn her die Schmerzen bis unter seinen Haaransatz. Er riss den Mund auf und atmete keuchend.

»Abführen!«

Josh Shamrock erhielt einen Stoß in den Rücken. Er taumelte voran, seine Füße schleiften über den Boden, zogen Staubfahnen nach, und der Mann wurde von seinem Wagen weggeführt.

Er war ein harter Typ, und er verdaute die erhaltenen Schläge schnell. Es ging ihm wieder besser.

Der Geologe hatte schon manchen Sturm überstanden. Körperlich war er fit. Nur war sein seelisches Gleichgewicht gehörig angeknackst. Kein Wunder bei dem, was er gesehen hatte.

Er taumelte weiter.

Jeweils rechts und links schritten die beiden, die seine Ellbogen umklammert hielten. Vor ihm ging der Anführer. Zwei weitere Kapuzenmänner bildeten den Schluss.

Männer?

Waren es wirklich nur Männer? Josh wollte nicht so recht daran glauben, denn der Schrei, den er vernommen hatte, hatte sehr nach dem einer Frau geklungen.

Sollten sich unter den Kapuzen auch weibliche Personen verbergen? Das wollte Josh herausfinden.

Er drehte den Kopf nach links, schielte auf die Finger, die seinen Arm hielten.

Nein, das waren keine Frauenhände, und an der rechten Seite verhielt es sich ebenso.

Und doch mussten unter diesen Kapuzen weibliche Gesichter verborgen sein.

Sie führten ihn direkt auf die Geisterstadt zu. Die Menschen, die ihn verschleppten, sahen fast so schaurig aus wie die lebenden Leichen. Sie hatten nicht nur Kapuzen über die Köpfe gestülpt, sondern trugen noch lange dunkle Mäntel, die bis zum Boden reichten.

Dann sahen sie die lebende Leiche.

Sofort verspürte Josh wieder Angst, besonders als die Männer den Zombie ansteuerten.

Der Untote blieb stehen und schaute ihnen entgegen.

Der Anführer ging schneller. Dicht vor der lebenden Leiche blieb er stehen und sagte etwas in einer Sprache, die Josh noch nie gehört hatte. Der Zombie nickte und schritt torkelnd davon. Er beachtete Josh gar nicht, als er ihn passierte.

»Der wird Wache halten!«, hörte Shamrock die Stimme des Anführers.

Sie gingen weiter.

Die Männer hinter Shamrock überholten ihn und verschwanden zwischen den zerfallenen Bauten. Schon bald waren sie wieder da. Diesmal hielten sie Fackeln in den Händen. Zwei von ihnen brannten, andere wurden an den brennenden angezündet und in die Ritzen zwischen den morschen Bohlen geklemmt.

Ein unheimliches, geisterhaftes Licht zuckte durch die Straßen der verfallenen Stadt. Es schuf eine unwirkliche Atmosphäre, und die alten Gebäude schienen zu einem geheimnisvollen Leben zu erwachen.

Der Staub sah aus wie mit Blut übergossen.

Ein gespenstisches Bild.

Shamrock schauderte. Was hatten die Kerle noch alles mit ihm vor?

Ungefähr im Zentrum der Geisterstadt hielten sie an. Die beiden Bewacher ließen Shamrock los. Dies kam so überraschend für ihn, dass er fast gefallen wäre. Doch er brauchte sich keinen Illusionen hinzugeben. Man hielt ihn weiterhin unter Beobachtung. Die Maskierten achteten auf jede seiner Bewegungen. Und Josh dachte auch gar nicht daran, sich irgendwie missverständlich zu verhalten. Die erste Warnung hatte ihm vollauf gereicht.

Die fünf Personen schienen auf etwas zu warten. Des Öfteren schauten sie dorthin, wo der Weg begann, der zur Höhle führte, wo die Untoten aus dem Treibsand verschwunden waren.

Sollten sie vielleicht die Personen sein, auf die die Maskierten warteten?

Bestimmt.

Aber was hatten sie miteinander zu tun? Trotz seiner miesen Lage zerbrach sich Josh den Kopf darüber.

Plötzlich zuckten alle zusammen. Nicht nur Josh, sondern auch die Maskierten.

Eine Glocke läutete.

Die Totenglocke.

Dünn und geisterhaft hörte sich das Bimmeln an. Der Klang schwang als hohles Geräusch weit über die alte Geisterstadt Tulsa und verwehte.

Bim – bim …

Dieses Geräusch jagte Josh Shamrock eine Gänsehaut über den Rücken. Es erinnerte ihn an seine Heimatstadt. Wenn dort jemand beerdigt wurde, läutete auch immer die Glocke.

Auch in Tulsa hatte sie die Funktion eines Startzeichens. Denn das Anschlagen der Glocke war Beweis für die Maskierten, dass die Zombies kommen würden.

Da verließen sie auch schon die Höhle.

Fünf lebende Leichen.

Drei Männer und zwei Frauen.

Und auf ihren Schultern trugen sie eine Gestalt.

Den Spuk!

Wie die Indianer pirschten wir uns näher. Als Junge hatte ich so etwas immer gern gespielt, da war es Spaß gewesen. Im Gegensatz zu jetzt. Hier war es bitterster Ernst.

Wir gingen manchmal auf Hände und Füße nieder, um uns nicht zu verraten. Trotzdem wölkte feiner Staub hoch, als wir uns voranbewegten.

Er reizte zum Niesen, und ich hatte Mühe, dieses Gefühl zu unterdrücken.

Auf einmal sahen wir einen Schatten vor uns in die Höhe ragen. Ich hob meinen Blick und erkannte den Pfahl, von dem Bill Conolly berichtet hatte. Auf ihm steckte der Totenschädel.

»Das Wahrzeichen!«, flüsterte der Reporter.

Ich nickte.

Wir krochen weiter.

Viel konnten wir nicht sehen. Im flackernden Fackelschein sahen die zerstörten Gebäude aus, als würden sie sich bewegen. Überhaupt schien in dieser Geisterstadt nichts still zu sein. Schatten tanzten und geisterten, das Licht berührte mal dunkle Ecken und Winkel, leuchtete sie für einen winzigen Moment aus und verschwand wieder.

Ein geheimnisvolles Wechselspiel zwischen rötlicher Helligkeit und dem Dunkel der Nacht.

»Weiter vor!«, raunte Bill.

Und ob. Schließlich wollte ich meinen Gegnern an den Kragen. Und ich entdeckte sie auch.

Ich hielt an, hob die Hand.

»Da sind sie!«, flüsterte ich meinem Freund zu.

Bill Conolly nickte nur.

»Sie haben es alle geschafft«, sagte ich leise. »Fünf Kapuzenmänner. Dann können wir ihnen die Rechnung präsentieren.« Darauf freute ich mich besonders. Ich wollte die Kerle hinter Gittern sehen, diese feigen, hinterhältigen Mörder.

Wir passierten den Schädel. Noch ein paar Meter, dann begann eine freie Fläche. Zu unserem Glück war die Dunkelheit so weit fortgeschritten, dass die anderen uns nicht sofort bemerkten. Ein wichtiges Plus.

Zuvor mussten wir noch ein paar größere Felsbrocken umgehen.

Und dort lauerte der Wächter.

Wir sahen den Untoten nicht. Mich ließ er vorbei. Bill jedoch griff er an.

Der Reporter ahnte nichts Böses. Blitzschnell ließ sich die Gestalt vom Felsen aus auf ihn fallen.

Nie hatte Bill damit gerechnet. Der Angriff erfolgte völlig überraschend für ihn. Die Wucht des Aufpralls drückte ihn zu Boden. Bill schlug mit dem Gesicht auf einen Stein und begann aus der Nase zu bluten.

Ich vernahm nur einen erstickten Laut.

Augenblicklich wirbelte ich herum.

Schattenhaft nur sah ich die Gestalt auf meinem Freund hocken. Der Zombie wandte mir sein Gesicht zu. Ich erkannte die weißen, verdrehten Augäpfel und wusste sofort Bescheid.

Da hockte ein Untoter!

Meine erste Reaktion war der Griff zur Beretta, doch ein Schuss hätte all unsere Bemühungen zerstört.

Nein, ich musste die Bestie lautlos vernichten.

Leider hatte Bill Conolly den Dolch.

Mir blieben das Kreuz und der Bumerang.

Noch im Sitzen holte ich den Bumerang hervor, während die Klauen des Untoten nach Bills Kehle fassten.

»Bleib ruhig!«, zischte ich meinem Freund zu, schwang den rechten Arm zurück, holte aus und ließ die silberne Banane, wie ich sie getauft hatte, fliegen.

Der Bumerang fand mit tödlicher Präzision sein Ziel. Der Zombie hatte überhaupt keine Chance. Sauber wurde ihm der Kopf vom Rumpf getrennt. Der Schädel fiel zu Boden und rollte davon.

Während ich den Bumerang wieder auffing, kippte der Rumpf des Zombies zur Seite.

Bill richtete sich ächzend auf und massierte seinen Hals. »Ein, sauberer Wurf«, sagte er krächzend und grinste dabei.

Ich hob die Schultern und schaute mir den Torso an. Er verging nicht, ein Zeichen dafür, dass die lebende Leiche noch nicht sehr alt gewesen war. Sie trug auch noch die normale Kleidung.

Ich steckte meine rechte Hand in die Innentasche des Jacketts und fand einen Ausweis.

Er lag in einer Brieftasche. »Sieh dir das an«, sagte ich leise zu Bill und reichte ihm die Karte.

»Barry Calw«, flüsterte Bill. »Und der Mann, dem sie die Kehle durchgeschnitten haben, heißt Quincy Calw.«

»Der Bruder.«

»Genau, John.«

Ich strich über mein schweißnasses Gesicht. »Wenn ich nur wüsste, wie das alles zusammenhängt.«

»Das weiß ich auch nicht«, meinte Bill.

»Aber wir werden es erfahren, Bill. Komm. Und halte die Augen offen. Ich will nicht noch mehr lebenden Leichen begegnen, ohne sie als Erster entdeckt zu haben.«

»Kann ich mir vorstellen.«

Wir schlichen weiter. Schon erreichten wir die ersten Ausläufer der Geisterstadt. Wir standen in einem günstigen Winkel und konnten auf die Main Street schauen. Dort sahen wir auch die Kapuzenträger und einen normal gekleideten Mann mit blonden Haaren.

Was hatte der dort zu suchen? War er vielleicht ein Gefangener?

Die Frage wurde jetzt noch nicht beantwortet, denn etwas anderes lenkte uns ab.

Die Totenglocke läutete.

»Schätze, jetzt geht es zur Sache«, murmelte Bill und traf mit diesen Worten genau meine Meinung.

Ich schaute mich rasch um. Rechts von uns sah ich einen halb zerfallenen Schuppen, der uns einigermaßen Deckung bot.

Wir suchten dahinter Schutz. Von dieser Stelle aus konnten wir auch einen kleinen Weg einsehen, der hoch zu einer Höhle führte, die sich in der Felswand befand.

Deutlich zeichnete sich der Eingang als dunkler Schatten ab. Dann glaubten wir unseren Augen nicht zu trauen.

Aus dem Eingang der Höhle löste sich eine schaurige Prozession. Fünf Gestalten trugen eine Statue auf ihren Schultern, die auf einem Thron aus Knochen hockte.

»Das ist er!«, zischte Bill. »Das ist der Spuk!«

Die Maskierten zeigten sich plötzlich aufgeregt. Für ihren Gefangenen hatten sie kaum noch Interesse.

»Sie kommen«, sagte eine helle Frauenstimme.

»Ja«, unterstützte sie ein Mann, »unsere Vorfahren sind da!«

Shamrock hörte die Worte. »Vorfahren?«, flüsterte er und schüttelte den Kopf. Was hatte das zu bedeuten? Sollten die lebenden Leichen die Vorfahren dieser Maskierten sein?

Ja, es gab keine andere Möglichkeit. So und nicht anders musste es sein.

Shamrock hatte sich wieder gefangen. Er suchte noch immer seine Fluchtchance. Wenn die Kapuzenleute abgelenkt waren, wollte er versuchen zu flüchten.

Er bewegte sich einen Schritt zur Seite. Rechts von ihm befand sich zwischen zwei Schuppen eine schmale Gasse, in die er unter Umständen hineinschlüpfen konnte. Dann wollte er rennen, denn irgendwie musste es in diesem unwegsamen Gelände doch eine Stelle geben, wo er sich verstecken konnte und ihn die Leute nicht finden würden.

Josh duckte sich.

Da hörte er die Stimme des Anführers. »Bleib nur stehen, Freund!«

Shamrock zuckte zusammen. Vorbei die Fluchtchance. Sie hatten ihn in Sicherheit gewiegt, doch in Wirklichkeit passten sie höllisch auf. Wenn er jetzt wenigstens ein Gewehr gehabt hätte. Dann wäre er kämpfend untergegangen, so aber …

Er hörte bereits die Schritte der lebenden Leichen. Die Totenglocke war verstummt. Jetzt kam es auf die Zombies an.

Die Untoten betraten die Stadt.

Sie bahnten sich ihren Weg zwischen den verfallenen Häusern hindurch, erreichten die Main Street und blieben stehen.

Zum ersten Mal sah Josh sie so direkt aus der Nähe.

Grünlich schillerten die Leichengesichter. In den Augen lag kein Gefühl mehr. Sie blickten völlig stumpf und teilnahmslos. Die Zombies bewegten sich wie Roboter, und sie blieben stehen, als der Anführer der Kapuzenmänner seine rechte Hand hob.

Stille senkte sich über die Geisterstadt.

Josh Shamrock saugte jede Einzelheit der Szenerie in sich auf wie ein trockener Schwamm das Wasser. Bei den Zombies befanden sich ebenfalls Frauen, und sie scheuten sich keineswegs, Lasten zu tragen. Sie schleppten ebenso den Knochenthron wie die Männer.

Und die Gestalt auf dem Thron?

Wenn sie tatsächlich aus Stein war, und es sah ganz so aus, dann musste sie ungeheuer schwer sein. Das allein zeugte davon, welche Kräfte in den Zombies steckten. Menschen hätten die Steinfigur niemals anheben können. Wenigstens keine fünf.

Die Figur zeigte einen Kapuzenmann. Ein wallendes Mönchsgewand war aus Stein nachgebildet worden, und der Künstler hatte es sogar geschafft, die Falten hineinzuschlagen. Eine großartige Leistung, das musste auch Shamrock zugeben.

Nur, was wollten die Zombies mit dieser Figur? Auf jeden Fall musste sie für die fünf Kapuzenträger eine symbolhafte Bedeutung haben.

»Setzt sie ab!«, rief der Anführer.

Die Zombies gehorchten.

Sie beugten sich vorsichtig zur Seite und ließen die Figur auf dem Knochenthron zu Boden gleiten.

Josh Shamrock schauderte, als er die beiden auf den Lehnen steckenden Totenschädel so dicht vor seinen Augen sah. Sie grinsten ihn an.

Dann stand der Thron auf dem Boden.

Die fünf Kapuzenmenschen hoben ihre Arme, winkelten sie an. Finger griffen in den Stoff, und gleichzeitig zogen die Maskierten die Kapuzen von den Schädeln.

Zum ersten Mal sah Shamrock die Gesichter.

Drei von ihnen gehörten zu Männern, aber die anderen beiden waren Frauen.

»Das ist ein Ding!«, murmelte Shamrock und vergaß zum ersten Mal seine Angst, denn was er sah, war wirklich mehr als unheimlich.

Die fünf normalen Menschen glichen den Untoten. Shamrock hatte das Gefühl, als wären sie Geschwister …

Noch immer läutete die Glocke.

Unsere Blicke flogen hoch zu dem halb verfallenen Kirchturm. Von dort ertönte das Läuten.

»Verstehst du das?«, fragte Bill.

Ich schüttelte den Kopf.

»Das ist vielleicht die Begleitmusik für den Spuk und seine Zombies«, vermutete der Reporter.

»Möglich.« Ich wandte meine Blicke wieder dem Eingang der Höhle und damit auch dem von dort in die Geisterstadt führenden Weg zu.

Dort trugen die Zombies die Statue in Richtung Stadt.

Bill Conolly war plötzlich aufgeregt. »Jetzt bin ich gespannt, was die vorhaben«, raunte er.

»Sie werden unter Umständen den blonden Gefangenen opfern wollen.«

»Das können sie sich abschminken«, erwiderte Bill und umklammerte seine Pistole.

Sicher, wir hätten jetzt schon eingreifen können, doch damit wäre nichts gewonnen. Ich wollte abwarten, denn noch stand nicht fest, was hier eigentlich gespielt wurde.

Es drohte keine unmittelbare Gefahr. Die Maskierten fühlten sich sehr sicher.

Sollten sie …

Umso überraschender würden wir auftauchen.

»Wir müssen näher ran«, flüsterte Bill. Er hatte die Worte kaum ausgesprochen, als die Glocke verstummte.

Wir zögerten noch. Ich suchte nach einem günstigen Platz, von dem aus wir die Szenerie gut überblicken konnten.

Der Saloon stach mir ins Auge.

Ich deutete auf das Gebäude. Bill Conolly verstand sofort. Er schlich vor und schlug gleichzeitig einen Bogen, um an die Rückseite des Hauses zu gelangen.

Der Reporter kannte sich hier besser aus als ich. Er war bereits in der Stadt gewesen. Ich vertraute mich seiner Führung an. Wir schlichen auf Zehenspitzen, versuchten jedes Geräusch zu vermeiden und näherten uns dem Saloon.

Bill hob die Hand.

Wir blieben stehen und schauten uns um. Die Augen hatten sich an die Lichtverhältnisse gewöhnt. Deutlich konnten wir das Loch in der Rückwand erkennen. Es war so groß, dass wir bequem hindurchsteigen konnten.

Wieder übernahm der Reporter die Führung. Wir umgingen auf dem Boden liegende Bretter und erreichten die Rückwand, wo wir erst einmal stehen blieben.

Von hier aus konnten wir durch den Saloon und sogar bis auf die Main Street schauen.

Auch die anderen konnten uns sehen. Sie allerdings waren beschäftigt und kümmerten sich nicht darum, was hinter ihnen geschah.

Wir betraten den Saloon.

Geduckt schlichen wir hinein und suchten sofort hinter dem staubbedeckten Tresen Deckung.

Er war noch ziemlich gut erhalten. Sogar die Spuren einiger Schießereien entdeckten wir. Löcher, die von schweren Kugeln in das Holz gerissen worden waren.

Wir bewegten uns dorthin, wo früher einmal das Spülbecken gewesen war. Das existierte jetzt nicht mehr. Man hatte die Wanne herausgehoben, aber die Öffnung war noch vorhanden. Sie lag etwas tiefer als der übrige Tresen. Wir konnten bequem darüber hinwegschauen.

Die fünf Zombies hatten mit der Figur des Spuks die Main Street inzwischen erreicht. Sie waren stehen geblieben, und die Kapuzentypen hatten einen Kreis gebildet.

Auch der blondhaarige Mann gehörte dazu. Man ließ ihn aber nicht aus den Augen.

Ich merkte Bill Conolly an, dass er ein wenig nervös war. Wahrscheinlich wollte er schon eingreifen, doch ich schüttelte den Kopf und legte gleichzeitig einen Finger auf die Lippen.

Bill verstand.

Wir beobachteten weiter. Ich wollte endlich wissen, was hier gespielt wurde.

Lange brauchten wir nicht zu warten.

Die Kapuzen fielen. Einer nach dem anderen zog sich den Stoff über den Kopf.

Wir erlebten die erste Überraschung.

Von den fünf Maskierten waren zwei Frauen.

Ein echter Hammer!

»Verstehst du das?«, flüsterte Bill.

»Noch nicht. Aber schau dir mal die weiblichen Zombies an«, gab ich raunend zurück.

»Ja, du hast recht«, sagte der Reporter nach einer Weile. »Die – die haben sogar Ähnlichkeit mit den Maskierten.«

»Genau.«

»Das ist ein Ding!«

Danach schwieg mein Freund, und ich sagte ebenfalls nichts mehr, denn die Ereignisse auf der Main Street nahmen uns regelrecht gefangen. Wir wurden Zeugen, wie das Rätsel der Geisterstadt gelöst wurde …

Zuerst geschah nichts.

Die Zombies und die Menschen starrten sich nur an. Jeder versuchte, im Gesicht des anderen zu forschen, darin etwas zu lesen.

Dann trat eine blonde Frau vor. Sie ging auf ihr untotes Ebenbild zu und lächelte dabei.

Einen Schritt davor blieb sie stehen.

»Linda?«

Die Untote nickte.

»Bist du wirklich Linda La Roche?«

»Ja, ich bin es.«

»Wie bist du gestorben?«

Die Untote schüttelte den Kopf. Sie wollte wohl nicht gern daran erinnert werden.

»Sag es mir!«

Der weibliche Zombie nickte. »Ja, du sollst es wissen. Es war eine gute Zeit damals. Wir fanden Gold, alles Gold, was wir haben wollten. Wir wurden reich, sehr reich sogar. Wir gruben

Stollen in die Felsen und wuschen das Gold aus dem Fluss. Doch dann merkten wir, dass es etwas Besonderes damit auf sich hatte. Diese Gegend gehörte nicht uns, sie gehörte dem Spuk. Es begann mit der Warnung des Indianers. Er tauchte plötzlich auf und wies uns an, den Ort zu verlassen, denn hier geisterten die Seelen der Verfluchten herum. Wir lachten ihn aus und schickten ihn weg. Doch er kam wieder. Da packten wir ihn und hängten ihn auf. Eine Schmach für jede Rothaut. Seine Leiche haben wir danach verbrannt. Dann suchten wir weiter, fanden Gold und wurden immer reicher. Doch der Tod des Indianers geisterte über uns wie ein drohender Schatten. Einige von uns wurden plötzlich krank. Sie waren wie wahnsinnig, liefen in der Stadt herum, schossen sich gegenseitig nieder oder zündeten die Häuser des Nachbarn an. Das war die Zeit, in der sich die Ersten von uns zur Flucht entschlossen. Sie packten ihre Habe, ließen das Gold liegen und flohen.«

»Wie viele blieben zurück?«, fragte die Frau.

»Fünf.«

»Ihr fünf?«

»Jawohl. Wir ließen uns nicht verscheuchen, sondern hielten zusammen, egal, was kam. Wir bildeten eine Gemeinschaft, und wir wählten einen Anführer. Es war Norman Ray. Er war von nun an der Boss unserer Gruppe.«

»Blieb die Krankheit?«

»Natürlich blieb sie. Aber sie wurde nicht mehr stärker. Sie teilte sich sogar. Tagsüber merkten wir nichts, doch nachts kamen die Träume. Dann raubte man uns den Schlaf, dann irrten wir durch die Stadt, gingen zum Fluss, und dort erschien uns eines Tages der Spuk. Er machte uns klar, dass er uns ausgesucht hatte. Uns fünf nur. Er fragte uns, ob wir bereit wären, ihm zu dienen. Was blieb uns anderes übrig, wenn wir nicht alles verlieren wollten. Wir stimmten zu. Er überließ uns das Gold und heilte uns von dieser Krankheit, denn die Macht besaß er. Dafür jedoch mussten wir ihm versprechen, am Tage unseres Todes zurückzukehren. Wir verließen die Stadt. Unsere Familien waren reich. Wir lebten in Freuden, und auch unsere

Kinder zehrten von dem Geld. Doch die Stunde des Todes nahte. Alle fünf spürten wir den Drang, und obwohl wir meilenweit voneinander entfernt wohnten, zog es uns am Tage des Todes in die Geisterstadt Tulsa. Sie war inzwischen verfallen, kein Wesen lebte mehr hier. Der Spuk erwartete uns. Er gab uns den Auftrag, ein Andenken zu schaffen. Wir schufen sein Ebenbild, das wir in der Höhle aufstellten. Dann bereiteten wir uns auf den Tod vor. Das allerdings wurde hinausgezögert, denn der Spuk erklärte uns, dass in diesem Tal tatsächlich die Geister der Verfluchten umherirrten. So hatte der alte Indianer recht gehabt. Hier erlebten die Seelen das schreckliche Elend, bevor sie in das Reich des Spuks eingehen konnten. Uns aber forderte der Spuk auf, in den Fluss zu gehen, zuvor allerdings versprach er uns, dass wir wiederkehren würden. Wann, das war ungewiss, aber wir würden die Zeichen der Zeit erkennen, denn unsere Nachkommen würden dafür sorgen, dass alles klappte. Auch sie würden irgendwann den Lockruf der schwarzen Magie hören und nach Tulsa kommen. Wie ihr seht, hat sich diese Voraussage erfüllt. Ihr seid da.«

»Ja«, sagte die Frau, »wir sind da. Wir haben den Ruf des Dämons gehört. Wir werden ihm folgen.«

»Wisst ihr, was euch bevorsteht?«, fragte die Untote.

»Nein.«

Der weibliche Zombie lachte. »Macht euch darauf gefasst, dass ihr uns ablösen werdet. Ihr seid die Zweiten im Kreislauf des Bösen. Hundert Jahre weiter werden sich eure Nachkommen an diesem Ort treffen und euch begegnen, um abermals das Schicksal zu erleiden, das euch nun bevorsteht.«

Die Menschen hörten die Worte und nahmen sie schweigend hin. Sie hatten sich innerlich mit ihrem Schicksal abgefunden und waren bereit, ein untotes Dasein über hundert Jahre zu führen. Dafür hatten sie zuvor all den blendenden Reichtum genossen.

Ein wahrhaft höllischer Tausch.

Ein hoch gewachsener Mann trat vor. Er hatte entfernte Ähnlichkeit mit dem halb skelettierten Cowboy.

Das musste Norman Ray sein.

»Wir sind bereit, für das zu sterben, was wir erhalten haben«, sagte er mit fester Stimme. Dabei schaute er nicht den weiblichen Zombie an, sondern die Steinfigur.

Mit der geschah etwas Seltsames. Der Stein verwandelte sich. Er war plötzlich nicht mehr fest, sondern bestand aus fließendem Stoff, der hin und her wogte.

Die Diener standen wie erstarrt.

Ein Arm fuhr in die Höhe. Ein leerer Ärmel, aber dennoch steckte in ihm ein Teil der höllischen Gestalt.

Der Spuk war erwacht. Und er setzte sich auf, schaute auf seine Diener.

Ein grässliches Lachen drang unter der Kapuze hervor. »Ja!«, dröhnte seine Stimme. »Das Reich der Finsternis hat seine Diener gerufen, und sie sind gekommen. So und nicht anders soll es sein. Ich stehe hier auf schwarzmagischem Boden, wo seit Urzeiten die Seelen der Verfluchten gefangen sind. Sie gehören mir, mir ganz allein. So wie auch eure Seelen bald nur mir gehören werden. Zurück aber bleiben eure Körper, seelenlose Hüllen, die in hundert Jahren wieder in den tödlichen Kreislauf mit einbezogen werden. Geht jetzt hinunter zum Fluss, wo eure Vorfahren das Gold gewaschen haben. Dort werdet ihr im Treibsand versinken und den Tod finden. Geht!«

Die fünf Personen nickten. Sie wandten sich ab, doch der Spuk hatte noch einen Zusatzbefehl.

»Und ihn nehmt mit!«, sagte er und deutete dabei auf den blonden Josh Shamrock …

Atemlos lauschten wir dem Zwiegespräch. Sie sprachen so laut, dass wir jedes Wort hören konnten.

Unwahrscheinlich, was sich da entwickelt hatte.

Das war Horror pur.

»Man könnte meinen, wir wären in einem Film!«, flüsterte Bill, und er sprach mir damit aus dem Herzen.

Der Spuk hatte hier also seine Kreise gezogen. Das bewies

wieder einmal, wie klein unsere Welt für die Dämonen ist. Sie tauchten überall auf, für sie existierten keine Grenzen, Länder oder Erdteile. Sie waren überall zu Hause, um ihre schreckliche Saat zu säen.

»Und die werden sich opfern«, meinte Bill Conolly leise. »Darauf kannst du Gift nehmen.«

Ich nickte. Dabei beobachtete ich weiter. Wie auch mein Freund bemerkte ich die Verwandlung der Statue.

Plötzlich sahen wir den Spuk leibhaftig vor uns.

In mir stieg es heiß hoch. Ich hasste diesen Dämon. Er war der absolute Herrscher im Reich der gefangenen Dämonenseelen.

Ich knirschte mit den Zähnen.

Ja, ich hasste ihn.

Zu viel Leid hatte er bereits über die Menschen gebracht, und wenn ich seine Worte hörte, dann war er wieder dabei, eines seiner grausamen Verbrechen zu begehen.

Doch diesmal waren wir in der Nähe.

Vielleicht konnte ich diesen verdammten Dämon auch vernichten. Für immer und alle Zeiten. Von Natur aus war der Spuk feige. Er ergötzte sich an der Qual anderer, griff selten persönlich ein und hielt sich lieber im Hintergrund, um sein Reich ungestört verteidigen zu können. Denn dort ließ er sich von keinem hereinreden.

Meine rechte Hand umklammerte den silbernen Bumerang so hart, dass mir schon fast die Knöchel schmerzten. Aber mir wurde bewusst, dass ich nicht waffenlos war.

Der Spuk hatte seine Rede beendet.

»Sollen wir?«, fragte Bill. Auch er hielt eine Waffe in der rechten Hand. Es war die mit geweihten Silberkugeln geladene Beretta.

Ich wollte schon nicken, als der Spuk noch einmal anfing zu reden. Diesmal verlangte er, dass der blonde Mann mitgenommen wurde.

Nein, das konnten wir nicht zulassen.

Ich stand auf und ging nach links um den Tresen herum. Mit

einer Hand holte ich das Kreuz unter dem Hemd hervor und ließ es offen vor meiner Brust baumeln.

Diesmal sollte sich der Spuk geirrt haben.

Auf Zehenspitzen näherten wir uns der Tür. Ungehindert konnten wir über die Schwingtüren hinwegschauen.

Draußen auf der Main Street wehrte sich der Blonde verbissen. Seine Fäuste glichen Schmiedehämmern, doch gegen die fünf Gestalten war er machtlos. Als auch noch die Zombies eingriffen, da war er verloren. Er wurde unter einer Woge von Körpern begraben.

Sie zogen ihn hoch.

Wie eine Puppe hing er in ihrem Griff. Ich konnte es genau sehen, da ich dicht vor der Tür stand.

Der Spuk machte eine wilde Bewegung.

Das Zeichen.

Aber auch für mich.

Mit der linken Hand wuchtete ich die beiden Hälften der Schwingtür auf, hatte Platz, sprang nach draußen und hob meinen rechten Arm zum Wurf.

»Sieh her, Dämon!«, brüllte ich und schleuderte den Bumerang auf den Spuk zu …

Plötzlich schien alles viel langsamer abzulaufen. Ich hatte den Satz kaum geschrien, als der Spuk herumfuhr.

Die Waffe war schon auf der Reise.

Da bewies der Dämon, wie mächtig er war und wie gut und perfekt er das Spiel, der schwarzen Magie beherrschte.

Plötzlich war er wieder aus Stein.

Ich merkte es in dem Augenblick, als der Bumerang gegen seinen steinernen Hals klirrte und von dort zu Boden trudelte, wo er liegen blieb.

Ich hatte nicht mit der ungeheuren Raffinesse dieses mächtigen Dämons gerechnet.

Und einer Steinfigur konnte man mit einem Bumerang nicht zuleibe rücken.

Erst jetzt erwachten die anderen aus ihrer Erstarrung. Zuerst die Zombies.

Sie wandten sich mir zu, sahen in mir den neuen Gegner und staksten auf mich zu.

Aus den Augenwinkeln nahm ich die normalen Menschen wahr, die sich schon abgewandt hatten, nun aber herumfuhren, mich sahen und die Untoten unterstützten.

Zehn gegen einen.

Das war kein Verhältnis.

Da griff Bill Conolly ein. Der Reporter hatte aufgepasst, und auf ihn konnte ich mich verlassen.

Bill feuerte aus dem Saloon.

Er setzte die Silberkugeln dicht an meinen Kopf vorbei und traf auch. Der erste Zombie kippte zur Seite. Das geweihte Geschoss hatte ihn dicht unter dem Hals in die Brust getroffen. Schwer fiel er zu Boden und blieb auf dem Gesicht liegen.

Die zweite Kugel traf eine Frau. Diesmal hatte Bill nicht so zielen können. Die weibliche Untote wurde ins Bein getroffen, fiel hin, geiferte wie eine Furie.

Bill zerstörte ihr unseliges Leben mit einem dritten Schuss.

Dann musste ich weg. Denn die Diener des Spuks hatten sich gefangen und ihre Waffen gezogen.

Die ersten Schüsse krachten.

Hautnah jaulte ein Geschoss an meinem Ohr vorbei. Ich ließ mich auf die Knie fallen, warf mich zurück und fiel in den Saloon. Sofort rollte ich mich herum, als draußen abermals Schüsse aufpeitschten. Das Blei fegte in den Raum und hieb in die Wände.

Bill hatte sich bereits hinter den Tresen zurückgezogen.

Ich folgte ihm geduckt und im Zickzack laufend.

Mein Freund wischte sich über das Gesicht. »Da haben wir noch mal Schwein gehabt.«

Ich nickte. »Ja, aber der Spuk ist entkommen. Das heißt, er hat sich blitzschnell verwandelt.«

»Und der Blonde? Weißt du, was mit ihm ist?«

»Nein. Hoffentlich hat er es überstanden.« Ich räusperte mich. »Zwei Untote haben wir erledigt, bleiben noch drei.«

»Und die fünf anderen« ergänzte Bill.

»Leider.«

Draußen war es jetzt ruhig. Ich versuchte mich in die Lage der Gegner zu versetzen.

Ich an ihrer Stelle wäre ausgeschwärmt und hätte das Gebäude umzingelt. Wahrscheinlich taten sie genau das.

Ich gab Bill einen Wink. »Halte du den Hinterausgang im Auge. Ich möchte nicht, dass sie uns kurz überraschen.«

Der Reporter grinste. »Ich auch nicht.«

Bill Conolly rückte von mir ab und glitt auf die Stelle zu, durch die wir den Saloon betreten hatten. Rechts neben dem Loch, im toten Winkel, blieb er hocken.

Von draußen hörten wir nichts. Ich peilte über die Theke und durch die zerbrochenen Scheiben auf die Straße.

Nichts zu sehen. Nur der Widerschein des Feuers zuckte durch die Geisterstadt.

Feuer!

Das war ein Stichwort. Wenn die Kerle uns auszuräuchern versuchten, sahen wir alt aus. Dieses Gebäude würde brennen wie Zunder. Und wenn die Flammen einmal hochschlugen, dann mussten wir raus.

Vielleicht war es besser, schon vorher einen Ausbruch zu wagen. Ich kroch um den Tresen herum und robbte langsam der Tür entgegen.

Bill sah mich an. »Wo willst du hin?«

»Mal was versuchen.« Behutsam bewegte ich mich weiter, näherte mich der Tür, glitt dann rechts von ihr auf die Wand zu und packte einen auf dem Boden liegenden Balken. Den hob ich hoch und stieß damit die Tür an.

Sie geriet sofort in schwingende Bewegungen, und die Belagerer reagierten.

Schüsse krachten.

Ich hörte das dumpfe Wummern schwerer Revolver, sah, wie die Einschläge in die Tür fetzten, und duckte mich so tief es ging.

So abrupt, wie das Schießen aufgeklungen war, brach es auch wieder ab. Nur die Echos schwangen noch nach.

Dann die Stimme. »Hört zu, ihr Ratten! Lebend kommt ihr hier nicht mehr raus!«

Das hätte er wohl gern.

»Deshalb mein Vorschlag!«, schrie der Anführer. »Verlasst den Saloon freiwillig, dann können wir miteinander reden. Wenn nicht, machen wir euch fertig. Aber restlos!«

Ich verkniff mir eine Antwort und kroch zurück. Diesmal hatten wir es nicht nur mit Dämonen oder finsteren Mächten zu tun, sondern auch mit normalen Menschen, die allerdings Verbrecher waren und denen ein Menschenleben nichts wert war.

Besonders unser Leben nicht.

Es war auch bezeichnend, dass sich dies alles in der Geisterstadt Tulsa abspielte, in einer richtigen Westernkulisse also. Wir hatten uns in einem Saloon verschanzt und waren von Feinden umzingelt. Bald kam ich mir vor wie der selige John Wayne. Nur hatte der nicht gegen Zombies gekämpft.

Bill fragte: »Willst du einen Ausbruch wagen?«

»Nein.«

»Vielleicht könnten wir es jetzt noch schaffen. In ein paar Minuten haben sie sich besser postiert.«

Das Argument hatte etwas für sich, und ich wurde in meiner Meinung schwankend.

Da klang wieder Norman Rays Stimme auf. »Was ist? Habt ihr Dreck in den Ohren? Kommt ihr nun raus oder nicht?«

Ich schüttelte den Kopf. Eine Antwort wollte ich ihm nicht geben. Ich hätte zu leicht meinen Standort innerhalb des Saloons verraten. Und so einfach sollten es die Kerle nicht mit uns haben.

Wir blieben still und konzentrierten uns auf die um den Saloon entstehenden Geräusche.

Schritte waren zu hören. Sie liefen an der Westseite entlang. Wahrscheinlich wollten einige von ihnen irgendwie in den Saloon eindringen.

Da stieß mich Bill an. Grinsend deutete er nach oben.

Erst jetzt sah ich das Loch in der Decke.

»Da können wir ihnen ein Schnippchen schlagen«, flüsterte der Reporter.

Der Ansicht war ich auch.

Gleichzeitig erhoben wir uns und stiegen auf die lange Theke. Während ich die Tür im Auge behielt, kreuzte ich die Hände, um Bill Conolly eine Tritthilfe zu bieten. Er drückte seinen Fuß hinein. Ich schob ihn hoch, und Bill konnte den Rand des Loches mit beiden Händen umklammern.

Er prüfte die Festigkeit.

»Hält es?«, fragte ich.

»Hoffentlich.«

Ermutigend klang die Antwort nicht. Über der Decke befand sich noch ein alter Speicher, dann erst folgte das Dach, das allerdings zahlreiche Löcher aufwies, sodass wir den Nachthimmel sehen konnten.

Bill zog sich mit einem Klimmzug hoch, strampelte ein wenig mit den Beinen und war verschwunden.

»Alles klar!«, rief er.

Jetzt war ich an der Reihe. Hoffentlich blieb es noch länger ruhig, denn wenn die Burschen jetzt einen Angriff versuchten, war ich geliefert.

Bill legte sich lang hin. Kopf und Schultern ragten über die Öffnung hinaus.

Mein Freund streckte seinen Arm aus, damit ich seine Hand fassen konnte. Es klappte, wenn ich mich auf die Zehenspitzen stellte.

»Alles klar!« Bill zog. Er musste sich anstrengen, denn ich hatte mein Gewicht. Der Reporter nahm auch noch die andere Hand zu Hilfe, so zog er mich langsam hoch.

Genau bis zur Hälfte, da passierte es.

Plötzlich war an der Tür eine Bewegung. Ich sah sie nicht, sondern Bill Conolly.

»John!«, brüllte er. »An der Tür!«

Sie wurde bereits aufgestoßen. Zwei Frauen – nicht die Untoten – standen mit schussbereiten Revolvern an der Pendeltür, und ein Mann schleuderte eine brennende Fackel in den Saloon.

Die Weiber schossen sofort.
Da waren sie gnadenlos.
Aber auch ich reagierte. Meine Reflexe waren hundertprozentig in Ordnung, ebenso funktionierte mein Denkapparat.
Blitzschnell ließ ich mich fallen.
Vor den Mündungen blitzte es auf, das heiße Blei jagte aus den Läufen, doch es hieb an mir vorbei, als ich auf die Platte der langen Theke prallte und mich sofort hinunterrollen ließ.
Kaum hatte ich den Boden berührt, da war ich schon wieder auf den Beinen und hechtete quer durch den Saloon auf die Überreste des alten Klaviers zu, das mir eine notdürftige Deckung gab.
Wieder wurde geschossen.
Diesmal aus einer anderen Waffe.
Bill benutzte seinen Beuterevolver.
Eine der Frauen schrie auf und brach zusammen. Die Kugel war in ihren Oberschenkel gedrungen. Stöhnend wälzte sie sich am Boden, während sich die andere duckte und auf meinen Freund zielte. Sie jagte das Blei schräg in die Höhe, traf aber nicht, denn Bill hatte gedankenschnell den Kopf eingezogen.
Da flog die zweite Fackel in den Raum. Sie war verdammt gut gezielt, denn sie trudelte genau in meine Richtung. Ich hatte meine Beretta gezogen und wollte in den Kampf eingreifen, doch jetzt musste ich diesem brennenden Stück Holz ausweichen.
Ich warf mich zur Seite.
Dicht neben mir prallte die Fackel gegen die Überreste des Klaviers und setzte es in Brand, während sich das Feuer der ersten Fackeln bereits in die Bohlen des Fußbodens fraß.
Das alte Holz fing sofort an zu brennen, und ich musste mich schleunigst in Sicherheit bringen, wollte ich von den Flammen nicht erfasst werden.
Bill schoss wieder.
Anscheinend waren die Frauen doch nicht so abgebrüht, sie feuerten jedenfalls nicht zurück, sondern verzogen sich. Die Verletzte rollte sich dabei unter der Tür hindurch ins Freie.

Ich musste sehen, dass ich von hier verschwand. Mein Freund Bill hatte es dort oben besser, er konnte vom Speicher aufs Dach klettern und von dort aus zu Boden springen. Mir aber schnitten die verdammten Flammen den Weg ab. Sie hatten eine lodernde Wand zwischen Theke und Tür gesetzt.

Ich hörte das Prasseln und Knistern und dazwischen die Stimme des Anführers. »Jetzt räuchern wir sie aus!«

So leicht ging das nicht. Ich verschwand hinter der Theke und warf einen Blick nach oben. Doch von Bill sah ich nichts.

Als einzige Möglichkeit, das brennende Gebäude zu verlassen, erschien mir noch das große Loch in der Rückseite.

Dort waren die Flammen noch nicht hingelangt.

Ich lief darauf zu, duckte mich und war draußen.

Natürlich hatte ich mit einer Falle gerechnet, doch nicht mit dieser linken Tour. Von der Seite her flog plötzlich eine weitere Fackel auf mich zu.

Ich wollte noch weg, doch ich schaffte es nicht. Die Fackel traf meinen Arm und blieb daran kleben.

Und in Windeseile fraß sich das Feuer hoch …

Bill Conolly zog sich zurück.

Er hatte geschossen und auch einmal getroffen. Der Reporter war froh, dass er die Frau nicht getötet hatte. Sie war nur kampfunfähig.

Mich konnte er nicht mehr sehen, weil ich mich im toten Winkel befand. Aber Bill wollte auch nicht auf dem Speicher hocken bleiben, sondern mir zu Hilfe eilen.

Und zwar von draußen.

Der Speicher hatte die Zeiten nur mit vielen Macken überstanden. An zahlreichen Stellen war der Boden aufgerissen. Mannsgroße Löcher klafften dort, ebenso wie im Dach. Und auch an den kaum ein Meter hohen Wänden, die die Schräge abschlossen.

Das war wohl der beste Weg. Bill entschloss sich, ihn zu

nehmen. Dabei wandte er zwangsläufig den anderen Ein- und Ausstiegsstellen den Rücken zu.

Ein Fehler.

Denn die drei übrig gebliebenen Zombies waren auf das Dach des Saloons geklettert.

Zwei Männer und eine Frau.

Zusätzlich hatten sie sich bewaffnet. Das war einfach. Sie brauchten nur die am Boden liegenden Bretter aufzuheben. Mit diesen Dingern konnten sie einen Mann totschlagen.

Auf leisen Sohlen näherten sie sich dem ahnungslosen Reporter. Die Frau ging vor.

Einen Schritt hinter ihr folgten das riesenhafte Halbskelett und ein weiterer Untoter in zerfetzter blauer Westernkleidung.

Bill wollte schon hinausklettern, als er sich ein letztes Mal umdrehte.

Da war die Frau nur noch zwei Meter entfernt. Und das Brett hatte sie zum Schlag erhoben.

Sofort drosch sie zu.

Bill sah die Gefahr, warf sich zur Seite, und so wurde er nicht am Kopf getroffen, sondern an der linken Schulter. Trotzdem war der Hieb schmerzhaft genug.

Bill biss die Zähne zusammen. Er verzog das Gesicht, brachte seine rechte Hand hoch und schoss.

Es war die normale Waffe. Die Kugel traf zwar, erledigte die Untote aber nicht.

Sie wurde nur zurückgestoßen.

Zeit, die Beretta zu ziehen, hatte der Reporter nicht mehr, denn jetzt waren die beiden anderen Untoten heran und warfen sich auf ihn, wobei sie gleichzeitig mit ihren Brettern zuschlugen.

In seiner Verzweiflung zog Bill die Beine an, stieß beide Füße in die Leiber der Zombies und verschaffte sich durch diese Aktion etwas Luft.

Doch da war diese Frau.

Sie schlug wieder zu.

Bill rollte sich zur Seite. Das Holz verfehlte ihn und krachte auf den Boden. Durch die Löcher in der Decke konnte er hinunter in den Saloon schauen, wo die Flammen geisterhaft hin und her zuckten. Nicht mehr lange, dann würden sie auch den oberen Teil des Baus erfasst haben.

Bill Conolly stellte sich breitbeinig hin. Beide Hände verschränkte er miteinander und bildete so eine Faust. Mit einem Rundschlag verschaffte er sich Spielraum.

Zwei Zombies kippten nach hinten, der dritte wollte Bill an den Kragen.

Der Reporter musste zurück. Es war ihm bisher nicht möglich gewesen, die ihm von mir überlassene Beretta zu ziehen. Die Untoten hatten ihm keine Zeit gelassen. Den Revolver hatte Bill weggesteckt, damit konnte er nicht viel anfangen.

Aber mit dem Dolch.

Als dieses Halbskelett nach Bill schlug, ließ er sich extra treffen, nahm den Schlag jedoch durch Zurückziehen des Kopfes den größten Teil der Wirkung.

Bill ließ sich fallen und zog, kaum dass er auf dem Boden gelandet war, den silbernen Dolch.

Nicht das Halbskelett stürzte auf ihn, sondern die Frau.

Während er auf dem Rücken lag, schleuderte Bill Conolly den geweihten Silberdolch.

Und er traf genau. Plötzlich steckte er bis zum Heft in der Brust der Untoten, die von der Wucht des Schlages zurückgetrieben wurde, verzweifelt die Hände hob und den Rückwärtsgang doch nicht aufhalten konnte.

Sie krachte gegen die Wand. Vielleicht war diese schon vorher sehr in Mitleidenschaft gezogen worden oder aber das Feuer hatte sie angesengt, auf jeden Fall hielt sie dem Anprall nicht stand und zersplitterte.

Auf einmal sah man von dem Zombie nichts mehr. Zusammen mit einigen Brettern segelte er in die Tiefe und schlug an der Rückseite des Saloons auf.

Ein Gegner weniger.

Das Feuer hatte immer mehr Nahrung gefunden und sich ausgeweitet.

Der Widerschein der von unten hoch lodernden Flammen leuchtete Bill und seine Gegner an.

Für den Reporter ging es jetzt ums Ganze. Wenn er die Untoten schaffte, war er aus dem Schneider, wenn nicht …

Er dachte nicht daran, sondern stellte sich zum Kampf. Diesmal mit schussbereiter Silberkugel-Beretta.

Dann schlug das Schicksal zu, das heißt, das Schicksal in Form der Zombies.

Während sich Bill auf den rechten von ihm stehenden Untoten konzentrierte, schlich der Skelettcowboy in seinen Rücken und hämmerte mit der Latte gegen einen der Stützpfosten, die die Decke trugen. Der war sowieso schon morsch und bekam nun den Rest.

Er brach.

Das verkraftete die Decke nicht. Bill hörte noch das Poltern und Knirschen, wollte zur Seite springen, aber der Gefahrenherd war zu groß. Bill konnte nicht mehr ausweichen.

Die Balken krachten auf ihn.

Irgendwie schaffte er es noch, schützend die Arme über den Kopf zu reißen, dann traf ihn das Holz. Es schmetterte ihn zu Boden. Bill spürte die Schmerzen am Kopf, an den Armen, den Schultern, am gesamten Körper.

Haut platzte an seiner Stirn auf, und Blut sickerte die Wange hinab.

Für Sekunden wurde er bewusstlos. Er riss den Mund auf, schnappte nach Luft und war wieder da.

Die Zombies räumten die Trümmer weg, während von unten ein Hitzeschleier herauffegte und wie ein Gluthauch aus der Hölle ihre Gesichter streifte.

Sie packten Bill.

Er versuchte sich zu wehren, doch seine Kräfte reichten momentan nicht aus.

Die Zombies hoben ihn aus den Trümmern. Der halb skelettierte Cowboy hatte ihn an der Schulter gepackt, der andere Untote umfasste seine Beine.

Torkelnd gingen sie ein paar Schritte nach rechts.

Bill Conolly wurde mit Schrecken klar, was die Untoten mit ihm vorhatten.

Sie wollten ihn von hier oben in die Flammen schleudern …

Wenn es mir nicht gelang, die Flammen zu löschen, würde ich bei lebendigem Leib verbrennen!

Dieses Wissen zuckte wie ein Blitzstrahl durch mein Gehirn und ließ mich handeln.

Die verdammte Fackel klebte an meinem Körper. Ich sprang nach vorn, riss die Hand hoch, spürte den Griff zwischen den Fingern und zog die Fackel von meinem Körper weg. Weit schleuderte ich sie ins Gelände, während ich mit beiden Händen gegen meinen Körper schlug und versuchte, die Flammen zu ersticken.

Das schaffte ich auch.

Man ließ mich sogar gewähren, wartete eiskalt ab, und dann, als ich fertig war und erschöpft und mit keuchendem Atem dastand, ließ man mich in die Mündungen von vier Revolvern blicken.

Ich hob die Hände.

Es war eine verzweifelte, müde Geste, etwas anderes blieb mir nicht übrig.

Norman Ray trat einen Schritt vor.

Sein Schlag war ansatzlos. Ich sah ihn gar nicht, spürte nur die huftrittartige Wirkung und kippte zurück. Mit dem Rücken schlug ich auf. In meinem Kopf hatte ich ein taubes Gefühl, als wäre mein Schädel mit Watte gefüllt.

Ich winkelte die Arme an, stemmte mich auf die Ellbogen und sah wieder die vier Mündungen. Darüber die drei Männergesichter und das der Frau.

Sie zeigten einen gnadenlosen Ausdruck. Diese Menschen kannten kein Erbarmen.

Das Feuer aus dem Saloon warf seinen Widerschein bis auf die Gesichter der Spuk-Diener. Es verwandelte sie in dämonische Fratzen, in denen nur die Augen leuchteten.

Ray fragte mit knirschender Stimme: »Was sollte uns daran hindern, dich zu erschießen?«

Ich musste mir erst die Kehle freiräuspern, bevor ich eine Antwort geben konnte. »Nichts, gar nichts.«

»Das meine ich auch!« Er schaute nach rechts. »Los, Freunde, geben wir ihm die Kugel!«

Sie wollten feuern. Mein Gott, sie wollten mich tatsächlich exekutieren!

Plötzlich hatte ich Angst. Denn diesmal würde mich nicht die Polizei heraushauen wie in der Rauschgifthöhle.

Ich war verloren.

Da jedoch mischte sich die Frau ein. Sie sagte: »Warum sollen wir ihn erschießen? Dieser Tod wäre zu gnädig für den Bastard!«

Norman Ray schaute seine Komplizin an. »Was hast du für eine Idee? Soll er verbrennen?«

»Nein, das Gegenteil. Wir schaffen ihn zum Fluss!«

Plötzlich begann Norman Ray zu lachen. »Genau!«, prustete er. »Die Idee ist gut, die ist sogar ausgezeichnet! Wir schaffen ihn zum Fluss. Da wird ihn der Treibsand fressen!«

Treibsand!

Es durchzuckte mich wie ein Stromstoß. Ja, zum Henker, Bill hatte mir davon erzählt, und ich wusste, wie gefährlich er war. Gefährlich und grausam.

Da gab es keine Chance.

Aber was war mit Bill? Ich drehte den Kopf und hielt nach meinem Freund Ausschau.

Ich sah ihn nicht. Nur weiter zurück lag ein Körper auf dem Boden. Ein Zombie.

Mir war es egal. Sollten die Flammen Bill verschlungen haben? Dieser Gedanke ließ die Panik in mir hochschießen.

Ein brutaler Tritt in die Hüfte brachte mich wieder zurück in die Wirklichkeit.

»Steh auf, Bastard!«, vernahm ich Rays Stimme.

Ich erhob mich, gelangte auf die Füße und blieb schwankend stehen.

»Geh los!« Jemand stieß mich mit der Waffe an. »Ich werde dir den Weg zu deinem Grab zeigen!«

Bill Conolly machte sich schwer. Er stieß die Luft aus den Lungen und ließ sich zusammensacken. Mit dem Rücken hing er durch. Die Untoten hatten damit nicht gerechnet und mussten nachfassen. Der Kerl, der Bills Beine hielt, ließ für den Bruchteil einer Sekunde seine Knöchel los.

Da explodierte der Reporter.

Er hatte in den letzten Augenblicken all seine Kräfte gesammelt. Gedankenschnell zog er die Beine an, glitt aus dem Griff des Zombies und schleuderte seine Füße wuchtig vor.

Er traf den Untoten hart.

Der konnte den Stoß nicht ausbalancieren und fiel zurück. Es gelang ihm auch nicht, sein Gleichgewicht zu halten. Wie ein Mehlsack plumpste er zu Boden.

Bill Conolly drückte seine Füße auf den Boden und wuchtete den Oberkörper in die Senkrechte.

Damit sprengte er den Griff des Halbskeletts. Bill rutschte ihm buchstäblich aus den Knochenfingern, fiel hin, rollte sich sofort zur Seite und sprang auf.

Er zog die Beretta.

Der Zombie Nummer eins marschierte bereits auf ihn zu.

Bill feuerte zweimal.

Beide Kugeln hieben in den seelenlosen Körper, stießen die lebende Leiche bis an den Rand des Lochs zurück, und wie im Zeitlupentempo kippte sie nach hinten.

Der Zombie fiel in die Flammenhölle, die er eigentlich Bill Conolly zugedacht hatte.

Lautlos verschwand er.

Da hieb der Anführer zu.

Der Reporter kassierte einen Schlag in den Nacken, der ihn dicht am Rand des Loches auf die Knie warf. Unter sich hörte er das Knistern der Flammen, spürte den heißen Atem und schüttelte den Kopf, um die Benommenheit loszuwerden.

In diesem Augenblick war Bill wehrlos.

Und das wusste auch der Untote.

Er wuchtete seine Arme nach unten, die Hände krallten sich in Bills Schultern, und mit einem gewaltigen Kraftakt wollte er den Reporter in die hoch lodernden Flammen schleudern.

Bill warf sich zurück, doch die Kraft des Zombies war zu groß. Der Reporter konnte sich nicht aus dem Griff des Untoten befreien.

Ein verzweifeltes Ringen begann.

Der Zombie war stärker als Bill. Es war an den Fingern einer Hand abzuzählen, wann er Bill geschafft hatte.

Immer näher geriet der Reporter dem gefährlichen Loch im Boden. Unter ihm knisterte, sprühte und explodierte es. Die Flammen standen dort wie eine Wand. Rauch trieb nach oben. Dicke Schwaden krochen Bill entgegen, wölkten in sein Gesicht und raubten ihm den Atem.

Doch der Reporter gab nicht auf. Wenn der Zombie ihn hinabstürzte, war er verloren.

Er griff zu einem letzten verzweifelten Trick. Bill riss seine Arme hoch und umkrallte mit beiden Händen den Nacken des Zombies. Bills Finger berührten dabei die kalten Knochen, doch was er anfasste, daran dachte er im Moment nicht. Er musste sein Leben retten.

Dann beugte er sich nach vorn, ging das Risiko ein, gab dem Druck nach, aber er drehte sich gleichzeitig etwas zur linken Seite und schleuderte den schweren Zombie mit Hilfe der Hebelwirkung über seine Schulter hinweg.

Der Untote vollführte einen Überschlag in der Luft – und verschwand in den Flammen.

Sofort warf sich Bill Conolly nach hinten, denn vor ihm brach das Holz weg, und die Feuersbrunst fauchte hoch.

Die Flammen waren so heiß, dass Bill das Gefühl hatte, seine Haut würde vom Gesicht rasiert. Er rollte weg, sprang dann auf und lief dorthin, wo der weibliche Zombie vom Dach gefallen war.

Bill sprang.

Er befand sich gerade in der Luft, als das Gebäude endgültig zusammenkrachte.

Ein wirbelnder Funkenregen schoss in die Höhe, noch einmal loderte das Feuer auf, und Bill spürte den sengenden Hauch, bevor glühende Teile und ein dicker Ascheregen auf ihn niedergingen.

Hart prallte er zu Boden. Er spürte einen ziehenden Schmerz im rechten Knöchel, überschlug sich, schrammte irgendwo gegen, rappelte sich wieder hoch und schleppte sich weiter.

Dabei biss er die Zähne zusammen, weil jeder Tritt schmerzte. Humpelnd brachte er sich aus der unmittelbaren Gefahrenzone.

Dann fiel er vor Erschöpfung hin.

Die Flammen züngelten noch weiter.

Rauch stieg in den dunklen Nachthimmel. Er legte sich wie ein dicker Schleier über das Tal.

Bill hielt es nicht lange am Boden. Der Gedanke an mich trieb ihn hoch.

Er rief meinen Namen.

Keine Antwort.

Und auch die fünf Diener des Spuks waren verschwunden. Bill humpelte zur Seite und sah den silbernen Dolch auf dem Boden liegen. Daneben erkannte er die Überreste des weiblichen Zombies.

Ein paar Gebeine – mehr nicht.

Bill hob den Dolch auf. Er wollte ihn gerade wegstecken, als eine Frau in den Lichtkreis des Feuers geriet. Sie konnte sich kaum auf den Beinen halten. Es war die Person, die der Reporter angeschossen hatte.

Als sie Bill sah, blieb sie stehen. Hass verzerrte ihr Gesicht. Sie wollte zur Waffe greifen, doch Bill hielt die Beretta bereits in der Hand.

»Wo ist John Sinclair?«, fragte er.

Sie lachte plötzlich irr. »In der Hölle, du Bastard! Er ist in der Hölle!«

Vier Revolvermündungen wiesen auf meinen Rücken.

Keine Chance!

Und doch dachte ich an Flucht. Sie hatten mir eine Galgenfrist gegeben, ein paar Minuten, bis wir den Fluss erreichten, wo der Treibsand begann.

In dieser Zeit musste ich es schaffen.

Aber es ging nicht. Sie ließen mich keine Sekunde aus den Augen. Obwohl ich sie nicht sehen konnte, wusste ich es genau. Das waren Profis, die ließen sich nicht überrumpeln, und sie hatten auch nichts zu verlieren.

Ich hielt die Hände halb erhoben, so wie man es mir befohlen hatte, und stolperte durch das Gelände.

Zurück ließ ich eine brennende Geisterstadt. Der Widerschein der Flammen zuckte über den mit Steinen und Geröll bedeckten Boden.

Welches Drama sich in Tulsa abspielte, wusste ich nicht, ich hoffte nur, dass Bill Conolly überlebte.

Bei mir war es mehr als fraglich.

Schon vernahm ich das Rauschen des Flusses. Es übertönte die knisternden und knatternden Geräusche, die ich zuvor vernommen hatte.

Das Wasser schimmerte. Hell blitzten Schaumkronen auf, wenn das Wasser über die Steine des engen Flussbetts schoss.

Und vor dem Ufer lauerte der Treibsand. Diese tückische Mordfalle, der schon zahlreiche Menschen zum Opfer gefallen waren.

Mir taten die Arme weh. Es ist eine große Belastung, mit halb erhobenen Händen zu gehen. Irgendwann wollen sie dann einfach herabfallen.

Die letzten zehn Meter.

Wie ein Schlafwandler legte ich sie zurück. Mir war noch immer kein Ausweg eingefallen. Hätte ich Dämonen im Rücken, wäre mir unter Umständen mit Bannsprüchen geholfen, doch bei normalen Menschen fruchtete so etwas nicht.

Noch fünf Meter.

Ich ging langsamer.

Dann noch drei.

Und schließlich der Befehl. »Stehen bleiben!«

Ich gehorchte.

Einen Schritt vor dem Rand der Böschung hielt ich an. Hinter mir hörte ich Geräusche.

Jemand trat auf mich zu.

Es war Norman Ray. Ich erkannte ihn schon am säuerlichen Schweißgeruch.

Dann zuckte ich zusammen, als er mir die kalte Mündung der Waffe in den Nacken drückte. Eine Gänsehaut rieselte über meinen Rücken.

»Angst?«, höhnte er.

»Ja.«

Er lachte. »Trotzdem wirst du sterben. Springst du freiwillig, oder soll ich nachhelfen?«

Ich schaute nach vorn, über die Böschung hinweg. Das Wasser rauschte, gurgelte und schmatzte. Doch davor lag der tückische Treibsand, der zu meinem Grab werden sollte. Er begann direkt unterhalb der Böschung, sodass mein erster Plan, parallel zum Hang und in dessen Deckung weiterzulaufen, zerstört wurde.

Der Druck verschwand.

»Los, du Bastard! Spring!«

Ich stieß mich ab.

Und da peitschte ein Schuss!

Ich hatte nicht viel Schwung in meinen Sprung gelegt, sodass ich nicht im Treibsand versackte, sondern noch auf die schräge Böschung prallte. Da allerdings rutschte ich ab.

Es gelang mir, mich auf die Seite zu drehen, sodass ich zum oberen Rand des Hanges schielen konnte.

Weiterhin krachten Schüsse. Ich sah die Mündungsfeuer, wie sie mit ihrem Licht die Nacht erhellten.

Nicht nur die drei Spukdiener feuerten, sondern rechts von mir wurde auch geschossen.

Schreie!

Dann eine schattenhafte Gestalt auf dem Rand der Böschung.

Sie taumelte, hielt die Hände gegen den Leib gepresst, trat ins Leere und fiel.

Es war Norman Ray.

Er rutschte mir entgegen. Ich konnte nicht ausweichen und hatte Angst, dass er mich, wenn er gegen mich stieß, in den Treibsand schleudern würde.

Verzweifelt wühlte ich meine Hände in das Erdreich der Böschung und klammerte mich fest.

Ray rollte über mich hinweg.

Ich verlor den Halt. Meine linke Hand rutschte ab, doch es gelang mir, nachzufassen. Ich glitt nur ein Stück tiefer und blieb dann liegen

Dafür hörte ich einen Schrei. Danach ein Klatschen.

Vorsichtig drehte ich den Kopf.

Norman Ray war in den Treibsand gefallen. Ihn hatte das Schicksal ereilt, was er eigentlich mir zugedacht hatte. Ray hatte sich nicht mehr fangen können und war kopfüber im Treibsand gelandet.

Bis zu den Schultern steckte er in der tödlichen Falle. Und der Treibsand bewegte sich, zog ihn immer weiter in die Tiefe.

Die Schüsse waren verstummt.

Ich hörte nur noch die Schreie des Mannes. Helfen konnte ich ihm nicht.

Er brüllte wie am Spieß. Sein Gesicht war verzerrt. Weit hatte er den Mund aufgerissen. Jetzt sackte er nach links weg, ein Arm verschwand, und nur noch der rechte schaute aus dem Sand.

Aber auch der ging unter.

Sein letzter, fürchterlicher Todesschrei hallte mir entgegen und verstummte, als der Sand über dem Kopf des Mannes zusammenschlug.

Es wurde still.

Dort, wo Norman Ray verschwunden war, sah ich nichts mehr. Der Sand hatte sich wieder ein Opfer geholt.

Ich kroch auf allen vieren die Böschung hoch, erreichte den Rand und schaute mich um.

Da sah ich meinen Retter.

Es war der Blonde.

Er lag auf dem Boden, das Gewehr hielt er umklammert. Vorsichtig drehte ich ihn auf den Rücken.

Zwei Kugeln hatten ihn getroffen.

Aber er lebte.

Er schlug sogar die Augen auf und sah mich an.

»Danke, Mister«, flüsterte ich mit rauer Stimme. »Danke für alles. Sie werden es überstehen. Sie …«

»Nein«, keuchte er, »ich …« Ein letzter tiefer Atemzug, dann war der Mann tot.

Ich schämte mich meiner Tränen nicht, als ich ihm die Augen zudrückte.

Dann sah ich nach den anderen.

Mein Lebensretter hatte sie alle erwischt. Doch keiner war tödlich getroffen. Um diese Menschen würde sich die Polizei kümmern.

Schwach hörte ich einen Ruf.

»John! John!«

Das war Bill. Da sah ich ihn auch schon. Vor dem Hintergrund der brennenden Stadt hob er sich deutlich ab. Bill humpelte, aber er trieb eine Gestalt vor sich her.

Die letzte der Spuk-Diener.

»Du, lebst, John?«

»Ja, so gerade noch. Der Teufel wollte mich nicht. Aber das habe ich einem Toten zu verdanken.«

Bill Conolly nickte, obwohl er nicht verstand. Das war auch nicht wichtig.

Eine halbe Stunde später landeten zwei Hubschrauber. Polizisten stürmten die Geisterstadt. Sie waren von Sheila alarmiert worden.

Ich sah Captain Patterson, wie er aus dem Hubschrauber stieg.

Ich ging ihm entgegen.

»Was ist geschehen?«, rief der Captain.

»Das ist eine lange Geschichte. Schätze, die erzähle ich Ihnen morgen oder übermorgen.«

»Später aber nicht«, meinte Bill Conolly, »denn dann wollen wir wieder nach London. Hier ist uns das Klima zu bleihaltig.«

Mit diesen Worten hatte mir mein alter Freund Bill Conolly voll aus dem Herzen gesprochen …

ENDE

Knifflige Fälle mit Grusel-Faktor:
der deutsche King of Horror in Bestform

Jason Dark
SUKO UND SHAO
Horror
400 Seiten
ISBN 978-3-404-73968-4

Mit über 300 Millionen Gesamtauflage gehört Jason Dark zu den meistgelesenen Autoren Deutschlands. Mit seinen inzwischen fast 1.800 John-Sinclair-Romanen hat er ein Werk geschaffen, das auf der Welt einmalig ist. In dieser Kultausgabe lässt Jason Dark noch einmal die Anfänge seiner Serie lebendig werden.
Suko und Shao: Was wäre John Sinclair ohne seinen chinesischen Freund und Kollegen Suko. Im Kampf gegen den Schwarzen Drachen hat John Suko kennen gelernt; seitdem sind sie nicht mehr zu trennen. Bei einem Fall in Hongkong trifft Suko auf die Liebe seines Lebens – Shao. Schon bald wird sie in den Horror hineingezogen, den John und Suko bekämpfen ...

Bastei Lübbe Taschenbuch